VIAJANTES

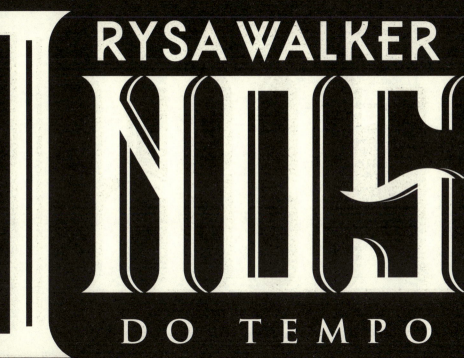

darklove

TIMEBOUND Copyright © 2013 Rysa Walker
Todos os direitos reservados.

Published in the United States by Amazon Publishing, 2013.
This edition made possible under a license arrangement originating with Amazon Publishing, www.apub.com.

Publicado nos Estados Unidos por Amazon Publishing, 2013.
Publicado no Brasil mediante acordo com Amazon Publishing, www.apub.com.

Tradução para a língua portuguesa
© Fernanda Lizardo, 2017

Os personagens e as situações desta obra
são reais apenas no universo da ficção;
não se referem a pessoas e fatos concretos,
e não emitem opinião sobre eles.

Diretor Editorial
Christiano Menezes

Diretor Comercial
Chico de Assis

Gerente de Novos Negócios
Frederico Nicolay

Gerente Marketing Digital
Mike Ribera

Editores
Bruno Dorigatti
Raquel Moritz

Design e Capa
Retina 78

Designers Assistentes
Marco Luz

Revisão
Ana Kronemberger
Isadora Torres

Impressão e acabamento
Gráfica Geográfica

DADOS INTERNACIONAIS DE CATALOGAÇÃO NA PUBLICAÇÃO (CIP)
Angélica Ilacqua CRB-8/7057

Walker, Rysa
   Chronos : viajantes do tempo / Rysa Walker ; tradução de Fernanda Lizardo. — Rio de Janeiro : DarkSide Books, 2017.
   320 p. : il. (Trilogia Chronos ; 1)

   ISBN: 978-85-9454-062-1
   Título original: Timebound

   1. Ficção norte-americana 2. Viagens no tempo – Ficção 3. Literatura fantástica I. Título II. Lizardo, Fernanda

17-1543   CDD 813

Índices para catálogo sistemático:
   1. Ficção norte-americana

[2017]
Todos os direitos desta edição reservados à
DarkSide® *Entretenimento LTDA.*
Rua do Russel, 450/501 - 22210-010
Glória - Rio de Janeiro - RJ - Brasil
www.darksidebooks.com

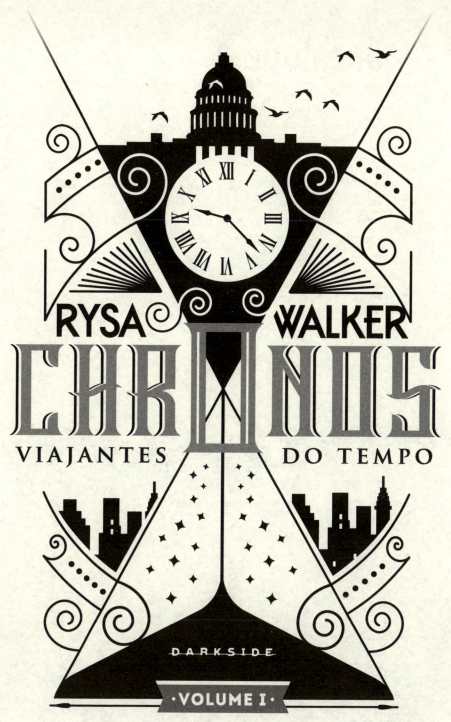

Este livro é dedicado a
ELEANOR E SEUS TIOS

PRÓLOGO
Chicago — Outubro de 1893

O salto da minha bota branca fez um talho de uns quinze centímetros na barra da minha saia assim que virei a esquina. Atrás de mim, os passos pararam por um instante e depois continuaram, mais rápidos do que antes. Enfiei-me no corredor seguinte, xingando baixinho os deuses da moda da década de 1890. Se eu estivesse usando meus shorts e camiseta de sempre, já estaria fora desta porcaria de hotel há muito tempo. Um belo pontapé na cabeça teria apagado o estimado doutor, e a lateral do meu pescoço não estaria latejando de dor.

Disparei pelo corredor e virei à esquerda na encruzilhada seguinte, esperançosa de que o médico fosse presumir que eu havia tomado o caminho mais rápido e mais fácil à direita. Três portas abaixo, eu chacoalhava a maçaneta sob a ligeira esperança de que estivesse destrancada. Não dei sorte. Espremi o corpo o mais juntinho possível da porta e saquei o medalhão. O centro brilhou, cercando-me com uma luz azul clara. Embora eu soubesse que o sujeito não conseguia enxergar a luz, senti-me exposta. Quantas mulheres ele havia atraído para este labirinto confuso de corredores ao longo do ano anterior? Será que alguma delas ainda estava viva?

O brilho amarelo fraco do lampião dele sumiu brevemente no corredor em frente, em seguida reapareceu, quando ele mudou de rumo, vindo diretamente até mim. Tentei firmar minhas mãos para poder me concentrar no uso do medalhão a fim de exibir a interface, mas era difícil ficar concentrada quando meu coração martelava e meu pescoço ardia loucamente por causa do ácido.

O display de navegação vacilou brevemente, aí se apagou. Eu lutava contra uma onda crescente de pânico e estava prestes a tentar de novo quando a porta foi aberta atrás de mim e caí de costas dentro do cômodo. A mão de alguém cobriu minha boca, contendo o grito antes que este escapasse dos meus lábios. A outra mão veio com um pano branco dobrado em direção ao meu rosto.

Foi então que a ficha caiu. Os horrores dentro deste hotel não eram obra de apenas um homem louco. O dr. Henry Holmes provavelmente tinha um cúmplice. E graças à CHRONOS e a este estúpido medalhão, eu tinha caído bem na rota deles.

1

Não faço questão de uma vida limpinha e organizada. Qualquer um que duvide disso pode fuçar minha mochila, onde provavelmente vai encontrar uma barra de chocolate meio comida que está ali desde a época em Iowa — estado de onde a gente se mudou há quase um ano. Troquei de escola cinco vezes desde o jardim de infância. Passo metade de cada semana com minha mãe e metade com meu pai, quando durmo no sofá e divido um banheiro ridiculamente pequeno. Eu não sou dispendiosa ou exigente. Sou capaz de *lidar* com o caos.

Algumas coisas, no entanto, devem acontecer na ordem correta. Os sapatos devem ser colocados *depois* das meias. A manteiga de amendoim deve ser passada *depois* que o pão sai da torradeira, não antes. E netos nascem *depois* dos avós.

A maioria das pessoas não dá muita atenção a este último item. Eu certamente nunca tinha dado, pelo menos não até minha avó aparecer, no último mês de abril. Como este pequeno fator estava fora de ordem, minha vida inteira mudou. E eu não estou sendo melodramática aqui. Ter sua existência completamente apagada se qualifica com certeza como um acontecimento digno de mudar a vida, na definição de qualquer pessoa.

Antes do súbito reaparecimento da minha avó, eu estava há mais de uma década sem vê-la. Havia algumas fotografias amareladas de nós duas num álbum velho, mas, para mim, ela era simplesmente alguém que mandava dinheiro nos meus aniversários e no Natal — e alguém de quem minha mãe não gosta.

"Isso é *tão* típico", disse mamãe assim que saímos do metrô. "Minha mãe aparece na cidade e exige um encontro. Dane-se se por acaso a gente tiver outros planos."

Eu não tinha outros planos e com certeza nem a minha mãe. Mas eu também sabia que provavelmente a questão não era essa.

Uma brisa ligeiramente fria nos saudou quando a escada rolante chegou ao nível da rua e pisamos na Wisconsin Avenue. Mamãe ergueu o braço para chamar um táxi, que acabou encostando para pegar outro passageiro.

"O restaurante fica a poucos quarteirões daqui", falei. "A gente pode chegar lá em..."

"Estes saltos estão me machucando". Ela olhou ao redor, mas, notando que não havia mais nenhum outro táxi em vista, cedeu. "Tudo bem, Kate, vamos andando."

"Por que você compra saltos, para começo de conversa? Eu pensei que você não se importasse com a opinião dela."

Ela fez uma careta para mim e começou a descer pela calçada. "Será que dá para andar depressa, por favor? Eu não quero chegar atrasada."

Eu não estava tentando irritá-la. Geralmente a gente se dá muito bem. Mas sempre que algum assunto envolve a *própria* mãe, mamãe fica irracional. Os cheques de aniversário e de Natal que mencionei? Vão diretamente para minha poupança da faculdade, muito embora mamãe sempre diga que eu deveria tomar minhas decisões financeiras e lidar com as consequências.

Na noite anterior, ela de fato conversou com sua mãe por mais de cinco minutos — um recorde, pelo menos até onde me lembro. Eu só ouvi o lado da mamãe, mas deu para juntar as peças. Minha avó estava de volta da Europa, estava doente e queria ver a gente. Mamãe discutiu, mas finalmente cedeu. Aí as negociações prosseguiram para questões de logística — local de encontro (campo neutro), culinária escolhida (vegetariana), horário do encontro (19h30) e assim por diante.

Chegamos ao restaurante uns bons dez minutos adiantadas. Era um lugar da moda, essencialmente vegetariano, com grandes pinturas de hortaliças nas paredes externas, as quais me faziam lembrar das ilustrações de um dos livros de receitas bem gastos de papai. Mamãe deu um suspiro de alívio quando entramos e ela confirmou que havíamos chegado antes da minha avó.

Acomodei-me na cadeira de frente para o bar. O carinha que estava preparando drinques e sucos atrás do balcão era bonitinho, de um jeito meio artístico e carrancudo, com cabelos compridos presos num rabo de cavalo. Ainda que ele fosse um *bocadinho* velho demais para mim, pelo menos eu teria uma vista agradável enquanto elas estivessem discutindo.

Quando minha avó chegou alguns minutos depois, ela não era como eu esperava. Por um lado, era mais delicada do que parecia nas fotografias — da minha altura ou um pouco mais baixa. Seu cabelo grisalho era praticamente cortado à máquina e ela estava vestida casualmente, usando uma túnica estampada ousada e uma calça de malha preta que parecia, pensei com inveja, muito mais confortável do que o que eu tinha sido obrigada a vestir. E ela não parecia doente. Um pouco cansada, talvez. Doente? Nem tanto.

Mamãe parecia concordar. "Olá mãe. Você me parece *surpreendentemente* bem."

"Não me repreenda, Deborah. Eu não disse que ia bater as botas antes do final da semana." Suas palavras miraram em mamãe, mas seus olhos estavam em mim enquanto falava. "Eu precisava ver você e eu precisava ver minha neta, toda crescidinha e tão bonita. As fotos da escola não lhe fazem justiça, querida." Ela puxou uma cadeira para sentar-se. "Estou com muita fome, Kate. A comida aqui é boa?"

Eu estava tão segura de que ela ia me chamar de Prudence, que levei uns segundos para perceber que a pergunta tinha sido para mim. "Nada mal", respondi. "Eles têm uns sanduíches bonzinhos, e não é *tudo* vegetariano. Tem uns peixes bons também. As sobremesas são legais."

Ela sorriu, colocando a bolsa na cadeira vazia ao seu lado, mas mantendo as chaves ao alcance e colocando-as na mesa, ao lado de seu guardanapo. Na argola do chaveiro havia duas chaves de aparência muito comum e um medalhão azul muito *incomum*. Era extremamente fino, com uns sete centímetros de diâmetro, e emitia um brilho que parecia peculiarmente intenso no ambiente mal-iluminado. Ele clareava as costas do cardápio de mamãe e dava para ver pontinhos azuis refletindo nos talheres. A luz fazia lembrar um colar incandescente que eu tinha ganhado na Montgomery County Fair alguns meses atrás, mas esta peça era muito mais brilhante e mais elaborada. Bem no centro do círculo havia uma ampulheta. A areia ainda fluía de um lado a outro, muito embora o medalhão estivesse deitado na mesa.

Ou mamãe não tinha notado o objeto esquisito, o que parecia impossível, ou então estava ignorando-o sumariamente. Se estivesse ignorando, a última coisa que eu queria fazer era incitar o estouro de um ninho de vespas entre as duas ao chamar a atenção dela para a joia.

Resolvi seguir seu exemplo, pelo menos por enquanto. Quando me virei para voltar ao cardápio, no entanto, percebi minha avó observando minha reação à luz e sorrindo suavemente. Era complicado decifrar a expressão nos olhos dela, mas achei que ela parecia... *aliviada*.

Todo mundo tentou manter a conversa leve durante a primeira parte da refeição. Falar do tempo e da comida eram zonas seguras, mas já tínhamos explorado tais assuntos de todos os ângulos possíveis nos primeiros dez minutos.

"Está gostando de Briar Hill?", perguntou minha avó.

Mergulhei no assunto novo ansiosamente, pressentindo mais uma zona segura. "Adorando. As matérias na escola são mais desafiadoras do que em qualquer outro lugar onde já estive. Estou feliz porque papai conseguiu o emprego aqui."

Minha nova escola tem uma política muito generosa no que diz respeito ao ensino gratuito aos filhos dos membros do corpo docente. Eles ainda oferecem pequenos chalés para os professores que desejam morar no campus, o que explica por que eu caio no sofá-cama de papai três ou quatro noites por semana. O colchão é irregular e dá para sentir a barra de ferro se você rolar para o meio, mas considero uma troca justa devido à hora extra de sono que ganho nas manhãs em que tenho aula.

"Definitivamente parece uma boa oportunidade para você... E Harry me disse que você está se saindo muito bem."

"Eu não sabia que você e papai... se falavam." Eu queria saber, embora desconfiasse que isso pudesse levar a conversa para um território perigoso. "É por isso que você sabia que deveria me chamar de Kate?"

"Sim", confirmou ela. "Mas nos últimos anos você também assinou 'Kate' nos cartões de agradecimento pelos mimos que mandei de aniversário e de Natal."

Dã. Eu tinha me esquecido disso. "Desculpe se isso magoa você. Desculpe mesmo, mas..."

"Por que eu ficaria magoada? Prudence já era um nome horroroso há quarenta anos, mas como fui eu quem escolhi o nome da sua mãe, pareceu justo deixar Jim escolher o nome da outra gêmea. Ele escolheu Prudence em homenagem à mãe dele. Ela era uma senhora meiga, mas ainda acho que foi uma desvantagem horrível dar este nome a um bebê pequeno e indefeso."

Mamãe, que obviamente tinha feito o mesmo comigo quando eu era um bebê pequeno e indefeso, engoliu a censura indireta silenciosamente, e minha avó continuou: "Tenho certeza de que Prudence não é considerado um nome legal para uma garota de dezesseis anos. Devo confessar que fico lisonjeada por você ter escolhido o meu nome em vez disso."

Agora eu estava totalmente confusa. "Mas eu achei que... Seu nome não é Prudence também?"

As duas riram e eu senti o nível de tensão à mesa aliviar um tiquinho. "Não, ela também é *Katherine*", disse mamãe. "O nome Prudence foi escolhido em homenagem à mãe do meu pai, mas o nome do meio dela era Katherine, por causa da *minha* mãe. Então você também é Prudence Katherine. Eu pensei que você soubesse disso."

Grande suspiro de alívio. Eu tinha passado o dia inteiro preocupada com a possibilidade de magoar minha avó caso eu insistisse em ser chamada de Kate, em vez de Prudence. O nome era um ponto de discórdia permanente entre mim e minha mãe. Eu até cheguei a pedir para trocá-lo legalmente quando comecei a estudar em Briar Hill, em janeiro, de modo que não haveria nenhuma chance de a informação nociva vazar para inimigos em potencial. Mas os olhos de mamãe se encheram d'água à mera sugestão, por isso deixei pra lá. Quando seu nome é uma homenagem a uma tia que morreu jovem demais, suas opções ficam muito limitadas.

Empurrei um pedaço de abobrinha molenga para o cantinho do meu prato e olhei incisivamente para mamãe antes de responder: "Eu nunca ouvi ninguém usar o nome dela, então como eu *ia* saber? Você sempre diz 'a sua avó'."

Minha avó franziu o nariz de desgosto.

"Você prefere vovó?", provoquei. "Ou talvez vovozinha?"

Ela estremeceu. "Não, e definitivamente *não* para a última opção. Que tal Katherine? Eu nunca fui afeita a títulos formais e sou Katherine para todo mundo."

Assenti, e minha mãe me deu um olhar de censura que sugeria que eu estava ficando muito amigável com o inimigo.

A garçonete trouxe mais um merlot para mamãe e reabasteceu nossos copos com água. Fiquei surpresa porque ela nem sequer olhou para o medalhão esquisito quando se aproximou da mesa — afinal não é algo que você vê todos os dias. O brilho concedeu à água que caía da jarra um tom azul-bebê cintilante. Pensei que ela fosse ao menos olhar para trás enquanto saía, do jeito que você faz quando está curioso com alguma coisa, mas acho que não quis parecer sem educação ou, neste caso, prejudicar sua gorjeta. Daí ela se dirigiu para a cozinha, parando apenas para conversar por um momento com o Carinha Bonitinho do Rabo de Cavalo.

Nós já tínhamos comido quase toda a entrada quando pisei acidentalmente em mais uma mina terrestre verbal. "Seu hotel fica perto daqui?", perguntei, pensando que talvez eu pudesse dar um jeitinho de conseguir frequentar alguma área com uma bela piscina coberta e sauna.

"Não estou num hotel", disse Katherine. "Comprei uma casa. Não muito longe da sua escola, na verdade."

Mamãe fez uma pausa, uma garfada de risoto a meio caminho da boca. "Você... comprou... uma casa."

"Sim. Connor e eu andamos acampando por lá nos últimos dias, mas a transportadora finalmente concluiu a mudança e agora só precisamos organizar as coisas. Harry me indicou um corretor de imóveis muito bom."

"Harry." Mamãe comprimiu a boca, e fiquei com a sensação de que meu pai ia entrar na listinha negra dela por um tempo. Ela continuou, pronunciando cada palavra com muita precisão — no mesmo tom de voz normalmente adotado pouco antes de eu ser colocada de castigo: "Então você está na cidade há várias semanas e não se deu ao trabalho de *me* telefonar, mas *ligou* para o meu ex-marido, que foi gentil o suficiente para encontrar um corretor de imóveis para você. *E* guardou segredo sobre isso."

"Eu não tinha certeza de como *você* ia reagir à minha decisão", disse Katherine. "Harry, por outro lado, gosta de mim. E eu pedi a ele para guardar segredo como um favor especial. Tenho certeza de que tem sido difícil para ele. O sigilo não faz parte da natureza de Harry." Concordei mentalmente sobre esta questão — papai é um livro escancarado na maioria dos aspectos.

"Ok. Então você comprou uma casa." Mamãe pousou o garfo de volta no prato com o risoto intocado e afastou a cadeira da mesa. Fiquei preocupada com a possibilidade de fazermos uma saída dramática, mas ela simplesmente disse: "Vou ao banheiro. Quando voltar, talvez você possa me contar exatamente quem é Connor."

Assim que mamãe se afastou do alcance da voz, Katherine se inclinou para frente, empurrando o círculo azul incandescente em minha direção. "Elas não conseguem enxergar, querida. Não... Não é bem isso. Elas enxergam o *pingente*, mas não do mesmo jeito que nós. De que cor é a luz para você? Azul, certo?"

Eu arqueei uma sobrancelha. "É claro que é azul."

"Para mim, não. Eu vejo um belo tom de laranja. Tipo um picolé de laranja."

"É *azul*", repeti. Eu nunca tinha visto nada tão intensamente azul na minha vida.

Ela deu de ombros. "Eu não entendo bem a física desta coisa. Mas só conheci algumas dezenas de pessoas que realmente *enxergam* esta luz, e todos nós a enxergamos de um jeito um pouco diferente."

Katherine fez uma pausa e olhou para trás, a fim de verificar se mamãe estava voltando, antes de enfiar o medalhão em sua bolsa. "Nós não podemos discutir isso em detalhes agora... Tem tanta coisa que você precisa saber."

O tom de urgência na voz de Katherine foi desencadeando um monte de alarmes na minha cabeça. Mas antes que eu pudesse perguntar exatamente o que ela achava que eu precisava saber, ela agarrou minha mão, segurando-a entre as dela. "Mas eu quero que você saiba de uma coisa, Kate. Aqueles *não* foram ataques de pânico."

Pisquei, surpresa por ela estar ciente sobre os dois episódios que tanto me abalaram. O "psicólogo" que mamãe me levou em fevereiro, logo depois do segundo incidente, os intitulou de ataques de pânico, provavelmente desencadeados pela minha mudança para uma escola nova no meio do ano letivo. Não fazia sentido. Se eu fosse ter um ataque de pânico, teria sido durante os cinco meses na Roosevelt High, quando eu estava me adaptando a detectores de metal e a revistas de segurança após dois anos naquele tedioso fim de mundo em Iowa. Isso também não explicava o episódio enquanto ainda estávamos em Iowa, embora eu julgue que *aquilo* poderia ter sido desencadeado pelo mais puro tédio.

Em ambas as ocasiões, fui tomada pela sensação repentina e potente de que tinha algo muito, muito terrivelmente errado, só que eu não conseguia identificar o que poderia ser. Meu corpo entrara num estado de alerta total — o coração saltitando, as mãos tremendo — e nada à minha volta parecia *real*. Durante o último ataque, saí correndo da sala de aula e fui direto até meu armário. Liguei para minha mãe, interrompendo uma reunião. Ela estava bem. Então fui ao escritório do meu pai. Ele não estava lá, e eu não sabia muito bem como estava o quadro de horários dele, aí fui subindo e descendo pelos corredores, parando para espiar pelos visores retangulares nas portas de todas as salas de aula. Várias sobrancelhas levantadas e olhares irritados depois, eu o encontrei. Ele também estava bem. Mandei uma mensagem de texto para minha melhor amiga, Charlayne, embora eu soubesse que ela estava em aula e que não teria como responder.

E por fim fui para o banheiro das meninas e vomitei meu almoço. A sensação de que algo estava *errado* persistiu durante dias.

Eu estava prestes a perguntar a Katherine como ela sabia dos ataques de pânico, quando mamãe voltou para a mesa, ostentando um sorrisinho tenso. Eu conheço bem aquele sorriso — papai e eu nos referimos a ele como o olhar de "quero-ver-você-se-explicar-direitinho"; e nunca precedia algo agradável.

"Ok, você comprou uma casa. Em Bethesda. Com alguém chamado Connor."

"Não, Deborah. Comprei uma casa em Bethesda sozinha. Connor é meu funcionário e amigo. Ele é um arquivista maravilhoso e um gênio dos computadores, e tem sido de grande ajuda desde que Phillip morreu."

"Bem, assim é melhor, creio eu. Achei que após a morte de Phillip você tivesse seguido em frente tão rapidamente quanto fez depois de papai."

Ai. Meus olhos dispararam em direção ao balcão, na esperança de que o Carinha Bonitinho com Rabo de Cavalo estivesse lá para oferecer uma distração, porém ele não estava à vista. Então olhei para a cadeira ao meu lado — qualquer coisa para evitar encarar os pares de olhos à mesa. Pontinhos nítidos de luz do medalhão estavam se infiltrando nos buracos minúsculos da trama da bolsa de Katherine. Era como se houvesse um porco-espinho azul sentado na cadeira, e em meio a esta imagem boba e meus nervos já em frangalhos, eu lutava para manter uma cara séria.

Por um momento pareceu que Katherine ia deixar passar o comentário sarcástico de mamãe, mas ela finalmente deu um longo suspiro. "Deborah, eu não quero ressuscitar essas histórias antigas com você, mas não vou deixar você ficar atirando comentários sarcásticos na frente de Kate sem apresentar minha versão da história." Ela se virou para mim e disse: "Eu me casei com Phillip três anos depois que seu avô morreu. Obviamente sua mãe achou cedo demais. Mas Phil era meu amigo e colega há muitos anos, e eu estava solitária. Partilhamos bons quinze anos juntos e sinto muita saudade dele."

Concluí que o caminho mais seguro era apenas sorrir educadamente. Da minha perspectiva, três anos era um tempão.

"Por que não nos concentramos na questão da casa então, mãe? Por que adquirir um imóvel se você está tão doente? Não faria mais sentido procurar uma casa de repouso com cuidados extensivos?"

Achei aquela declaração muito fria, mas fiquei calada. Katherine apenas balançou a cabeça, em seguida pegou sua bolsa.

"Tenho que pensar na minha biblioteca, Deborah. Eles não têm muito espaço para livros nos asilos. E eu gostaria de *aproveitar* o tempo que me resta. Bingo e gamão não fazem parte da minha lista-de-coisas-a-se-fazer-antes-de-morrer."

Ela abriu a bolsa e a luz azul inundou a mesa. Fiquei olhando para minha mãe com atenção. Eu conseguia enxergar a luz refletida nos olhos dela, mas sua expressão não tinha mudado nadinha. Eu não entendia como era possível, mas era óbvio que ela não conseguia mesmo notar a luz do medalhão.

"Eis aqui um resumo da situação. Estou com um tumor no cérebro. É inoperável." Katherine não fez nenhuma pausa para aguardar reações, simplesmente continuou, a voz nítida e desprovida de emoção: "Tentamos quimio e radioterapia, o que explica minha ausência de cabelo." Ela correu a mão pela própria cabeça. "Disseram-me que isso teria sido considerado chique há alguns anos. A *má* notícia é que eu provavelmente só tenho um ano de vida, um pouco mais se eu tiver sorte, e um pouco menos se não tiver. A *boa* notícia é que, com algumas exceções, o médico disse que vou poder fazer praticamente qualquer coisa que eu desejar no tempo que me resta."

Ela sacou um envelope grande da bolsa e retirou o conteúdo dele: várias folhas de papel, tudo com cara bem formal. "Eis aqui meu testamento. Herdei uma quantia substancial quando Phillip morreu. Tudo que possuo vai para Kate, incluindo a casa. Se eu morrer enquanto ela ainda for menor de idade, Deborah, peço que você seja a executante do inventário até ela completar dezoito anos. Só tem uma condição. Connor deve continuar contratado para que meu trabalho possa continuar. Kate vai ter liberdade para mudar isto assim que atingir a maioridade, mas espero que ele seja autorizado a permanecer pelo tempo que desejar. Se você concluir que não quer ser a executante do testamento, vou pedir a Harry.

"Eu também tenho um *pedido*", acrescentou ela. "Eu não queria transformar isto numa exigência. A nova casa é imensa e fica a pouco mais de um quilômetro da escola de Kate. Eu gostaria que vocês duas se dispusessem a morar comigo." Katherine ficou um bom tempo encarando minha mãe, que estremeceu visivelmente diante da sugestão, antes de continuar: "Se você preferir ficar mais perto da universidade,

Deborah, então vou fazer o mesmo pedido a Harry. De um modo ou de outro, Kate ficaria comigo durante uma parte da semana e teríamos tempo para nos conhecermos melhor."

Katherine empurrou os papéis para mamãe. "Estas cópias são para você." Ela apertou minha mão, então se levantou, já segurando a bolsa. "Eu sei que você precisa pensar nisso tudo. Por favor, termine seu jantar e coma a sobremesa se quiser. Vou cuidar da conta quando estiver saindo."

E então ela se foi, antes que eu ou mamãe pudéssemos dizer uma palavra.

"Bem, ela não perdeu o talento para o drama." Mamãe puxou um dos documentos pela pontinha, como se o papel fosse mordê-la. "Eu *não* quero morar com ela, Kate. E não olhe para mim como se eu fosse o diabo em pessoa. Se você quiser cumprir a cláusula do testamento da sua avó para passar 'um ano numa casa mal-assombrada', vai ter que se resolver com seu pai."

"Agora quem está sendo dramática aqui? Essa coisa de eu morar lá não faz parte do testamento. Ela disse que era só um pedido. E eu não acho que você esteja encarnando o 'diabo'... mas poxa, mamãe, ela está morrendo. Ela não é um monstro e parece muito..." Fiz uma pausa, buscando a palavra certa. "Interessante, acho. E talvez se você passasse um tempinho com ela, vocês duas conseguissem resolver suas diferenças, assim você não vai se sentir culpada quando ela morrer."

Aquilo me rendeu um olhar feio. "Kate, eu não estou no clima para psicanálise amadora agora. Tem muita coisa que você não entende, e provavelmente só vai entender quando virar mãe. Sinceramente, não tenho certeza nem se quero você fazendo visitas para ela, quanto menos morando lá. Ela é manipuladora e egoísta, e eu não quero que você se magoe."

"Não sei como você pode dizer que ela é egoísta, sendo que ela está deixando muito dinheiro para a gente. Pelo menos eu presumo que seja muito dinheiro."

Mamãe olhou para o envelope. "Acho que esta é uma presunção bastante segura. Mas espero que eu tenha conseguido te ensinar que dinheiro não é tudo, Kate. Existem outras coisas, como *se doar* quando alguém precisa de você. Tempo, atenção, empatia..."

Ela bebeu o resto do vinho de sua taça antes de continuar. "Eu sempre fui mais próxima do meu pai do que da minha mãe, mas precisei muito dela depois do acidente. Perdi meu pai e perdi minha irmã gêmea. Eu mal tive a chance de me despedir de papai... e Prudence simplesmente *se foi*. Sem adeus, nada. Eu me senti tão sozinha. Nós duas sofremos a mesma perda, mas mamãe se trancou em seu quarto, e eu quase não a vi mais. Ela só saiu para o funeral e depois voltou para o quarto."

Mamãe corria o dedo cuidadosamente pela borda da taça vazia. "Talvez por isso eu tenha ficado tão atraída pelo seu pai. Harry foi a primeira pessoa que conheci que compreendeu aquele tipo de perda."

Os pais do meu pai faleceram num acidente de carro quando ele tinha apenas cinco anos; ele teve sorte de ter sobrevivido ao desastre. Eu nunca perdi uma pessoa que eu amasse, e tanto mamãe quanto papai sempre estiveram comigo quando eu precisei deles. Mas eu definitivamente era empática à sensação de solidão. Depois de cada um dos "ataques de pânico", senti como se ninguém entendesse o que eu estava passando. Fiquei furiosa porque mamãe e até mesmo papai tentaram desdenhar das crises, tratando como episódios normais e explicáveis, quando eu não tinha nenhuma dúvida de que não eram nada disso.

"Eu sempre acreditei", continuou mamãe, "que uma mãe deve preocupar-se primeiro com seus filhos, e não com as próprias necessidades. Mas eu provavelmente também não coloco isto em prática tão bem quanto deveria. E... Não quero que você faça um retrospecto daqui a vinte anos e sinta tanta raiva de mim quanto sinto dela.

"Eu não quero morar com a minha mãe e não quero o dinheiro dela. Mas", acrescentou, "você vai se tornar adulta em breve, e vai ter idade suficiente para decidir sozinha. Eu não vou te impedir de vê-la, se é isto que você quer. Você e seu pai podem administrar o restante do tempo. Soa justo assim?"

Assenti. Achei que ela fosse ruminar o assunto por dias ou mesmo semanas, e fiquei surpresa por realmente ter o direito de decidir. "Quer dividir uma sobremesa?"

Ela sorriu. "De jeito nenhum, garota. Vou querer uma *só para mim*. Preciso de algo imenso e bem recheado, com muito, muito chocolate."

"Está atrasada, mocinha." Papai enfiou em meus braços uma tigela cheia de hortaliças no segundo em que entrei pela porta. "Eu agora não sei mais o que fazer. Eu preciso de alguém para me ajudar para preparar o jambalaia[1] antes de Sara chegar. A faca está na mesa. Vai picando, vai picando."

Revirei os olhos para a brincadeirinha horrorosa com a letra da música, embora eu não tenha me importado de verdade. Se papai está fazendo piadas ruins, significa que ele está de bom humor.

Nós dois gostamos de cozinhar, mas durante a semana raramente há tempo para algo além de sopa e sanduíches. Aos domingos, no entanto, a gente vai comer fora. Normalmente a namorada de papai, Sara, se junta a nós para provar a experiência gastronômica disponível na semana. Infelizmente, a cozinha não é lá muito adequada para algo mais ousado do que pizza de micro-ondas. Mal tem espaço no balcão para uma pessoa, quanto mais para duas. Então me sentei à mesa da cozinha, fatiando a "santíssima trindade" da culinária *Creole* da Louisiana — pimentão, aipo e cebola — enquanto meu pai estava junto à pia fazendo sua parte no preparo da comida.

O envelope com o testamento de Katherine estava do outro lado da mesinha, assim não se sujaria enquanto eu cortava os temperos. Dei uma olhadinha para papai quando coloquei os últimos pedaços de aipo na tigela. "Mamãe mandou um 'oi'. Katherine também."

---

[1] Jambalaia é um prato típico do estado de Louisiana; os principais ingredientes são arroz, frango, lagostim ou camarão e vegetais, principalmente pimentão, aipo, cebola, tomilho e pimenta-caiena. [NT]

Papai deu um sorriso levemente torto. "Ai. Quão encrencado estou desta vez?"

Sorri e comecei a fatiar o pimentão em tiras estreitas. "Até o queixo, eu diria. Katherine contou que você ajudou a encontrar um corretor de imóveis."

"Eu dei a ela o endereço do site de um conhecido de Sara e falei que talvez fosse uma boa pessoa. Dificilmente dá para chamar isso de apoiar e instigar o inimigo." Ele se voltou para o presunto que estava cortando. "Então ela vai comprar uma casa aqui?"

"Já comprou. Dá para ir a pé de Briar Hill, então deve ser muito perto. Pensei que você soubesse."

Ele riu. "Não. Acho que Katherine concluiu que minha vida fica mais fácil se eu souber o mínimo possível sobre os planos dela. Mas devo dizer que estou feliz por ela ter voltado." Seus olhos, do mesmo tom de verde intenso que os meus, escureceram. "Como ela está?"

"Então você sabe que ela está doente?"

"Sim. Ela me contou em seu último e-mail. É muito triste mesmo. Eu sempre gostei de Katherine, embora sua mãe não se dê muito bem com ela."

Empilhei as tiras finas de pimentão verde e as virei para começar a cortar em quadradinhos pequenos. "Olhando pra ela, você nem imagina que ela estaria morrendo. Ela está usando o cabelo bem curtinho... Disse que era por causa dos tratamentos. Não me lembro como ela era antes, na verdade, com exceção de algumas fotos bem velhas." Fiz uma pausa por um instante. "Você contou a ela sobre meus... ataques de pânico... ou foi obra da mamãe?"

"Hum... Fui eu. Espero que não seja um problema... Ela me mandou um e-mail há um tempo e perguntou sobre você. Eu estava preocupado com você e me questionava se talvez sua mãe tivesse passado por algo parecido quando tinha sua idade. Acho que eu poderia ter perguntado diretamente à sua mãe, mas conseguir esse tipo de informação de Deborah é como arrancar um dente."

"Tudo bem", falei. "Eu só queria saber quem foi. Ela te contou sobre o testamento?"

"Não. Eu não sabia que *existia* um testamento. Ela está tentando fazer sua mãe aceitar dinheiro de novo?"

"Bem, não exatamente." Deslizei os pimentões na tigela com as costas da faca e comecei a picar a cebola. "Katherine diz que está deixando tudo para mim, incluindo a casa imensa que ela acabou de comprar. Um monte de outras coisas também. E a menos que mamãe sofra uma mudança brusca de opinião, acho que você vai precisar ser o executor do testamento, ou tutor dos fundos de pensão ou algo assim."

Por pouco papai não fez um corte no dedo indicador. Ele pousou a faca na tábua com cuidado e puxou a outra cadeira, enxugando as mãos no pano de prato. "Um fundo de pensão?" Entreguei-lhe o envelope e ele ficou calado por um momento enquanto folheava os documentos legais. "Eu nem sabia que Katherine tinha dinheiro suficiente para comprar uma casa, principalmente aqui. Pensei que ela estivesse procurando algo num condomínio ou algo do tipo. O amigo de Sara me deve uma cerveja... que diabo, um engradado inteiro logo, por lhe mandar essa comissão polpuda."

"Tem mais", completei. "Katherine quer que eu more com ela... Bem, ela gostaria que mamãe fosse também, mas acho que já sabia qual seria a resposta *dela*. Ela sabe que passo parte da semana aqui e parte com mamãe, então disse que se ela recusasse, iria pedir a você."

"Esta é uma condição do testamento?"

"Não. Mas eu quero fazer."

Papai ficou me olhando por um tempo. "Tem certeza, Katie? Duvido que os próximos meses vão ser os mais fáceis para sua avó. E isso pode soar um pouco frio, mas quanto mais você se aproximar dela, mais vai doer quando ela se for. Quero dizer, eu me preocupo com Katherine, mas minha primeira consideração é sempre você."

"Eu sei, pai. Mas acho que ela está solitária." Cogitei mencionar o medalhão, mas eu não tinha certeza se ele acreditaria em mim. Ele não ia achar que eu estava *mentindo*, mas poderia começar a ficar preocupado, achando que eu estava com um parafuso solto. E mesmo que Katherine não tivesse me pedido para jurar sigilo ou qualquer coisa assim, parecia uma quebra de confiança falar com qualquer outra pessoa sobre o que eu tinha visto antes de Katherine ter a oportunidade de me revelar mais. "Eu quero conhecê-la. Antes que seja tarde..."

Ele suspirou e se recostou na cadeira. "O que a sua mãe acha?"

"Mamãe não vai morar com ela, nem mesmo em regime parcial. Mas tirando isso, ela disse que a decisão é nossa. E você poderia ficar aqui nos dias em que eu fosse dormir com mamãe, assim você poderia passar algumas noites com Sara..." O rosto do meu pai ficou muito vermelho e eu me repreendi mentalmente. Há meses eu já tinha percebido que Sara ficava com ele nas noites em que eu estava com a mãe, mas este provavelmente não era o jeito mais sutil de informá-lo de que eu já havia sacado.

"Hum. Tudo bem." Ele se levantou e se voltou para a tábua de corte. "Acho que eu deveria ter uma conversa com sua mãe antes de discutir isto. Já que estou bastante encrencado, eu gostaria de evitar piorar as coisas. Mas se ela está mesmo tranquila em relação a isso e você tem certeza do que quer..."

Quando o jambalaia estava borbulhando perfumadamente numa trempe dos fundos, papai pegou seu celular e o testamento e entrou no quarto. Saquei meu livro de astronomia da mochila e tentei ler o dever de casa, mas não estava fácil me concentrar. Fiquei na expectativa de ouvir vozes exaltadas vindas do quarto — muito embora provavelmente fosse bobo da minha parte, já que papai nunca gritava, e seria muito difícil ouvir mamãe do outro lado da linha, ainda que ela estivesse berrando a plenos pulmões.

Eu tinha acabado de dar uma mexidinha na panela quando papai voltou. Ele me entregou o testamento e um pedaço de papel, onde tinha anotado um número de telefone.

"Foi melhor do que eu esperava. Sua mãe pareceu meio... subjugada, acho. E ela diz que esta decisão cabe a nós... apenas deixe-a de fora tanto quanto possível. A única vez em que ela ficou com raiva foi quando sugeri que *ela* pudesse querer pensar em passar um tempo com Katherine. Ela me mandou cuidar da minha vida. Mas não de um jeito educado."

Ele tirou os pratos de um dos pequenos armários suspensos — um processo intrincado que exigia que primeiro se removesse do caminho as tigelas de cereais e um pequeno coador. "Sara chegará a qualquer minuto. Por que não jantamos, e aí depois você telefona para sua avó para contar a novidade? Eu só espero que ela tenha comprado um lugar com uma cozinha bem grande e agradável."

∞

Eu já estava de pé bem antes de o amanhecer de segunda-feira, com muito mais energia do que normalmente demonstro num início de manhã. Tomei banho e me vesti, daí bati na porta do quarto de papai.

Ele estava acordado, mas não pareceu feliz com isso. "Você precisa se apressar, pai, ou vamos nos atrasar."

Ele bocejou e seguiu para o chuveiro aos tropeços. "Paciência, gafanhoto. É uma caminhada de apenas cinco minutos."

Quando liguei para dar a notícia a ela na noite anterior, Katherine me deu instruções para chegar à casa e perguntou se poderíamos tomar um café da manhã rápido antes da escola. "Eu sei que isso não vai nos dar muito tempo para conversar... conversar *de verdade*. Eu só quero ver você. Estou tão feliz que você vai ficar aqui. E eu quero que você conheça Connor... e Daphne, também, é claro."

Não tive a chance de perguntar quem era Daphne antes de ela desligar, mas descobri no segundo em que papai e eu entramos pela porta da frente da imensa casa de pedras. Uma cadela setter irlandês enorme levantou-se, colocou as duas patas nos meus ombros e me deu uma lambida demorada e molhada na cara. Ela era dona de grandes olhos escuros e tinha pintinhas cinzentas no focinho castanho avermelhado.

"Daphne, seu monstrinho, desça já! Você vai derrubar Kate!" Katherine riu enquanto puxava a coleira do cachorro. "Espero que você não tenha medo de cachorros, querida. Ela é uma doçura... só não pensa antes de pular. Ela te machucou?"

"Não, ela é linda! E é tão leve para um cachorro tão grande!"

"Sim, bem, a maior parte do corpo dela é puro pelo. E ela está um pouco agitada, receio. Ficou enfiada num canil enquanto estávamos de mudança. Ela está tão feliz por ter uma casa nova e um quintal para explorar de novo que está agindo como se fosse um filhotinho outra vez."

Katherine fechou a porta atrás de nós. "Harry, é maravilhoso ver você. Entre, coloque suas coisas por aí e vamos para a cozinha para que vocês dois possam chegar a tempo na escola."

A cozinha era um espaço imenso, aberto. Os primeiros raios de sol hesitantes estavam brilhando através da porta de correr, que se abria para um pequeno pátio. Na outra extremidade do cômodo havia uma grande janela saliente com um assento estofado; parecia o lugar perfeito para se enroscar junto a um bom livro num dia chuvoso.

"Harry provavelmente se lembra de que sou a pior cozinheira do mundo", disse Katherine. "Concluí que seria melhor servir pãezinhos doces da padaria em vez de torturá-los com uma tentativa digna de avó de assar bolinhos caseiros de mirtilo. Tem *cream cheese*, frutas, suco de laranja e café. E, sim, Harry, já botei a chaleira no fogo para o chá. Chá verde ou preto?"

Olhei em direção ao balcão, para onde ela estava apontando, e à primeira vista pensei que houvesse uma lâmpada por trás da caixa de pãezinhos. Então percebi que era o medalhão, brilhando tão vivamente quanto no restaurante.

Fiquei surpresa ao ver papai interromper a escolha dentre os sabores de pães e tomá-lo na mão. "Ah, você ainda tem isto aqui!"

"Ah, sim", disse Katherine. "Ele me acompanha em todos os lugares. Meu amuleto da sorte, acho."

"Este medalhão realmente traz muitas lembranças. Katie, tenho certeza de que você não consegue se lembrar disso, mas você era totalmente fascinada por este negocinho aqui quando era bebê. Toda vez que Katherine vinha visitar, você engatinhava para o colo dela e ficava olhando para ele. Acho que não havia nada do qual você gostasse mais. Você sorria e gargalhava como se esta coisa fosse o melhor brinquedo do mundo. Você costumava chamá-lo de..."

"A luz azul", disse Katherine baixinho.

"É isso mesmo", confirmou papai. "No início, a gente não entendia muito bem o que você balbuciava... soava como 'lua-dul'. Mesmo quando você já distinguia todas as cores dele, você ainda chamava de 'luz azul'. Quando eu ou sua mãe tentávamos corrigir, você ficava toda séria e dizia: 'Não, papai, é uma *luz azul*'. Por fim nós desistimos." Ele fez um cafuné no meu cabelo escuro, do mesmo jeito que costumava fazer quando eu era pequena. "Você era uma gracinha."

Ele colocou o medalhão de volta no balcão e eu o peguei para um exame mais atento. Era surpreendentemente leve para seu tamanho. Eu mal conseguia senti-lo na palma. Curiosa, passei os dedos da outra mão no centro brilhante e senti uma pulsação súbita e intensa de energia. Pequenos feixes de luz subiram em ângulos aleatórios a partir do círculo, e o cômodo pareceu sumir ao fundo. Dava para ouvir meu pai e Katherine falando, mas a conversa soava como alguma coisa tocando num rádio ou numa televisão numa parte distante da casa.

A cozinha foi substituída por um redemoinho de imagens, sons e aromas lampejando na minha cabeça numa sucessão veloz: o vento soprando num campo de trigo, grandes edifícios brancos zunindo baixinho e aparentemente empoleirados perto do oceano, um buraco escuro que poderia ter sido uma caverna, o som de alguém — uma criança? — soluçando.

Então eu estava de volta ao campo de trigo, e era tão real que dava para sentir o cheiro dos grãos e ver os pequenos insetos e partículas de poeira suspensos. Vi minhas mãos se esticando para o rosto sombrio de um homem jovem — olhos intensos me encarando em meio a cílios longos, os cabelos negros roçando em meus dedos enquanto eu acariciava os contornos de seu pescoço bronzeado e musculoso. Dava para sentir a mão forte na minha cintura, puxando-me para o corpo dele, o hálito quente no meu rosto, os lábios dele quase tocando os meus.

"Kate?" A voz do meu pai cortou a névoa ao redor do meu cérebro quando ele agarrou a mão que segurava o medalhão. "Katie? Você está bem?" Respirei fundo e pousei o medalhão no tampo, segurando-me na bancada para manter o equilíbrio.

"Hum... Sim." Senti o rubor tomar minhas bochechas. Eu tinha certeza de que ia me sentir exatamente assim na primeira vez em que meu pai me visse beijando alguém — coisa que praticamente tinha acontecido, ou assim me parecia. "Só estou tonta... só um pouco."

Katherine empurrou o medalhão para um cantinho da bancada. Seu rosto estava pálido, e quando captei sua atenção ela balançou a cabeça uma vez, de forma quase imperceptível. "Imagino que ela só esteja precisando de café da manhã, Harry." Ela tomou meu braço e me levou até a copa onde costumava fazer seu desjejum.

Isso também foi bom. Eu estava me sentindo muito instável. Eu nunca havia experimentado nenhum tipo de alucinação, e os sons e as imagens pareceram tão reais, como se eu de fato os tivesse vivenciado em primeira mão.

Papai insistiu para que eu permanecesse sentada enquanto ele me trazia um pãozinho e um pouco de suco. Ele havia acabado de retornar à mesa e estava começando mais uma história com um "Você se lembra...", quando um homem alto e ruivo de idade indeterminada surgiu à porta.

"Bom dia, Katherine."

"Connor!", disse Katherine. "Eu estava prestes a ligar para você para avisar que nossas visitas chegaram. Este cavalheiro é Harry Keller. E esta é minha neta, Kate."

"Connor Dunne. É um prazer conhecê-los." Ele apertou a mão do meu pai rapidamente, em seguida virou-se para mim: "E Kate... Estou feliz por você estar aqui. Nós temos muito o que fazer."

"Vocês precisam de ajuda para desembalar a mudança?", perguntei.

Connor lançou um olhar interrogativo para mim, e depois olhou de volta para minha avó.

"Connor", disse ela. "Relaxe. Nós vamos ter muito tempo para conversar sobre a organização da biblioteca uma vez que Kate e Harry se instalarem. Coma um pãozinho e aproveite o sol da manhã. Você vai ficar feliz em saber que dessa vez eu trouxe pão de centeio."

Ela se virou para papai. "Connor tem trabalhado comigo nos últimos dois anos e eu simplesmente não conseguiria viver sem ele. Ele estava me ajudando a digitalizar a coleção, mas estávamos a meio caminho quando..." Ela fez uma pausa, como se buscasse a palavra certa. "Quando resolvemos nos mudar."

"Você tem muitos livros?", perguntei.

Papai bufou enquanto passava *cream cheese* em seu pão. "A coleção de Katherine coloca a Amazon no chinelo."

Katherine riu e balançou a cabeça. "Eu não tenho tantos livros *assim*... mas eu tenho um monte de volumes que você não vai encontrar lá, nem em nenhum outro lugar."

"Que tipo de livros?", eu quis saber. "Pensando bem, eu nem sei o que você faz da vida..."

"Eu sou historiadora, assim como sua mãe." Ela fez uma pausa. "Você está surpresa por Deborah ter se embrenhado no mesmo campo que eu, não é?" Eu *estava* surpresa, mas não acho que seria uma coisa muito educada de se dizer. "Deborah bem que lutou contra isso, mas temo que seja culpa da genética. Ela não tinha escolha. No entanto, ela estuda história contemporânea. A maior parte da minha pesquisa lida com épocas mais distantes..."

Connor riu baixinho, embora eu não tivesse entendido a piada, e então pegou mais pãezinhos na caixa e se dirigiu para uma das duas escadarias no saguão. Claramente, ele era um homem de poucas palavras e muito apetite.

"E eu sou mais pesquisadora do que professora", continuou Katherine. "Parei de lecionar desde que seu avô morreu."

"Vovô e Prudence?" Lamentei pelas minhas palavras imediatamente — devia ser difícil falar sobre a morte de uma criança, mesmo muitos anos depois.

Mas se incomodou Katherine, ela não deixou transparecer. "Sim, claro. E Prudence."

Após o café da manhã, fomos levados a um tour pelo local, com Daphne saltitando atrás da gente pelas escadas. Era uma casa muito grande, com uma escadaria curva subindo para a direita e outra, aquela que Connor tinha tomado, para a esquerda.

"Os quartos ficam para cá. Cada um de vocês tem uma pequena suíte... Podemos redecorar se for de seu agrado." Caminhamos um pouco pelo corredor, e Katherine me indicou uma suíte que era do mesmo tamanho do nosso chalé em Briar Hill. Aí desapareceu pelo corredor, conversando com papai.

Entrei no quarto principal da suíte, que tinha sido pintado de um azul muito claro. A cama de dossel no centro era de ferro forjado branco, com arabescos e uma colcha listrada de azul e branco. Parecia muito mais confortável do que o sofá-cama do meu pai. Sentei-me na beira do colchão e olhei em volta. Havia um banheiro só para mim e um closet à direita da cama, e à esquerda havia uma salinha de estar com um sofá, uma escrivaninha e duas janelas altas que davam para os jardins nos fundos. Era lindo e espaçoso, mas eu também estava feliz porque não estaria abandonando totalmente meu cantinho na residência urbana. Eu gostava das minhas estrelinhas que brilhavam no escuro, da minha bagunça e da minha claraboia, e eu não tinha certeza se este quarto um dia ia ter cara de "meu" tal como o outro.

"Então... vai servir?" Me sobressaltei levemente, surpresa ao ver Katherine à porta. Minha expressão aparentemente foi resposta suficiente, porque ela não parou. "Mandei seu pai até o sótão para verificar uma coisa para mim. Esperemos que ele se distraia com o caos lá em cima e que a gente tenha uns minutos para conversar. Temos mais trabalho a fazer nos próximos meses do que você consegue imaginar, minha querida." Ela sentou-se na beira da cama, colocando entre nós um saquinho Ziplock com um pequeno livro marrom. "Tem tanta coisa que depende de você e de suas aptidões, e nós ainda nem começamos a testá-las. Eu simplesmente achei que a gente fosse ter mais tempo."

"Minhas *aptidões*? Isso tem a ver com o medalhão?"

Katherine assentiu. "Tem, sim. E com seus assim chamados ataques de pânico. Sinto muito que você tenha precisado passar por isso sozinha... Eu sei que foi assustador."

Fiz uma carinha de enjoo. "Foi horrível. Senti que tinha algo errado, muito errado. Mas eu não sabia — *não sei* — o que era. Cada pedacinho de mim simplesmente... sei lá... *berrava* que alguma coisa estava fora do lugar, fora dos eixos. E não é como se já tivesse acabado. É mais como se tivesse murchado. O que quer que estivesse errado ainda não está... consertado, mas acho que me acostumei, talvez? Isso também não está certo." Balancei a cabeça. "Nem sei como explicar isso."

Katherine pegou minha mão. "A primeira vez foi no dia 2 de maio do ano passado, certo? E o segundo começou na tarde de 15 de janeiro?"

Ergui uma sobrancelha. "Sim. Papai disse as *datas*?" Fiquei surpresa ao saber que ele até mesmo se lembrava dos dias exatos.

"Ele nem precisou dizer. Eu também senti. Mas tive a vantagem de compreender imediatamente que eu estava passando por uma irregularidade temporal."

Eu sentia minha sobrancelha começando a se levantar de novo, mas tentei manter minha expressão neutra. Era tão bom ver alguém acreditando que não tinham sido ataques de pânico... mas o que diabos Katherine queria dizer com *irregularidade temporal*?

"E ao contrário de você, eu tinha o medalhão", disse ela. "Você deve ter morrido de medo." Seus olhos azuis se suavizaram. "Você se parece com ela, sabe."

"Com a minha mãe?"

"Bem, sim, um pouco... mas mais com Prudence. Elas não são gêmeas idênticas. No entanto, seus olhos são iguaizinhos aos do seu pai. Não tem como confundir esse verde." A mão magra de Katherine ajeitou um dos meus cachos escuros dispersos que sempre pareciam escapar de qualquer faixa ou pregador de cabelo.

"O cabelo de Deborah é uma versão mais domada do seu... Você tem os cachos selvagens de Pru. Eu nunca conseguia desembaraçá-los..."

Depois de um longo momento, ela sorriu e balançou a cabeça, de volta ao presente. "Estou desperdiçando tempo." Baixou a voz e falou rapidamente: "Kate, vai acontecer de novo. Eu não tenho certeza de quando acontecerá mais uma mudança temporal, mas desconfio que será em breve. Eu não quero te assustar, mas você é a única pessoa que tem a capacidade de resolver isso. E você tem que resolver isso. Caso contrário, tudo — e eu me refiro a *tudo* mesmo — estará perdido."

Katherine colocou o livro na minha mão quando se levantou para sair. "Leia isto. Vai lhe fornecer mais perguntas do que respostas, mas acho que é a maneira mais rápida de convencê-la de que isso tudo é muito real."

Ela seguiu para a porta e, em seguida, olhou para trás, com uma expressão severa. "E você de forma nenhuma deve segurar o medalhão novamente, até que esteja pronta. Foi imprudência minha deixá-lo na bancada daquele jeito, mas eu não fazia ideia de que você seria capaz de acioná-lo." Ela balançou a cabeça energicamente. "Você quase nos deixou, mocinha, e receio que você *não* teria sido capaz de encontrar o caminho de volta."

∞

Papai e eu seguimos para a escola com apenas alguns minutos de sobra. No caminho, ele ficou batendo papo sobre um telescópio montado no sótão de Katherine, deixado pelos proprietários anteriores. A região de Washington DC *agora* era iluminada, por isso a parafernália não tinha mais utilidade, mas quando a casa fora construída, disse ele, esse não teria sido o caso. Assenti nos momentos certos, mas mal ouvi as palavras dele.

Também fiz um esforço danado para me concentrar na aula naquele dia. Tinha coisa demais rolando na minha cabeça para eu achar trigonometria ou literatura inglesa coisas interessantes. Num minuto eu me lembrava de que Katherine *tinha* um tumor no cérebro e de que seus comentários poderiam ser resultado de muita pressão sobre o hipocampo ou algo assim. Mas daí eu me lembrava da sensação de tocar o medalhão — o som de rugido, o cheiro de campo e o calor da pele *dele* debaixo da minha mão — e aí eu sabia, sem sombra de dúvida, que minha avó estava dizendo a verdade, o que levava à pergunta: como diabos ela esperava que eu consertasse as coisas? Aí dois minutos depois eu voltava a duvidar de toda aquela aventura.

Quando tocou o último sinal, dei uma passadinha no escritório do meu pai para lhe dar um abraço e então caminhei num ritmo acelerado pelos setecentos metros que levavam à estação de metrô, esperando chegar a tempo na aula de caratê, para variar um pouco. Afundei num assento vazio no vagão e automaticamente coloquei a mochila ao meu lado para desanimar as pessoas de sentarem ali, exatamente como minha mãe havia me ensinado a fazer sempre que eu estivesse sozinha. O vagão estava bastante vazio, de qualquer forma — havia apenas uma garota lixando as unhas e escutando seu iPod, e um sujeito de meia-idade com uma pasta cheia de papéis.

A viagem raramente levava mais do que quinze minutos a essa hora do dia, e eu normalmente colocava meus fones de ouvido e viajava mentalmente, observando os grafites nos prédios durante o primeiro quilômetro e meio do trajeto ou até o trem submergir abaixo do solo. Algumas das obras estavam ali há anos, com novas camadas empilhadas cobrindo as imagens mais antigas, desbotadas. Vez ou outra um proprietário de um dos prédios renovava a pintura da parede, mas logo os artistas estavam de volta, atraídos pela tela em branco novinha. Apenas mais ou menos uma meia dúzia de prédios permanecia intocada por muito tempo. Alguns, como o armazém de pneus, tinham construído cercas altas revestidas com arame farpado em torno das paredes que davam para os trilhos. O templo cirista também estava limpo — um branco deslumbrante, imaculado, assim como todos os edifícios deles, os quais eram repintados regularmente pelos membros da igreja e, dizia-se, guardados por dobermanns gigantescos e agressivos.

Hoje, no entanto, eu estava distraída demais para prestar muita atenção à paisagem urbana. Cuidadosamente, tirei o livro que Katherine tinha me dado do saquinho. A capa claramente já tinha visto dias melhores, tendo sido emendada pelo menos uma vez com fita adesiva, tal como os livros mais velhos da biblioteca da escola. Parecia um tipo de diário, e isso foi confirmado quando o abri e vi as páginas escritas à mão.

O documento estava notavelmente em boa condição quando comparado à capa. Não estava nem um tiquinho amarelado. Meu primeiro pensamento foi que as páginas mais recentes tinham sido costuradas à capa antiga por algum motivo, mas quando corri os dedos pelo papel pautado e olhei com mais cuidado, aquilo me pareceu improvável. As páginas eram grossas demais, para começar — mais grossas até do que papel-cartão. O peso sugeria que devia ter pelo menos umas cem páginas, mas fiz uma contagem breve e havia apenas umas quarenta folhas individuais.

Vacilante, dobrei um canto para baixo e fiquei surpresa ao ver o papel esquisito retomar à forma, sem rugas. Tentei arrancar um pedacinho da borda, sem sucesso. Mais alguns testes depois, eu havia concluído que não dava para escrever no papel com caneta esferográfica, lápis ou marca-texto. Também era impermeável, muito embora a superfície não parecesse laminada. Colei um chiclete e grudou momentaneamente, mas descolou rápido, e não deixou nenhum resíduo. Dentro de alguns minutos, concluí que o troço simplesmente era indestrutível — exceto ao fogo, talvez, mas eu não podia fazer esse tipo de teste no metrô.

Então comecei a examinar as anotações nas páginas e percebi que apenas um quarto do diário tinha sido usado. Cada uma das páginas escritas, exceto pela primeira, parecia começar no meio das frases. Não parecia haver nenhuma continuidade de uma página a outra. Definitivamente, era um livrinho bem esquisito. A única coisa que parecia normal no diário era a anotação na segunda capa, numa tinta muito desbotada.

Katherine Shaw
Chicago, 1890

O trem estava se aproximando da minha parada. Coloquei o diário de volta no saquinho de plástico, e aí fiz uma pausa, pressentindo que eu estava sendo observada. Isso provavelmente não era muito surpreendente, dado que eu vinha tentando mutilar um livro sistematicamente — uma conduta esquisita até para os padrões do metrô.

Olhei para cima e vi dois jovens, agora sentados no finalzinho do vagão, a três fileiras de distância. Não me lembrava de ter visto ninguém entrando na última parada, e embora tivesse de admitir ter ficado um pouco preocupada, eu não conseguia afastar a sensação de que eles tinham surgido do nada. Eles estavam de frente para mim, então dava para vê-los claramente. Um dos dois estava um pouco acima do peso, tinha mais ou menos a minha idade, cabelo loiro escuro e pele pálida, como se raramente se aventurasse ao ar livre. O emblema na sua camiseta um tanto gasta lembrava a capa de um disco, mas eu não conseguia associar a banda. Seus olhos correram para o próprio colo e ele começou a rabiscar num bloquinho assim que olhei para eles.

O outro cara era alto, muitos anos mais velho, e muito bonito, com cabelo preto comprido. Senti um rubor propagando lentamente pelo meu rosto quando reconheci os mesmos olhos escuros que vi quando toquei o medalhão. Minhas mãos formigaram sutilmente quando me lembrei do calor da pele dele debaixo delas, do tato dele na minha cintura, e do calor que tinha percorrido meu corpo ao toque dele. Eu nem sequer poderia imaginar como ele tinha saído da minha alucinação e aparecido no metrô, mas eu estava absolutamente certa de que era o mesmo cara.

Ele parecia um pouco mais velho agora do que quando eu o vira mais cedo, e sua expressão era uma mistura estranha de tristeza, medo e do mesmo desejo que eu recordava ter presenciado na minha visão. Ele agarrou a almofada do assento e não desviou o olhar, nem mesmo quando o outro cara lhe deu uma cotovelada ríspida. Fui eu quem finalmente interrompeu nossa troca acirrada de olhares.

O trem começou a diminuir quase imediatamente depois que desviei o olhar, e aí rapidamente voltei a olhar para cima. As portas ainda não tinham sido abertas, e apenas um segundo tinha se passado, mas ambos já não estavam mais lá. Fui até o banco onde eles estiveram sentados e botei a mão ali, meio que esperando encontrar algo em formato sólido — ou perder um dedo —, mas o espaço estava vazio. Eu estava quase convencida de que simplesmente havia imaginado os homens, mas as duas mossas na almofada de vinil alaranjado do metrô estavam voltando à forma gradualmente, tal como acontecia sempre que um passageiro se levantava. Corri os dedos ao longo da borda da almofada que o jovem alto tinha agarrado com tanta força e descobri que ainda estava quente devido ao tato dele.

Cheguei na aula de caratê alguns minutos atrasada e fui para meu lugarzinho de sempre, ao lado de Charlayne. Durante a hora seguinte, fizemos nossos exercícios e a atividade física afastou da minha cabeça os acontecimentos dos últimos dias — quase. Normalmente eu conseguia derrubar Charlayne, provavelmente porque eu tinha um ano a mais de prática do que ela, mas fui nocauteada duas vezes naquela tarde, e logo eu teria um lindo e multicolorido hematoma na coxa direita devido a um chute traiçoeiro dela.

Ficamos na ativa até o término da aula. Enquanto seguíamos para a porta, Charlayne se virou para mim. "E aí? O que está rolando? Você não respondeu a nenhuma das minhas mensagens..."

Eu ainda não tinha certeza do quanto eu *conseguiria* explicar sem deixar Charlayne achando que eu havia pirado totalmente. Então resolvi fazer uma piada interna bem bobinha. "Eu vou explicar... Não, não, é muita coisa. Eu vou *resumir*."

Charlayne revirou os olhos. Eu era capaz de citar todas as falas do filme *A Princesa Prometida* praticamente do início ao fim. "Tudo bem, resuma então, Inigo Montoya. O que aconteceu?"

Eu conhecia Charlayne bem o suficiente para ter certeza de que em algum momento ela ia arrancar a história toda de mim. Se ela achasse que eu estivesse escondendo ao menos um indício de segredo, ela não descansava até me convencer a botar para fora todos os detalhes suculentos.

"Tá bem, aí vai. Minha avó está morrendo, e vai deixar uma casa imensa e um monte de dinheiro para mim, e meu pai e eu vamos morar com ela durante um ano. Eu herdei uma habilidade especial que ela precisa me ensinar a usar, com o objetivo de salvar o mundo tal como nós o conhecemos. Ou algo assim. E eu quase dei um beijo no que eu acho que pode ser um fantasma que evaporou no ar em pleno metrô."

"Você quase beijou alguém no metrô? E ele era bonito?" Que Charlayne se concentrasse no beijo. Como ela possuía três irmãos mais velhos, significava que havia um fluxo constante de garotos na casa dela, fato que deixava vários deles aos seus pés o tempo todo. Era seu objetivo de vida garantir que eu vivesse à altura do meu potencial romântico, mas até agora seus esforços para me arranjar um par tinham sido desastres totais.

"Sim, ele era bonito", respondi. "E não aconteceu no metrô. Foi na cozinha da minha avó... ou num campo de trigo em algum lugar. Nos dois, eu acho."

Houve uma longa pausa enquanto Charlayne só ficava me encarando. "Ok. Eu te conheço bem o suficiente para saber que você não mentiria para mim, Kate. Sendo assim só me resta cogitar loucura, drogas pesadas..." Ela fez uma pausa. "Ou você está dizendo a verdade. Vou precisar de mais do que a versão 'eu vou resumir' para sacar o que está rolando."

"Podemos tentar sacar juntas, então, porque nem eu tenho certeza da coisa toda". Tirei o diário da mochila. "Tenho grandes esperanças de que isto aqui vá ajudar."

∞

Mamãe não ficou nem um pouco surpresa por termos devorado a pizza, pegado uns refrigerantes e depois retornado para o meu quarto. É isso que a gente *sempre* faz quando Charlayne dorme aqui. Ela também não tinha motivos para ficar surpresa ao nos ver debruçadas sobre livros, sendo que muitas vezes fazíamos a lição de casa juntas. Ela poderia, no entanto, ter ficado um pouco confusa caso tivesse dado uma espiada e nos flagrasse lado a lado, segurando um fósforo aceso diante de uma página do que parecia ser um diário muito antigo.

Soprei o fósforo. "Ok. Também não dá pra queimar."

"Mas o fogo o deixou com um cheiro meio engraçado", observou Charlayne. "E a capa... dá pra queimar a capa, escrever nela, o que for. Isso é bem esquisito. Por que eles não fariam a capa tão forte quanto as páginas internas? A capa é feita pra proteger o livro."

"Verdade". Pensei por um instante. "Mas... você já colocou uma sobrecapa em algo que você *queria* ler para fazer sua mãe ou o professor acharem que era algo que você *deveria* estar lendo?"

"Bem, sim. Mas..."

"Talvez o escritor estivesse tentando fazer as outras pessoas acreditarem que este era apenas um diário comum. Olha a data na segunda capa: 1890. Isto aqui não me parece uma coisa que deveria estar circulando lá pelos idos de 1890."

"Não me parece nem algo que deveria estar circulando *hoje*", disse Charlayne. "Você não pode simplesmente ligar para sua avó e perguntar?"

"Eu poderia. Mas ela disse que isto provavelmente ia me fornecer mais perguntas do que respostas. Tenho a sensação de que ela quer que eu fuce um pouco e veja se consigo decifrar por conta própria."

Charlayne estendeu a mão e arranhou uma pequena saliência que estava furando o tecido na lombada. "O que é isto? Tem algo preso na capa." Ela precisou puxar um pouco, mas por fim arrancou um bastãozinho amarelo reluzente, mais ou menos com o dobro de espessura de um palito de dentes e uma ponta preta pontiaguda. "É um lápis minúsculo."

Peguei o bastão da mão dela para examinar com mais afinco. "Parece um lápis, sim, mas... olha, não dá pra desgastar a grafite. Acho que é uma caneta *stylus*. Igual à do palmtop velho da minha mãe. Você já viu uma dessas. É só encostar na tela assim e..."

Peguei o livro e bati a ponta na primeira página. As linhas escritas à mão começaram a rolar para cima lentamente. "A-ha. Não é um livro. É algum tipo de computador portátil."

Charlayne pareceu confusa. "Mas por quê?", perguntou ela. "Por que não carregar um laptop ou um iPad? Isso não faz muito sentido."

"A não ser que o ano seja 1890 e que você não queira atrair atenção." Fechei a capa e mais uma vez o livro voltou a parecer um diário velho. "A menos que você não queira que as pessoas saibam que você não é uma delas."

"Que bizarro. Nunca vi nada parecido com essa tecnologia. Como é que sua avó tem algo assim? Você disse que ela é historiadora... igual à sua mãe, certo?"

Abri o diário novamente e corri o dedo pelo nome impresso na segunda capa:

Katherine Shaw
Chicago, 1890

"*Pode* ser uma coincidência que o nome da minha avó seja Katherine, mas acho que não. E, sim, ela é historiadora, mas estou começando a desconfiar que ser historiador significa algo muito diferente para ela do que significa para a minha mãe." Virei uma página aleatória e toquei na borda superior com a canetinha, daí fiquei observando enquanto o texto corria para baixo, parando no início do seguinte registro:

> *15 de maio de 1893*
> *Chicago, Illinois*
> *Chegamos por volta do nascer do sol e fundimo-nos a uma multidão vinda da estação de trem. Os cálculos estavam corretos, embora esta região não seja tão isolada quanto esperávamos. A cidade está lotada e desembarcamos perto da entrada da atração mais popular, então pode ser que um novo ponto de entrada seja indicado no futuro.*
>
> *Pessoas de todo o mundo reuniram-se em Chicago para ver a nova maravilha — uma roda enorme cercada por carruagens fechadas que levará os passageiros aos céus enquanto gira. Será inaugurada apenas daqui a um mês, mas uma grande multidão está sempre presente para ver a roda gigantesca, criada pelo sr. George Ferris. A expectativa é que ela se revele magnífica o suficiente para superar a maravilha da Exposição anterior em Paris — a fabulosa torre de Monsieur Eiffel.*
>
> *Entreguei minha carta de apresentação ao Conselho de Lady Managers nesta manhã, e foi aceita sem qualquer questionamento.* **Solicitação de antecedentes sobre "a Infanta".** *Várias das mulheres estavam discutindo sua futura visita à Exposição Universal.*

"O que é isto?" Charlayne apontou para uma estrelinha na margem. Dei de ombros e toquei o símbolo uma vez com a caneta. Nada. Cliquei duas vezes, e então uma janelinha de informações se abriu no topo da página manuscrita:

Infanta Eulália (1864-1958): filha da rainha Isabel da Espanha e de Francisco, Duque de Cádis. Nome completo: Maria Eulália Francisca de Assis Margarida Roberta Isabel Francisca de Paula Cristina Maria de la Piedad. Expressou visões progressistas sobre os direitos das mulheres em seus escritos posteriores. Cuidado: a visita da Infanta vai irritar a sociedade de Chicago. Foi encontrada frequentemente comendo bratwurst[1] *ou fumando um cigarro no Pavilhão Alemão, quando era esperado que comparecesse a funções oficiais. Esposo encontrado na maioria das noites no parque Midway Plaisance.*[2]

"Isso não faz sentido", disse Charlayne assim que terminamos de ler o registro. "Se Katherine tinha a resposta aqui, por que fazer um pedido de antecedentes?"

"Sei lá. Talvez ela tenha acrescentado depois?" Fechei a janela pop-up e voltamos a ler o registro:

Estou passando a tarde no Pavilhão da Mulher, onde ocorrerá a sessão do Congresso Mundial de Representatividade Feminina. O Pavilhão da Mulher é visto como uma maravilha em si — foi projetado pela arquiteta Sophia Hayden. É possível que Saul participe ao final do dia, já que estão programadas palestras sobre a atuação das mulheres no ministério, mas ele vai passar a maior parte de seu dia do outro lado da feira, participando de uma reunião de planejamento do Parlamento de Religiões Mundiais, a ocorrer em setembro.

À tarde:

Vi apenas alguns ativistas; ou não chegaram ou (sabiamente) optaram por ignorar esta sessão. Os discursos de boas-vindas pronunciados foram ainda mais longos do que pareceram na versão impressa. Pensei que as apresentações dos vários dignitários estrangeiros jamais fosse terminar.

Enviando discursos e vista da multidão no Midway Plaisance.
CHRONOS *Arquivo KS04012305_05151893_1 carregado.*
CHRONOS *Arquivo KS04012305_05151893_2 carregado.*
Arquivo Pessoal KS04012305_1 salvo.

Tentei clicar em cada registro com a caneta, mas não houve reação e não apareceu nenhum símbolo nas margens. "Se os arquivos têm link, não consigo descobrir como abri-los. Vou ter que perguntar a Katherine depois, acho."

---

1 *Bratwurst*, salsicha de origem alemã composta por carnes de porco, de boi e, por vezes, de vitela. [NT]
2 Midway Plaisance, parque ao sul de Chicago, Illinois. [NT]

"O segundo conjunto de números..." Charlayne apontou para os nomes dos arquivos. "São a data do texto, certo? Maio, dia 15, ano 1893."

Virei algumas páginas e cliquei no topo, fazendo uma leitura dinâmica nos textos. Cada uma das páginas continha registros de um ano inteiro. A maioria trazia o carregamento de um arquivo CHRONOS e os últimos números sempre correspondiam à data. Em geral, havia vários conjuntos de registros diários e aí um intervalo de mais ou menos um mês. A maioria deles havia sido redigida em Chicago. Os dois últimos eram de Nova York, em 21 de abril de 1899, e de San Francisco, em 24 de abril de 1899.

"Esse KS devem ser as iniciais dela", supôs Charlayne. "E... o primeiro grupo de números também segue o formato de uma data, mas..." Ela estendeu a mão para o diário e eu o entreguei, juntamente à canetinha.

Depois de alguns segundos, Charlayne franziu a testa. "Não está funcionando."

Ela passou a caneta pela borda de uma página, assim como eu tinha feito, mas o texto não se mexeu. Parecia uma página estática de um texto manuscrito mesmo. "Talvez a bateria tenha morrido ou algo assim?", questionou ela.

Peguei o livro da mão dela e deslizei a caneta ao longo da margem e, mais uma vez, a página mudou.

Charlayne pareceu um pouco incomodada por não conseguir fazer o diário funcionar, mas deu de ombros. "Talvez seja apenas sensível... Tipo o *touchpad* do laptop do meu irmão. Ele nunca funciona comigo também."

Voltei a olhar os registros, e Charlayne estava certa sobre as datas. Os dois primeiros algarismos de cada texto eram sempre de um a doze, e os dois segundos dígitos eram sempre entre um e 31. "Então parece que temos alguém tentando se misturar à multidão na década de 1890 disfarçando um dispositivo de alta tecnologia de diário escrito à mão. E nós temos dois conjuntos de datas, um do passado e um do futuro. Se estivermos interpretando isto corretamente, e se essa história não for uma mentira bem elaborada, isso indica que estes textos sobre a década de 1890 foram escritos por alguém nos anos 2304 e 2305."

Charlayne assentiu. "Se isso não for algum tipo de mentira elaborada, então sim. No entanto não estou descartando que seja uma mentira elaborada."

Ofereci um sorriso tenso. "Você não estava no metrô hoje. Aqueles dois caras simplesmente evaporaram."

"Tem certeza de que você não espantou os dois com seu olhar de Princesa do Gelo, igual você fez com o Nolan?"

Joguei um travesseiro na cabeça dela, que se abaixou, rindo. Nolan, um amigo do irmão de Charlayne, tinha sido a vítima mais recente das tentativas dela de resolver minha vida amorosa. Cara legal, muito gato, mas com nada na cabeça além de futebol. Eu poderia ter sido mais amigável, pensando melhor, mas não via razão para seduzi-lo, principalmente quando, no momento em que terminamos de comer nossa pizza, ficou bem claro que Nolan e eu éramos de uma incompatibilidade total.

Coloquei o diário de volta no saquinho e o enfiei na mochila.

"Precisamos dormir. Tenho pelo menos mil perguntas para fazer a Katherine depois da escola amanhã, afinal, e a lista só vai crescer se continuarmos olhando este diário. E se você aparecer cheia de olheiras amanhã, sua mãe nunca mais vai deixar você dormir aqui durante a semana."

No entanto, demorei bastante para pegar no sono. Sempre que tentava, as sensações vívidas do medalhão inundavam o primeiro plano da minha mente, e um par de olhos sombrios perturbadoramente apaixonados me acompanhou quando eu finalmente adentrei no mundo dos sonhos.

∞

A manhã chegou muito mais depressa do que eu ou Charlayne desejávamos. Saí mastigando uma barrinha de cereais enquanto corria para o metrô, que estava tão cheio que precisei viajar de pé. A multidão ia rareando conforme o trem se afastava da cidade. Afundei no primeiro assento livre, enfiando os fones do meu iPod nos ouvidos para abafar as conversas alheias.

No início, não notei o cara pálido e atarracado, provavelmente porque ele estava atrás de mim. Poucos minutos depois de eu ter me sentado, no entanto, tive um vislumbre do lado esquerdo do rosto dele no espelho de segurança. Desloquei-me levemente para ter uma visão mais clara. Ele estava vestindo a mesma camisa do dia anterior e não parecia ciente do espelho ou do fato de que eu o havia notado. Olhei em volta para verificar se o moreno alto estava por perto, e até saquei meu espelhinho de mão sob o pretexto de ajeitar meu cabelo, mas não consegui localizá-lo. O atarracado, no entanto, estava nitidamente me observando.

A próxima parada não era a minha, mas levantei quando o último dos passageiros estava saindo e se dirigindo à porta mais próxima. Antes que eu pudesse chegar à saída, o Atarracado se postou bem ao meu lado. Senti um braço no meu ombro e algo frio e duro espetando dolorosamente minhas costelas assim que os últimos passageiros que estavam descendo na parada passaram por mim.

Ele falou num sussurro: "Passa a mochila pra cá e pode ir embora. Não quero encrenca. Só tira do ombro e passa pra cá."

Normalmente eu teria entregado sem questionar, sem hesitar. A lição número um da autodefesa é nunca discutir com um homem que porta uma arma. Mas o diário estava ali dentro.

De repente, o rosto do Atarracado estava a centímetros do meu e senti uma dor excruciante nos dedos dos pés, como se ele tivesse cravado o calcanhar neles. Ele sussurrou ao meu ouvido: "Consigo atirar em você e cair fora antes de qualquer um aqui se dar conta do que rolou."

"Atenção: portas se fechando. Portas se fechando", anunciou a voz automatizada. O som da minha pulsação ecoava em meus ouvidos enquanto o Atarracado me puxava em direção à porta, enfiando o pé que tinha acabado de esmagar meus dedinhos entre as portas do metrô para mantê-las abertas. Olhei feio para ele, deslizei a mochila dos ombros e lhe entreguei. Ele espremeu o corpo gorducho pela porta, me empurrando de volta para dentro do vagão, com força, e então desapareceu num lampejo de luz azul.

Caí contra dois outros passageiros. Um usava fones de ouvido e deve ter perdido toda a transação — ele só olhou com irritação para minha falta de jeito. Mas a mulher claramente estivera nos observando.

"Você está bem?", perguntou ela. "Devo chamar a segurança?"

"Kate!" A voz atrás de mim era grave e o ligeiro sotaque, estranho, mas eu soube quem era antes mesmo de me virar. Meu primeiro instinto foi correr — não que houvesse um lugar para ir dentro de um vagão fechado de metrô —, mas quando ele se aproximou, vislumbrei uma luz azul familiar sob o tecido de sua camisa. Ele estendeu a mão para segurar meu braço e me puxou para um assento a alguns corredores de distância, fora do alcance da mulher que se oferecera para ajudar.

Sentei-me, daí me virei para encará-lo.

"Quem diabos é você? Por que está me seguindo e por que seu amigo roubou minha mochila? E como você conseguiu *isto* da minha avó?" Cutuquei o ponto em sua camisa onde a luz do medalhão se revelava.

Ele parou por um segundo, processando a enxurrada de perguntas, aí ofereceu um sorrisinho meio torto. "Ok, vou responder na ordem. Sou Kiernan Dunne", disse. "Eu não estava seguindo você. Eu estava seguindo Simon. Eu não deveria estar aqui. Simon, o cara que levou sua mochila, *não* é meu amigo, Kate. E esta chave", completou, apontando para o medalhão em seu peito, "não faz parte da coleção da sua avó. Esta aqui era do meu pai."

Ele levantou a mão e encolhi instintivamente. Seus olhos ficaram tristes e seu sorriso desapareceu quando ele movimentou a mão, mais devagar agora, para acariciar o lado direito do meu rosto com as pontas dos dedos. "Eu nunca vi você tão jovem assim." Ele estendeu a mão e puxou a faixa frouxa no meu cabelo, de modo que os fios caíram nos ombros. "*Agora* você se parece mais com a minha Kate."

Abri a boca para protestar, mas ele levantou a mão e continuou, falando mais depressa agora: "Estamos perto da sua parada. Vá direto para a casa da sua avó e conte a ela o que aconteceu. Pelo menos você ainda tem isto." Ele tocou no fio preto ao redor do meu pescoço. "Guarde a chave CHRONOS com você o tempo todo."

"Chave CHRONOS? Eu não tenho..."

"O medalhão", esclareceu Kiernan, tocando o cordão mais uma vez.

"Eu *não tenho* um medalhão." Puxei o cordão para fora da blusa. Na ponta havia um suporte de plástico com minha identificação escolar, um passe de metrô, algumas fotos e duas chaves: uma da casa do meu pai e outra da casa na cidade. Virei o suporte de modo que ele pudesse ver as chaves de prata lisas na parte traseira. "E estas são as únicas chaves que tenho. Dá pra parar de falar em enigmas?"

A cor desapareceu do rosto de Kiernan, e o pânico tomou seus olhos. "Estava na mochila? Você deveria mantê-lo *grudado* em você."

"Não", repeti. "Eu *não tenho* um medalhão. Até agora, achei que só houvesse um, e pelo que sei, está na casa da minha avó."

"Por quê?", perguntou ele. "Por que diabos ela mandaria você para a rua sem proteção?"

"Eu não sei como *usá-lo*! Ontem eu quase..." Corei, pensando na cena da cozinha. "Eu vi *você* enquanto eu o segurava. Por quê? Quem é você?"

O trem começou a reduzir a velocidade. Kiernan fechou os olhos e esfregou as têmporas com o indicador e o dedo médio durante alguns segundos antes de olhar para cima e balançar a cabeça. "Eu não planejei isso, Kate. Você vai ter que correr. Pegar um táxi. Roubar um carro. Faça o que fizer, vá para casa o mais rápido possível e *não saia*."

Ele me levou em direção às portas e então virou-se, me puxando para perto. "Vou tentar detê-los... Mas eu não sei exatamente o que eles estão planejando, então não faço ideia de quanto tempo você tem."

"Quanto tempo antes do q..." Minha pergunta foi silenciada quando os lábios dele encontraram os meus, de maneira delicada, mas urgente. Meu corpo foi varrido pelas mesmas sensações de quando segurei o medalhão: o coração latejando, sem conseguir respirar, sem conseguir me mexer, sem conseguir pensar.

Depois de um momento, ele se afastou, um sorrisinho erguendo os cantos da boca. "Isto não era para ser nosso primeiro beijo, Kate. Mas se você não se apressar, certamente vai ser o último. Corre. Corre, *agora*." Quando o trem desacelerou, Kiernan tocou a própria camisa e fechou a mão em torno do medalhão. A faixa verde escura que ele tinha removido do meu cabelo agora estava em seu pulso. E então ele desapareceu.

As portas do metrô se abriram e eu corri.

Mas, claro, não tinha um táxi em frente à estação. Uma olhadinha no quadro de horários me informou que não haveria ônibus pelos próximos vinte minutos, e eu não tinha certeza se dava conta de correr quase cinco quilômetros considerando meu estado atual. Além de tudo, meus dedos doíam pra diabo por causa da pisada do Atarracado. Manquei por três quarteirões, na direção oposta ao hotel Marriott e, depois de um olhar de pânico para o ponto de táxi vazio, fiquei aliviada ao encontrar um deles acabando de encostar junto ao meio-fio.

Sentei no banco de trás e forneci meu endereço.

"Você tem dinheiro escondido em algum lugar, garota? Porque não estou vendo nenhuma bolsa ou carteira, e estamos na hora do rush."

"É uma *emergência*. Fica um pouco depois de Old Georgetown, em North Bethesda, e preciso chegar lá o mais depressa possível. Minha avó vai pagar pela corrida."

Ele pareceu prestes a protestar mais, mas alguma coisa na minha expressão deve tê-lo convencido a arrancar com o táxi e retornar à rua principal. Ele dirigiu tão depressa quanto o tráfego permitiu, o que muitas vezes era apenas ligeiramente mais rápido do que minha corrida a pé. Cerrei os dentes de frustração.

"Claro que você não está fugindo da polícia ou coisa assim, não é?", perguntou ele, olhando para mim pelo retrovisor. "Para mim, parece que você está correndo de alguém."

"Eu estava *correndo* para pegar um táxi pra me levar para a casa da minha avó. Ela está... doente, ok?"

"Tá bom." Ele virou à esquerda na esquina seguinte, e então falou: "Muito bem, Chapeuzinho Vermelho. Vou te levar à casa da vovó, vamos chegar antes do Lobo Mau. Mas é melhor que tenha dinheiro na cestinha *dela* ou eu mesmo vou chamar a polícia."

Revirei os olhos para a piadinha besta e me recostei no assento. Eu não sabia direito por que Kiernan achava que eu estava em perigo, mas não havia como confundir o medo em seus olhos. Levei a mão aos lábios, lembrando-me do beijo. Não tinha sido apenas *nosso* primeiro beijo, mas meu primeiro beijo da vida. Mesmo com minha total ausência de experiência, dava para dizer que houve uma forte emoção por trás dele. Ele me conhecia, de algum modo, de algum lugar, ou de alguma época, e se importava comigo. Por mais confuso que fosse pensar no fato de que eu possuía um passado (ou seria um futuro?) do qual eu não me lembrava, não dava para duvidar que Kiernan temia por mim, desesperadamente. Agarrei a barra da minha saia xadrez conforme o táxi se aproximava da casa de Katherine e, esperançosamente, de algumas respostas.

∞

Eu já estava saindo do táxi antes mesmo de ele parar totalmente. Corri para a porta e bati feito louca. O rosto de Connor apareceu momentos depois.

"Onde está Katherine? Deixe-me entrar."

"Sim, é claro!"

"Pode pagar o táxi? Ele roubou minha bolsa."

Connor pareceu confuso. "O motorista?"

"Não... Um cara no metrô." Daphne estava latindo alto, e Connor segurou a coleira para impedi-la de sair correndo porta afora.

"Sim, sim, pode deixar que eu pago. Leve Daphne." Ele pegou um par de sapatos no armário do corredor. O motorista começou a buzinar, o que estimulou Daphne a fazer ainda mais estardalhaço. "Katherine! Desça!", chamou Connor enquanto saía. "Kate está aqui."

Katherine apareceu logo depois no topo das escadas, puxando um roupão por sobre sua camisola enquanto corria para me cumprimentar. "Kate! Por que não está na escola, querida? Você parece assustada. O que houve? Sente-se, por favor." Ela apontou para o sofá e bateu a mão na coxa. "Daphne! Para fora!"

Ela guiou Daphne para a porta da cozinha e eu me sentei, tentando recuperar o fôlego. Tirei meu sapato para inspecionar os dedos que tinham sido esmagados por... Simon, foi assim que Kiernan se referira a ele, embora eu ainda pensasse nele como o Atarracado. Dois dos dedos estavam bem vermelhos e uma unha tinha sido esmagada de um jeito tão feio que estava quebrada até o sabugo. Cerrei os dentes e tirei o fragmento de unha para evitar que prendesse na meia.

Connor entrou de novo, ao mesmo tempo que Katherine voltou da cozinha. Notei um brilho azul suave através do tecido do bolso da calça de brim dele e fiquei aliviada por saber que ele também possuía um medalhão. Não me ocorrera que ele também poderia estar em perigo.

Connor sentou-se na poltrona em frente ao sofá. "Você descobriu quem foi que a roubou?"

"*Roubou?!*", exclamou Katherine. "Kate, o que aconteceu? Você está bem?"

"Estou legal", falei, colocando minha meia de volta com cuidado. Tirei meu outro sapato e enfiei ambos sob a mesinha de centro. "Só que agora um cara no metrô está com seu diário... e com meu iPod e com vários livros didáticos. Desculpe, Katherine. Eu teria tentado reagir, mas o metrô estava lotado e... ele tinha uma arma. Ou algo que parecia uma arma, cutucando minhas costelas."

"Não seja boba", disse ela. "Você fez a coisa certa. Tenho vários outros diários aqui, além de um backup daquele volume no computador."

Connor assentiu. "Nós podemos rastrear o original também... Assim podemos recuperá-lo. De qualquer forma, duvido que um ladrão vá estar muito preocupado em ficar fuçando um diário velho. E ele não vai conseguir ativá-lo."

"Isso acontece com frequência no metrô?", perguntou Katherine.

"O quê?" Balancei a cabeça. "Não... Quero dizer, sim, as pessoas são assaltadas de vez em quando. Nunca tinha acontecido comigo... o metrô é seguro, sério mesmo. Mas isso não foi alguém simplesmente pegando uma mochila aleatória. Ele *sabia* o que estava fazendo. Ele *queria* o diário. Ele me viu com ele ontem. E acho que ele tinha um medalhão... como o de vocês."

Katherine olhou para Connor com ceticismo, e então de volta para mim. "Tem certeza? Eu não acho que..."

"Não, eu não tenho certeza sobre o assaltante. Mas ele evaporou... duas vezes. E eu *vi* um medalhão debaixo da camisa do tal Kiernan..." Parei quando Connor e Katherine arquejaram simultaneamente, assustados.

"O nome dele era Kiernan?", perguntou Connor. "Como você sabe?"

"Isso. Kiernan... Dunn ou Duncan, acho. Mas ele *não* era o assaltante. Foi ele quem me disse para fugir. Olhos escuros, cabelo escuro, alto e..." Calei-me, certa de que estava corando. "Por quê? Vocês conhecem ele? Ele queria saber por que eu não estava usando um medalhão. Ele me disse pra vir para cá, para sua casa, o mais rápido que eu conseguisse, que algo estava prestes a acontecer, mas que ele iria detê-los caso pudesse, para me dar tempo."

Connor e Katherine trocaram mais um olhar. "Kiernan Dunne era meu bisavô", disse Connor depois de um instante. "E acho improvável que ele esteja fazendo alguma coisa para nos *ajudar*."

Eu tinha me esquecido que o sobrenome de Connor era Dunne, e nem tenho como dizer que existe muita semelhança entre os dois, exceto talvez pelo nariz. E Connor era pelo menos trinta anos mais velho do que Kiernan — ou, de qualquer forma, ao menos trinta anos mais velho do que o Kiernan que me beijou no metrô. Afundei mais no sofá.

"Talvez você devesse começar do início", sugeriu Katherine.

Relatei meus passos desde o momento em que saí da casa de Katherine na segunda-feira de manhã até a hora em que o táxi me trouxe de volta à porta dela. Omiti alguns pedaços — eu não sabia muito bem o que ela ia achar se soubesse que Charlayne tinha lido o diário e de nossos experimentos para determinar a composição física dele, e eu definitivamente *não* estava preparada para contar sobre o beijo. Não era algo que eu queria discutir na frente da minha avó ou, em todo caso, na frente de alguém que alegava ser o bisneto do cara que havia me beijado. As coisas já estavam esquisitas o suficiente para serem complicadas ainda mais.

Quando terminei meu resumo, voltei-me para Katherine. "Queira você acreditar ou não nas informações de Kiernan, tem muita coisa acontecendo que eu preciso saber. E acho que talvez meu pai deveria ser envolvido no assunto. Ou a mamãe..."

Senti-me um pouco como um acusado reivindicando seu direito a um advogado, mas talvez não estivesse muito longe disso. Eu também não conhecia Katherine ou Connor bem o suficiente para sentir que dava para confiar totalmente nos dois, e papai... bem, ele é meu pai, e eu sei quais interesses ele colocaria em primeiro lugar. E ao passo que meu relacionamento com mamãe era um pouco mais complicado, ela faria o mesmo.

"Kate..." Katherine hesitou, aparentemente buscando as palavras certas. "Admiro sua postura de querer manter seus pais a par de tudo — e sim, Harry provavelmente seria muito mais aberto a entender isto do que Deborah —, mas talvez você devesse esperar até ouvir minha história. Aí, se ainda assim você quiser falar com Harry... tudo bem."

Ela estendeu a mão e puxou a correntinha em seu pescoço, permitindo que o medalhão pendesse diante do roupão vermelho-escuro. A luz azul alterava a cor do robe ao redor do medalhão para um tom peculiar de roxo. "Mas você deve ter em mente, Kate, que seus pais nunca enxergarão este pingente como algo além de uma joia excêntrica. Se qualquer um deles segurá-la um pouco mais, poderá sentir uma coisa estranha... Tal como ocorre com Connor ou com qualquer pessoa que carrega a versão recessiva do gene. Eles podem notar uma ligeira alteração na cor. Mas nenhum dos dois vai enxergar isto como você ou eu. E levaria tempo para convencê-los do que podemos ver e vivenciar diretamente."

Algo naquela declaração me incomodou, mas me concentrei no ponto-chave de que trazer papai para a discussão levaria tempo. E eu não conseguia afastar a sensação de que o tempo era curto — a urgência na voz de Kiernan tinha deixado isso bem claro —, e eu não tinha certeza se poderíamos nos dar ao luxo de esperar até que meu pai estivesse presente e a par de tudo. E muito embora Katherine e Connor parecessem duvidar da sinceridade no aviso do Kiernan, eu não duvidava. Podia ter sido meu primeiro beijo, mas eu confiava no instinto que me dizia que Kiernan estava do meu lado — independente de qual lado pudesse ser.

"Eu nasci no ano de 2282", começou Katherine. Minha cara deve ter expressado dúvida, pois ela acrescentou rapidamente: "Eu não vou perder tempo tentando convencê-la do que você já *sabe*, Kate."

"Antes do meu nascimento", continuou, "ficou decidido que eu seria historiadora. Meus pais economizaram um pouco de dinheiro e, pelo que sei, meus avós e uma tia sem filhos também contribuíram com alguns fundos, por isso meus pais teriam a opção de selecionar dentre vários dons. Todo mundo pode escolher um — e *apenas* um — dom. Inicialmente eles eram distribuídos por sorteio, mas o dinheiro tem o poder de abrir portas em qualquer sociedade. Sendo assim, avaliando a situação geral, eu não estou nem um pouco infeliz com a aquisição deles."

Connor voltou da cozinha com três canecas de um café preto que parecia muito forte para consumo humano, além de uma caixa imensa de cookies, os quais ele claramente teria dado conta de comer sozinho caso Katherine não tivesse meneado a cabeça em minha direção. Ele deixou sobrar três biscoitos de gengibre — com muita má vontade, achei — e apoiou os pés na mesinha baixa posicionada entre sua poltrona e o sofá.

Katherine continuou: "Se minha família fosse menos abastada ou estivesse menos inclinada a investir em meu futuro, eu poderia ter ganhado a aptidão especial de curar ou o talento para a música, ou alguma outra técnica ou ofício. O dom escolhido para meu pai foi a química. O dom escolhido para minha mãe foi a lógica — e durante muitos anos ela trabalhou na CHRONOS — programando os computadores utilizados para rastrear missões históricas e analisar os dados recolhidos."

Bebi um gole do meu café, desejando um pouco de leite para cortar o gosto de queimado. "O que exatamente é a CHRONOS? Vi este nome em diversos registros do diário."

"CHRONOS — Centro Histórico de Registro da Observação Natural e Organizacional da Sociedade", disse Connor com a boca cheia de biscoito. "Provando que os norte-americanos do futuro são tão dispostos a inventar um título no intuito de conseguir um bom acrônimo quanto seus antepassados."

"De qualquer forma", disse Katherine, erguendo uma sobrancelha para ele, "minha mãe adorava seu trabalho na CHRONOS — nenhuma surpresa aí, já que ela e todos os outros da minha época são, literalmente, *nascidos* para amar seus empregos. Mas acho que ela carregava a sede de viajar na alma. O dom que ela escolhera para mim significava que eu iria ver épocas e lugares diferentes..."

"Mas", interrompi, minha voz um pouco hesitante, "o que acontece com a livre escolha? Quero dizer, e se você preferisse ter sido química, como seu pai? Ou confeiteira? Ou..."

Katherine sorriu, mas foi um sorriso cansado. Dava para ver que não era a primeira vez que ela lidava com tais perguntas. "Sim. Mas há muito a ser discutido para fazer a harmonização antes do nascimento. Quanto tempo é desperdiçado atualmente no treinamento de crianças para que estas executem uma variedade de habilidades que não apenas nunca irão usar como nem ao menos vão *cogitar* utilizar? Lembro-me da sua mãe reclamando que nunca precisaria saber a raiz quadrada de qualquer coisa, e ao passo que eu a obrigava a fazer a lição de matemática mesmo assim, nós duas sabíamos que ela estava certa.

"Não me entenda mal — as pessoas ainda aprendiam sobre assuntos além de sua ocupação profissional. Nós ainda tínhamos passatempos e distrações. Mas todos nós conhecíamos a rota geral de nosso destino principal quando a viagem começava, e não lamentávamos o destino, nem tínhamos qualquer desejo de mudá-lo. Afinal, nossa composição genética assegurava que seríamos muito melhores em nossos empregos do que em quaisquer outras coisas que tentássemos — e muito melhor em nossos empregos do que os outros, desprovidos do tal dom escolhido, jamais poderiam ser."

"Então tudo que você é foi determinado antes de você nascer, por este... aprimoramento?"

"Não. A única coisa que foi alterada antes do meu nascimento foi meu dom *escolhido*. Possuo alguns dons naturais herdados dos meus pais — minha mãe sabia cantar lindamente e sei cantarolar muito bem. Assim como você, tenho olhos do meu pai, muito embora você seja sortuda: os olhos de Harry são muito mais arrebatadores."

Connor se inclinou e estreitou o olhar um pouco, me encarando diretamente. "Muito... verdes." Sem saber se era para ser um elogio, ou se Connor sequer se incomodava com tais sutilezas, simplesmente assenti.

"Eu também tenho alguns efeitos residuais dos dons escolhidos que meus pais receberam. Como minha mãe, sou boa com computadores." Connor bufou zombeteiramente e Katherine emendou: "Ou melhor, sou boa com computadores que não são séculos anteriores à minha época. Fico mais do que feliz, no entanto, em deixar Connor lidar com as pilhas arcaicas de porcas e parafusos às quais ele se refere como computadores."

Katherine parou para tomar um gole de café e voltou-se para mim. "Entendo a sua... preocupação... com essa coisa da liberdade de escolha, mas vamos deixar isso de lado por enquanto, certo? Não planejei a sociedade em que nasci assim como você não planejou esta, e estou perfeitamente disposta a admitir que ela tem suas falhas. O ponto onde eu queria chegar é que os dons dos pais — todos eles, os escolhidos e os naturais — são repassados à criança. Eu herdei alguns da minha mãe, alguns do meu pai, e *adquiri* um específico, um dom escolhido que passei à sua mãe e que ela nitidamente passou para você, dada sua reação ao medalhão."

Eu estava ficando cada vez mais confusa. "Mas minha mãe não consegue enxergar a luz do medalhão."

"Isso não significa que a característica não esteja lá. É apenas um gene recessivo. E pode nem ser o motivo que a faz se interessar por história contemporânea. Deborah foi exposta a ela o suficiente através de Jim. Ele era um daqueles professores que sempre traziam curiosidades históricas na ponta da língua. No seu caso, no entanto, a característica é dominante."

"Por que você acha isso?", perguntei. "Só porque consigo enxergar a luz azul? Quero dizer, eu gosto de história, mas gosto de um monte de assuntos. Ainda não decidi o que quero fazer. Eu poderia facilmente partir para a matemática, sabe... ou estudar uma língua estrangeira. Ou Direito."

"Não é só uma questão de *interesse*, Kate. Em profissões especializadas, um dom — o 'aperfeiçoamento' genético, como você chama — carrega consigo a capacidade de operar equipamentos específicos utilizados naquela profissão. Eu vi você na cozinha ontem. Você nasceu historiadora da CHRONOS, queira ou não, assim como eu.

"Não vou te aborrecer com todos os detalhes banais do meu trabalho", continuou ela, "mas ao contrário da sua mãe, que deve estudar seu campo por meio de documentos e artefatos, eu viajei para os locais onde a história aconteceu. Especializei-me em movimentos políticos femininos, boa parte nos Estados Unidos do século XIX, embora eu tenha feito algumas viagens de campo para o século XX, a fim de acompanhar as tendências a longo prazo. Aprendi história observando Susan B. Anthony, Frederick Douglass e Lucy Stone[1] discutindo tanto pública quanto privadamente enquanto eu estava disfarçada como alguém da época deles.

"A fim de assegurar...", disse ela olhando para Connor com uma careta, "...ou pelo menos de *tentar* garantir a inviolabilidade da linha do tempo, a CHRONOS permitia apenas um número limitado de historiadores. Havia trinta e cinco historiadores ativos quando entrei, em 2298. Tomei o lugar do trigésimo sexto, que estava se aposentando. Esta chave é a unidade portátil que nos permitia retornar à sede quando nossa pesquisa estava concluída. E os diários eram nosso link no campo — um jeito rápido de obter uma resposta para qualquer pergunta que não tivesse sido respondida na pesquisa preliminar.

"O ponto importante por enquanto", disse ela, "é que a estrutura genética modificada me permitia — e através da herança, permitirá a *você* — ativar a chave CHRONOS. Ou o medalhão, tal como você chama. Quando estava em treinamento, eu apertava a chave e por fim 'via' os arredores das coordenadas para onde eu seria transportada. Há uma determinada quantidade de pontos de destino em cada continente, estabelecidos em locais que consideramos estáveis durante todo o período que estamos examinando. Por exemplo, um ponto estável nesta região é um corredor na ala do Senado do Capitólio, o qual escapou da destruição na guerra de 1812 — é um ponto geográfico estável entre 1800 e 2092."

"O que acontece em 2092?", perguntei.

Katherine contraiu a boca numa linha firme. "O corredor deixou de ser um ponto estável."

---

[1] Susan B. Anthony (1820-1906), ativista para o direito das mulheres, destacando-se na questão do sufrágio; Frederick Douglass (1818-1895), abolicionista, estadista e escritor; Lucy Stone (1818-1893), também ativista para o direito das mulheres e sufragista notória. [NT]

"Nem sequer se dê ao trabalho de querer desenvolver esse tópico", interrompeu Connor. "Ela vai ficar nessa de 'você só precisa saber o necessário'."

"Voltando ao medalhão", disse Katherine, "ele permite que o usuário acesse o território, faça pequenos ajustes temporais, caso necessário, e determine o melhor momento para realizar o salto."

"Então como você veio parar aqui e agora? Você simplesmente resolveu ficar no passado? Ou houve algum tipo de acidente?"

"Certamente não foi um acidente", respondeu Katherine. "Foi feito para parecer que houve um, no entanto. Seu avô — Saul, seu avô biológico — sabotou a CHRONOS e abandonou as equipes nas localidades onde se encontravam. Eu estava programada para um salto para Boston em 1853, mas... Digamos apenas que fui obrigada a fazer um ajuste de última hora. Saul se meteu..."

Katherine fez uma pausa, formulando a frase com cuidado. "Saul se meteu com alguns maus elementos da nossa sociedade, e tenho certeza de que ele planejava me seguir. Ele sempre foi uma pessoa oito ou oitenta. Ou você era amigo ou você era inimigo, não tinha um meio-termo. Ele me considerou uma traidora, e teria me matado e — embora não tenha se dado conta disso — também teria matado sua mãe e Prudence junto comigo, se eu não tivesse mergulhado em 1969 no último minuto."

∞

Durante a hora seguinte, fiquei sabendo como Katherine tinha recomeçado uma nova vida na década de 1970. Ela surgiu num celeiro abandonado a mais ou menos um quilômetro e meio de Woodstock, Nova York, em meados de agosto de 1969, tomando o lugar de um amigo historiador musical que tinha esperanças de ver Janis Joplin e Jimi Hendrix no festival. Usando os trajes do auge da moda de 1853, destino para o qual ela havia sido programada, Katherine estava meio arrumada demais para um show de rock. Na esperança de obter pelo menos alguns dados úteis para o amigo de quem ela havia tomado a vaga, ela tirou os grampos do cabelo, escondeu o vestido elaborado, as luvas e os sapatos cheios de botões em sua maleta e se dirigiu para o concerto usando apenas a camisa de seda, a calça estilo *pantalette* e uma gargantilha de renda preta. Ela ainda estava um pouco mais coberta do que muitas das jovens mulheres no show, mas depois de algumas horas na lama e no calor, contou ela, foi possível se misturar à multidão.

"Voltei para o ponto estável — o celeiro — diversas vezes ao longo das semanas seguintes e tentei entrar em contato com a sede. Mas eu não conseguia ver nada no medalhão, só um vazio negro com rajadas ocasionais de estática. Tentei me corresponder usando um dos diários que eu havia embalado, mas ele desaparecera. Era como se tudo da minha época não existisse mais."

"Então por que você não voltou para o dia anterior à sua viagem?"

Connor assentiu. "Eu também perguntei isso."

"Vocês dois assistiram a filmes demais, receio. Eu não tinha como simplesmente zunir de um local a outro em qualquer ponto no tempo. A chave CHRONOS me permitia emergir num ponto estável pré-programado e então retornar para a sede CHRONOS quando meu trabalho estivesse concluído. Excursões livres não eram permitidas.

"Felizmente", continuou ela, "historiadores da CHRONOS seguiam o lema dos escoteiros: 'Esteja sempre alerta.' Se a gente não conseguia entrar em contato com a sede, dávamos um jeito de nos misturar e de ficar sossegados por um ano ou dois. E depois desse ponto, se ainda não houvesse contato com a sede, a gente desistia e tentava criar uma vida normal na devida época e lugar onde estivesse."

Usando uma chave de cofre costurada em suas roupas íntimas, Katherine recuperara o conteúdo de uma caixa depositada num cofre do Banco de Nova York no ano de 1823. Aí escolhera a melhor opção a partir da matriz de identidades que havia lá dentro, inventara um marido morto na Guerra do Vietnã, e ao longo dos meses seguintes garantira um cargo na área de pesquisa universitária.

Ela tentara encontrar informações sobre alguns dos outros historiadores cujos destinos predeterminados situavam-se em um passado relativamente recente, incluindo Richard, o amigo que trocara de lugar com ela e pousara em 1853. "Eu adoraria saber como ele conseguiu se misturar depois de chegar usando jeans boca de sino e uma camisa um tanto espalhafatosa. Ele estava perfeitamente vestido para Woodstock, mas tenho certeza de que parecia um pouco ridículo para 1853. Richard sempre foi inteligente, no entanto. Em algum momento fiquei sabendo que ele ficou editando um jornal em Ohio durante os quarenta anos seguintes, casou-se, teve filhos e netos. Isso não era protocolo — éramos solicitados a evitar filhos a todo custo —, mas imagino que isso seria um pouco difícil se você estivesse preso na década de 1850 e desejasse uma vida normal."

Ela suspirou. "Ele morreu em 1913. Foi estranho ler que ele envelhecera e falecera tantos anos atrás, sendo que eu o tinha visto apenas algumas semanas antes. Ele era um bom amigo, embora eu creia que ele teria gostado de ser mais do que isso. Se eu não tivesse ficado tão obcecada por Saul...

"De qualquer forma", continuou ela, balançando a cabeça como se para desanuviá-la, "mandei uma carta para a neta e cuidadora de Richard, antes de ele falecer. Eu disse a ela que eu estava escrevendo uma história sobre jornalistas do século XIX e que seu avô era uma das pessoas que eu vinha pesquisando, e fiquei surpresa quando ela pediu para me visitar. Quando cheguei, ela foi direto para sua caixinha de porcelana e sacou uma chave CHRONOS.

"Ela disse que o avô sempre fora um pouco paranormal e que informara a ela que, um dia, quando ela tivesse nos seus setenta anos, uma mulher chamada Katherine poderia aparecer e fazer perguntas. Se isso acontecesse, Richard a instruíra a me dar aquele velho medalhão e o diário dele, pois eu saberia o que fazer com eles.

"Eu embalei a chave de Richard junto com meus outros pertences quando me casei com Jimmy, alguns meses mais tarde. Ele era um jovem professor de história, e eu era uma assistente de pesquisa recém-viúva, grávida de seis meses de sua mãe e de Prudence."

Ela sorriu suavemente. "Jim deveria ter nascido numa época onde cavaleiros andantes resgatavam donzelas em perigo — quando ele me conheceu, tornou-se um homem com uma missão. Fiquei bem relutante em me casar tão depressa. Os membros da CHRONOS eram instruídos a aguardar pelo menos um ano antes de tomar uma decisão sobre a melhor forma de assimilar tudo. Mas eu tinha uma noção maior do que os outros de que aquilo era, muito provavelmente, algo pior do que uma mera falha técnica. Jim e eu nos casamos antes de as meninas nascerem e elas foram, em todos os sentidos além do biológico, de fato as filhas dele. Eu não poderia ter pedido por um marido e pai mais dedicado."

"Então mamãe não sabe?", perguntei. "Quero dizer, mesmo após o acidente, você não contou que Jim não era o pai dela?"

Katherine ficou um pouco surpresa diante da sugestão. "Você realmente acha que eu *deveria* ter contado a ela? Ela já sentia raiva o suficiente de mim àquela altura — contar a ela uma mentira diferente sobre um pai morto no Vietnã era inútil. E dizer a verdade teria apenas servido para convencê-la de que eu era maluca. Fiz a única coisa que eu poderia ter feito depois que Jim morreu — tentei tirar a irmã dela das mãos de Saul. E falhei."

∞

Seu comentário explicava tantas outras coisas que percebi que eu não estava nem um pouco surpresa por descobrir que Prudence estava viva — ou pelo menos por descobrir que Katherine acreditava que Prudence havia sobrevivido ao acidente.

"Nunca me ocorreu que *uma* das meninas poderia ser capaz de ativar a chave", continuou Katherine. "Houve apenas umas poucas gerações de historiadores da CHRONOS e... bem, não é como se a gente saísse carregando os equipamentos da CHRONOS em público por aí. Se os filhos de historiadores já haviam mostrado uma habilidade de ativar o equipamento, não era algo que nos contavam.

"Mantive minha chave na minha caixinha de joias. Não sei bem o porquê disso. Eu não teria abandonado minha família caso a chave ficasse ativa de repente, mas acho que era só uma lembrança — um lembrete de um mundo que parecia quase irreal para mim naquela época." Ela parou por um momento. "E eu sabia que Saul tinha feito um salto. Ele também estava preso. Ele achava que, se destruísse o ponto estável dentro da CHRONOS, isto lhe daria passe livre e lhe permitiria ir de um ponto estável a outro, de um segundo a outro, sem limites. E isso até poderia ter funcionado, mas... Eu ainda não sei o que aconteceu naquele dia. Onde quer que Saul tenha pousado, *qualquer que tenha sido a época*, tenho certeza de que ele me culpa por destruir seus planos."

Katherine brincou com a correntinha em seu pescoço. "Eu nunca imaginei que a chave seria perigosa para as meninas. Prudence a encontrou alguns meses antes de seu desaparecimento. Ela e Deborah estavam procurando itens antigos para usar como figurinos numa peça da escola. Não sei por quanto tempo Prudence a segurou ou o que viu. Só sei que ela e sua mãe entraram numa peleja bem desagradável, porque Prudence insistia que o medalhão tinha um brilho esverdeado e sua mãe não conseguia enxergá-lo — Deborah estava convencida de que era mais uma das piadinhas da irmã."

Ela ficou em silêncio. "Então o que você fez?", incitei.

"Eu fiz o que a maioria das mães teria feito — tomei o medalhão, ralhei com as duas e disse que estava cansada de suas discussões bobas. Recusei-me a tomar partido ou a discutir a questão quando Prudence a ressuscitou mais tarde." Os olhos azuis de Katherine esmaeceram um pouco, e ela olhou para as próprias mãos. "Foi um erro. Agora eu sei disso. Acho que ela viu algo que... a perturbou. Talvez o mesmo vazio negro que ainda vejo quando tento ativá-lo — mas acho que não. Ela começou a ter pesadelos e foi ficando mal-humorada. Bem, ela estava sempre um pouco mal-humorada, mas... mais ainda... depois."

Uma lágrima escorreu pelo rosto de Katherine, caindo em sua manga. "Pensei que ela fosse superar aquilo tudo. Então, algumas semanas depois, eu estava indo com Deborah a Georgetown para comprar sapatos novos. Era um sábado e Jim ia levar Prudence à aula de violino, lá no campus. Prudence tinha um olhar furtivo quando entrou no carro, mas presumi que fosse porque ela estava usando muito mais maquiagem do que eu costumava permitir — Deborah me revelou que Prudence tinha uma quedinha por seu instrutor de violino. Quando eles saíram da garagem, Prudence me deu um sorriso petulante e ergueu algo que parecia ser minha chave CHRONOS, brilhando num tom laranja-claro...

"A gente só tinha um carro — então segui-los estava fora de cogitação. Se tivesse sido uma década mais tarde, teríamos telefones celulares. Eu poderia ter ligado e mandado Jim retornar imediatamente, deste modo eu poderia ter arrancado aquela coisa maldita das mãos dela.

"Em vez disso, corri para o meu quarto e vasculhei a gaveta onde eu tinha escondido a chave e, para minha surpresa, estava exatamente onde eu havia deixado. Concluí que Prudence provavelmente encontrara uma bijuteria parecida, e assim Deborah e eu seguimos para o centro da cidade conforme planejado. Mas algo continuou me incomodando — Prudence não tinha dito que o medalhão brilhava num tom de verde? Então por que ela comprou uma bijuteria *laranja*? Ainda assim, eu não conseguia pensar em nenhuma outra explicação.

"E então eu me lembrei da caixa no sótão", disse ela. "Nós corremos de volta para casa — Deborah ficou furiosa, é claro, por eu ter mudado de ideia pouco depois da nossa saída. De qualquer forma, encontrei o velho baú com meus pertences anteriores ao casamento com Jim — e, claro, estava aberto, e a chave de Richard, aquela que a neta dele tinha me dado, não estava mais lá."

Katherine soltou um suspiro, se levantou e caminhou até a cozinha. Depois de alguns minutos, ouvi Daphne entrando. A cadelinha aparentemente estava sensível ao humor de sua dona, porque estava muito mais comportada do que eu jamais vira. Ela caminhou suavemente até o sofá e cheirou o colo de Connor, procurando por migalhas de biscoito, pelo visto. Ele pescou um biscoito no fundo da caixa e o jogou no ar. Daphne o apanhou com um estalo das mandíbulas, daí se esticou aos meus pés, ancorando o prêmio entre as patas e mordiscando suas bordas.

Eu estava prestes a seguir Katherine até a cozinha, mas Connor balançou a cabeça. "Ela vai voltar logo", disse. "É difícil para ela tocar nesse assunto."

Assenti. "Para minha mãe também é. Mas acho que conheço o restante da história, de qualquer modo. Mamãe me contou que Prudence nunca foi encontrada, e que seu pai morreu naquela mesma noite, no hospital. Eles não sabem por que ele perdeu o controle do carro. Acho que mamãe nem conseguiu falar com ele, então presumo que ele nunca tenha acordado...?"

"Ele falou com Katherine. A consciência dele ia e vinha, e..."

Ele cortou a frase quando Katherine apareceu à porta, parecendo frágil e cansada. "Jim só falou por alguns segundos. Ele disse: 'Ela estava lá e então desapareceu. O carro... Eu perdi controle.' E então ele agarrou minha mão com muita força e completou: 'Para onde ela *foi*, Katherine?' E aí ele também se foi. Não literalmente, como Prudence, mas..."

Ela correu a mão pelo cabelo grisalho curto e recostou-se na parede. "A enfermeira e Deborah estavam no quarto. Tenho certeza de que presumiram que ele se referia ao fato de o rio tê-la arrastado, que ele estava confuso em relação à ordem dos acontecimentos. Mas percebi o olhar de descrença dele, Kate. Eu *sabia* o que ele queria dizer. Ela desapareceu — e ver alguém desaparecer do assento ao seu lado quando você nunca viu qualquer coisa do tipo... bem, não fico muito surpresa por Jim ter se esquecido de prestar atenção à estrada."

Katherine ficou em silêncio depois disso. Eu não sabia o que dizer, e fiquei aliviada quando Connor mudou de assunto. "Talvez devêssemos nos concentrar no que aconteceu a Kate esta manhã. Você pode nos contar algo mais sobre o sujeito que pegou sua mochila?"

"Era da minha idade, talvez um pouco mais velho? Kiernan disse que o nome dele era Simon. Ele usava camisa preta, com algo parecido com um logotipo de uma banda na frente, mas não reconheci a banda. Era um pouco parrudinho... Parecia um *gamer* fanático."

"Um gamer?", perguntou Katherine.

"É, fora de forma, pálido, raramente vê a luz do sol", disse Connor.

"Isso", confirmei. "Ele estava escrevendo alguma coisa — e ficou olhando suas anotações. Eu consegui ver o outro cara com mais clareza. Kiernan. Alto..."

"Espere...", disse Connor. Ele ergueu a mão e se dirigiu para as escadas. "Pode ser que eu te poupe de alguns esforços nessa parte." Quando ele voltou um minuto depois, estava trazendo duas fotografias muito antigas, em molduras pretas idênticas. Ele me entregou uma delas. "Isto foi tirado em 1921."

Era uma foto formal de uma família com quatro filhos, o caçula sentado no colo da mãe. O homem era de meia-idade, alto e moreno, com uma barba bem-cuidada. Estava olhando diretamente para a câmera e reconheci os olhos dele instantaneamente. Olhei para a mulher sentada na frente dele e senti uma pontada súbita e irracional de ciúmes por ele estar com a mão no ombro dela. Na outra mão, ele segurava um imenso livro ornamentado, talvez uma Bíblia, com uma fita pendendo entre as páginas.

Entreguei a foto de volta para Connor. "É ele. Tenho certeza."

"O segundo rapaz da direita para a esquerda", apontou ele, "de pé ao lado da mãe? Supostamente, este é meu avô, Anson. Acho que ele tinha uns onze anos, talvez doze. O homem, conforme mencionei anteriormente, é Kiernan Dunne, meu bisavô. Com base na pesquisa genealógica que fiz *recentemente*, Kiernan foi um Cirista Templário importante em Chicago, até sua morte, no final de 1940. Ele foi para lá com seus pais quando ainda era criança, para trabalhar numa das fazendas coletivas ciristas que brotaram no Centro-Oeste durante meados de 1800."

Olhei de novo para a foto que Connor segurava, sem saber o que me incomodava mais — o fato de eu ter sido beijada por um pastor casado ou o fato de ele ter morrido mais de cinquenta anos antes de eu nascer. Eu ainda sentia seus lábios nos meus e sua mão em meu rosto, e enxergava o sorriso dele enquanto ele soltava meus cabelos.

Balancei a cabeça para desanuviá-la, e Connor enfiou a outra foto na minha mão. "Sempre acreditei, no entanto, que *este* jovem aqui é meu avô Anson." Ele apontou para um rapaz um pouco mais jovem, em outra fotografia de família. Nesta foto, havia três crianças e a mãe era diferente. Eles estavam vestidos menos formalmente, sentados diante de uma enorme casa de fazenda. O homem era alto e moreno, com uma barba ligeiramente mais longa, e parecia menos sisudo, com apenas uma sugestão de um sorriso. Os olhos eram idênticos.

"Kiernan tinha um irmão gêmeo?", perguntei.

"Não", disse Katherine. "Em determinado ponto, estas eram duas cópias da mesma fotografia. A segunda está em minha posse e sob a proteção contínua de um campo da CHRONOS desde 1995, quando a mãe de Connor me permitiu fazer uma cópia da original para minha pesquisa sobre os descendentes dos vários historiadores da CHRONOS. A primeira — o retrato mais formal — é, na verdade, a fotografia original da qual eu fiz uma cópia, em 1995. Connor conseguiu que sua irmã lhe enviasse pelos correios em maio passado. Só que eu não acho que dê para realmente chamá-la de *irmã*, já que..."

"Espera, estou perdendo o fio da meada." Eu não fazia ideia do que era um campo da CHRONOS, mas de jeito nenhum que estas fotografias eram cópias de uma mesma imagem. "Não tem como ser a mesma fotografia. As pessoas são diferentes, os locais são diferentes... Como é que a segunda pode ser uma cópia da primeira?"

"Nas histórias das quais me lembro", começou Connor, "meu bisavô era fazendeiro, e não pastor, e certamente não um Templário." Notei o desdém em sua voz e estava prestes a perguntar mais, mas ele prosseguiu, apontando as diferenças nas imagens: "A mãe não é a mesma nesta foto. Existem pequenas diferenças nas crianças." Connor meneou a cabeça em direção à escadaria. "Consigo traçar a linha genealógica masculina da minha família em sites atuais, mas os nomes são diferentes. Minha mãe nunca se casou com meu pai. Eu só fui capaz de conseguir esta fotografia porque fingi ser o meu... como é que você o chamaria? É como se fosse uma versão de mim nesta linha temporal. Meu meio-irmão? Metade de mim?" Ele olhou para Katherine, as sobrancelhas levantadas num questionamento.

Katherine apenas deu de ombros. "Nós estamos além do meu nível de compreensão agora. Sou apenas uma historiadora. Eu usei o equipamento, mas não o inventei. Fomos informados de que o sistema era protegido contra esse tipo de... aberração... mas Saul..."

"Saul", repetiu Connor com um sorriso de escárnio. "Agora passo meu tempo tentando descobrir exatamente o que aquele desgraçado modificou e de que jeito podemos modificar de volta." Ele esmagou a caixa de biscoito com um pouco mais de força do que parecia necessário. "E todos os dias eu vejo um pouco mais da porcaria de seus templos pontilhando a paisagem."

Papai não estava mentindo quando disse que Katherine possuía um monte de livros. Eles cobriam três paredes da biblioteca imensa que ocupava a maior parte da ala esquerda da casa. Parecia uma biblioteca normal, em geral, pelo menos se comparada às bibliotecas que eu só tinha visto em filmes, com uma escada de rodinhas ligada a cada parede e livros empilhados do chão ao teto.

Havia, no entanto, algumas diferenças distintas. Ao longo da borda vertical de cada bloco de prateleiras, um tubo azul intenso — da tonalidade exata da chave CHRONOS — corria de cima a baixo e aí se estendia pelo teto, até formar uma interseção no meio, num grande X azul.

Meu olhar se voltou para os computadores. Dezenas de discos rígidos estavam empilhados em prateleiras de metal. Havia três estações de trabalho, cada uma com monitores duplos grandes. À direita deles havia um aparelho estranho que eu não conseguia identificar — exceto pelos objetos no centro. Dois medalhões CHRONOS numa espécie de cápsula, a partir da qual pareciam estar conectados a uma série de cabos. A parte superior do objeto era de vidro escuro, o que reduzia parcialmente o brilho da luz azul. Um cordão grosso de cabos retorcidos ligado à capsula percorria mais ou menos um metro, um metro e meio desde as estações de trabalho até as estantes, e se conectava a um dos tubos azuis reluzentes.

"O que... é tudo isso?"

"Isto, Kate, é o que torna esta casa uma casa *segura*", respondeu minha avó. "Você não faz ideia de como foi difícil trazer tudo isto para cá, principalmente levando-se em conta a necessidade de manter tudo protegido durante a viagem. Teria sido muito mais fácil levar você para a Itália, mas eu desconfiava que seria impossível negociar com sua mãe.

"Connor criou um sistema bastante engenhoso aqui. O sinal das chaves CHRONOS é amplificado e a proteção se estende a mais ou menos uns quinhentos metros além da casa."

Connor acrescentou: "Por enquanto só carregamos uma das chaves quando precisamos sair do perímetro. Eu gostaria de acrescentar o quintal inteiro à zona de segurança, mas isso vai exigir o uso de uma terceira chave — e temo que a extensão da proteção até tão longe poderia sobrecarregar o sistema."

"O que você quer dizer — proteção?" De repente me lembrei da pergunta de Kiernan no metrô. *Por que diabos ela mandaria você para a rua sem proteção?*

"Desde as distorções temporais", respondeu Connor, "qualquer coisa e qualquer pessoa dentro destas paredes — ou qualquer um que carregue uma das chaves — não tem como ser afetado por uma mudança temporal. Katherine e eu, por exemplo, recordamo-nos claramente de que a segunda fotografia que você viu é a correta. Ela está blindada juntamente a tudo o mais nesta casa. Mas a primeira foto que você viu e... as pessoas e coisas que estão fora da área de proteção... tudo foi alterado."

"Então por que a primeira foto não mudou de volta ao modo original quando você a trouxe para cá?", desafiei. "Se aqui é, tipo, uma zona de segurança, não deveria mostrar a realidade que você conhece?"

Katherine balançou a cabeça. "Não é assim que funciona, Kate. Ela não estava protegida quando a mudança temporal ocorreu. Pense nisso como... um avental de chumbo, daqueles que você usa no dentista. Você está blindada quando o avental está presente, mas ele não vai desfazer qualquer dano que possa ter sido causado caso você tenha sido exposta anteriormente. Os documentos que temos aqui, que sempre protegemos — inclusive os que estão digitalizados nestes servidores —, todos estão preservados. Tudo que trazemos de fora, no entanto, pode ter sido alterado. Na verdade, *vai* ter sido alterado, a menos que tenha ficado em contato físico constante com alguém usando um medalhão. Mas não vai ser alterado uma vez que estiver aqui dentro."

"Isso... faz sentido, acho. Tudo bem, eu já vi...", parei para contar, "...cinco medalhões, incluindo o que Kiernan tinha. Presumo que Simon... o cara que me assaltou... deva ter um também. De onde eles estão vindo? Você aprendeu a reproduzi-los?"

"Não, as chaves e diários extras que temos aqui são aqueles que eu coletei", disse Katherine, sentando-se diante de uma das estações de computador. "Antes de Prudence desaparecer, eu não costumava me esforçar muito tentando rastrear o que tinha acontecido aos meus futuros ex-colegas — além de ficar atenta a Saul, porque ele poderia ter pousado em qualquer lugar, a qualquer hora.

"Depois que Prudence se foi, eu me tranquei numa sala e passei as semanas seguintes tentando desesperadamente conseguir algum tipo de sinal da chave CHRONOS. Acho que cheguei muito perto de desaparecer nesse vazio — aquele buraco negro ainda é a única coisa que consigo ver no medalhão."

Eu hesitei. "Você acha que é para onde Prudence foi? Para o tal... buraco negro?"

"Achei provável num primeiro momento, embora eu não quisesse admitir isso nem para mim mesma. A outra possibilidade era que Saul tivesse nos encontrado e levado Prudence. De qualquer forma, depois disso fiquei disposta a recolher cada uma das chaves restantes, porque eu não queria pensar em mais ninguém desaparecendo daquele jeito. Vinte e três historiadores da CHRONOS ficaram presos, e todos possuíam uma chave. A maioria, felizmente, estava se dirigindo a eras relativamente modernas — apenas quatro estavam num período anterior ao século XV. Vários estavam viajando em grupo, assim como Saul e eu fizemos muitas vezes. Doze estavam pesquisando a história norte-americana — já que a CHRONOS fica na América do Norte, há um leve viés local. Seis estavam na Europa, e os restantes estavam espalhados ao redor do globo.

"Até o momento, localizei dez chaves e alguns diários, além dos diários que eu tinha embalado em meu último salto. Muitas das chaves foram transferidas entre membros da família como uma herança ímpar, uma joia singular. A maioria das pessoas se viam ansiosas para se livrar das ditas cujas, pois muitas acreditavam que era uma peça assombrada — seja porque ou eles mesmos ou alguém percebiam que os medalhões brilhavam ou se moviam, ou porque a joia simplesmente lhes causava um pressentimento ruim. Um dos pesquisadores que estava investigando a Alemanha nazista de fato destruiu sua chave CHRONOS e os diários que levava consigo. Falei com ele brevemente, pouco antes de sua morte, e ele me disse que não queria correr nenhum risco de a peça passar por engenharia reversa nas mãos dos nazistas, por mais altamente improvável que isso pudesse ter sido.

"Mas pensando bem, ele fez uma escolha sábia. Se eu já soubesse que Saul — onde quer e quando quer que estivesse — não teria escrúpulo algum para fazer mau uso da tecnologia, eu teria destruído cada um dos medalhões que encontrei. Estou contente porque não os destruí, no entanto, pois cerca de três anos depois do acidente, notei a primeira mudança."

Katherine se voltou para o computador e clicou numa pasta, depois num arquivo, e então uma imagem se abriu. Era uma foto escaneada de um documento amarelado com uma lista de nomes, separados em colunas identificadas como *Damas* e *Cavalheiros*. Impressas na parte superior estavam as palavras *Convenção pelos Direitos das Mulheres, Seneca Falls, Nova York, 1848*.

"A cópia emoldurada deste documento ficava na parede do meu escritório na universidade quando Prudence e Deborah tinham dois ou três anos de idade, de modo que ambas a viram muitas vezes. Cem pessoas — sessenta e oito mulheres e trinta e dois homens — assinaram a Declaração de Sentimentos daquela convenção. Mas se você olhar cuidadosamente, vai perceber que agora há cento e um nomes. Tem um outro nome aqui, perto do rodapé da coluna do meio — Prudence K. Rand. E este nome começou a aparecer em outros documentos também."

"Mas... por que Prudence *Rand*? O sobrenome de mamãe é *Pierce*."

"Posso apenas supor que Prudence resolveu assinar este documento *depois* que ela conheceu o pai — Saul Rand. Ela claramente estava tentando me mandar um recado, mas ainda não tenho certeza do que ela pretendia dizer. Será que ela queria que eu fosse ao seu resgate ou estava simplesmente... me informando que conhecia meu segredo? O que mais doía era não saber... Será que Prudence tinha noção de que eu não era capaz de chegar até ela? Será que ela sabia que eu estava tentando?"

∞

Katherine e eu voltamos para o andar principal da casa, deixando Connor com os computadores na biblioteca, onde ele ficou investigando para ver se estava acontecendo alguma coisa fora do comum que pudesse ter incitado o aviso de Kiernan. Durante toda nossa conversa anterior, alguma coisa ficou me incomodando, mas eu não conseguia identificar o que era. A ficha finalmente caiu quando estávamos sentadas na cozinha, alguns minutos depois.

"Espera, espera, espera... Antes, hoje cedinho, você sugeriu que os *três* possuíam essa versão recessiva do gene CHRONOS — Connor, mamãe e... *papai?*"

Katherine assentiu. "É mais forte no seu pai, creio eu, do que em Deborah. Uma das discussões mais desagradáveis que já presenciei entre os dois aconteceu logo depois da sua festa de aniversário de dois anos. Eu fui fazer uma visita e estava usando o medalhão. Deborah nunca dera muita importância a ele — mas eu queria ver a sua reação. Conforme Harry já contou ontem, você ficou fascinada e ficou chamando-o de 'luz azul'. Harry observou casualmente que o medalhão parecia mais ter um brilho rosado. Deborah ficou *furiosa*. Ela achou que eu tivesse contado a ele sobre suas discussões de tantos anos atrás com Prudence, e que a gente estivesse zombando dela. Pobre Harry. Ele não fazia a menor ideia do que ela estava falando e não conseguia entender por que ela insistia que era um pingente de bronze simples, nem rosa, nem verde, nem azul."

Katherine suspirou profundamente. "Por mais que Harry amasse — e talvez ainda ame — sua mãe, eu sempre me perguntava se ele teria ficado melhor se eu nunca os tivesse apresentado. Deborah tem suas virtudes e eu a amo muito, mas acho que ela herdou um toque do temperamento do pai e..."

"Espera aí", interrompi. "Mamãe e papai se conheceram num evento histórico. Uma feira renascentista ou coisa assim. Ele estava vendendo bijuterias. Ele substituiu uma amiga que estava doente."

"Quase isso", disse ela com um sorrisinho. "Harry substituiu uma jovem senhora que ficou muito feliz em aceitar cem dólares e poder colocar *outra* pessoa para ficar penando no calor e na umidade durante oito horas — embora eu ache que Harry jamais tenha ficado sabendo que paguei a ela. Ele estava fazendo aquilo como um favor para *mim*. E eu disse a ele que se ele conhecesse Deborah, não seria prudente deixá-la saber que *nós dois* nos conhecíamos. Ele tinha visto a foto dela e comentado que ela era bonita — e eu expliquei que ele estaria começando com uns dois pontos de desvantagem caso ela soubesse que eu o conhecia ou que havia a mínima possibilidade de eu aprová-lo como genro."

Fiquei encarando minha avó por um longo momento, então me levantei e fui até a janela, observando enquanto dois esquilos perseguiam um ao outro, subindo e descendo pelo grande salgueiro no quintal.

"Katherine... Tem mais alguma coisa que eu *acho* que sei sobre minha vida e a dos meus pais que esteja totalmente equivocada? Do jeito que me contaram, mamãe nem sequer apresentou você a papai antes do casamento."

"Bem, isso é verdade mesmo — só que não é a história completa. Sua mãe não nos apresentou; eu conheci Harry quando ele tinha uns dezoito anos. Seus pais adotivos sempre diziam que iriam ajudá-lo a descobrir mais sobre seus pais biológicos caso ele quisesse. Eu fui a pessoa mais lógica para oferecer algum direcionamento a ele. Seus pais biológicos, Evelyn e Timothy, também eram historiadores da CHRONOS e ficaram presos em 1963 — eles estavam estudando os acontecimentos em torno do assassinato de Kennedy. Entrei em contato com eles depois da minha chegada, em 1969. Eles estavam morando em Delaware. Tinham um amigo que fez boas recomendações para me ajudar a conseguir o emprego na área de pesquisa em Nova York, onde conheci Jimmy.

"Trocamos cartões de Natal algumas vezes. Eu me lembro que certa vez eles incluíram um retrato de um menino que seria o seu pai. E aí não tive mais notícias deles. As pessoas perdem contato — e isso acontecia com mais frequência antes do Facebook, do e-mail e..."

Katherine tornou a encher a xícara de café, misturando um pouco do creme de um pequeno jarro de porcelana sobre a mesa. "Depois da morte de Jim, comecei a procurar pelas chaves CHRONOS, conforme já relatei. Durante a busca por Evelyn e pelas chaves de Timothy, fiquei sabendo do falecimento de ambos, e em algum momento descobri que Harry tinha sido adotado por um casal que vivia nos arredores de Milford, em Connecticut. Eu me apresentei aos Keller como uma amiga da mãe de Harry que tinha acabado de ficar sabendo sobre a morte dela, o que era verdade. Inventei que as chaves eram lembranças de uma república na faculdade, da qual Evelyn e eu fizemos parte. Os Keller não chegaram a vê-las, mas deixei um cartão com eles, caso se lembrassem de alguma coisa.

"Depois, quando Harry começou a faculdade aqui em Washington, eles sugeriram que ele me procurasse. Ele começou perguntando mais sobre seus pais biológicos e sobre como eles eram. As lembranças dele em relação aos dois eram bem fracas e... Bem, eu os havia conhecido, então eu costumava me encontrar com Harry e nós conversávamos. Eu não podia lhe contar *toda* a verdade, obviamente, mas o que ele realmente queria saber era como seus pais eram como pessoa. Eu trabalhei com eles durante vários anos, e por isso tinha como dar tais informações — anedotas, pequenas descrições de coisas que eles tinham feito."

Katherine sentou-se no banco embutido da janela, ajeitando a almofada um pouco. "Nós nos dávamos muito bem e... Bom, notei que ele ficava atraído pelo medalhão quando eu o usava. Mas a luz não é vívida para ele — é fraca, não néon e gritante como é para nós. Mas foi o suficiente para que eu começasse a pensar que talvez ele e Deborah pudessem... caso ficassem juntos e..."

Katherine calou-se e eu simplesmente fiquei olhando para ela, sem saber o que pensar. "Você juntou meus pais na esperança de que eles pudessem ter um filho — eu — para que eu pudesse... o quê? Sair numa busca para encontrar minha tia há muito desaparecida?" Em determinado aspecto, eu era capaz de entender, mas também estava começando a me sentir um pouco irritada, até mesmo usada. "Você não se deu conta do tiro no escuro inacreditável que isto era?"

Katherine levantou-se e colocou as mãos nos meus ombros, encarando meus olhos diretamente. "É claro que foi um tiro no escuro, Kate. Mas era um que eu precisava dar — você não enxerga isso? E o fato inegável de que funcionou — você está aqui e você... bem, eu nunca vi alguém capaz de se conectar aos equipamentos da CHRONOS instantaneamente, tal como você fez ontem. Já fazia quase três meses que eu não captava nada além de uma imagem embaçada, e você... pelo que você disse, você praticamente estava lá — onde quer que fosse este *lá* — cinco segundos depois que segurou o medalhão."

Me desvencilhei das mãos de Katherine. Não consegui deixar de pensar que mamãe estava certa em me avisar. *Ela é manipuladora e egoísta.* "Você não acha que eles tinham o direito de decidir por si mesmos — de deixar o destino tomar seu curso? Meus pais claramente não foram feitos para ficar juntos, ou eles ainda *estariam* juntos. Talvez eles teriam sido mais felizes se você não tivesse interferido. Eles não eram peças de xadrez ou marionetes!"

"Talvez eles tivessem sido mais felizes, Kate. Mas os sentimentos deles, por mais importantes que possam ser para você, e sim, para mim também, realmente não são o problema aqui."

"Claro", falei. "Prudence. Eu sei — a questão aqui é Prudence. Mas ela se foi há muito, muito tempo. Sinto muito por sua perda e pela perda da minha mãe, mas eu realmente não sei o que você espera que eu faça para resolver as coisas — e não tenho certeza se estou disposta a ajudar. Talvez eu esteja sendo um pouco egoísta aqui, mas alguém apontou uma porcaria de uma arma para as minhas costelas no metrô... E achei que você estaria um pouco mais preocupada com o que está acontecendo aqui e agora do que..."

Katherine bateu a mão no balcão. "Você está entendendo tudo errado, Kate! *Sim*, eu adoraria saber o que aconteceu a Prudence. Eu adoraria que *ela* soubesse que tentei encontrá-la, trazê-la de volta, com todo meu coração. Mas não foi por isso que tentei juntar seus pais e *não* foi por isso que eu trouxe você para cá. O fato de Prudence ter podido modificar aquele documento que você viu — não apenas minha cópia, mas *todas* as cópias e meia dúzia de outros pedaços da história também —, *esta* é a razão pela qual temos que nos preocupar. As mudanças temporais — você as sentiu, você *sabia* que tinha alguma coisa errada, e todos ao seu redor continuaram a viver suas vidas como se nada tivesse se alterado. É como se o problema fosse com *você*, certo?"

Assenti uma vez, ainda irritada.

"Mas o problema *não* era com você. As mudanças têm acontecido pelos últimos vinte anos — as duas que você sentiu foram apenas um pouco... maiores." Katherine respirou fundo várias vezes, fazendo um esforço para se acalmar. "Apesar de possuir o dom escolhido, apesar das melhores intenções dos instrutores da CHRONOS, Saul era muito bom em esconder seus pontos de vista verdadeiros. Ele e um grupo de amigos, dois dos quais estavam ligados à CHRONOS, acreditavam que a tecnologia não estava sendo utilizada como deveria... que estava nas mãos de indivíduos fracos que careciam de visão. Por que simplesmente estudar história?, questionavam eles. Por que não fazer história — *refazer* a história?

"Eu não sei onde Saul terminou, mas ele descobriu a mesma coisa que eu, Kate — que os pais com o gene CHRONOS podem produzir crianças capazes de contornar as proteções. Tal como Prudence fez. Tal como você quase fez ontem de manhã. E baseado no que estamos vendo, ele conseguiu criar um pequeno exército de pessoas que podem se deslocar pelo tempo ao seu comando. Tudo que possuo para combater isso, Kate, é *você*."

Katherine esperava claramente que tal declaração fosse me fazer entender, e até certo ponto, fez mesmo. Mas a grandiosidade do que ela estava dizendo — que ela parecia estar prestes a me pedir para, sozinha, cuidar de um indivíduo que ela mesma havia acabado de descrever como um lunático — me assustava. "Quero papai ciente deste assunto. Você conversa com ele, nós tomamos as decisões em conjunto. Ou vou embora daqui e você fica por sua conta."

"De acordo. Vamos ligar para ele quando as aulas acabarem e..."

O relógio do micro-ondas mostrou que eram 12h22. "Não", falei. "Tenho aula com ele daqui a dez minutos. Ele vai se preocupar se eu não aparecer, de qualquer forma, e se eu sair agora, consigo chegar a tempo." Tinha uma vozinha na minha cabeça insistindo que eu deveria permanecer onde estava, mas eu a silenciei. Naquele momento eu só sabia que precisava ir embora, sair daquela casa para desanuviar a cabeça.

Segui até a porta da frente, pegando meus sapatos debaixo da mesa e calçando-os. Katherine veio atrás de mim, ainda falando, mas eu não estava mais ouvindo. Olhei em volta, procurando minha mochila, até lembrar que ela — e meus livros — tinham desaparecido no passado ou no futuro ou em alguma versão alternativa esquisita do presente.

"Vejo você depois que eu falar com papai." Fechei a porta atrás de mim e estava a meio caminho quando ouvi Katherine correndo em meu encalço.

"Kate, volte!"

Virei-me bem a tempo de vê-la parar, a poucos metros de distância da casa, recuando num tranco repentino, como um cão usando uma daquelas coleiras com frequência de rádio quando detecta o sinal e teme ser eletrocutado.

Ela estava segurando o medalhão. "Leve isto. Eu tenho mais um. Só não tive a chance de pegá-lo porque você saiu tão repentinamente... e eu quase me esqueci dos limites. O sinal oscila um pouco, mas nunca mais muito além da árvore de bordo." Ela apontou para uma árvore a alguns metros à esquerda.

"Não tire a chave por qualquer motivo que seja", disse Katherine. "Mantenha junto ao corpo. E tenha cuidado. Eu não sei bem o que houve no metrô e não faço ideia de quais sejam as motivações de Kiernan, mas não vou ficar tranquila até você retornar."

Katherine estava pálida e ansiosa. Eu diria que a manhã repleta de emoções tinha cobrado seu preço dela. Peguei o medalhão, colocando a corrente em volta do pescoço e enfiando-a dentro da blusa. Eu ainda estava brava, mas forcei um sorriso por compaixão a Katherine. "Relaxe, ok? Estarei de volta à tardinha. Com papai", acrescentei enquanto me dirigia ao portão. "Se você estiver certa, e realmente for *eu* contra um exército, então vamos precisar de toda a ajuda que pudermos conseguir."

Fui caminhando num ritmo acelerado, quase correndo. Eu teria que me apresentar no balcão da secretaria e oferecer alguma justificativa por ter faltado às aulas da manhã, o que significava que eu provavelmente chegaria atrasada para a aula do meu pai, de qualquer maneira. Meus dedos do pé ainda doíam, mas o esforço foi bom, por outro lado, e um pouco da tensão que eu vinha carregando começou a se dissipar.

A manhã tinha sido meio fria para meados de abril, mas a temperatura estava começando a subir e, enquanto entrava no prédio, fiquei meio incomodada por causa do contato quente do meu cabelo no pescoço. Isso me lembrou que meu cabelo estava solto, uma violação do código de indumentária da Briar Hill, e também me fez lembrar de Kiernan. Eu ainda tinha a lembrança da minha faixa de cabelo verde-escura, destacada contra a pele do pulso dele quando ele desapareceu, parecendo um cavaleiro levando uma prenda de sua dama — um lenço ou uma fita — para a batalha. Afastei a imagem ridícula da minha cabeça e abri a porta da secretaria.

"Kate Pierce-Keller. Estou atrasada", falei para a mulher de meia-idade de jeitão severo que era uma das três funcionárias da secretaria de Briar Hill. As duas que geralmente ficavam na recepção eram muito mais agradáveis, mas provavelmente estavam no horário de almoço agora. Aguardei enquanto a mulher abria o registro de presença no computador. "Não tenho nenhum bilhete de casa. Ocorreu uma emergência esta manhã e eu esqueci de pedir à minha mãe para escrever um antes de sair. Amanhã eu trago. E... Esqueci de prender meu cabelo. Você tem um elástico sobrando aí?"

A mulher ergueu as sobrancelhas e depois remexeu numa das gavetas da escrivaninha. Depois de um instante, ela encontrou uma grande faixa bege, a qual estendeu silenciosamente na minha direção, juntamente ao papel cor-de-rosa que autorizava minha entrada.

"Valeu."

Puxei meu cabelo para trás num nó frouxo enquanto eu caminhava pelo corredor. Cheguei à sala de aula com vários minutos de atraso e espiei através do pequeno visor na porta, aguardando para entrar quando meu pai estivesse numa pausa entre frases para poder chegar à minha carteira com o mínimo de interrupção da aula e com o menor número possível de pessoas me encarando. Papai estava em pé perto do quadro, apontando para uma equação... e então fui tomada pela mesma sensação angustiante que já havia me atingido em outras duas ocasiões.

Inclinei-me para frente, meu braço inadvertidamente baixando a maçaneta da porta. A porta se abriu para dentro. Se não fosse dona de um senso de equilíbrio bem razoável, eu teria caído feito um saco de batatas na mesa adiante, mas me segurei e olhei para o ponto onde meu pai se encontrava.

Papai não estava mais lá. Não estava em lugar nenhum da sala de aula. Uma mulher gorda de meia-idade estava à mesa dele. A mulher não era ninguém que eu conhecia. Outro desconhecido, um cara gato com cabelo loiro escuro estava na carteira onde eu costumava me sentar, com um livro de trigonometria aberto diante de si. Eu tinha certeza de que ele era novidade também. Os outros rostos da turma eram familiares. No entanto, todos estavam olhando para mim de um jeito meio estranho. Chamei a atenção de Carleigh Devins, uma menina com quem eu me dava bem, embora não fôssemos exatamente amigas, e tentei dar um sorriso fraco — só para ganhar um olhar interrogativo em troca.

Eu não conseguia respirar. Olhei para a mulher atrás da mesa, que não era papai, e depois para o cara que estava sentado à minha carteira. Abri a boca para dizer "Turma errada...", mas só saiu um sussurro rouco. Em seguida, a sala de aula começou a girar e eu fui para o chão.

∞

Quando acordei, a primeira coisa que notei foi a mão pálida e rechonchuda com uma tatuagem de lótus cor-de-rosa desbotada, batendo no meu braço. Depois de um instante, meus olhos começaram a entrar em foco e olhei da mão até o rosto de seu dono, que aparentemente era a professora. Ela e o cara alto e loiro que estivera ocupando minha carteira pairavam ansiosamente junto a mim. Olhei para a sala de novo. Definitivamente era a sala de aula do meu pai, e com exceção do cara loiro, era minha turma de trigonometria.

"Você está bem?", perguntou a mulher.

Eu não estava. A tontura era bem parecida com aquela dos surtos anteriores, embora parecesse mais branda desta vez. Será que tinha a ver com a chave CHRONOS? O aperto que eu sentia por dentro estava pior, no entanto, e isto definitivamente se devia ao fato de papai ter acabado de desaparecer bem diante dos meus olhos.

"Turma errada. Eu estou bem... sério. Desculpe pela interrupção."

Mas... E se papai estivesse doente hoje? E ela fosse uma professora substituta? Muito embora eu soubesse que isso provavelmente fosse apenas um desejo meu, eu precisava ir à casa dele e verificar.

Ergui-me, e o cara loiro me ajudou a ficar de pé. "Sou o Trey. Você é nova aqui, certo? Cuidado... Você ainda parece um pouco instável. Talvez devesse sentar-se um pouco."

"Desculpe", repeti. "Eu preciso ir." Eu ainda estava me sentindo um pouco tonta, mas virei-me e saí da sala.

"Espere", chamou a professora. "Não saia tão depressa assim. Trey, vá com ela. Leve-a à enfermaria."

E assim, enquanto eu acelerava pelo corredor, o Sr. Alto Louro e Gato vinha atrás de mim, apenas alguns passos para trás. "Espere, aonde você está indo? A enfermaria fica para cá."

"Estou legal."

Continuei em direção à saída, com o cara ainda me seguindo. Ele agarrou meu braço. "Ei, tome cuidado. Você não vai querer desmaiar de novo nestas escadas."

"Olha, é Trey, certo? Você parece bem legal, mas, por favor, vá embora. Preciso encontrar meu pai."

"Seu pai?"

Continuamos andando, passando pelo estacionamento, em direção aos campos de futebol. "Ele é professor aqui", expliquei. "Harry Keller? Moramos no campus, nos limites. Num dos chalés do corpo docente. É para onde estou indo. Por favor, me deixa ir."

Ele soltou meu braço. "Ok, podemos ir ao chalé se quiser, mas depois vamos ver a enfermeira."

"Não — eu simplesmente vou deitar. Estou legal. Eu deveria ter almoçado..."

Continuei andando, e ele também.

"Desculpa, não vai rolar. Eu falei para a sra. Dees que você iria à enfermaria. Não posso voltar para a aula até..." Eu me virei para lançar um olhar feio para ele e notei que ele estava sorrindo — um sorriso largo, amigável. "Escuta", disse, "eu não sei qual é a sua, mas a menos que você tenha se matriculado hoje, você não é aluna daqui. Eu *definitivamente* teria me lembrado de você. Eu mesmo não estou aqui há muito tempo, então fico de olho nos novatos — é um pouco complicado se encaixar no meio do pessoal que está aqui desde a sétima série. E tenho certeza de que não tem nenhum Harry Keller no corpo docente."

Balancei a cabeça.

"Tem que ter... E se você acha que eu não sou quem estou dizendo que sou, por que você não volta para a professora e manda ela chamar a segurança?" Acelerei o passo. "Se não sou uma aluna, eu não deveria estar aqui."

"Beleza", disse ele. "Mas qual é a diversão nisso? Você não me parece uma terrorista perigosa, e além disso, você desmaiou *mesmo* lá na sala. Então por que não me conta qual é o problema? Talvez eu possa ajudar."

"Você não pode. Volte para a aula."

"Acho que não. Pensa comigo — tenho a opção de voltar para a aula de trigonometria ou de ficar passeando pela escola com uma menina bonita num dia quente de primavera. Sinceramente, qual você acha que eu vou escolher?"

Olhei para ele sem acreditar. Ele estava de fato tentando flertar comigo quando eu estava a ponto de perder as estribeiras. Por um motivo inexplicável, lágrimas se amontoaram nos meus olhos e eu estava acuada entre gargalhar histericamente e chorar. Sentei-me no meio do campo de futebol e botei a cabeça nas mãos.

"Ah, ei! Não, desculpe", disse ele. "Não... não chora. Sério..."

Mantive minha cabeça abaixada por um momento para me recompor, respirando fundo. "Eu estou legal", insisti. "É só que foi um dia muito, *muito* ruim." Quando olhei para cima, ele estava sentado no campo, na minha frente, cara a cara comigo. Seus olhos cinzentos, que tinham uns salpicos azuis, estavam repletos de preocupação, e ele me ofereceu um sorriso hesitante, compreensivo. Trey me fazia lembrar de um filhote de cachorro corpulento e amigável, e eu não tinha certeza de como iria espantá-lo.

Lembrei-me da minha identificação da escola e puxei a cordinha do crachá para fora da blusa. Estava ali, debaixo do meu cartão do metrô. Saquei a carteirinha, segurando para ele poder ver. "Eu sou mesmo uma estudante, está vendo? Tenho provas disso."

Ele se inclinou para ler a identificação. "Prudence Katherine Pierce-Keller. Que nome maneiro. Oi, Prudence. Sou Trey."

Fiz uma careta. "É Kate, por favor."

Rindo, ele sacou a própria identificação da bolsa-carteiro cinzenta que estava pendurada em seu ombro e a entregou para mim.

"Lawrence A. Coleman III", li. "Este *A* significa o quê?"

"Alma. O nome de solteira da minha bisavó."

"Ai."

"Isso aí — meu avô é Larry; meu pai é Lars. Não sobraram variantes boas — não que eu realmente goste dos dois primeiros nomes —, então mamãe inventou Trey." Ele ergueu três dedos. "Tipo, sabe, por parecer com a pronúncia de 'três'."

Assenti e me levantei, entregando-lhe a identificação de volta. Recoloquei meu crachá no suporte e peguei uma das chaves. Havia uma pequena etiqueta branca anexa, na qual alguém da administração da escola havia escrito o número 117 e o nome Keller. "Esta chave, Trey, se encaixa na porta da frente daquela última casinha bem ali. Meu pai, Harry Keller, mora naquela casa, e eu também durante boa parte da semana."

Ele estava caminhando ao meu lado outra vez. "Se esta chave servir na porta", continuei, "você pode retornar e avisar à senhora... Dees?" Trey assentiu. "Você pode dizer a sra. Dees que estou bem. Sou só uma boboca que não devia ter ficado sem almoçar. Combinado?"

"Combinado. Mas não até você entrar."

"Tudo bem", concordei. "Vou abrir a porta, esquentar um resto de jambalaia que está na geladeira e tirar um longo cochilo."

Suspirei, subindo os degraus da frente da casa, consciente de que eu estava dizendo tudo aquilo muito mais para me tranquilizar do que para convencer Trey. Eu realmente *precisava* abrir a porta e ver que papai estava lá, que a sra. Dees era uma professora substituta porque ele tinha caído de cama com um resfriado ou coisa assim, e que eu simplesmente tinha imaginado que ele estivera na sala de aula. Eu continuava a dizer para mim mesma que Katherine e Connor eram loucos, ou que talvez os últimos dias fossem apenas um pesadelo prolongado. Saquei a chave com mãos trêmulas e, com Trey observando, finalmente consegui inseri-la na fechadura.

Para meu grande alívio, abriu. Virei-me para Trey e ofereci um sorriso enorme. "Viu só!? Eu disse que esta era minha..." Parei de repente quando vi o rosto dele, aí acompanhei seu olhar até o interior da casa.

Tudo no local estava errado. O sofá onde eu dormia tinha sido substituído por duas poltronas estofadas. Havia um tapete trançado no chão. E então notei o que Trey estava encarando — a fotografia emoldurada da sra. Dees com duas crianças pequenas, ao lado de uma grande caneca branca cheia de canetas e lápis. As letras vermelhas na caneca diziam *Vovó Nº 1*.

"Não!" Afastei-me da porta. "A chave serve! Você viu, não é? Ela serve!"

Trey bateu a porta, certificando-se de que a havia trancado. Desabei nos degraus da frente, e depois de um instante ele sentou-se ao meu lado. "Assim... Quer me contar o que você acha que está acontecendo?"

Olhei para ele. Que diferença faria? Não era como se ele fosse acreditar em mim. Puxei a chave CHRONOS para fora da minha blusa. "De que cor é isto aqui?"

Seu olhar foi de mim para o medalhão. "Marrom, bronze — não sei bem como você chamaria. Parece antigo."

"Bem, para mim, é azul intenso. Tem uma ampulheta no meio."

"Azul. Sério? Consigo enxergar a ampulheta, mas..."

Arqueei as sobrancelhas. "Você vê uma ampulheta no meio, e a areia está se movimentando?" Trey balançou a cabeça para negar. "Imaginei que não. Se eu segurar isto em minha mão por muito tempo, minha avó diz que vou retroceder para alguma época diferente no tempo. Ou avançar, talvez. Isso quase me aconteceu ontem."

A expressão dele não mudou, então continuei: "Alguém está alterando a realidade... modificando as coisas. Quando olhei para a sala de aula pela primeira vez nesta manhã, meu pai, Harry Keller, estava de pé junto ao quadro. Minha carteira — *sua* carteira agora — estava vazia, afinal eu ainda estava chegando na escola. E aí num instante vi tudo isso mudar."

Não havia nenhuma comiseração nos olhos cinzentos dele, mas dava para notar que ele não acreditava em mim. É claro que não acreditava. Ele teria que ser doido para acreditar no que eu estava dizendo. Ele provavelmente achava que eu era mentalmente desequilibrada, e eu não tinha certeza se poderia discutir adequadamente contra essa teoria.

"Alguém — aparentemente meu avô — está modificando a história. Minha avó diz que sou a única que pode detê-lo, porque herdei a capacidade de lidar com este artefato aqui. Algumas outras pessoas herdaram a mesma capacidade, mas aparentemente estão todas no Lado Negro." Eu coloquei as chaves da casa de volta no chaveiro e então a enfiei de volta dentro da blusa, juntamente ao medalhão. "Eu estava vindo para cá, para a escola, para enfiar meu pai neste pesadelo... Não quero tomar decisões sozinha. Senti essas mudanças no tempo duas vezes antes, mas foi só... um mau pressentimento. Ninguém jamais desapareceu."

Suspirei, encarando meus sapatos. "E a chave *serve*, caramba. Eu estava tão segura..."

"Mas... a chave não serviria de qualquer maneira?", disse Trey suavemente, do jeito que qualquer um falaria com uma pessoa instável. Eu reconheci o tom ligeiramente condescendente, e me ressenti dele, mas eu não poderia culpá-lo. "Tipo, mesmo que tudo o que você disse seja verdadeiro de algum modo, se eles contrataram a sra. Dees, em vez de seu pai, então... a chave do chalé seria a mesma. Certo?"

Fechei os olhos, mas não respondi. Dã — é *claro* que seria a mesma chave.

Depois de alguns minutos eu me levantei, e Trey me ofereceu um sorriso fraco. "Eu sei que você precisa acionar a segurança agora, mas você me daria só uns minutinhos de vantagem para eu chegar até o metrô? Por favor?"

"Para onde você vai?"

"Vou tentar encontrar minha mãe — ela mora em Washington. E depois..."

"Ok." Ele se levantou e limpou a calça. "Vamos."

"O quê? Não!", exclamei, começando a me afastar. "Não, não e não. *Eu* vou, Trey. *Você* vai voltar para a aula."

Ele balançou a cabeça com firmeza. "Isso seria muito irresponsável da minha parte. Ou você está em apuros, e nesse caso eu poderia ajudar, ou então está maluca, e aí alguém vai precisar ficar de olho em você. Estou me oferecendo, pelo menos pelo restante da tarde."

Fui cortando o campus, tomando caminho mais direto até a estação de metrô. "Você tem aula. Não pode simplesmente matar. Você não tem pais?"

Ele deu de ombros, combinando as passadas às minhas. "Meu pai diria — *provavelmente* — que estou fazendo a escolha certa. Ele não vai me encher o saco, de qualquer forma. Minha mãe pode discordar, mas ela está numa missão no Haiti durante os próximos meses, e eu não acho que a escola vá telefonar para ela. Estella — ela mora com a gente — *vai* me trucidar por matar aula, mas a escola não vai deixar recados com ninguém que não sejam os pais. Então estou na sua cola."

Eu estava dividida entre a raiva e o divertimento. Trey era legal e, eu tinha que admitir, muito gato, mas eu precisava me concentrar nos problemas à mão. Será que eu conseguiria dar um perdido nele no meio da multidão na estação de metrô?

Pensar no metrô, no entanto, trouxe uma onda de ansiedade. De repente a ideia de ter alguém comigo depois da experiência naquela manhã não pareceu tão ruim.

"Tudo bem", falei, "você pode vir. Mas para sua informação, fui assaltada no metrô esta manhã."

Ele me deu seu sorriso torto novamente. "Caramba, menina, você teve *mesmo* um dia ruim."

∞

Tivemos que esperar uns quinze minutos por um trem, mas a viagem até Washington era curta. Trey tentou puxar conversa. Meu cérebro estava no piloto automático; consegui assentir nos momentos certos, no entanto. A mãe dele trabalhava para o Departamento de Estado dos Estados Unidos, e por isso viajava muito. O pai trabalhava para alguma multinacional — lembro-me vagamente de alguma menção ao setor financeiro —, e eles tinham acabado de retornar depois de dois anos no Peru, onde Trey havia frequentado uma escola para filhos de diplomatas. Quando perguntei sobre irmãos, ele riu e disse que seus pais não ficavam no mesmo continente com frequência suficiente para arrumarem um segundo filho. Eles resolveram que ele e o pai ficariam em Washington para que ele pudesse terminar o ensino médio na Briar Hill, onde tanto seu pai quanto seu avô estudaram. Estella, que trabalhava para a família desde que o pai de Trey era criança, cuidava da alimentação e da organização de todos.

Quando retornaram do Peru, em dezembro, a Briar Hill informou ao pai dele que Trey entraria na turma do último ano no outono, então ele ficou estudando em casa por meio de correspondência nesse meio tempo. Entretanto surgiu uma vaga inesperada em janeiro e ele conseguiu se matricular durante a primavera. Parecia muito com a minha história, quando papai aceitou o emprego para lecionar ali.

Contei a ele minha versão de dois minutos da minha biografia — ou pelo menos a versão que tinha sido verdadeira há uma hora — e aí ficamos conversando sobre música e filmes. Ou melhor, Trey falava enquanto eu escutava e concordava.

Enquanto subíamos pela escada rolante rumo à luz do sol, parei e fechei os olhos, respirando fundo para me equilibrar.

"Você está bem?", quis saber Trey.

Balancei minha cabeça. "A casa fica a apenas alguns quarteirões daqui e eu... acho que ela não vai estar lá. Estou com medo." Parecia estranho dizer isso a alguém que eu mal conhecia, mas Trey foi tão amigável que era difícil manter distanciamento.

"Bem", disse ele, "não precisa se preocupar, ok?"

Quando chegamos, eu nem sequer precisei testar a chave. Fiquei olhando para as janelas da casa enquanto Trey abria a caixa de correio e espiava lá dentro — toda a correspondência tinha como destinatário alguém chamado Sudhira Singh. Mas assim que dobramos a esquina, eu soube que mamãe não morava lá. Jamais haveria cortinas com babados cor-de-rosa em nenhuma casa habitada por Deborah Pierce. E se tais cortinas já estivessem no local no ato de nossa chegada, certamente elas seriam jogadas no lixo antes mesmo de a primeira caixa ser descarregada do caminhão de mudanças.

CHRONOS 7

Foi como se eu tivesse perdido cada bocadinho de energia que ainda tinha, e usei o que me restou para me afastar dos degraus diante da casa. Trey assumiu o comando e nos guiou até a Massachusetts Avenue, onde encontramos um Café. Ele me acomodou numa baia ao lado da janela e retornou com dois cafés e dois muffins de mirtilo. Prometi pagar-lhe de volta, mas ele apenas riu, dizendo que café e muffins faziam de mim uma companhia barata, relativamente falando.

"Então... por que você acha que essa coisa de mudança temporal fez seu pai e sua mãe... desaparecerem?", perguntou ele. "Você disse que isso já aconteceu duas vezes, e que ninguém desapareceu. Por que foi diferente desta vez?"

"Não sei. Eu não parei para pensar nisso." Fiz uma pausa, recapitulando na minha cabeça o que eu sabia. "Havia duas fotografias na casa da minha avó — o amigo dela, Connor, disse que costumavam ser cópias idênticas do mesmo retrato de família. Um deles foi mantido numa área protegida — uma área protegida das mudanças temporais, por um desses medalhões. A outra foto não estava blindada. Quando as vi hoje, eram retratos de duas famílias diferentes, encabeçadas pelo mesmo homem."

Tomei um gole do meu café antes de continuar. "Alguma coisa deve ter modificado o curso da vida do homem na fotografia — dois caminhos diferentes. E sim, Connor e Katherine poderiam estar enganados ou mentindo — uma das fotos pode ter sido manipulada no Photoshop, ou os homens poderiam ser gêmeos, sei lá... Mas tenho certeza de que o homem em ambas as fotografias é o mesmo que conheci no metrô esta manhã, logo depois de ter sido assaltada. Só que nesta manhã, ele tinha uns vinte anos a menos do que quando a foto foi tirada, na década de 1920."

"Espera", disse Trey. "Você conheceu o cara das fotos? Esta manhã?"

Assenti. "Ele me avisou que alguma coisa estava prestes a acontecer. E fiquei vendo-o desaparecer enquanto ele segurava um medalhão exatamente como este aqui."

Ofereci um sorriso fraco para Trey. "Tudo isso soa tão louco para mim quanto para você. Mas respondendo à sua pergunta sobre o desaparecimento do meu pai e da minha mãe, acho que algo foi alterado no passado. Algo que afetou a minha família."

Relatei a história que minha avó tinha me contado, percebendo enquanto falava que havia lacunas imensas no que eu sabia. Expliquei sobre a CHRONOS e contei como Katherine se embrenhara no ano de 1969. "Se tivesse que adivinhar", concluí, "eu diria que Saul finalmente capturou minha avó no passado. Se ela nunca teve minha mãe, então eu nunca nasci, e meu pai..." Dei de ombros. "Não haveria nenhuma razão para ele estar em Briar Hill. Ou alguma outra coisa mudou e minha mãe e meu pai, e talvez eu...? Não faço ideia de como isso funciona. Talvez todos nós ainda estejamos em Iowa..."

Trey levantou-se e fez sinal para eu lhe dar espaço ao meu lado. Ele espremeu sua figura esguia no assento e retirou um pequeno laptop de sua bolsa-carteiro. "Parece então que podemos partir daí — vamos encontrar seus pais. É Debra ou Deborah? E como é que se escreve Pierce?"

Olhei para ele com ceticismo. "Você *acredita* em mim? Você realmente acredita nisso tudo?"

Ele deu uma mordida no muffin, mastigando lentamente enquanto pensava na resposta. "Não", disse. "Não se ofenda, por favor. Você mesma falou, é loucura. Eu não acredito que a realidade mudou e que o medalhão no seu pescoço vai fazer você desaparecer. Embora eu deva admitir que fiquei meio tenso quando você o segurou mais cedo, então talvez eu não *desacredite* totalmente também."

"Então por que me ajudar?" Eu desconfiava que era, em parte, porque ele me achava atraente. Trey era um sujeito legal, mas se não fosse por essa pequena verdade, eu tinha certeza de que ele teria concluído que sua obrigação de me ajudar terminaria na estação de metrô.

Ele acabou de comer o muffin e então respondeu: "O importante é que eu acho que *você* acredita no que me contou. E tenho certeza de que você tem pais em algum lugar, e eu gostaria de tentar te ajudar a encontrá-los. Por favor, coma alguma coisa, tá bem? Caso contrário, vou ter que te carregar no caminho de volta para o metrô."

"Por que você simplesmente não me leva de volta para minha avó?", perguntei, um pouco na defensiva, dando uma mordida no meu muffin. Eu me sentia como uma gatinha perdida que ele estava alimentando e protegendo do trânsito enquanto procurava pelo meu dono.

"Bem, em primeiro lugar, você não me disse o nome ou o endereço dela", zombou. "E em segundo lugar, não é isso que você deseja, certo?"

Fiz que não com a cabeça. "Não. Quero dizer... não até eu saber dos meus pais."

"Beleza, então — vamos procurar pela sua mãe e pelo seu pai. Vamos começar com uma pesquisa no Google..."

Vinte minutos depois, tínhamos estabelecido que Deborah Pierce não existia, ou pelo menos nunca tinha lecionado História em nenhuma das universidades onde ela trabalhara. Eu sabia o login e a senha para acessar o diretório dela no site da universidade, porque mamãe sempre usava a mesma senha para tudo. A senha era irrelevante, de qualquer modo, já que o sistema não tinha registro de nenhum usuário chamado dpierce42. Tentamos uma busca por diversos artigos acadêmicos que ela escrevera, mas não havia nada listado.

Era difícil imaginar um mundo no qual minha mãe não existia — *jamais* existira. Mordi o lábio e respirei fundo algumas vezes, contendo o medo que estava crescendo dentro de mim para então poder me concentrar na busca por papai. Ele não estava listado no corpo docente do site da Briar Hill, fato que não surpreendeu a nenhum de nós dois. Aí começamos uma pesquisa geral na web. Havia um monte de 'Harry Keller', incluindo um que tinha sido diretor de cinema na década de 1950. Pedi a Trey para restringir a pesquisa a Delaware e incluir meus avós, John e Theresa Keller. O endereço deles não tinha mudado, por isso senti uma onda de esperança.

"Tente acrescentar uma coisa chamada Olimpíadas de Matemática. Meu pai era da equipe na escola — é uma coisa que ele sempre coloca nas biografias dele. Acho que é para ganhar credibilidade entre os geeks da matemática."

"Ou talvez para inspirar seus alunos geeks de matemática", disse Trey, com um sorriso. Ele adaptou os critérios de pesquisa, e poucos minutos depois eu estava olhando para a fotografia de papai. Ele estava de barba, coisa que eu o tinha visto usar apenas em algumas fotos da época da faculdade, mas definitivamente era ele. Ele estava lecionando em um colégio interno a cerca de uma hora de distância da casa dos meus avós, em Delaware.

Agarrei a mão de Trey e a apertei com força. "Achamos. Este é o meu pai!" Fucei as três fotos que eu carregava no meu porta-crachá. Uma delas era da mamãe, que não gostava de posar para fotos e, portanto, parecia um pouco incomodada. Outra era de mim e Charlayne depois de uma cerimônia de troca de faixa no caratê. A última foto era do meu pai, tirada no Natal anterior, segurando a frigideira *wok* que dei a ele. Mostrei a foto para Trey.

Ele assentiu. "Sim, é o mesmo cara. E é óbvio que vocês são parentes, mesmo comparando nessa foto on-line — você tem os olhos dele. E o sorriso também é igual."

Queria ler o restante do texto, então me estiquei na frente de Trey para rolar a tela para baixo, colocando a foto na mesa, ao lado do laptop. Mas assim que a soltei, a fotografia desapareceu.

Agindo por reflexo, tentei agarrar o que não estava lá mais, sabendo que não faria diferença nenhuma. Num segundo a foto estava lá, um toque de cor contra o mármore preto polido da mesa. E no seguinte, sumiu.

"Filho de uma pu..." Trey se afastou, arredando para a borda do assento. "Kate, você viu isso?"

Nós dois ficamos em silêncio por um momento. "Acho que o muffin não vai ficar no meu estômago", murmurou ele.

Sem pensar, saquei a chave CHRONOS de debaixo da blusa e pus a mão de Trey contra o meu peito, para que nós dois ficássemos em pleno contato com o medalhão. Depois de alguns instantes, a cor voltou ao rosto de Trey. "Você se lembra do que aconteceu?", perguntei.

Trey assentiu. "Sim. Encontramos seu pai. E então a fotografia dele — que estava *bem aqui*, perto do saleiro — desapareceu." Ele olhou para a própria mão, a qual eu ainda estava segurando de encontro ao meu peito. "Não estou reclamando nem nada — não mesmo —, mas por que você está segurando minha mão... bem aí?"

Corei, mas nem assim a tirei do meu peito. "Estou começando a achar que pode ser um tanto... perigoso... se eu perder o contato com este medalhão até mesmo por um instantezinho, Trey. Se minha mãe não existe nesta... época... então eu também não, certo? Mas também me lembro de como era quando as distorções temporais aconteciam e eu não tinha o medalhão. Eu me senti... igual a você há poucos minutos. Com vontade de desmaiar, com náusea, em pânico?"

"É... está melhorando agora. Mas tem uma parte de mim que insiste que a foto nunca esteve lá. Não é só o fato de eu achar que as coisas não deveriam ser capazes de desaparecer assim, mas principalmente porque me lembro de duas coisas opostas ao mesmo tempo, se é que isso faz sentido?"

"Nada disso faz sentido", respondi. "O que eu não consigo entender é por que você viu a foto desaparecer. Eu não acho que você possua o gene CHRONOS, afinal o medalhão parece comum para você... mas Connor — o amigo da minha avó — disse que qualquer um que não estivesse usando um medalhão não perceberia as mudanças durante a disfunção temporal."

"Talvez baste estar tocando alguém que esteja usando um medalhão?", sugeriu Trey. Ele remexeu o ombro e o joelho ligeiramente, os quais vinham roçando em mim o tempo todo por causa do tamanho da baia.

"Talvez", comecei. "Mas... Você acredita em mim agora, certo? Que o que estou te contando é real?"

Trey fez uma cara levemente enojada. "Sim. Vou ter de concordar com Sherlock Holmes nessa — 'Quando você tiver eliminado o impossível, o que quer que permaneça, ainda que improvável, é a verdade'." Ele olhou para o local onde a foto estivera. "Eu teria dito que as coisas que você descreveu mais cedo *eram* impossíveis, mas acabei de presenciar um exemplo. Eu poderia tentar fingir que não aconteceu... Eu poderia até fazer de conta... mas sou mais esperto do que isso."

"É por isso que estou segurando sua mão sobre o medalhão", expliquei. "Estou com medo de você se esquecer caso tire a mão... com medo de você parar de acreditar em mim." As lágrimas se acumularam nos meus olhos, e pisquei para contê-las. "Sei que soa incrivelmente egoísta, mas eu realmente, realmente preciso que alguém acredite em mim neste momento."

O sorriso de Trey estava de volta, só que um pouco mais frágil. "Ok, mas acho que vai ser meio difícil terminar nossa pesquisa com nossas mãos posicionadas assim. E as pessoas vão olhar se tentarmos andar na rua desse jeito. Talvez... se a gente simplesmente sentar bem juntinho?" Ele passou o braço esquerdo em volta de mim e, muito lentamente, recuou a mão, enquanto eu observava seu rosto em busca de quaisquer alterações.

"Está vendo?", disse. "Eu ainda me lembro. Nós dois estamos numa boa." Ele clicou no *touchpad* para conferir o restante da biografia do meu pai, seu braço ainda em volta dos meus ombros. "E eu definitivamente poderia me acostumar a navegar na internet assim."

Olhei-o de soslaio, mas não discordei. Quando Nolan, o candidato mais recente da operação cupido de Charlayne, colocou seu braço em volta do meu ombro no cinema, meu corpo inteiro enrijeceu. Estar ao lado de Trey, por outro lado, parecia natural.

"Tem algum endereço no pé da página?", perguntei.

"Acho que sim. Mas Kate... talvez você precise terminar de ler a biografia."

Examinei os três parágrafos rapidamente. O texto incluía o mesmo trechinho que papai sempre acrescentava sobre as Olimpíadas de Matemática, os mesmos dados e interesses acadêmicos. Alguns fatos extras, no entanto, me trouxeram de volta à realidade, à nova realidade. "Harry vive com sua esposa, Emily, e seus dois filhos em uma casa com vista para o Eastwick Pond."

∞

Era pouco antes das quatro da tarde e o tráfego estava começando a aumentar quando deixamos o café e voltamos para a Massachusetts Avenue. Ficamos de mãos dadas mesmo enquanto Trey recolhia o laptop e o guardava na bolsa, e provavelmente parecíamos um casal de adolescentes apaixonadíssimos que não suportava ficar separado nem por um segundo sequer. E logo depois começamos a nos assemelhar a um casal adolescente apaixonado tendo uma discussão.

"Ele ainda vai me reconhecer, Trey. Ele *vai*. Ele é meu pai; como ele poderia não me reconhecer?", repeti várias vezes, mas Trey não parecia convencido. Eu mesma não estava totalmente convencida, mas também não estava disposta a admitir qualquer outra possibilidade.

Aguardamos para atravessar, e Trey me puxou para um banco em curva no pequeno parque no centro do bairro Dupont Circle. Várias pessoas — sendo algumas sem-teto, a julgar pelas bolsas e cobertores que as cercavam — estavam sentadas ao redor dos tabuleiros de xadrez feitos de pedra nas proximidades, concentradas em suas partidas.

"Não tenho certeza, Kate. Eu sei que você quer vê-lo — e ficarei mais do que feliz em levá-la, se você acha mesmo que é o melhor a se fazer." Trey colocou o dedo no meu queixo e me obrigou a encará-lo. "Escuta. É uma caminhada de dez, talvez quinze minutos até minha casa a partir daqui. Estamos mais perto de Kalorama. E para Delaware é uma viagem de mais ou menos duas horas. Se formos agora, vamos sair da cidade antes da hora do rush e provavelmente conseguiremos chegar lá antes de escurecer."

Ele levantou um dedo quando fiz menção de me levantar do banco. "Mas... ouça. Eu não tenho nenhuma dúvida de que, na sua linha do tempo, seu pai te ama muito. Para *este* Harry Keller, no entanto, você vai ser uma desconhecida. Talvez devêssemos procurar sua avó. Ou pelo menos ligar para ela antes de a gente ir... Você falou que ela acredita que você pode, de alguma forma... consertar... a coisa toda. Não é nisso que a gente deveria se concentrar?"

Suspirei. Ele estava sendo lógico, e eu sabia que em algum aspecto ele tinha razão, mas... "*Não consigo* ligar para Katherine. Não tenho o número dela. Estava no meu celular, que estava na minha mochila, que foi roubada. O número era novo, e posso garantir que nem está na lista telefônica, de qualquer forma, já que ela está preocupada em ser rastreada pelo meu avô."

Quando eu disse isso, afastei o medo persistente de que, por alguma razão, a chave CHRONOS não tivesse dado conta de proteger Katherine e Connor. Primeiro eu precisava me concentrar em encontrar meu pai. "Talvez devêssemos ir lá antes de tudo, mas acho que ela ia tentar me impedir de entrar em contato com meu pai. E eu preciso vê-lo, Trey. Mesmo que ele não me reconheça, eu vou convencê-lo. Eu preciso ver que ele é real, que ele existe. Eu não posso... Eu não posso fazer isso com a minha mãe. Ela não está aqui... E eu não creio que ela esteja em lugar nenhum."

Talvez fosse o pânico crescente na minha voz. Tenho certeza de que eu não o convenci com a força da minha argumentação, porque as razões não soavam lógicas nem sequer para mim. Tudo que eu sabia era que eu precisava do meu pai, que ele estava a apenas duas horas de distância, e que Trey tinha se oferecido para me levar até ele.

"Tudo bem." Ele me deu um sorriso triste e pegou minha mão, me puxando para que eu me levantasse do banco. "Vamos para Delaware. Eu não acho que vá ajudar, mas eu te conheço há — o quê? — umas quatro horas agora. Estou disposto a admitir que eu poderia estar errado."

∞

A família de Trey morava numa casa de três andares, talvez um pouco menor do que aquela que Katherine tinha comprado em Bethesda. Ficava num bairro pitoresco, com casas geminadas, uma ou outra residência em espaço aberto e alguns pequenos edifícios de embaixadas. Trey contou que o local pertencera a seus avós, mas que eles se aposentaram e foram morar na Flórida anos atrás, e que ele morara naquela casa durante a maior parte de sua vida — pelo menos durante a época em que a família permanecera nos Estados Unidos.

Entramos por uma porta lateral que dava numa cozinha imensa com paredes num tom amarelo-claro. "Estella?", chamou Trey quando abriu a porta. "Sou eu." Um gato cinzento grande que dormia sob o sol da tarde se espreguiçou e seguiu furtivamente até Trey para um carinho. "Oi, Dmitri. Onde está Estella?"

Abaixei-me para acariciar as orelhas do gato e ele ronronou em reação, roçando nas minhas pernas.

"Hum. Estella normalmente fica em casa. Ela deve ter saído para o mercado. Bem conveniente, uma vez que ela teria feito mil perguntas sobre você, mesmo se eu dissesse que a gente só estava indo ao cinema. Ela é um pouco... superprotetora." Trey deixou um bilhete para seu pai na mesa, dizendo que estava ajudando uma amiga, aí botou mais um recado na geladeira, explicando a Estella que não ia vir jantar.

Por sugestão de Trey, encontramos o número do meu pai na lista telefônica para ter certeza de que ele não estava viajando de férias ou coisa assim. Foi papai mesmo quem atendeu o telefone, e foi necessária toda minha força de vontade para não falar com ele, mas Trey puxou o telefone da minha mão e disse que tinha discado para o número errado.

O carro de Trey estava estacionado numa garagem atrás da casa. Era um modelo Lexus mais antigo, azul-escuro, e estava ao lado de um Lexus preto de modelo parecido, porém muito mais recente. "Minha mãe me deu esse aqui depois que comprou um novo", explicou ele, "mas meu pai colocou Bluetooth para o celular e para ouvir música." Ele sorriu. "Eu o convenci de que era uma questão de segurança — assim posso me concentrar na estrada e ao mesmo tempo ligar para casa —, mas na verdade eu queria mesmo porque este carro só tinha leitor de CD. Precisava de uma atualização das boas em termos de música."

A viagem para Delaware seguiu sem complicações. O trânsito não estava tão ruim uma vez que saímos da cidade. Mantive a mão no ombro de Trey para que ele pudesse ter ambas as mãos livres para dirigir. Embora meu aniversário de dezessete anos estivesse se aproximando rapidamente, eu ainda não tinha conseguido tirar carteira de motorista[1] — parecia haver pouca necessidade disso, já que o metrô passava na maioria dos lugares para onde eu queria ir e o único carro ao qual eu tinha acesso era um calhambeque velho que meu pai usava quase exclusivamente para idas ao supermercado. Trey, por sua vez, aparentemente já sabia dirigir há um tempinho e parecia muito à vontade ao volante.

Ele estava com fome, então paramos para comprar comida no McDonald's perto de Annapolis. Passamos pela porta e, a meio do caminho para o balcão, nos demos conta, simultaneamente, que Trey tinha largado minha mão para abrir a porta.

"Trey?", chamei. Nenhuma resposta. Ele estava olhando para mim, confuso, a cabeça inclinada para o lado.

Aguardei um momento e então agarrei a mão dele de novo, e praticamente berrei seu nome. "Trey?"

"Quem exatamente é você?", perguntou. "E por que você está segurando minha mão?"

Ele abriu um sorriso antes de dizer as últimas palavras e aí apertou minha mão. "Brincadeira!" Tentei puxar minha mão, mas ele não a soltou. "Desculpa, não consegui resistir."

Dei um soquinho no braço dele com a mão livre.

"Ai! Ok, isso dói, mas acho que mereci." Trey me puxou para um cantinho, segurando meus pulsos juntos para evitar mais um soco. "Desculpa, desculpa mesmo. Eu não tinha a intenção de soltar sua mão... mas eu estava pensando nisso mais cedo, e não faz sentido essa coisa de eu esquecer. Quer dizer, a menos que haja outras alterações temporais, ou seja lá como você chame isso, eu não acho que minha memória seja afetada."

Olhei feio para ele. "Então por que você não disse isso antes?"

Mais um sorriso. "Você teria segurado minha mão durante as últimas três horas se eu tivesse falado? Sério, Kate — eu ia sugerir que a gente testasse a teoria depois que se sentasse para comer."

---

1 Nos Estados Unidos, a licença para dirigir pode ser obtida a partir de dezesseis anos de idade. [NT]

"Testar como?"

"Bem, se eu me esquecesse, o pior que poderia ter acontecido seria você ter que sacar seu passe do metrô para que eu pudesse vê-lo desaparecendo, certo? Ou um de seus brincos? Tipo, se a foto desapareceu, essas outras coisas devem sumir também. E se uma fotografia desaparecendo me convenceu lá em Washington, acho que um cartão de metrô desaparecendo me convenceria aqui em Annapolis."

Dei de ombros, mas daí assenti. Eu ainda estava irritada, mas era difícil ficar brava com Trey.

"Além disso", disse ele, "a julgar pelo modo como você ficou toda inquieta no banco do carro nos últimos quarenta quilômetros mais ou menos, desconfio que você esteja precisando usar o banheiro tanto quanto eu. E uma viagem conjunta ao banheiro ultrapassaria os limites da intimidade entre a gente."

Disso eu não poderia discordar.

∞

Passei a maior parte da hora seguinte olhando pela janela e tentando concluir o que eu ia dizer para meu pai quando o visse. A região se parecia muito com o Iowa — faixas planas de terras cortadas por cidades do interior aqui e ali. A Chaplin Academy ficava numa dessas cidadezinhas, e eu não estava nem um pouco perto de descobrir o que ia dizer quando a gente chegasse.

Havia um portão de segurança à entrada, e eu me inclinei sobre Trey, segurando minha identificação da escola para a inspeção do guarda. "Sou Kate Pierce-Keller. Meu... meu tio, Harry Keller, leciona aqui. Estamos de passagem, então eu queria dar um 'oi' para ele." Eu estava apavorada com a possibilidade de o guarda tentar tomar minha identificação para inspecioná-la — e à essa altura eu não fazia ideia do que eu teria feito. Eu não podia arriscar tudo no caso de a identificação desaparecer. O guarda, no entanto, era um tipo simpático que apenas se debruçou na janela para olhar a identidade e então nos deu instruções para chegarmos até a área habitacional do campus.

Eu temia que fosse complicado encontrar meu pai. A gente não tinha um endereço exato e achei que ia ser necessário bater de porta em porta até encontrarmos um vizinho solícito. Mas aí eu o vi antes mesmo de achar um lugar para estacionar. Ele estava perto do lago, sentado à uma mesa de madeira para piqueniques, um livro na mão, observando dois garotos — um deles devia ter uns cinco anos, e o outro era alguns anos mais jovem — montados em triciclos pela grama. A área era verde e exuberante, com um enorme salgueiro perto da lagoa. Dava para ver as entradas para várias casinhas de aparência organizada a uns cinquenta metros para trás da mesa, a maioria com churrasqueiras no pátio e algumas caixas de areia ou casinhas infantis de plástico.

Continuei sentada, imóvel, apenas olhando para ele. Depois de um minuto ou dois, Trey contornou o carro até o lado do passageiro e abriu a porta, ajoelhando-se para fitar meu rosto. "Você quer que eu espere aqui no carro ou que eu vá junto?"

Pensei por um momento. "Você se importaria de vir comigo?", perguntei em voz baixa. Sem dúvida seria a conversa mais pessoal que alguém teria de testemunhar depois de uma convivência tão recente, mas eu sentia meus joelhos tremendo e ainda nem sequer havia me levantado.

"Nem um pouco", disse Trey. Ele estendeu a mão para me ajudar a sair do carro e continuou a segurá-la enquanto caminhávamos em direção à mesa de piquenique. "Para dar apoio moral", disse ele, apertando meus dedos suavemente.

Ofereci um sorriso muito grato. Nunca me senti tão vulnerável.

"Sr. Keller?", falei. Papai olhou para cima e fechou o livro, marcando a página com o dedo. A capa era uma miscelânea de outono em amarelo, laranja e marrom, com a imagem de um coelho em primeiro plano — *Uma Grande Aventura*, de Richard Adams, um livro que papai lera para mim anos atrás. Um dos nossos favoritos.

"Sim?" Ele franziu a testa um pouco e olhou para nossos uniformes escolares. Percebi que provavelmente não eram iguais ao deste campus; isso se eles sequer exigissem uniforme. "Eu te conheço?", perguntou.

Sentei-me do outro lado da mesa de piquenique, com Trey ao meu lado. "Espero que sim." Eu tinha ensaiado vinte maneiras diferentes de iniciar a conversa durante o trajeto, e agora a única coisa na qual conseguir pensar em dizer foi: "Sou sua filha. Kate."

Seu olhar de choque total me fez desejar instantaneamente ter escolhido um rumo diferente. "Desculpe! Não era assim que eu queria começar... Quero dizer..."

Papai balançou a cabeça com firmeza. "Isso não é possível. Eu sou casado... há dez anos apenas, mas... Quem é sua mãe?"

"Deborah", respondi. "Deborah Pierce."

"Não." Ele balançou a cabeça mais uma vez. "Eu nunca namorei ninguém com este nome. Sinto muito, mas sua mãe se enganou."

"Oh, não, não é *desse jeito*", falei enfaticamente. "Eu... Eu já te conheço..." Fiz a única coisa na qual consegui pensar — saquei a chave CHRONOS de dentro da minha blusa. "Você já viu isto antes? De que cor é o chaveiro?"

Agora papai olhava para mim como se eu fosse uma louca delirante, e possivelmente perigosa. Ele olhou para Trey, embora não tivesse ficado claro se estava mirando um possível aliado ou avaliando-o como uma ameaça. "Não, nunca vi... e é meio cor-de-rosa." Ele olhou para o medalhão de novo. "É um objeto incomum — eu me lembraria se já tivesse visto."

Enfiei a mão no porta-cartão de plástico e mostrei-lhe minha identificação escolar — Prudence Katherine Pierce-Keller. Então peguei a foto de mamãe. "Esta... esta era minha mãe." Ele claramente notou que falei o verbo no passado, porque seus olhos se abrandaram.

Papai olhou para a foto por um bom tempo antes de erguer os olhos para encontrar os meus novamente. Seu tom foi gentil quando ele respondeu: "Sinto muito por sua perda... Kate? É Kate mesmo?" Ele olhou para Trey. "E quem é este aí?"

Trey se voltou para ele e estendeu a mão. "Trey Coleman, senhor. Sou um amigo de Kate — eu a trouxe de carro lá de Washington."

Papai se inclinou para a frente e apertou a mão de Trey. "Olá, Trey. Lamento por vocês terem vindo de tão longe só para se decepcionar. Se você tivesse telefonado, eu poderia ter lhes poupado..." Ele parou quando o menininho mais jovem dos dois veio correndo e apoiou o pé em cima do banco.

"Papai, amarre meu sapato, por favor. A parte que gruda soltou de novo..."

Harry ajeitou o velcro desgastado no sapato pequenino e puxou a meia. "Você precisa de tênis novos, não é, Robbie?"

"A-hã." Robbie assentiu, olhando timidamente para as duas pessoas que conversavam com seu pai. Seus olhos tinham a mesma tonalidade verde intensa dos meus. Pela expressão do meu pai, dava para dizer — enquanto ele olhava para mim e depois para o menino — que ele também havia notado a semelhança.

Meu pai afagou os cachos castanhos claros do filho e eu respirei fundo. O gesto era tão familiar, mas a mão estava sempre na minha cabeça, o sorriso sempre era para mim. "Vá brincar com seu irmão, está bem?", disse. "Sua mãe vai chegar em casa daqui a pouco e aí a gente vai comer pizza."

"Eba!" Robbie saiu berrando enquanto corria: "Pizza!"

Quando papai voltou-se para mim, deslizei a foto de mamãe sobre a mesa.

"Esta é a única foto da minha mãe que eu tenho." Recuei minha mão, esperando fervorosamente que minha avó tivesse pelo menos algumas fotos de mamãe. A fotografia desapareceu, assim como aconteceu com a foto do meu pai no café. Senti o corpo de Trey ficando tenso e desejei ter previsto aquilo para poder avisar a ele para não olhar.

Papai estava encarando o local onde a imagem estivera, a expressão atordoada. Estendi o braço e segurei a mão dele. "Lamento. Sei que é difícil, mas preciso te fazer entender."

Passei os minutos seguintes relatando tudo que tinha acontecido comigo nos últimos dias. Contei sobre como era morar com ele no chalé na Briar Hill, acrescentando detalhes sobre sua vida e personalidade que eu esperava não terem mudado com o novo casamento e a nova família. Contei-lhe tudo que Katherine me revelara sobre os pais verdadeiros dele e sobre o acidente, sobre meus avós, e expliquei a teoria de Katherine sobre o que estava acontecendo com as alterações temporais. Papai não disse palavra até eu terminar.

Finalmente, ele encontrou meus olhos, a expressão triste e distante. "Lamento... mas eu não sei o que você espera que eu diga ou faça. Não consigo explicar como você sabe das coisas que sabe. E não posso negar o que eu vi aqui. E encarar seus olhos é como me ver no espelho."

"Você acredita em mim?" Minha voz saiu instável.

"Acho que sim. Eu não sei bem, pra dizer a verdade." Sua voz mudou, tornando-se um pouco irritada. "Mas de qualquer forma, esta linha do tempo sobre a qual você me falou... este *não* é o meu mundo, Kate. Você é uma jovem adorável e eu não quero magoá-la. Em qualquer realidade que você conheça, você poderia muito bem ser o centro do meu universo." Ele parou e meneou a cabeça em direção às crianças, que neste momento estavam perseguindo alguma coisa na grama. "Mas aqueles dois meninos, e a mãe deles, que vai chegar em casa a qualquer momento com pizza e as compras do mercado — *eles* são a minha vida.

Só posso supor que, no seu mundo, John e Robbie não existem, e Emily — bem, quem sabe se alguma vez cheguei a conhecer Emily..."

Meu lábio inferior começou a tremer, e o mordi com força a fim de estabilizá-lo. Trey colocou um braço protetor em volta de mim.

"Eu gostaria de poder dizer que te desejo sorte no... no que quer que você esteja planejando fazer", disse papai. "Mas isso seria mentira. Como posso olhar para meus dois filhos ali e fazer algo *diferente* de torcer para que você fracasse?"

Não me lembro de fato como foi minha volta para o carro. Trey me ajudou a entrar e colocou o cinto de segurança em mim, afivelando-o. "Sinto muito, Kate. Eu sinto muito mesmo." Havia lágrimas nos olhos dele. Ele me deu um beijo suave na testa e puxou-me num abraço. Nesse momento desabei, soluçando em seu ombro. Eu me agarrei a ele com força. Por mais que eu odiasse parecer carente ou fraca, depois de um dia no qual eu tinha perdido minha mãe, meu pai e, em todos os sentidos que importavam, minha própria existência, eu necessitava desesperadamente de contato humano.

Ele ficou me abraçando por mais alguns minutos, e então eu me afastei. Eu ainda estava chorando, mas mesmo assim disse: "Eu estou bem. Precisamos ir."

"Você não parece bem, mas beleza... vamos sair daqui." Ele remexeu no console e encontrou alguns guardanapos de alguma rede de fast-food. "Desculpe, não tenho lenços de papel", justificou-se. Aceitei os guardanapos, enxugando os olhos e o nariz.

Olhei para trás, para a mesa de piquenique. O filho caçula estava no colo de papai, tentando chamar sua atenção, mas meu pai continuava a olhar para o carro enquanto íamos embora. Ele parecia chateado, e senti uma onda de culpa por enfiá-lo naquilo que era, afinal, uma dor muito desnecessária.

Fiquei contente porque Trey não era do tipo que falava "eu te avisei", mas reconheci tal fato mesmo assim. "Você me avisou. Eu devia ter te escutado."

Seguimos dirigindo, sem falar muito, em direção a Washington. De alguma forma, acabei cochilando, minha cabeça no ombro de Trey. Quando acordei, estávamos no anel viário, a poucos quilômetros do desvio para Bethesda. Trey estava cantando baixinho uma música antiga do Belle and Sebastian. Ele tinha uma bela voz de barítono, e o carro estava escuro, exceto pelas luzes do painel e dos faróis na estrada. Meu desejo era fechar os olhos e permanecer neste momento, sem pensar em nada do que havia acontecido.

"Sinto muito, Trey", falei, aprumando-me no banco. "Você foi maravilhoso, percorrendo dois estados comigo de carro, e aí eu te agradeço dormindo." Percebi que a manga da camisa dele estava úmida — será que andei chorando durante o sono? Ou eca... eu babei?

"Não precisa se desculpar", disse. "Acho que você precisava se desligar um bocadinho, mas eu teria que acordá-la logo. Não sei onde sua avó mora, só sei que você disse que fica perto da escola."

Ao pensar em Katherine, senti mais uma onda de culpa. Olhei para o relógio no painel. Eram quase nove da noite. Eu sabia que minha avó devia estar enlouquecida, e embora eu ainda estivesse um pouco brava, era menos com Katherine do que com esse avô sem rosto do futuro, que tinha saído de algum lugar que eu nem sequer conseguia imaginar, e bagunçado minha vida inteirinha.

Eu devia ter ido para a casa de Katherine, em vez de tentar enfiar papai nisso. Algumas imagens lampejaram na minha mente — os dois garotos correndo perto da lagoa, Robbie engatinhando para o colo de papai — e de repente senti um instinto de proteção para com eles.

"Trey, e se ele estiver certo?"

"E se quem estiver certo?"

"Meu pai... Harry. Tipo, eu vou voltar para a casa da minha avó e ela disse que eu sou a única que pode resolver isso — que pode corrigir a linha do tempo. Eu não sei o que isso significa, o que ela quer que eu faça, ou mesmo se sou *capaz* de fazer —, mas o que acontece se eu for bem-sucedida e aqueles meninos não existirem mais quando eu terminar? Como isso pode ser uma coisa boa? Talvez Harry esteja melhor lá -- com Emily, com *aquela* família. E quem mais existe nesta linha do tempo, mas não na outra? Quem tem o direito de dizer que a outra linha do tempo é melhor?"

Trey pensou por um longo tempo antes de responder. "Eu não sei, Kate. Mas alguém — aparentemente seu avô — está se metendo num monte de problemas para modificar as coisas, e ao que parece ele não liga muito para quem deixa de existir no processo. Você, por outro lado, está de fato se dando ao trabalho de questionar isso, ainda que não tenha sido a responsável por criar o problema. Sendo assim, confio mais no seu julgamento do que confiaria no dele caso um dos dois tivesse de escolher entre as linhas do tempo... Está sacando o que estou dizendo?"

"Acho que sim, mas..."

"Não, me deixa terminar. Você me disse antes que tem certeza de que *você* não existe *nesta* linha do tempo. E com base no que nós dois vimos, acho que você está correta. Mais cedo ou mais tarde, algo vai separar você daquele medalhão, e eu acho que você vai sumir da existência assim como aquelas fotografias." Ele estendeu o braço e pegou minha mão. "E se isso for verdade — bem, concluí que eu realmente não gosto desta linha do tempo de agora."

Aquilo quase me fez chorar outra vez, um sinal claro de que o dia tinha me levado bem além dos meus limites emocionais. Pigarreei e meneei a cabeça em direção ao para-brisa. "Estamos quase lá. Vire à direita no próximo cruzamento."

Olhei para frente, tensa, quando ele fez a curva na rua de Katherine. Embora eu não quisesse mencionar isso para Trey, eu estava muito preocupada que assim que ele virasse a esquina eu fosse encontrar uma placa de "Vende-se" na frente da casa de pedras cinzentas, com zero evidência de que minha avó ou Connor já tivessem passado por lá.

Dei um suspiro de alívio enorme quando vi as luzes acesas na casa, tanto no térreo quanto no andar de cima. Pelas janelas superiores, dava para ver as muitas prateleiras de livros que cobriam a biblioteca e o brilho azul-claro do equipamento CHRONOS. Parecia que eu não pisava naquela sala há dias. "Graças a Deus eles ainda estão aqui."

Trey estacionou o carro ao lado do meio-fio. "Você estava preocupada?", perguntou ele enquanto saíamos do carro. "Achei que você tivesse dito que os medalhões estavam protegendo os dois."

Daphne começou a latir no quintal quando nos aproximamos da casa. "E disse mesmo, mas sim, eu estava preocupada. Dá pra colocar tudo que compreendo dessa coisa toda num dedal e ainda assim sobraria espaço. E com exceção da parte em que conheci você, tudo que poderia dar errado hoje deu, então..."

Eu tinha acabado de erguer a mão para tocar a campainha quando a porta se abriu na minha frente e Katherine me puxou para um abraço.

"Meu Deus. Kate! Onde você esteve? Pensamos que..."

"Desculpe, Katherine. Eu precisava ver se... Mamãe, ela se foi. Não consigo encontrar qualquer vestígio dela, agora ou no passado. E papai..."

Katherine levou-me para dentro.

"Eu sei. Nos também sentimos a mudança." Notei uma ligeira reserva subir no rosto de Katherine quando ela viu Trey, que estava logo atrás de mim, à penumbra do alpendre. "Quem é este com você?"

Estendi a mão para o braço de Trey e o puxei para frente. "Trey, esta é minha avó, Katherine Shaw. Katherine, este é Trey Coleman." Eu nunca me lembro se a pessoa mais velha é apresentada primeiro ou por último, mas formalidades pareciam pouco importantes dada a situação. "Trey tem sido... maravilhoso hoje. Não tenho certeza se estaria aqui sem a ajuda dele."

Entramos na sala de estar e desabei no sofá, puxando Trey para ficar ao meu lado. "Trey sabe de tudo — bem, ele sabe tanto quanto eu. Eu não sei se isso é um problema para você, mas meio que foi inevitável."

Katherine suspirou e sentou-se na poltrona diante de nós. "Tentei ligar para seu celular, mas..."

Dei uma risada irônica. "Deparou-se com uma gravação dizendo que a pessoa para quem você está ligando está fora da área de serviço? O telefone estava na minha *mochila* esta manhã." Dei tapinhas nas laterais da minha saia. "Nada de bolsos. Seu número estava gravado no aparelho — eu não anotei. E uma vez que a linha usava um plano telefônico da minha mãe, eu duvido que haja qualquer registro daquela conta agora."

"Por que demorou tanto? A gente quase perdeu as esperanças."

Olhei para Trey. "Ele me levou para ver papai. Que agora está em Delaware."

"Oh, Kate. Queria que você tivesse voltado para cá. O que aconteceu? Você não tentou *explicar* para Harry, não é?"

"Sim, tentei."

"E?"

"Fotografias desaparecendo são muito convincentes."

Trey assentiu. "Funcionou comigo."

Katherine lançou um olhar cético para Trey. Estava óbvio que ela achava que ele tinha sido facilmente convencido por causa de motivos bem diferentes.

"Papai acreditou em mim", falei. "Mas isso não importa. Ele tem uma vida. Uma família. Filhos."

Parei, percebendo o quão amarga minha voz soou, e aguardei um segundo antes de prosseguir: "Você poderia me dizer exatamente o que aconteceu hoje que mudou toda a minha vida a ponto de o meu próprio pai não saber quem eu sou? A ponto de minha mãe simplesmente não existir?"

Katherine assentiu. "*Vou* contar, Kate. Mas creio que seu amigo precisa ir para casa. Amanhã tem aula, certo? Podemos falar sobre isso depois."

"Podemos falar na frente de Trey..." comecei.

"Não", disse Trey. "Está tranquilo, Kate — sério. Eu tenho *mesmo* aula amanhã e meu pai deve estar procurando por mim." Comecei a protestar, mas eu sabia que ele estava certo. Eu só não queria ficar sozinha. E eu sabia que me sentiria muito só depois que ele fosse embora, mesmo com minha avó e Connor por perto.

Katherine se levantou, seguindo para a cozinha. "Foi bom conhecê-lo, Trey. Se você aguardar um momentinho... Tenho certeza de que você teve despesas para chegar a Delaware."

"Não é necessário, sra. Shaw. Foi um prazer."

"Você tem minha gratidão então, Trey. Kate, vou preparar uma xícara de chá. Acho que você está precisando."

"Pode me levar até a porta?", pediu Trey quando Katherine saiu da sala.

Assenti e saímos para a varanda da frente. Trey me puxou para um abraço, depois deu um passo para trás e me avaliou com cuidado. "Não fique tão triste." Ele ajeitou uma mecha de cabelo atrás da minha orelha e me deu um beijo suave e breve no canto da boca. "Durma um pouco, tá? Tenho que ir pra casa e terminar meu dever de trigonometria." Ele sorriu. "Ei, veja o lado bom — você não tem dever de casa."

"Na verdade, eu não ligo por ter que fazer dever de casa. Bem, a maior parte do dever de casa."

"Sério?", perguntou ele. "E o que você acha do dever de casa das outras pessoas? Estou enxergando grandes possibilidades nesse relacionamento." Eu ri e sentei-me no balanço de madeira da varanda enquanto Trey começava a descer os degraus. "Ah espera... Eu não tenho seu número. Será que sua avó vai botar o cachorro atrás de mim se eu voltar para te ver amanhã?"

"Se colocar, tenho certeza de que o pior que Daphne poderia fazer seria te lamber até a morte. Eu só estou... acho que eu estou preocupada com a possibilidade de acontecer alguma coisa — outro deslocamento — e você se esquecer que eu existo." Senti meu rosto corando.

"Quero dizer... Eu literalmente não tenho mais nenhum amigo no mundo agora."

"Sem problema", disse ele. "Se seu avô mudar o mundo novamente, basta encontrar-me na escola e tirar uma meia do pé ou algo assim. Aí vou vê-la desaparecer e você vai me ver comendo na sua mão de novo em cinco minutos."

E então ele se foi. Eu estava na varanda e fiquei observando enquanto as luzes traseiras do carro desapareciam ao final da rua, pensando que, se Trey tinha que ir para casa, na verdade era muito bom ver alguém saindo da maneira normal, progressivamente.

∞

Katherine estava esperando na cozinha, com uma xícara de chá de ervas na mesa. "Está com fome? Tem torta na geladeira... de cereja, acho... ou eu poderia fazer um sanduíche."

Fiz que não com a cabeça e afundei numa das cadeiras no cantinho da copa. Olhei em volta, para a cozinha imensa onde papai ficara ansioso para cozinhar, e quase fui às lágrimas novamente.

"Não creio que para nós seja totalmente seguro sair de casa por enquanto, pelo menos não por um longo período." Ela sentou-se à minha frente. "Mandei Connor a uma loja, no entanto, assim que percebemos o que tinha acontecido. Não conheço seu gosto direito, mas tem uma camisola e uma muda de roupas no seu quarto que devem servir, juntamente a uma escova de dentes e outras coisinhas."

Dei-lhe um sorriso fraco. "Obrigada. Me ocorreu no caminho de volta de Delaware que eu nem mesmo tinha uma escova de cabelos."

"Nós também colocamos um dos laptops no seu quarto. Vai levar alguns dias para organizar todos os outros detalhes financeiros de novo, mas as contas estão todas em nome de Connor e aparentemente ainda estão ativas, assim você pode entrar na internet e pedir que entreguem o que você precisar."

Fiquei encarando meu chá. Os aromas de camomila e lavanda emanavam da xícara. "Como você sabia? Tipo, eu sei que você sentiu as mudanças temporais, mas como você sabia que mamãe.... papai?"

"Connor tem um programa que monitora as informações relevantes na internet. Ele verificou, assim como tem feito depois de cada mudança temporal, e Deborah..." Katherine parou por um instante, e sua voz veio branda quando ela continuou: "Agora Saul tirou de mim minhas duas filhas, embora eu tenha certeza de que Deborah apenas... não existe nesta linha do tempo. Só espero que Prudence, qualquer que seja a localização dela, esteja protegida por uma chave CHRONOS."

Bebi um gole do chá, que ainda estava bem quente. "Então ele matou você, certo? Em algum ponto no tempo?"

"É esta suposição que vamos seguir", disse Katherine, assentindo. "A questão, claro, é: quando e onde?"

"Era isso que Trey e eu estávamos conversando no carro..."

Katherine interrompeu. "Você acha mesmo que foi sábio enfiar aquele jovem nesse problema, Kate?"

Esperei um momento, medindo minhas palavras antes de falar. "Talvez não. Mas não tive muito tempo pra parar e pensar hoje. Eu acabei de conhecê-lo, mas pra ser sincera, confio nele mais do que em qualquer pessoa que conheço agora... incluindo você." Deu para ver que Katherine ficou magoada pelas minhas palavras, mas se íamos fazer isso funcionar, eu precisava ser honesta.

Meus cotovelos estavam pousados na mesa, e apoiei a testa nas mãos, esfregando os olhos fechados. Apesar do cochilo no carro, eu não conseguia me lembrar de ter me sentido tão exausta como agora.

"Eu amo você, Katherine", falei quando olhei de volta para ela. "Amo *mesmo*. Você é a única família que me resta agora. Tudo o que você me mandar fazer, eu farei. Não vejo que tenho opção, na verdade. Mas... Mamãe se foi. Papai... bem, ele é o pai de outra pessoa agora. Charlayne... meus outros amigos... Imagino que eles nunca me conheceram. *Preciso* de um amigo agora, se você quiser que eu mantenha minha sanidade."

Katherine apertou os lábios, mas assentiu mesmo assim. "Se você confia nele, isso é suficiente para mim." Ela ficou de pé. "Connor está na biblioteca. Vamos subir e..."

"Não", interrompi. Katherine pareceu surpresa, e eu continuei: "Amanhã, bem cedo, quero saber o *porquê* de tudo isso. E depois podemos ver como você acha que posso mudar as coisas. Mas por ora, vou terminar meu chá e então vou para a cama. Não consigo pensar mais."

∞

Caí na cama imediatamente, na esperança de que a exaustão fosse me consumir do mesmo jeito que tinha feito no carro. No entanto, logo ficou claro que levaria um tempo para conseguir dormir.

Para meu espanto, Connor havia comprado um pijama, jeans, shorts, algumas blusas e até mesmo roupas íntimas que eu realmente teria escolhido. Os jeans estavam um pouco grandes demais, mas era melhor assim do que se eu não conseguisse entrar neles. O pijama era de flanela, verde-claro, e poderia ser quente demais no chalé com o ar-condicionado fraco do meu pai, mas era ideal para este novo ambiente. Havia uma seleção de artigos de higiene numa sacolinha de farmácia, juntamente a uma escova, escova de dentes e a uma lâmina descartável. Tinha também um frasco de Tylenol para os dias de TPM. O xampu não era da minha marca de costume, mas tinha um cheiro bom, e ele havia comprado condicionador também. Ou Katherine dera uma lista a Connor, ou havia aspectos de sua personalidade que eu nunca teria imaginado.

Tomei dois comprimidos de Tylenol, na esperança de que ajudassem a relaxar minha cabeça. Embora eu seja mais adepta de chuveiradas, preferi encher a banheira com água quente, derramando algumas tampinhas cheias de xampu sob a torneira para fazer espuma. Lenta e um tanto dolorosamente, tirei o elástico barato do meu cabelo, lembrando-me novamente de Kiernan com minha faixa verde de cabelo em seu pulso.

Entrei na banheira imensa, estremecendo quando a água quente atingiu minha unha esmagada. Fechando os olhos, deslizei sob a água e permiti que meu cabelo flutuasse ao meu redor. Eu adorava aquela sensação desde que era criança — a sensação de leveza, de estar cercada por calor. Fiquei submersa pelo tempo que aguentei, aí flutuei à superfície. Toda vez que um pensamento sobre minha mãe ou meu pai aparecia, eu o afastava resolutamente e mergulhava de novo a fim de limpar o pensamento. Eu me recusava a achar que minha mãe estava morta. Se Katherine dissesse que eu poderia consertar isso, então eu iria fazer acontecer.

Tentei me concentrar nos poucos aspectos agradáveis do dia. No passado, em geral eu evitara os caras na escola, preferindo me concentrar nos meus livros. Os dois meninos com quem saí foram bem legais, mas eu tinha poucos interesses comuns com eles. Com um dos caras essa sensação foi claramente mútua depois do nosso primeiro encontro, e quando o outro me chamou para sair de novo, inventei um pretexto educado para recusar.

No espaço deste único dia traumático, eu tinha ido de uma menina que nunca havia sido beijada a uma que fora beijada de forma intensa e apaixonada por Kiernan — eu ainda ficava meio tonta só de pensar nisso — e que havia recebido o suficiente de um beijo de Trey, o que me deixou muito curiosa para saber como seria se a gente tivesse se beijado mesmo.

Vinte minutos depois, me sequei com uma toalha azul felpuda. Aí enrolei a toalha no cabelo e vesti meu pijama novo. A cama grande parecia macia e confortável — muito melhor do que minha cama de solteiro em casa ou do que o sofá na casa de papai. Entretanto, eu teria aceitado de bom grado trocar esta por qualquer uma das duas outras opções. Depois de secar meu cabelo com a toalha durante alguns minutos, me enfiei debaixo das cobertas, apaguei o abajur e deitei de lado, encolhida. E muito, muito mais tarde, peguei no sono.

Fui acordada por uma leve batida à porta do meu quarto. "Kate? Você está acordada?" Abri os olhos para um ambiente desconhecido, e foi necessário um instante antes de eu perceber onde estava.

O relógio na mesinha de cabeceira indicava que eu tinha dormido por boa parte da manhã. "Vou descer num minuto, Katherine."

"Sem pressa, querida. Eu só queria ter certeza de que você estava bem."

"Estou legal. Eu estava muito cansada, acho. Vou descer daqui a pouco."

Joguei um pouco de água no rosto e vesti a calça jeans e a blusa que Connor tinha comprado no dia anterior. Meu cabelo estava um caos. Normalmente eu teria simplesmente prendido num rabo, mas eu só tinha o elástico da escola e estremeci com a ideia de tirar aquele treco do cabelo novamente. Então passei um bom tempo tentando encontrar os nós variados que sempre apareciam quando eu ia dormir com o cabelo molhado.

Poucos minutos depois, desci as escadas. Katherine e Connor aparentemente estavam na biblioteca. Ouvi um ganido e um barulho à porta de tela na cozinha e deixei Daphne entrar. Agora havia um complemento na coleira de Daphne — uma das chaves CHRONOS tinha sido costurada bem em cima. Fiquei confusa por um instante, mas então ocorreu-me que, neste espaço temporal, Katherine não existiria e, por sua vez, não teria um cachorro, e assim Daphne pertenceria a outra pessoa.

"Acho que você simplesmente desapareceria no quintal sem isto aí, não é, garotona? Ou tem uma outra versão da sua cauda abanando na cozinha de outra pessoa?"

Depois de alguns minutos de abraços (meus) e beijos (caprichados e molhados de Daphne), a cadelinha estava calma o suficiente para me permitir fuçar a cozinha e caçar meu café da manhã. Fiquei feliz quando encontrei cereais, uma banana, um pouco de leite e um bule meio cheio de café. Katherine deve ter preparado, pois era muito mais palatável do que aquele treco que Connor tinha providenciado no dia anterior.

Eu estava quase terminando de comer o cereal quando Connor entrou. "Obrigada por ter ido a uma loja de departamentos pra mim ontem, Connor. Você escolheu bem."

Connor assentiu, servindo mais café em sua caneca. "Você quase matou Katherine de susto. E ela não precisa desse estresse extra."

Comi o último bocado de cereal e olhei para ele por um momento. "Desculpe. Eu estava preocupada com a descoberta de que meus pais não existem mais."

Ele sacou o tom sarcástico e se voltou para mim. "Mais uma razão para ficar aqui, em segurança, em vez de sair viajando pelo interior com seu namorado. Não tenho certeza de qual é o alcance do seu medalhão, sabe. Se você tropeçar numa fenda na calçada e ela oscilar para longe de você, você vai gostar de não desaparecer igual à sua mãe. Termine de comer e venha até a biblioteca. Temos trabalho a fazer."

Lutei contra um impulso infantil de botar a língua para fora enquanto ele se retirava.

Relutante em dar a Connor a satisfação de acompanhá-lo rapidamente, enrolei para beber o último golinho de café, e ainda dei uma passada no meu quarto para escovar os dentes. Sentei-me na cadeira junto à escrivaninha e olhei para o novo laptop. Pensei em verificar meu e-mail, até que me lembrei de que a conta que eu possuía não estaria mais ativa. Daphne apoiou a cabeça castanha-avermelhada no meu joelho. "Acho que a gente deveria conferir o que o carrancudo quer que a gente faça, certo, Daphne?" Ela sacudiu a cauda e lhe dei mais um abraço.

Olhei para cima e flagrei Katherine junto à porta do quarto. Sua pele estava um pouco mais corada do que na noite anterior; tal como eu, ela aparentemente tinha conseguido dormir um bocadinho. "Imagino que você tenha dormido bem, não é?", disse ela.

Dei de ombros. "Demorei um pouco para pegar no sono. Mas parece que compensei nesta manhã."

"Connor também estava preocupado com você, Kate. Se ele estava um pouco mal-humorado, é compreensível."

"Ele sempre está um pouco mal-humorado. Acho que faz parte da natureza dele."

Katherine assentiu levemente. "Desconfio que isso nem sempre foi verídico, mas ele tem tanta coisa em jogo quanto qualquer uma de nós aqui."

"Eu sei", respondi. "Não é fácil perder a sua identidade inteira..."

"É mais do que apenas a identidade, Kate. Ele também perdeu a *família* — e eu não me refiro apenas ao fato de sua irmã ser uma pessoa diferente ou de ele possuir um irmão agora. Isso são só detalhes para ele. Sua esposa — ela morreu cerca de dez anos atrás —, teve um aneurisma cerebral totalmente não relacionado a tudo isso. Mas os filhos dele desapareceram na última mudança temporal, em maio passado. Ele já estava trabalhando comigo e... ambos estavam na faculdade. Seu filho e filha — ambos deixaram de existir, assim como aconteceu com a sua mãe. Por alguma razão, quando rastreamos os registros, Connor nunca conheceu a esposa nesta linha do tempo."

Fiquei em silêncio. Olhei para minha roupa e percebi que o gosto de Connor para roupas provavelmente era atribuído à experiência — ele sabia em primeira mão do que as garotas necessitavam, pois na posição de pai solteiro tinha feito compras com uma adolescente há não muito tempo.

Saímos do meu quarto e seguimos pelo corredor curvo com vista para a sala de estar, até chegarmos à biblioteca no lado oposto do segundo andar. Daphne, que vinha caminhando lealmente atrás de nós, ganiu quando percebeu para onde estávamos indo, daí mudou de curso, dirigindo-se para a escadaria.

"Pobre Daphne", disse Katherine. "Ela não gosta mesmo da biblioteca. Não temos certeza do motivo — ela não deveria ser capaz de enxergar as luzes do equipamento da CHRONOS. Connor acha que talvez os medalhões emitam algum som que a incomode quando estão ativos."

Connor estava no outro lado do cômodo, absorto em seu trabalho. Katherine sentou-se em um dos terminais e eu agarrei uma cadeira próxima, pousando meus pés descalços na beirada e apoiando o queixo nos joelhos. "Então, o que você está fazendo e como posso ajudar?"

Connor olhou em minha direção, então se aproximou e me entregou três diários. Eram parecidos em tamanho com aquele que estava na minha mochila, embora a cor e o estado das capas variasse. "Você pode começar dando uma olhada nestes. Estamos tentando identificar exatamente quando Katherine foi morta. Enquanto fazemos isso, você precisa se familiarizar com cada uma das expedições. Imagino que você tenha noções básicas da história dos movimentos pelos direitos nos Estados Unidos, certo?"

Ele saiu sem esperar por uma resposta, então falei para Katherine em vez disso, colocando os diários sobre a mesa ao meu lado. "Direitos civis? Tipo Martin Luther King?"

"Sim", confirmou Katherine, "e direitos das mulheres. Existem outras categorias também, é claro, mas minha carreira em pesquisa concentrou-se na abolição — isto é, antiescravagista — e nos direitos das mulheres. Estudei os movimentos num sentido bem amplo, observando as mudanças ao longo de vários séculos. Minha primeira viagem de pesquisa foi a uma aldeia quacre[1] no início de 1700. Você está familiarizada com os quacres?"

"Um pouco. Eu conhecia uma pessoa em Iowa que era quacre. Ele era da minha turma de caratê. Um dos caras da turma achava engraçado que alguém supostamente pacifista se interessasse por artes marciais, mas ele explicou que não havia nenhuma contradição, já que o caratê é sobre a tentativa de evitar a violência, e não sobre o uso da violência para resolver problemas."

Katherine assentiu. "A Sociedade Religiosa dos Amigos, frequentemente chamada Quacre, foi o grupo religioso mais antigo na América tanto a se opor à escravidão quanto a promover a igualdade para as mulheres. O fato de as mulheres muitas vezes viajarem no papel de pastoras daquela religião facilitou bastante minha observação de uma comunidade sem muitas indiscrições. Durante meus primeiros dois saltos — um para 1732 e outro posterior para 1794 —, fiz dupla com o historiador sênior cuja cadeira eu estava ocupando na CHRONOS. Depois disso, fiz uma viagem solo para a reunião de 1848, na qual a Declaração de Sentimentos foi assinada. Muitos dos que assinaram eram quacres."

"Foi esse documento que você me mostrou e que agora tem a assinatura de Prudence, certo?"

Katherine fez que sim com a cabeça. "Fiz alguns outros saltos solo também, mas a CHRONOS geralmente achava as expedições mais tranquilas quando os historiadores viajavam em dupla. A pessoa lógica a colocarem para fazer par comigo era Saul Rand, já que sua especialidade

---

[1] Criado em 1652, pelo inglês George Fox, o movimento Quacre tinha a intenção de funcionar como a restauração da fé cristã original, após séculos de mudanças constantes na religião. O termo batizou diversos grupos religiosos com origem comum durante o movimento protestante britânico do século XVII. Também chamado de "Sociedade Religiosa dos Amigos" ou "Sociedade dos Amigos" ou ainda "Amigos". É um grupo conhecido pela defesa do pacifismo e da simplicidade. [NT]

eram os movimentos religiosos. Havia sobreposições frequentes entre as organizações religiosas e os movimentos pelos direitos — não apenas entre os quacres, mas em muitas outras denominações também. Saul era apenas oito anos mais velho do que eu, então nossa viagem como um jovem casal proporcionava um disfarce eficaz. E em algum momento o disfarce tornou-se muito natural, porque éramos um casal.

"Então", continuou ela, voltando-se para a tela do computador, "fizemos vinte e sete saltos juntos, no total." Ela clicou no mouse e abriu uma lista de cidades com uma data ao lado de cada uma. "Estas doze parecem ser as candidatas mais prováveis ao cenário do meu assassinato. Mas também não podemos descartar os saltos que fiz sozinha, embora eu não tenha certeza de quanta informação Saul conseguiu a respeito destes."

"Por quê?", perguntei. "Não o porquê dessas viagens específicas — podemos falar disso mais tarde. Mas por que Saul está fazendo isso? Por que ele quer mudar o passado? Por que ele quer te matar?"

"Por que ele me *matou* é a pergunta mais correta — ou, tecnicamente, por que ele mandou alguém me matar", disse Katherine. "Conforme já expliquei, Saul está preso na época onde caiu, e aposto alto que é em algum momento no futuro, não no passado. Ele está usando outra pessoa — ou, estou começando a desconfiar, vários indivíduos — para modificar a história para ele. Sabemos que existem dois — os jovens que você encontrou ontem —, mas não acho que possamos presumir seguramente que eles sejam os únicos. Desconfio que Prudence também seja uma delas. Temos provas de que ela, no mínimo, fez pequenas alterações no registro histórico."

"Ainda não entendo as motivações pessoais de Saul. O que ele espera ganhar?" De soslaio, notei Connor balançando a cabeça, aborrecido, e resolvi me dirigir diretamente a ele: "Você tem que admitir, Connor, se vou ter que ajudar a rastrear um assassino, então é importante compreender as motivações dele."

Connor virou a cadeira giratória para me encarar. "Escolha o título que quiser, psicopata, sociopata. Ignore os detalhes e a motivação será sempre a mesma, Kate. Poder. O máximo de poder que eles puderem conseguir."

"Mas por que matar Katherine? Por que ele simplesmente não mandou o Atarracado me matar no metrô? Katherine não tem como usar o medalhão, e o fato de ela possuir uma doença terminal não é exatamente um segredo."

"Bem pensado, Kate. Desconfio que seja pessoal", acrescentou Katherine. "Da primeira vez em que Saul planejou me matar — quando fugi para 1969 —, foi porque eu me meti no caminho dele. E, igualmente importante, porque eu tinha deixado de achá-lo fascinante, atraente, brilhante — todas as coisas que eu ingenuamente acreditei que ele era durante os quatro anos em que fomos parceiros. Ele não conseguiu me matar daquela vez, e Saul nunca lidou bem com o fracasso. Se agora ele tiver os meios para concluir o que começou na CHRONOS, creio que iria fazê-lo simplesmente por uma questão de princípios."

Era difícil imaginar Katherine tão jovem e impetuosa, e eu ainda sentia que estava faltando algum pedaço do panorama geral, mas assenti assim mesmo. "O que exatamente fez você mudar de ideia a respeito de Saul?"

"Comecei a descobrir algumas... inconsistências em seus relatórios, e observei diversas posturas que contrariavam o protocolo da CHRONOS. Foi mais ou menos na mesma época que eu descobri que estava grávida. Muitos dos nossos colegas achavam que Saul estudava a história da religião porque era um devoto. Ele certamente era capaz de passar tal impressão às pessoas de uma infinidade de religiões. Eu o conhecia um pouco melhor do que a maioria, e pensei que ele tivesse se atraído para a história religiosa porque na verdade era um cético. Nenhuma das alternativas era verdadeira."

Katherine olhava para mim atentamente. "Saul crê somente em si mesmo, e convenceu-se de que a fé religiosa de terceiros, quando manipulada habilmente, pode ser um excelente caminho para obter o poder que ele tanto almejava. Ele estava estudando as religiões do mundo a fim de pegar dicas sobre como construir sua própria crença."

"Como é que você 'cria' uma religião?", perguntei.

"Muitos têm feito isso com menos", disse Katherine, dando um sorriso irônico. "Saul tinha uma excelente ferramenta à sua disposição. Acho que seu plano era aparecer em diversos lugares e épocas da história e estabelecer um rastro de aparições, milagres e profecias — misturando uma variedade de religiões. Assim como o cristianismo tomou elementos de religiões pagãs, a fim de atrair seguidores, ele pretendia incorporar elementos do cristianismo, do islamismo e de outras vertentes, estabelecendo o caminho para o reinado do profeta Cyrus... que, é claro, seria o próprio Saul."

"Espere aí... você não está me dizendo que ele fundou a igreja dos *ciristas*? Que loucura. Há alguns meses eu comparei a um culto em um dos templos. Quer dizer, eu não me envolvi propriamente, mas eles parecem legais. Charlayne vai de vez em quando com Joseph, o irmão dela. Ele está namorando uma garota cirista."

Não acrescentei que os pais de Charlayne estavam um pouco tensos porque o relacionamento tinha ficado sério demais. Joseph teria de se converter caso eles resolvessem se casar, e a maioria dos ciristas se casava muito cedo. A partir de doze anos de idade os ciristas já usavam um pequeno lótus tatuado na mão esquerda como o símbolo público da castidade. Os membros faziam um voto de abstinência — abstinência total — até seu vigésimo aniversário ou até o casamento, o que viesse primeiro, e todos os casamentos precisavam ser aprovados pelos anciãos do templo.

Lembrei-me de uma conversa com a mãe de Charlayne depois que comparecemos ao culto de domingo. Seus sentimentos eram confusos — ela desconfiava dos Ciristas, em geral, mas Joseph sempre fora a criança rebelde, e depois de conhecer Felicia, ele se aprumara completamente. Nada de álcool, nada de drogas e, até onde ela sabia, nada de sexo. A vida dele girava em torno do trabalho, da faculdade e das visitas cuidadosamente supervisionadas a Felicia, que aos dezoito anos ainda tinha mais dois anos de abstinência pela frente. Eles estavam namorando há uns seis meses, e Joseph ficou em êxtase quando finalmente foi autorizado a segurar a mão dela. Charlayne disse que a transformação de Joseph foi *assustadora*, mas meio que no sentido romântico. Não sei como *assustador* e *romântico* podem caber na mesma frase, mas às vezes a mente de Charlayne trabalha de forma misteriosa.

"Tem certeza?", perguntei. "Tipo, eles têm algumas crenças esquisitas, mas é fato que um monte de religiões também têm. A nossa vice-presidente não é cirista? Lembro-me de Charlayne falando que Joseph a via no templo praticamente toda semana nos meses que antecederam a eleição. Isso não é um culto novo que simplesmente apareceu. Os ciristas existem há séculos. Por que você acha..."

Katherine me ofereceu um olhar exasperado. "Eu não *acho* simplesmente, Kate. Eu sei, é um fato. Saul criou os ciristas. E se eles existem há séculos, isso depende da sua perspectiva. Para aqueles — incluindo você, Kate — que não têm estado sob a proteção constante de um medalhão pelos últimos dois anos, os ciristas surgiram em meados do século xv."

"Mil quatrocentos e setenta e oito, para ser mais exato", disse Connor.

Katherine se aproximou de uma das prateleiras e examinou o conteúdo por um instante, aí escolheu um livro grosso. "Seus livros didáticos provavelmente dedicam muitas páginas à história dos ciristas e do seu papel em várias épocas. Pegue qualquer livro *destas* prateleiras, no entanto, e você não vai encontrar nenhuma menção aos ciristas, a suas crenças ou à sua história."

Ela me entregou o livro. Era uma pesquisa sobre a história norte-americana, escrita na década de 1980. Verifiquei o índice e não vi nenhuma menção sobre a colônia cirista em Providence, coisa que eu me lembrava de ter estudado em todas as aulas de história, juntamente aos puritanos de Salem e aos peregrinos em Plymouth Rock.

"Esta é a história correta, então?", perguntei.

"Correta é um termo relativo — mas sim, este livro oferece uma descrição em geral precisa de como era a linha do tempo antes de Saul começar a emporcalhar tudo. Tivemos muita sorte de conseguir preservar estes livros. Se eu não tivesse conhecido Connor, toda a biblioteca teria sido corrompida. E ao passo que você não vai encontrar nenhuma menção aos ciristas em qualquer um destes volumes, Connor e eu podemos lhe informar a data exata da fundação *verdadeira* da Igreja Cirista Internacional: 2 de maio do ano passado."

"Ah," falei, a compreensão me atingindo. "Foi quando..."

"Exatamente. Foi a data da primeira distorção temporal que você sentiu, quando ainda estava em Iowa."

"Isso é tão difícil de se imaginar, no entanto. Tipo, eu lembro de ver templos ciristas desde que eu era criança. Eles são, o quê, talvez uns dez por cento da população?"

"Você teria quase acertado este dado há uma semana", disse Connor. "A partir desta manhã, no entanto, o *The World Factbook* da CIA informa que são 20,2 por cento — eles ganharam uns bons adeptos na última mudança temporal. Ah, e você mencionou a *vice*-presidente Patterson?" Ele digitou na janela de busca em seu computador e clicou num dos primeiros links da lista.

O site da Casa Branca se abriu para exibir uma apresentação de slides fotográficos de cenas em Washington, e a maioria delas incluía a figura esbelta de Patterson num pódio ou numa pose para foto. Connor bateu levemente na tela com a ponta do dedo, obscurecendo parcialmente o rosto de Patterson e seu cabelo castanho-arruivado perfeitamente arrumado. "Como você pode ver, ela foi promovida."

Meu queixo literalmente caiu ao ver aquilo. Paula Patterson não teria sido minha escolha para a ser a primeira mulher presidente dos

Estados Unidos, nem de longe, mas era legal saber que o teto de vidro mais alto finalmente tinha levado uma pedrada. "Mas como? O presidente foi morto, ou...?"

Connor deu de ombros. "Nada tão dramático. Patterson apenas venceu as primárias, em vez disso. Ela foi muito bem financiada."

Balancei a cabeça lentamente. "Isso é... inacreditável. Você está dizendo que nada do que eu me lembro, nada do que aprendi na escola, é real?"

"Não é que suas *lembranças* não sejam reais", disse Katherine. "Você apenas vivenciou uma linha do tempo diferente da nossa depois dos distúrbios temporais que você pressentiu. Para ser mais exata, você não é a *mesma* Kate que eu teria encontrado caso eu tivesse dado início a este projeto há dezoito meses, conforme eu tinha planejado."

Levei uns minutos para digerir tudo. Era difícil imaginar uma versão diferente de mim mesma, com lembranças diferentes. E o Templo Cirista estava na periferia da minha vida. O quanto a linha do tempo estaria diferente para pessoas que tinham crescido com esta religião ou cujas famílias inteiras tinham sido desta religião durante gerações?

"Tudo bem", comecei. "Deixemos de lado o tempo de existência dos ciristas. Por que você acha que eles estão envolvidos em seu assassinato? Não sei muito sobre os ciristas, mas sei que eles não defendem o homicídio. Tenho certeza de que eles possuem regras específicas contra isso."

"Claro que possuem", disse Connor com um grunhido de escárnio. "Todas as grandes religiões têm regras contra o assassinato. Se não o fizessem, haveria poucos convertidos. Bem, pelo menos alguns convertidos com quem você gostaria de dividir um cômodo. Mas isso não significa que não haja muitas pessoas dispostas a matar em nome da fé — e isto é verídico no caso da maioria das religiões."

"Então por que criar uma *religião*? Você mencionou poder — me parece que existem rotas muito mais diretas para se obter poder do que criando uma religião."

"Talvez", disse Katherine. "Mas um pastor na década de 1870 — não Saul, mas alguém estudado por ele — certa vez pregou em suas congregações que 'Dinheiro é poder e você deve ser razoavelmente ambicioso para obtê-lo'. Os ciristas têm capitalizado em cima deste conselho. Antes de todas as outras regras da Igreja, os membros são obrigados a dar o dízimo. E recebem a promessa de que seu 'investimento espiritual' será retribuído muitas vezes."

Katherine se inclinou para frente, um sorriso malicioso. "E é retribuído muitas vezes, se tais membros também seguirem as sugestões de seus líderes para o *restante* de seus investimentos. Pode ter certeza de que existe uma abundância de ciristas que souberam quando investir na Microsoft e quando se livrar de suas ações da Exxon. Eles conseguiram manipular suas carteiras com sabedoria através de cada recessão. É claro que os membros mais pobres, que podem poupar apenas o dízimo mínimo de dez por cento basicamente, não têm essa oportunidade, mas os outros? Eles têm, sob seu ponto de vista, uma evidência em primeira mão de que Deus vai trazer riquezas para aqueles que acreditarem.

"A Igreja Cirista Internacional é uma organização muito rica, Kate. Grande parte do dinheiro poderia assumidamente estar sob o controle de outros grupos religiosos caso os ciristas não tivessem... emergido. Mas de qualquer forma, isso resultou em bilhões de dólares nas mãos de alguém com capacidade para manipular tal riqueza ainda mais, interferindo nos mercados históricos."

"E Saul fez tudo isso com apenas três mudanças temporais?", perguntei.

"A gente acha que houve três grandes mudanças", disse Katherine. "As três que você já vivenciou. A primeira foi quando o templo foi construído. A segunda, bem, nós não identificamos totalmente a causa da mudança em 15 de janeiro. A terceira, é claro, foi ontem. Originalmente achamos que tivesse sido um deslocamento menor na linha do tempo como um todo, com um impacto mais significativo naqueles cuja vida esteve de algum modo interligada à minha desde 1969, porque isso significa que nunca troquei de lugar com Richard, nunca desembarquei em Woodstock e nunca dei à luz minhas filhas. Portanto, Deborah nunca existiu para conhecer Harry, e você nunca nasceu."

Katherine fez uma pausa, bebendo um gole de chá antes de continuar. "Mas nós estamos vendo um monte de outras mudanças, então imagino que eles programaram isto estrategicamente. Afinal de contas, tais mudanças devem trazer uma sensação tão desagradável para eles como trazem para você e para mim. Faria sentido minimizar o desconforto e fazer várias coisas de uma vez só, supondo que você tenha o número suficiente de pessoas com capacidade para viajar no tempo."

A coisa mais assustadora para mim foi que parte daquilo tudo estava começando a soar lógico. "Você sabia o que Saul estava planejando antes de você... acabar presa em 1969? Você sabia que ele ia criar essa nova religião?"

Katherine não respondeu, mas pegou a pilha de diários que eu estava segurando e correu o dedo ao longo das lombadas, lendo as datas gravadas em dourado. Ela balançou a cabeça e retornou para a estante, localizando outro pequeno livro, o qual ela abriu, clicando três vezes na primeira página em branco. Vi seus dedos se movimentando brevemente pela página, como se estivessem digitando uma senha no caixa eletrônico.

"A resposta curta é não", disse ela enquanto caminhava de volta para onde eu estava sentada. "Eu não sabia o que ele estava fazendo. Mas desconfiava que ele estivesse tramando alguma coisa — algo que ia contra os regulamentos da CHRONOS."

Katherine me entregou a pilha de diários. "Você ainda precisa ler meu diário oficial", disse ela, "a fim de se familiarizar com as missões. Mas talvez este aqui seja o melhor lugar para começar. Todos éramos convidados a manter registros pessoais, além dos relatórios oficiais de viagem. Este no topo da pilha é meu diário pessoal."

Connor lançou um olhar surpreso para Katherine. Imaginei ter captado uma pitadinha de contrariedade também, e supus que aquele fosse o único livro na biblioteca ao qual Connor não havia tido acesso.

Katherine remexeu numa gaveta da escrivaninha e encontrou uma capinha, de onde tirou um pequeno disco translúcido, mais ou menos do mesmo formato e tamanho de uma lente de contato. Ela colocou o círculo na minha palma. "Cole isto atrás da orelha, na pequena cavidade na parte inferior. Se você apertar, ele vai aderir à pele."

Tentei, e o dispositivo conectou sem nenhum problema, mas eu não notei qualquer alteração. "Era para ele fazer alguma coisa?"

Katherine abriu o diário e clicou na página três vezes. Eu vi enquanto vários ícones minúsculos apareceram, pairando acima da página como um holograma. Um ícone de volume estava desativado, até que eu o pressionei com o dedo e então ouvi um leve zumbido. "Você pode pausar, acelerar os textos e assim por diante usando estes controles. Eles são um pouco diferentes dos botões do seu iPod, mas devem ser autoexplicativos."

Quando ela me entregou o diário, manteve-se agarrada a ele por um segundo, como se estivesse relutante em cedê-lo. "Você pode começar desde o início, mas é improvável que vá encontrar algo de interessante antes dos textos no final de abril." Ela fez uma pausa, ostentando uma expressão estranha. "Tente não pensar muito mal de mim enquanto estiver lendo. Eu era jovem e apaixonada, e isto raramente leva a decisões sábias."

Parecia um tanto intrusivo conferir o diário pessoal de Katherine enquanto ela estava ali no quarto, então desci as escadas, peguei um refrigerante diet na geladeira e desabei nas almofadas junto à janela saliente. Este não era exatamente o tipo de leitura que eu tinha em mente quando vi o local durante minha primeira visita à casa com meu pai, mas era, conforme desconfiei, um lugar muito agradável para se enroscar com um livro.

A descoberta sobre como usar os controles levou alguns minutos. Uma vez que decifrei a navegação, examinei visualmente vários textos do início do ano. A maioria deles era bem simples. O livro parecia ser um cruzamento entre um diário e um calendário de lembretes — uma anotação sobre uma festa de Ano-Novo à qual Katherine tinha comparecido com Saul; uma briguinha de namorados com Saul, que queria solicitar alojamentos maiores agora que eles estavam morando juntos; uma breve porém constrangedoramente vívida descrição da comemoração do Dia dos Namorados — o tipo de anotação que alguém registraria muito brevemente num diário se estivesse muito ocupado e feliz demais para um monte de introspecção. À exceção de um discurso retórico sobre um colega de trabalho que tinha muito pouco respeito por limites pessoais, os textos não continham quase nenhuma menção à CHRONOS ou ao dia a dia profissional de Katherine junto à organização.

Notei uma mudança gradual nos textos lá pelo início da primavera. Clicando na página três vezes, do mesmo jeito que Katherine tinha feito, exibi os ícones mais uma vez. Assim que ajustei o volume, apertei o botão play num texto registrado como 04202305_19:26. O zumbido começou novamente e em seguida as palavras na página começaram a se deslocar para baixo, abrindo caminho para uma janelinha de vídeo, como um anúncio pop-up tridimensional. Dava para ver uma imagem pequena, nítida, de uma jovem — bonita, com traços delicados — sentada à penteadeira, com uma escova de cabelo na mão. Ela usava um robe de seda vermelho. Havia uma cama ao fundo, repleta de roupas empilhadas que pareciam ter sido despejadas de uma imensa bolsa de viagem marrom.

Os longos cabelos da mulher, que ainda estavam úmidos, eram num tom louro mel. Os olhos azuis eram familiares, assim como a voz quando ela falou, e então percebi que eu estava olhando para uma versão muito mais jovem e muito irritada da minha avó.

Voltamos das reuniões em Boston. Foi muito bom poder tomar um banho decente e lavar o cabelo depois de mais de uma semana de banho de esponja. Saul...

A Katherine mais jovem olhou para trás, para a porta, e então continuou:

Saul está no clube outra vez. Deus, como odeio aquele lugar. Ele sempre quer encontrar Campbell e seus outros amigos do Clube Objetivista assim que chega de um salto no tempo. Ele nem sequer se deu ao trabalho de passar em casa antes.

Tivemos uma briga horrorosa em Boston e eu não sei o que diabos ele pensa que está fazendo. É bem possível que ele acabe conseguindo com que nós dois sejamos expulsos da CHRONOS*, mas é claro que ele acha que nada que ele esteja fazendo seja da minha conta.*

Ele, na verdade, estava no palco — na porcaria do palco! — quando entrei no auditório. Eu não deveria estar lá. Era para eu estar numa reunião do Clube da Mulher da Nova Inglaterra, onde Julia Ward Howe¹ seria homenageada, mas eles remarcaram a reunião porque Howe adoeceu — e não teria sido bom se eles tivessem mencionado tal fato no memorando que a CHRONOS *me deu?*

Sendo assim... Voltei à igreja onde Saul deveria estar participando de uma reunião anual de ministros congregacionalistas. Ele deveria estar só observando — misturado à multidão, pelo amor de Deus —, mas não. Ele

---

1   Julia Ward Howe (1819-1910), abolicionista, ativista social e poetisa norte-americana. Sua obra mais famosa foi o Hino de Batalha da República. [NT]

estava lá na frente, encabeçando a discussão sobre profecias e milagres. Vários dos ministros na plateia estavam olhando para ele como se ele fosse louco — e talvez ele seja mesmo. Os outros estavam arraigados a cada palavra dele, como ovelhas, então acho que talvez ele tenha feito alguma coisa — algo contra as regras da CHRONOS, *sem dúvida — para conseguir a atenção deles.*

Ela afastou-se da câmera naquele ponto, e dava para ver suas costas quando ela fuçou um bolsinho da mala de viagem e sacou um pequeno frasco opaco com um rótulo que eu não conseguia distinguir. Katherine sacudiu o frasco para a câmera.

E isto... Eu estava procurando pela pasta de dente dele, uma vez que esqueci de trazer a minha, e isto aqui estava em sua bolsa. Dicloridrato de cetirizina. Dentre todas as coisas. Ele sabe que somos absolutamente proibidos de carregar quaisquer artigos que não condigam com a linha do tempo para a qual viajamos em missão — e isso inclui artigos farmacêuticos. Ele é esperto.

Quando o confrontei, ele disse que também foi prescrito para suas dores de cabeça. O quão idiota ele pensa que sou? Dicloridrato de cetirizina para dores de cabeça? Que mentira. Pesquisei agora e é exatamente o que eu pensava — seu único propósito é como agente anticâncer. É isso aí.

Talvez suas intenções fossem boas. Ele mencionou que tinha praticamente certeza de que um dos ministros que conhecera tinha câncer de pele — claro que ele estava apenas tentando ajudar. Mas ele precisa compreender os riscos... ele não pode simplesmente...

E, sim. Eu sei, eu sei — eu deveria escrever isto no meu relatório de missão, de qualquer forma, independentemente das boas intenções de Saul, ou eu deveria pelo menos conversar com Angelo a respeito. Eu sei disso.

A raiva parecia estar se esvaindo, e Katherine sentou-se na beira da cama, de olhos fechados. Ficou em silêncio por uns vinte segundos, e então continuou:

Ele jura que não vai acontecer de novo, e pediu desculpas por nos colocar em risco. Então me trouxe o buquê de flores primaveris mais bonito. E aí simplesmente ficou lá, fazendo cara de filhote de cachorro abandonado, com as flores na mão, falando como tinha sido incrivelmente estúpido e como me amava tanto.

E ele ama. Eu sei que ama. Por isso o perdoei e passamos o restante do dia namorando. Saul sabe tornar muito fácil se esquecer do porquê você estava brava com ele, para começo de conversa, até cometer mais alguma estupidez...

Eu só gostaria que ele pensasse antes de agir às vezes. Ele é tão impetuoso, e as regras da CHRONOS *existem por uma razão. Ele não pode simplesmente fazer um discurso de improviso ou entregar um frasco de Dicloridrato de cetirizina a um amigo — nunca se sabe que diferença até mesmo a mudança mais ínfima poderia causar na linha do tempo.*

Eu só queria que ele pens...

O vídeo terminou, então fiz a varredura em mais algumas narrativas diárias antes de clicar no item 04262305_18:22.

Katherine estava usando o que parecia ser um traje de negócios, um paletó acinturado cinza com uma blusa azul-clara com decote canoa por baixo e um colar de continhas pretas no pescoço. O cabelo estava preso para trás, e seus olhos estavam vermelhos e um pouco inchados, como se ela tivesse chorado mas tivesse tentado esconder os danos com mais uma camada de maquiagem.

Tanto esforço para tornar essas porcarias de implantes infalíveis. Eu estava realmente esperançosa de que fosse apenas um problema estomacal que peguei na missão de Boston na semana passada. Cento e dezesseis dias — o que significa que aconteceu depois da festa de Ano-Novo.

E agora... nem sei se quero contar a Saul. Ele mentiu sobre a viagem de Boston. Aquilo não era apenas um capricho, e não foi a única vez que ele discursou nas reuniões. Acho que ele está usando um nome diferente e talvez seja por isso que os computadores da CHRONOS *não captaram nenhuma anomalia. Mas passei esta manhã na biblioteca — perto dos banheiros caso a náusea me atingisse de novo — e encontrei várias referências que têm me preocupado.*

Existem algumas menções esparsas, no final de 1800, sobre um ministro itinerante chamado Cyrus, e um artigo inteiro num veículo chamado O Diário Norte-americano da Profecia, *de setembro de 1915, que narra como numa pequena igreja em algum lugar entre Dayton e Xenia, Ohio, o tal Cyrus previu a inundação de Dayton em 1913, em detalhes vívidos — quase quarenta anos antes de o dilúvio ocorrer. Ele até apontou para um rapaz na congregação e previu que sua casa seria destruída e que eles iriam encontrar um porco em seu automóvel, flutuando rua abaixo. Em 1877 ninguém sabia exatamente o que era um automóvel, mas o comentário foi documentado num editorial no jornal local, e com certeza Danny Barnes encontrou um porco sentado em seu Ford T enquanto este flutuava por uma rua da cidade após a inundação de 1913.*

E o artigo fala sobre os rumores de milagres — dezenas de curas que o irmão Cyrus supostamente realizou no Centro-Oeste. Tumores. Pneumonia. Artrite.

Esta não é minha especialidade, mas você não mora e viaja com um historiador religioso durante quase três anos sem captar a essência dele. Ouvi Saul mencionando a irmã Aimee, o padre Coughlin e dezenas de outros — mas nada a respeito desse tal Cyrus. E eu duvido que seja uma coincidência as datas em que o irmão Cyrus visitou tais cidades estarem em perfeita sincronia com vários saltos no tempo de Saul.

Irmão Cyrus é Saul. Tenho certeza. Isso tudo tem a ver com aquele lunático do Campbell e os outros no clube.

E eu também não acho que seja coincidência o fato de Cyrus ser o nome da porcaria do cachorro de Campbell — aquele dobermann velho e flatulento que rosna e avança em qualquer um que chega perto.

Katherine bebeu um gole de alguma coisa numa garrafa azul-clara cujo rótulo dizia *Vi-Na-Tality*. Ela fez uma careta, como se fosse azedo, aí esfregou os olhos, manchando um pouco a maquiagem, antes de olhar para trás, para a câmera.

Eu tenho que contar a Angelo. Não tenho escolha. Minha única dúvida é se devo falar com Saul primeiro — para tentar argumentar com ele. Talvez se ele souber que estou grávida — talvez ele vá perceber que isso não é uma brincadeira, que nossas vidas e carreiras não devem ser colocadas em risco devido a alguma aposta acadêmica com Campbell. Saul adora crianças — acho que ele vai ficar feliz. E aí, se procurarmos Angelo juntos...

Ela balançou a cabeça e suspirou.

Eles vão expulsá-lo da CHRONOS. *Não consigo enxergar nenhuma saída. Mas talvez se ele contar tudo a eles, eles me deixem ficar — mesmo se continuarmos juntos. E pelo menos um de nós vai ter um emprego decente — ele poderia ficar tomando conta do bebê, ou talvez eles permitissem que ele trabalhasse em pesquisas de segundo plano.*

Ela massageou as têmporas e fechou os olhos.

Ele vai chegar em casa logo. Ele passou o dia todo com Campbell e seus outros amigos idiotas. Estou programada para um salto solo amanhã de manhã, às nove. Vou tentar falar com Saul esta noite, e então, com ele ou sem ele, vou conversar com Angelo amanhã.

Se não fosse pelo bebê, eu o mandaria para o inferno. Mas se Saul acabar numa fazenda realizando trabalho braçal, essa criança não vai ter muito contato com o pai. E talvez as coisas terminem bem... tem tanta coisa boa em Saul. Eu simplesmente não consigo acreditar que ele...

Um suspiro profundo, e então Katherine se inclinou para frente para interromper a gravação.

∞

Uma chuva suave tinha começado lá fora enquanto eu assistia ao registro de 26 de abril, então ouvi um leve arranhar na porta de tela. O receptor auricular emitia o som do diário de forma tão nítida que quase todos os ruídos de fundo eram anulados. A julgar pelo olhar de censura que Daphne me deu, ela havia passado um bom tempo arranhando a porta. Fui retribuída pela minha negligência com um banho involuntário quando Daphne se sacudiu com toda vontade para secar-se da chuva que encharcava sua pelagem castanho-avermelhada.

Connor tinha dado uma passada na cozinha por volta de meio-dia e meia, enquanto eu estava assistindo aos registros do diário. Ele não disse nada — apenas pegou um garfo e um recipiente de plástico na geladeira —, então presumi que o almoço, assim como o café da manhã, seria só entre mim e Daphne.

Havia vários outros vasilhames de plástico na geladeira, mas eu não fazia ideia do que eram ou de quanto tempo estavam lá. Servi um copo de leite e comecei a vasculhar a despensa, por fim pegando pão e manteiga de amendoim. A manteiga de amendoim era suave, bem diferente da mais grossa, minha preferida, e não havia nenhum sabor de geleia que não fosse hortelã (eca), então cortei uma banana em cima da manteiga de amendoim e voltei a acionar o diário, assistindo enquanto comia.

O registro mais recente era de 27 de abril, às 2h17. Quando Katherine reapareceu na tela, respirei fundo, quase engasgando com um pedaço do sanduíche.

Ela havia tirado o paletó e estava usando apenas a blusa azul sem mangas. O cabelo, que antes estivera lindamente preso, estava uma bagunça. O colar tinha desaparecido, e a marca vermelha intensa ao redor de sua garganta me fazia suspeitar que ele tinha sido arrancado de seu pescoço. O lábio inferior estava cortado e ela segurava uma trouxinha branca contra a bochecha direita, que estava inchada. Quando ela falou, a voz saiu fraca e indiferente.

Saul sabe — quero dizer, ele sabe que eu sei. E eu nem sequer cheguei na parte sobre o bebê — não me atrevi, não quando ele estava berrando comigo daquele jeito. Talvez eu devesse ter começado por essa parte... talvez assim ele não tivesse me... mas não. Eu não quero que ele saiba sobre o bebê. Agora não.

Acho que... Acho que ele enlouqueceu. Eu nunca o vi assim... tão furioso.

As lágrimas escorriam, e ela parou para se recompor antes de continuar. A bolsa de viagem que eu tinha visto na cama durante o vídeo anterior estava cuidadosamente arrumada, mas o restante do quarto tinha sido destruído. Um objeto grande em formato cilíndrico que parecia ser algum tipo de lâmpada estava quebrado, e o quadro que estivera pendurado em cima da cama agora estava no chão, com um enorme rasgo no centro da tela.

Quando falei para ele que precisávamos procurar Angelo e revelar tudo antes que alguém descobrisse as mesmas violações que eu tinha descoberto, Saul começou a vociferar que eu não entendia o bem que a CHRONOS poderia realizar caso aproveitasse as ferramentas que tínhamos à nossa disposição para mudar a história, em vez de simplesmente ficar estudando o que séculos sucessivos de idiotas criaram através de seus erros e disparates. Ele ficou berrando que esse era seu destino, e que Campbell havia lhe mostrado que as pessoas só precisavam de um líder forte para ajudá-las a criar o mundo que poderia e deveria existir. Ele tinha um plano, disse, e não ia deixar um bando de tolos acadêmicos da CHRONOS *determinar o destino da humanidade.*

E durante todo esse tempo ele continuou me batendo. Saul nunca tinha me batido. Mesmo nas vezes em que ficava realmente furioso, ele socava a parede ou quebrava alguma coisa, mas nunca...

Por fim, menti — falei que ele tinha me convencido. Que eu o amava e que não procuraria Angelo, e que talvez eu pudesse ajudá-lo a mudar as coisas. Só para fazê-lo parar. Mas ele ostentava esse olhar frio. Ele não acreditou em mim. E então saiu.

Não sei para onde ele foi, mas tranquei a porta. Se ele voltar, vou chamar a segurança do prédio. Vou tentar dormir umas horinhas e aí vou procurar a equipe médica da CHRONOS *para que possam... consertar isso.*

Ela afastou a trouxa do rosto inchado e tocou a área gentilmente, estremecendo com a pressão. Havia uma pequena abrasão perto da bochecha.

Vou contar a eles... alguma coisa. Não sei. E aí vou falar com Angelo. Ele normalmente chega lá às oito, quando temos saltos programados.

Mas... Vou enviar uma mensagem primeiro. Esta noite. E vou copiar Richard. Estou com medo do que Saul possa fazer — e se algo acontecer comigo, alguém da CHRONOS *precisa saber o motivo.*

Eu estava tão absorta no diário que não percebi que Katherine estava sentada à mesa, na minha frente, com uma xícara de chá e algumas fatias de maçã diante de si. Era uma sensação estranha olhar do rosto mais jovem e machucado no vídeo para a versão mais velha, bebericando seu chá tranquilamente.

"Acabei de chegar na parte onde Saul foi embora", falei. "O que aconteceu no dia seguinte? Eles conseguiram consertar seu rosto?"

Katherine riu baixinho. "Sim. Houve alguns progressos na assistência médica, e uma lesão dérmica pequena como aquela era de correção muito fácil. Se ainda estivéssemos naquela época, eu também não teria estas rugas numa idade tão tenra. Este é um dentre vários avanços médicos aos quais eu adoraria ter acesso agora."

"Eles podem curar seu câncer?", perguntei.

Katherine assentiu. "Tem havido um grande desenvolvimento na pesquisa contra o câncer nas últimas décadas, mas haverá muito mais daqui a uns cinquenta anos — presumindo que consigamos reparar a linha do tempo. Se eu fosse um paciente em 2070, ou até mesmo um pouco antes, meu tratamento teria exigido um simples ciclo de medicações — eles teriam descoberto muito mais cedo e seria meio como curar uma infecção bacteriana mais complicada nos dias de hoje. Em vez disso, meu corpo está sendo bombeado com químicos e radiações muito mais perigosos. E eles *ainda* erram o alvo."

Katherine deu de ombros e então continuou: "Coisa que não interessa nem um pouco nesta linha do tempo, já que estou morta. Na manhã seguinte, visitei o centro médico da CHRONOS e aleguei que tinha caído na banheira. Duvido que tenham acreditado em mim. Certamente não foi a primeira vez que uma mulher apareceu com uma história semelhante. Mas eu não queria fazer nada que pudesse alertar o restante da CHRONOS a respeito de Saul até surgir a oportunidade de discutir a situação com Angelo."

"Quem exatamente era Angelo?" Eu tinha desistido de tentar descobrir qual tempo verbal correto adotar junto a esse pessoal. Se ele era do passado de Katherine, eu ia me referir a ele no passado, muito embora ainda faltasse muitos séculos para ele nascer.

Katherine bebeu mais um gole do chá antes de responder. "Angelo era nosso supervisor direto. Ele nos treinou. Era um bom sujeito, e eu era, em muitos aspectos, mais íntima dele do que dos meus pais, porque ele... bem, ele tinha o gene CHRONOS também. Havia coisas que eu poderia pedir a ele que teriam sido incompreensíveis para o meu pai ou mesmo para minha mãe. Desde que entrei no programa, quando eu tinha dez anos, Angelo foi quem guiou meus estudos. E eu compreendia a burocracia da CHRONOS bem o suficiente para saber que ele também estaria numa encrenca feia por causa da postura de Saul. Eu queria o conselho dele, mas eu também queria alertá-lo.

"Depois que tudo se resolveu na unidade médica", continuou, "fui para o setor de figurinos, para que eles pudessem me preparar para o salto. Eram mais ou menos oito horas, e entre guarda-roupa e penteado, eles geralmente levavam cerca de meia hora pra me arrumar para uma viagem até meados de 1800. Mas naquele dia... não creio que já tivesse demorado tanto nas outras vezes. Vários funcionários do figurino chegaram atrasados e estavam chapados. Fiquei ali sentada usando um *chemise* e com o meu cabelo meio arrumado durante quase vinte minutos. O plano era dar a Angelo alguns minutos para verificar seus recados e aí conversar com ele, mas já eram quase dez horas quando finalmente cheguei lá. Eu ia me manter fiel aos planos e dizer que a gente conversaria depois que eu retornasse."

"Você não poderia ter atrasado o salto?", perguntei. "Parece-me uma conversa muito importante para ser adiada por vários dias."

Katherine fez que não com a cabeça. "Não sem um grande imprevisto. A programação de um salto é definida com um ano de antecedência. As tripulações colocam muito esforço para providenciar as coisas, e eu já tinha vestido as roupas da época. E... você está pensando de forma linear de novo, Kate."

Eu estava ficando um pouco cansada de ouvir isso. "Desculpe. Assim como a maioria das pessoas, estou acostumada a me mover através do tempo numa única direção — para a frente."

"O fato é que, para mim, a viagem duraria os quatro dias originalmente programados", explicou ela. "Mas eu não retornei quatro dias depois — isso teria sido uma perda de tempo para a tripulação do salto. Todos nós saíamos e retornávamos de nossos saltos em grupo. Era mais conveniente definir destinos para duas dezenas de saltadores uma ou duas vezes por semana do que manter o controle de um monte de viajantes individuais. Quando voltei para a CHRONOS, apenas uma hora teria se passado para a tripulação, Angelo e até mesmo Saul, já que ele era um dentre vários que não estavam no cronograma daquele dia. O primeiro grupo — os viajantes de um dia que não precisavam de tanta preparação — saíram às nove e meia e foram programados para retornar às dez e meia. Os membros do meu grupo partiriam às dez, com retorno programado para as onze horas.

"Então não era de fato um grande atraso para ninguém na CHRONOS, e eu meio que gostava da ideia de ter alguns dias só para mim, longe de Saul, para pensar exatamente no que eu queria fazer. A ideia de ser mãe solteira e do que isto poderia significar para minha carreira me assustava pra diabo."

Katherine desviou o olhar e observou além da janela por um momento. "Eu não sei a que horas Angelo chegou ao escritório", continuou ela, "mas quando cheguei lá, a porta estava aberta e uma de suas canecas estava quebrada no chão. Ele sempre bebia essa mistura de ervas horrorosa no período da manhã, e sua sala ficava com um cheiro péssimo — tinha uma poça imensa dessas ervas no tapete.

"Abri o armário para pegar uma toalha e lá estava Angelo, enfiado no fundo, no piso. Ele tinha adesivo aderente na boca e no nariz — o material é uma espécie de fita adesiva, porém mais forte. Já faz mais de quarenta anos e ainda enxergo o rosto dele às vezes — roxo azulado e os olhos arregalados."

"Ele estava morto?", perguntei para confirmar.

"Sim", disse ela baixinho. "E já tinha passado muito do ponto em que o setor médico ainda poderia tê-lo ressuscitado. Eu sempre questionei, no entanto, se teria sido diferente se eu tivesse ido vê-lo antes de seguir para o setor de figurinos."

Ofereci um olhar de compaixão e balancei a cabeça. "O mais provável é que Saul teria matado você também, certo?"

Ela deu de ombros e puxou o suéter para envolver mais o corpo. "De qualquer forma, me senti responsável. Eu sabia que precisava chamar a segurança, mas eu estava completamente vestida para 1853, estava só com a bolsa de viagem e não tinha um comunicador comigo — claro que eu não podia levar um dispositivo assim para um salto até a década de 1850, por isso o deixei no armário com meus outros pertences. Segui pelo corredor para encontrar outro supervisor, mas ou eles tinham saído ou ainda não estavam no escritório. E então vi Richard, saindo do armário. Ele usava a camisa tie-dye mais escandalosa do mundo e uma calça boca de sino com barras tão rodadas quanto minha saia — e ficou claro, pela sua expressão, que ele tinha recebido meu e-mail. Ele ficou tão arrasado quanto eu quando viu Angelo.

"Richard disse que todo mundo provavelmente já estava na sala de salto, o que fazia sentido. Nós geralmente nos reuníamos em torno da plataforma — uma grande área circular — por uns dez minutos antes de nos posicionar, saboreando uma última xícara de café decente ou algo assim. Richard e eu estávamos atrasados, na verdade — tínhamos apenas três ou quatro minutos antes do salto."

"Mas a tripulação cancelaria um salto em caso de assassinato, certo?", questionei.

"Sim. Mas eles nunca tiveram a chance de cancelá-lo. Richard e eu contamos sobre Angelo ao coordenador de saltos — seu nome era Aaron. Richard também mencionou que tinha visto Saul um pouco depois das oito, fora do prédio, com alguns de seus amigos do Clube

Objetivista. Dois deles eram parte da CHRONOS — um historiador de meia-idade que se aposentaria dali a poucos anos e um dos sujeitos do setor de pesquisa."

Ela deu um sorrisinho. "Mas estou me desviando do assunto. De qualquer modo, Aaron estava mandando a informação aos quartéis de segurança, que ficavam a dois prédios dali, e nós estávamos prestes a contar aos outros, quando Saul entrou na sala — embora eu não ache que alguém tenha percebido que era Saul logo de cara. Eu sei que *eu* não percebi. Ele estava usando uma burca — sabe, aquele traje do Oriente Médio que cobre da cabeça aos pés?"

Assenti.

O rosto de Katherine foi ficando pálido enquanto ela continuava: "Ele estava segurando nossa colega, Shaila, bem na frente do corpo, com uma faca no pescoço dela. E tinha algo esquisito amarrado junto ao peito dela — uma caixinha quadrada.

"Saul ordenou a Aaron que interrompesse a chamada para a segurança e ordenou a todos nós que nos posicionássemos para o salto. E, claro, todos obedecemos — quero dizer, os outros ainda não sabiam sobre Angelo, mas tinha um louco com uma burca apontando uma faca para Shaila." Ela estremeceu. "Ele estava olhando diretamente para mim o tempo todo, Kate, com a mesma expressão que eu tinha visto em seus olhos na noite anterior, como se estivesse desejando que a faca estivesse na *minha* garganta. Richard também notou, e acho que foi por isso que ele se posicionou no meu lugar da plataforma. Eu não sei se Saul notou que trocamos — ele estava na posição de Shaila, ainda mantendo a faca no pescoço dela."

Katherine me deu um sorriso triste. "E a burca foi uma escolha muito inteligente da parte dele."

"Porque assim ninguém poderia ver quem ele era?", confirmei.

"Sim, a burca sem dúvida impediu que ele fosse identificado imediatamente, exceto por mim e por Richard, e talvez a gente nem o tivesse reconhecido se já não tivesse se prevenido — imagine, só os olhinhos através daquela pequena abertura? Mas", disse ela, "a identificação não foi o único motivo. Comparando os trajes do restante de nós, era possível palpitar quanto à época para a qual estávamos indo. Talvez não para onde, pelo menos não depois de meados de 1900, quando a moda ficou mais globalizada, mas em geral dava para se determinar a era dentro de algumas décadas devido ao modo como cada um estava vestido. A burca, no entanto... as mulheres as têm usado em muitos países há milhares de anos. Ela ainda é usada em algumas comunidades isoladas na minha época. Shaila estudou mudanças na cultura islâmica ao longo do tempo e eu sabia que ela havia feito saltos que variavam de meados da década de 1800 para meados da década de 2100. Então quem sabe quando ou onde Saul desembarcou? Ele poderia estar completamente adequado para qualquer época com aquela roupa.

"E tudo aconteceu tão *depressa*", acrescentou. "Quando Aaron apertou o botão para iniciar o salto, Saul empurrou Shaila de cara bem no centro do círculo. Ela bateu na plataforma e a última coisa que vi foi um lampejo de luz branca e um som de lufada muito alto antes de desembarcar com violência na cabine ao norte do campo onde estavam realizando o festival de Woodstock. Um pouso forçado não é normal — geralmente você apenas aparece na nova localização na mesma posição de quando saiu. Se você estivesse coçando o nariz em 2305, ainda estaria coçando-o quando desembarcasse em 1853. Mas eu pousei de costas no chão de terra, com minha saia quase do avesso. A coisa que Saul havia amarrado ao peito de Shaila provavelmente era um explosivo — e só posso supor que era um bem poderoso, já que ninguém, até onde eu sei, foi capaz de se conectar à CHRONOS desde então."

∞

As fatias de maçã continuavam intocadas no prato de Katherine, e percebi que meu sanduíche mal tinha chegado na metade. Dei mais algumas mordidas nele e então perguntei: "Por que Saul achava que destruindo a sede ele ia conseguir saltar de um momento a outro, se ele nunca tinha feito isso?"

"Eu me perguntei a mesma coisa", disse Katherine. "Todos nós sabíamos que não conseguíamos saltar entre os pontos estáveis sem uma viagem de volta à CHRONOS. Durante o treinamento, eles disseram que isso era uma verificação institucional — um modo de a CHRONOS manter o controle da nossa localização temporal. O medalhão lê a estrutura genética do saltador quando este faz a partida, e Saul deve ter acreditado que, com a sede fora da jogada, ele seria um agente livre, por assim dizer. Sem a âncora no quartel-general para puxá-lo de volta, ele presumiu que seria capaz de viajar entre os pontos estáveis sempre que quisesse. Mas os medalhões estavam bloqueados para voltar à CHRONOS — a única coisa que ele fez foi garantir que nós não conseguíssemos utilizá-los de jeito nenhum. Eu não fiquei nem um pouco satisfeita por estar presa num século anterior, e não sabia quando ou onde Saul havia pousado, mas pelo menos era bom saber que seu plano não tinha funcionado."

"Meio que uma justiça poética", comentei.

"Exato. Tudo isso mudou, no entanto, quando Prudence desapareceu — ou, desconfio, assim que Prudence encontrou Saul, quando ou onde quer que ele estivesse. Uma vez que ele percebeu que o gene CHRONOS poderia ser herdado, então era apenas uma questão de tempo para ele achar um jeito de manipular tal conhecimento para produzir pessoas que pudessem ir para onde ele não poderia."

"Assim como você fez...", recordei-lhe com uma voz suave.

"Não, Kate", disse Katherine. Ela se levantou e foi até a janela, colocando a xícara vazia e o prato intocado no balcão. "Eu apresentei duas pessoas solitárias que tinham algo em comum — infelizmente não foi o suficiente para fazer o relacionamento entre elas durar, mas elas *chegaram* a se apaixonar certa vez. Acho que você sabe disso, se você estiver sendo honesta consigo. Eu nunca forcei nada, eu apenas esperava que desse certo. E eu fui incrivelmente, inacreditavelmente sortuda."

Ela retornou até mim, um toque de raiva na voz. "Saul, por outro lado, não deixou nada ao acaso. Você sabia que o clero cirista é obrigado a se casar unicamente com pessoas aprovadas pela hierarquia da Igreja deles? Que a liderança de um templo é hereditária — e sempre sujeita à aprovação do Templo Internacional? Você sabia disso?"

Sim, eu sabia disso — embora minha ficha não tivesse caído até Katherine verbalizar diretamente. "Então todos os templários ciristas carregam o gene CHRONOS?"

Connor, que tinha aparecido à porta, respondeu à minha pergunta: "Nós podemos apenas especular nesse momento. Mas parece provável. Saberíamos muito mais se tivéssemos uma cópia do manual deles, o *Livro da Profecia* — presumindo, é claro, que essa porcaria realmente exista. Os ciristas distorcem tanto a verdade para enganar seus fiéis que é difícil dizer o que é genuíno e o que é mentira."

Ofereci-lhe uma olhada demorada, dura, e então me voltei para Katherine. "E vocês dois acham mesmo que eu posso mudar tudo isso?

Que eu posso... o quê? Alterar a linha do tempo para que os ciristas nunca venham a existir?"

Katherine balançou a cabeça, aí parou e jogou as mãos para o alto em frustração. "Para ser sincera, Kate, eu não *sei*. Quando você era bebê, eu só tinha esperanças de que algum dia você pudesse ajudar a localizar Prudence — ao menos para lhe entregar um recado meu. Para convencê-la a voltar à esta época para eu poder me explicar. Mas aí comecei a ver mudanças sutis na linha do tempo. E em maio passado, tudo se tornou claro. Saul estava colocando seus planos em ação. Eu quis voltar pra cá, para ver se você poderia ajudar, para treinar você — mas o câncer chegou e eu basicamente tive que escolher entre lutar contra o câncer e lutar contra Saul. Eu ainda não tenho certeza de que fiz a escolha certa..."

"Fez, sim", disse Connor, que tinha se apropriado das fatias de maçã de Katherine e estava mastigando enquanto falava. "Seu tratamento nos deu algum tempo, e nós temos uma chance muito maior de sucesso se Kate for treinada por alguém com experiência de verdade."

"E também nos *custou* uma quantidade considerável de tempo, e como resultado, temos um inimigo mais poderoso", respondeu Katherine com um suspiro. "Mas, de qualquer forma, está feito, e vamos ter que jogar com as cartas que possuímos."

Eu ainda estava pensando na observação que eu havia feito para Trey no carro. Será que eu estaria feliz numa linha do tempo onde eu fosse uma peça de museu que não poderia abandonar a proteção de uma chave CHRONOS sem deixar de existir? Não, mas...

"O que te faz ter tanta certeza de que a linha do tempo que você quer que eu ajude a 'consertar' é a correta?", perguntei. "Não seria mais condizente com seu treinamento me fazer voltar no tempo e então contar a *você* o que Saul está planejando, e fazer com que ele seja preso? Afinal, ele matou pelo menos dois de seus colegas no processo. E quantas mudanças ocorreram por causa das atitudes dele? Mesmo se todos esses historiadores retidos nos diversos pontos no tempo tiverem feito o possível para evitar mudar as coisas, eles devem ter feito algumas alterações na linha do tempo. E conforme você disse, se você não tivesse ficado presa aqui, você não estaria lidando com o câncer agora."

Katherine corou e olhou para seu prato, um pouco de culpa em seus olhos. "Você está certa, Kate. Isso é o que eu *deveria* colocar você para fazer. Houve algumas pequenas mudanças na história — admito.

Alguns casos em que alguém fez uma descoberta que foi um tanto avançada para sua época, se é que você me entende.

"Mas", continuou ela, "tais alterações foram minúsculas se comparadas ao que Saul está planejando. E faz muitos anos que não sou mais uma historiadora da CHRONOS. Eu tenho uma motivação pessoal aqui. Você também. O mesmo acontece com Connor. A linha do tempo que conheci pelos últimos quarenta anos é a linha do tempo *correta* para nós três, desde que possamos parar Saul. Ser curado do câncer seria bom, mas já estou velha. Não estou disposta a trocar sua vida e as vidas das minhas filhas, isso sem mencionar Connor e seus filhos, por uma década extra ou algo assim na minha vida. Angelo e Shaila não mereciam morrer daquela forma, mas sob a minha perspectiva eles se foram há muito tempo, e sob a sua perspectiva, eles nunca existiram."

Connor fez que sim com a cabeça. "Katherine e eu deliberamos isso sem parar, Kate. Não tenho certeza se *existe* uma linha do tempo correta aqui. Eu estou nessa para conseguir recuperar meus filhos e, quem sabe, se tudo correr bem, lhes dar um futuro bom e livre dos ciristas. Não sei exatamente o que os ciristas estão planejando, mas com base no que Katherine me contou, eu não acho que um futuro com Saul no controle seja bom para ninguém. É mais difícil para Katherine porque ela perdeu amigos, mas é muito simples para mim. Eu não poderia me importar menos com qual linha do tempo está *correta*, porque eu sei qual é a *certa*."

Coloquei o livro ao lado do computador e esfreguei os olhos. "Esta é a versão mais chata do mundo do *Travel Channel*. E do *History Channel*. Combinadas. E eu não ligo muito para qualquer um desses..."

Connor bufou. "Você tem uma visão em tempo real de centenas de trechos da história mundial e está entediada?"

O Registro de Bordo dos Pontos Estáveis era tão enganosamente fino quanto um dos diários que eu estava lendo, mas continha ainda mais informações. Era semelhante a assistir a um vídeo curto, mas nesse caso eram webcams ao vivo, era o melhor jeito que eu conseguiria descrever. Eu usava a interface visual para escolher uma data e horário e aí piscava para selecionar, momento no qual a "tela" translúcida na minha frente mostrava a localização geográfica na data especificada, em tempo real. Podia parecer legal a princípio, mas...

"Você realmente *assistiu* a qualquer um destes?", perguntei.

"Não", admitiu Connor, continuando a examinar o documento em sua tela enquanto falava. "Consigo enxergar o texto na página, mas o receptor auricular que você está usando é que desencadeia sua capacidade de ouvir e assistir ao vídeo. Já experimentei, e de vez em quando recebo sons e imagens com interrupções intermitentes. E isso me causa dor de estômago. Katherine também não consegue escutar com nitidez — achamos que é porque a CHRONOS ainda tinha um bloqueio em seu sinal quando a explosão ou seja lá o que for ocorreu. Mas ela descreveu alguns deles para mim..."

"Ela te contou que a maioria destes vídeos são de um beco deserto? Ou de uma floresta? Ou de um armário de vassouras escuro?"

"Você prefere aparecer de repente no meio de uma multidão? Em cima de alguém? Em algumas das épocas que você está observando, isto seria uma passagem direta para queimar na fogueira, sabe."

"Sim, bem, acabei de passar cinco minutos observando um esquilo num parque em Boston. Supostamente em 5 de maio de 1869, mas poderia facilmente ter sido ontem. Parecia um esquilo muito moderno a meu ver."

"Então você desperdiçou cinco minutos." Connor suspirou. "Concentre-se nos elementos *constantes*, Kate. O esquilo não vai ajudar a localizar o ponto estável quando você começar a fazer teste de saltos, a menos que seja um esquilo de pelúcia."

Peguei o livro de volta e estava navegando para encontrar algo remotamente interessante quando Daphne começou a latir, e então a campainha tocou. Alguns segundos depois, ouvi a voz de Katherine vindo lá de baixo.

"Kate, um cavalheiro veio lhe visitar."

Revirei os olhos. "Como é que uma avó do século XXIV pode soar como se tivesse saído de um romance de Charles Dickens?"

Connor deu de ombros. "Talvez ambas as eras soem como história antiga para ela. Você poderia me dizer a diferença entre o que chamavam de namorado em 1620 e em 1820?"

Desta vez cedi à tentação e lhe mostrei a língua, e Connor me surpreendeu gargalhando.

Eu tinha evitado de propósito pensar se Trey ia aparecer, tal como ele disse que faria, principalmente porque eu não queria me decepcionar caso isto não acontecesse. O dia anterior tinha sido arrasador demais para eu começar a alimentar esperanças sobre qualquer coisa. Ainda assim, fiquei ridiculamente feliz em saber que ele manteve a promessa, e precisei de um esforço consciente para evitar descer as escadas dois degraus por vez.

Dava para ouvir a voz de Katherine na cozinha. "Que gentil da sua parte, Trey. Connor certamente vai ficar satisfeito — ele é uma formiguinha insaciável." Ela se virou quando entrei na cozinha, duas bebidas cremosas à base de café nas mãos. "Só vou levar isto lá para cima e deixar vocês dois jovenzinhos papeando."

"Oi, Kate." Trey estava agachado, acariciando Daphne, cuja cauda estava abanando alegremente. "Vejo que você encontrou algo para vestir além do seu uniforme da escola."

Assenti, atingida por uma onda inexplicável de timidez. Apesar de tudo o que tinha acontecido no dia anterior, há poucas horas ainda éramos desconhecidos completos.

"Connor é surpreendentemente bom em compras, como você pode ver." Peguei uma das duas bebidas restantes, sendo que ambas estavam cobertas com chantilly e um fio de caramelo, e aí me acomodei no banco junto à janela. "Obrigada. Como você sabia que caramelo e café eram minha combinação favorita?"

"Bem — a parte do café eu soube ontem. O caramelo foi só um palpite feliz." Ele sentou-se ao meu lado e seu sorriso murchou um pouco. "Então... Você está bem? Tipo, ontem seu dia foi infernal. Fiquei pensando nisso enquanto ia para casa e, bem, fiquei preocupado com você. Meio que quis telefonar ou mandar mensagem pelo celular ou algo assim, mas..."

"Espera um pouco." Fui até o balcão perto do telefone e encontrei um bloquinho de anotações. Rabisquei meu username e a conta do e-mail gratuito que eu tinha criado naquela manhã enquanto encomendava mais algumas roupas e outras necessidades.

"A conta está ativa agora", falei para ele. "Sem telefone ainda — da próxima vez que Connor sair, vamos providenciar um desses pré-pagos. Katherine e Connor tiveram que ser bem criativos nas operações bancárias ontem quando perceberam o que aconteceu. Ela mantinha uma boa quantia em dinheiro vivo e as contas de Connor ainda estão ativas — quero dizer, ele ainda existe, só que algumas coisas estão diferentes. Estou começando a me perguntar quanto tempo temos antes que alguém lá fora descubra que somos, tecnicamente, invasores. A casa está protegida contra a mudança temporal, mas... Se Katherine não é dona dela agora, alguém deve ser."

"Sim, imagino", disse ele. "Então você conseguiu todas as suas respostas? Quando saí, me pareceu que a conversa ia seguir rumo a águas bem turbulentas."

Dei de ombros. "Na verdade, concluí que não estava no clima para aquela conversa ontem à noite. Mas compensamos o tempo perdido quando acordei esta manhã." Comecei a deixá-lo a par dos acontecimentos do dia e das revelações, então hesitei um pouco quando cheguei à parte sobre os ciristas.

"Qual é a sua religião, Trey?"

"Hum... Presbiteriano, acho? A gente não vai aos cultos com regularidade — nunca vamos, pra ser sincero. Na verdade, eu provavelmente fui mais a missas católicas. Estella gosta de companhia nos feriados religiosos. Por quê?"

"Só pra ter certeza que eu não estava prestes a dar uma bola fora. Isso vai soar meio louco, de qualquer modo." Respirei fundo e depois continuei: "O quanto você sabe sobre os ciristas?"

"Sei tanto quanto qualquer um que não seja cirista, acho. Eles são muito reservados — mas eu conheço um monte de membros, tanto aqui quanto no exterior. Tem um monte deles no Peru. Não são tão numerosos quanto os católicos apostólicos romanos, mas é por um triz. E eu não gosto quando eles tentam me converter discursando sobre 'O Caminho', principalmente quando parecem tão genuinamente preocupados que 'O Fim' esteja próximo. Mas tirando isso, eles parecem bem inofensivos. E fazem um monte de trabalho comunitário com os pobres e outras instituições de caridade, sendo assim..."

Expliquei sobre a criação do Irmão Cyrus e a Igreja Cirista Internacional de Saul, e tal como eu esperava, a reação de Trey foi praticamente igual à minha. Era difícil entender como uma organização que, a nosso ver, existia muito antes de nascermos, poderia ter sido criada apenas um ano antes.

"Mas você sabe", disse ele, pensando na possibilidade, "que se você quiser construir uma base de poder fora do controle do governo, uma organização religiosa oferece bastante espaço para manobra. E os ciristas fazem uma mistura esquisita de visões liberais e conservadoras — a promessa de pureza, mas ao mesmo tempo as mulheres podem ser ordenadas, só que têm de se casar com outro ministro ordenado. A maioria dos templos são conduzidos por uma família, cujo controle é transmitido de uma geração à outra."

Ele fez uma pausa, apontando para o medalhão da CHRONOS no meu peito. "Então se você levasse esta coisa a um templo cirista, você está dizendo que eles enxergariam a luz do mesmo jeito que você? E que iam conseguir usá-lo?"

Assenti. "Os líderes do templo, sim. Ou pelo menos esta é a teoria que estamos cogitando. Eles seriam capazes de utilizar os diários, também." Fui até a mesa e aí peguei o diário de Katherine que eu estivera ouvindo mais cedo e o abri. Tal como acontecera com Charlayne, Trey conseguia enxergar o texto rolando, mas não conseguia fazê-lo rolar.

Afastei meu cabelo para trás um pouco e removi o pequeno disco de trás da minha orelha. "Quer experimentar?"

"Claro."

Meus dedos tocaram a lateral do rosto dele quando estendi a mão para encaixar o pequeno disquinho no vão entre seu ouvido e a mandíbula. Ele puxou minha mão assim que o disco estava no lugar, pressionando a pele do meu pulso contra seus lábios. "Seu cheiro é maravilhoso."

Corei e tentei desacelerar minha pulsação. "Provavelmente é o sabonete de jasmim..."

Ele sorriu, balançando a cabeça. "O jasmim é bom também — mas é você principalmente. E isso vai parecer loucura, Kate, mas senti saudade de você no momento em que saí ontem."

"Também senti sua falta." Olhei para baixo, ainda um pouco constrangida. Trey inclinou meu queixo para cima até nossos olhares se encontrarem, e então me beijou, seus lábios macios de encontro aos meus. Inclinei-me para ele um pouco, aproveitando totalmente o formigamento que pulsava em meu corpo devido ao contato.

Levei alguns segundos para perceber o arranhar suave no meu joelho. Quando me afastei de Trey, Daphne deu um passo para trás de nós dois. Estava com a cabeça inclinada para um lado, uma expressão interrogativa nos olhinhos castanhos.

Trey riu e coçou atrás da orelha dela. "Acho que temos uma dama de companhia. Sim, srta. Daphne. Vou me comportar." Ele olhou para o diário. "Então... o que é que essa coisa na orelha deveria fazer? Não consigo ver nada..."

Dei a ele um meio sorriso. "E agora temos certeza de que você não possui o gene CHRONOS. Eu estava assistindo a um vídeo de uma versão muito mais jovem da minha avó, filmado em 2305, explicando em detalhes bem gráficos o que ela ia fazer com um colega de trabalho que não parava de usar sua caneca de chá."

"Eu só estou vendo alguns textos e uns quadradinhos, aqui... e ali." Ele removeu o disco de trás da orelha e fingiu um olhar triste. "Acho que não posso entrar no clube secreto, então."

"Você diz isso como se fosse uma coisa ruim." Peguei o disco e recoloquei atrás da minha orelha. "Se você conseguisse operar isto aqui, eles te colocariam para memorizar meio milhão de pontos de salto — ou pontos estáveis, como são chamados. Sinto como se tivesse passado o dia numa aula de história bem esquisita. Como estou lendo os diários históricos de Katherine, de vez em quando vejo uma pergunta feita por Katherine, como 'Quem é a Infanta?' ou 'O que é um simoleon?'."

"No jogo *SimCity*, um simoleon é dinheiro", disse Trey.

"Sim, era uma gíria para um dólar ao final de 1800. De qualquer forma, eu não conseguia entender por que ela estava escrevendo as perguntas quando a resposta estava bem ali na página."

"Talvez eles tenham tipo uma rede 28G no futuro e simplesmente estivessem mandando uma mensagem de texto?", sugeriu. "Parece improvável, mas..."

"A resposta na verdade é muito simples, se você não pensar linearmente. Veja este botão... ah, não, acho que você não consegue ver."

Ele fez uma careta para mim.

"Desculpe!" Ofereci um sorriso sem graça. "De qualquer forma..." Apontei para um trecho na tela que ele não conseguia enxergar "...quando Katherine ou os outros historiadores apertavam este botão, o diário gravava a pergunta. No final da viagem, o historiador retornava num horário definido, mas o diário em si ficava programado para retornar vinte e quatro horas antes do momento em que o historiador partiu para a viagem. Contanto que Katherine conseguisse retornar à CHRONOS conforme o previsto, todas as vezes que ela registrava uma pergunta no diário, a resposta surgia num pop-up, pois a pergunta já havia sido respondida pelos pesquisadores durante aquele dia, antes de a viagem começar."

"Ok — isso meio que está me deixando com dor de cabeça."

"Bem-vindo ao meu mundo." Eu sorri. "A má notícia é que eu não posso usar deste pequeno truque. A data pode ser alterada, mas Katherine tem certeza de que os diários são conectados para voltar ao departamento de pesquisa da CHRONOS. Ela tentou enviar uma mensagem quando ficou presa no tempo e o diário simplesmente desapareceu. Puf. Então, quando eu for, vou ter que confiar na informação que já está no livro ou na minha cabeça."

"Então você vai mesmo... usar aquela coisa em breve?" Ele fez um gesto em direção ao medalhão, com um tom de preocupação na voz.

"Sim, embora Katherine tenha avisado que vão ser saltos locais e curtos inicialmente. Tem mais ou menos uma dezena de pontos estáveis na região de Washington, e só vou fazer uma mudança rapidinha e volto — algumas horas ou talvez um dia à frente. Esse tipo de coisa." Eu soava mais confiante do que me sentia, na verdade. "Mas mesmo só isso já vai ser considerado um tempo fora."

"E como exatamente você vai modificar as coisas? Como é que você, sozinha, deveria ser capaz de restaurar a linha do tempo? Quero dizer..." Ele balançou a cabeça lentamente, com um olhar muito cético.

Dei de ombros. "Vamos descobrir quando eles mataram Katherine — e então eu vou avisá-la e tentar fazê-la voltar à sede da CHRONOS antes que aconteça. Tenho certeza de que eles tinham — vão ter? — algum tipo de protocolo de emergência de retorno à base. A gente ainda não chegou tão longe."

"Você disse que o cara no metrô — aquele que roubou você — estava armado."

"Sim, acho que sim. No mínimo ele queria que eu acreditasse que ele estava armado." Fiz uma pausa. Eu estava dividida entre ter gostado do fato de Trey ter soado protetor e entre não querer que ele achasse que eu era *totalmente* impotente.

"Mas se o metrô não estivesse lotado", continuei, "e se eu não tivesse desconfiado que ele levava uma arma, eu teria tentado derrubá-lo. Faço caratê desde que eu tinha cinco anos. Já estou na faixa marrom. Ou pelo menos estava... Acho que isso também desapareceu."

"Sério?" A voz dele estava séria, mas seus olhos estavam claramente rindo. "Acha que consegue me derrubar?"

"Eu *poderia*", provoquei. "Mas num piso de mármore? Você ia quebrar o crânio quando batesse. E a gente ia assustar a pobre Daphne. Ela ainda parece um pouco preocupada por causa de... antes."

"Vou querer uma demonstração depois então. Você não parece ser capaz de derrubar algo muito mais pesado do que Daphne. Sem ofensa." Ele sorriu para mim. "Prudence Katherine Pierce-Keller, a ninja viajante do tempo."

"Nooossa... muito engraçado." Eu ri e depois fingi um olhar irritado. "Lawrence Alma Coleman III claramente gosta de viver perigosamente."

O sorriso de Trey permaneceu por um momento, e então seus olhos ficaram sérios. "Não, Kate, na verdade, não", disse ele. "E eu acho que ficaria mais feliz se você também não precisasse viver perigosamente."

∞

As semanas subsequentes seguiram um padrão. Passei minhas manhãs lendo os diários de missão que pareciam os alvos mais prováveis para a morte de Katherine. Na parte da tarde, eu me concentrava na memorização dos pontos estáveis, e ao final do segundo dia comecei a tentar visualizar pontos estáveis locais enquanto segurava a chave CHRONOS. Nas ocasiões em que consegui manter o foco firme, dei conta de enxergar um display holográfico. Se eu movimentasse os olhos com cuidado, o medalhão captava meus movimentos e eu conseguia ajustar o display digital para definir uma data e um horário.

Em uma semana eu fiquei muito boa em localizar pontos estáveis específicos e até mesmo em definir os horários no display. Também aprendi a definir uma nova localização — nesse caso, dois pontos dentro da casa —, embora isto não fosse, dissera Connor, algo que você fosse querer fazer, a menos que tivesse certeza de que tais pontos fossem *permanecer* estáveis. Caso contrário, você poderia se materializar num poço de elevador vazio ou no meio de uma rodovia movimentada.

Katherine disse que eu estava fazendo um progresso incrível, mas eu mesma achei frustrantemente complicado manter o foco com o medalhão. No início, enquanto o segurava, eu me flagrava repetindo o que tinha acontecido na cozinha, quando meu pai estava lá — passei zunindo por uma série de cenas, sobrecarregada pelos estímulos sensoriais e pela clareza absoluta do que eu parecia estar vendo e ouvindo. Em várias ocasiões eu me vi novamente no campo com Kiernan. Vê-lo, sentir a pele quente sob meus dedos, era francamente irritante, por isso quando a cena aconteceu larguei a chave CHRONOS imediatamente e resolvi fazer alguma outra tarefa.

E muito embora provavelmente fosse algo irracional, com o passar dos dias percebi que estava me sentindo desleal e um pouco brava comigo mesma quando o rosto de Kiernan aparecia. As visitas de Trey eram a única coisa pela qual eu ansiava, principalmente quando Katherine e Connor eram inflexíveis quanto ao fato de eu sair de casa no momento. Trey vinha em quase todos os finais de tarde e nos fins de semana também, e aí a gente fazia o dever de casa dele ou ele trazia DVDs. Não havia TV na casa, então pedíamos pizza e assistíamos aos filmes no meu quarto, no computador — pelo menos Katherine não era uma puritana e sempre nos dava um pouco de privacidade. Mesmo Daphne começou a relaxar um pouco a esse respeito.

Trey era divertido, inteligente e bonito — tudo o que eu teria procurado num namorado. (Embora, tal como uma vozinha na minha cabeça muito parecida com a de Charlayne apontava, eu raramente dava uma segunda olhadinha em caras com cabelos tão curtos como os de Trey.) Era maravilhoso poder me enroscar ao lado dele, assistindo a *Homens de Preto* e a Inigo Montoya em sua luta canhota no topo dos Penhascos da Loucura, ou rindo de Shrek e do Burro, ou de alguma comédia boba que Trey tinha alugado. Ele estava nitidamente escolhendo filmes que achava que fossem me fazer sorrir e, pelo menos por um curto período de tempo, me ajudassem a fugir da minha realidade atual. Eu finalmente satisfiz a curiosidade dele a respeito das minhas habilidades de caratê, derrubando-o — depois de arrumar uma pilha de almofadas e de me certificar que Daphne não estava por perto para se opor. E depois do golpe Trey me puxou para ele, quando tentei ajudá-lo a se levantar, e descobriu meu ponto fraco — cócegas nos pés.

Se não fosse pela ansiedade por causa dos saltos experimentais que se aproximavam rapidamente ou pela dor e vazio que eu sentia toda vez que pensava nos meus pais, eu estaria muito feliz. E havia também o medo corrosivo toda vez que eu via Trey indo embora em seu carro — o temor de ele jamais voltar, de haver mais uma mudança temporal e ele nem sequer se lembrar do meu nome.

Tudo isso — a felicidade, o medo, tudo — dava uma saudade de Charlayne. Na minha vida anterior, ela estaria me mandando uns cinco torpedos por dia para saber como as coisas estavam indo com Trey e me deixando a par sobre os caras com quem ela estaria saindo, cogitando sair e/ou planejando dispensar. Eu havia me acostumado a utilizá-la como uma caixa de ressonância para minhas ideias. Conversar com ela sempre me deixava mais forte e mais capaz, e com tanta coisa em risco, eu realmente necessitava desse tipo de apoio.

Uma noite, depois que Trey saiu, levei o laptop para a cama e me acomodei, abrindo o Facebook para poder olhar a página de Charlayne. Eu sabia que apenas "amigos" poderiam visualizar algumas seções, mas algumas das fotos dela eram públicas. Imaginei que ia me sentir melhor só de ver o sorriso dela.

A página de Charlayne não estava lá, no entanto, e isso me deixou confusa. Ela havia aberto a conta no Facebook cerca de um ano antes de eu ser transferida para Roosevelt, e foi ela quem me convenceu a começar a postar também. Se esta última mudança temporal tinha sido rastreada adequadamente, conforme Connor dissera, então a única coisa que deveria ter mudado na vida de Charlayne era que ela e eu nunca chegamos a nos conhecer — o que significava que sua página ainda deveria estar ativa.

Procurei Charlayne Singleton no Google, bem como seu endereço. Nada. Removi o endereço da barra de buscas e digitei Roosevelt High School. Nada ainda, então resolvi tentar o mesmo com o irmão dela, Joseph. Ele tinha praticado três esportes no ano anterior, quando estava no último ano, e seus pais tinham um álbum cheio de recortes de jornais numa mesa só pra isso na sala de estar. Charlayne se referia ao local sarcasticamente como Santuário do Joseph, mas o pai dela dizia que ela sempre era a voz mais evidente a torcer para ele das arquibancadas.

Apareceram vários resultados para Joseph Singleton na região de Washington — a maioria relacionado a esportes, mas não em Roosevelt. Foi o penúltimo link ao pé da página, no entanto, que chamou minha atenção — um anúncio de casamento no *Washington Post*. "Joseph Singleton, Felicia Castor." O casamento foi realizado em fevereiro, no templo cirista da Sixteenth Street, a mesma igreja onde eu tinha ido com Charlayne alguns meses antes. Examinei o artigo e vi que os pais de Felicia eram membros do Templo desde crianças — nenhuma surpresa aí —, mas a frase seguinte foi um choque. "Os pais do noivo, Maria e Bernard Singleton, são membros do Templo desde 1981."

Havia um retrato da festa de casamento abaixo do texto. Joseph, alto e bonito em seu smoking branco resplandecente, sorrindo alegremente para a câmera, abraçado à sua noiva. Havia três madrinhas, cada uma segurando um pequeno buquê junto ao peito. O rosto ao final chamou minha atenção e cliquei na foto para ampliar. O sorriso dela estava mais deprimido do que o sorriso espontâneo e exuberante que eu esperava ver em sua página no Facebook, mas definitivamente era Charlayne — com as pétalas cor-de-rosa da flor de lótus nítidas e distintas na mão esquerda.

Meu primeiro teste de salto correu bem, muito embora eu estivesse apavorada. Defini dois pontos estáveis dentro da casa — um na biblioteca, que foi meu ponto de partida, e outro na cozinha, meu destino. Eu tinha planejado fazer meu primeiro salto a partir da biblioteca até a cozinha por volta de meio-dia, durante meu almoço, mas Katherine sugeriu evitar situações onde eu pudesse encontrar comigo mesma.

"Por quê?", perguntei. "O que acontece se eu esbarrar comigo mesma? Será que isso interrompe o contínuo espaço-tempo ou algo assim?"

Katherine riu. "Não, querida", disse ela. "É só que é muito complicado para seu cérebro. Eu aguardaria um pouco mais pra isso, até você estar mais acostumada ao processo. Não é algo que você vai querer fazer regularmente, de qualquer forma, e nunca por mais de um minuto ou coisa assim. Você precisa conciliar dois conjuntos conflitantes de lembranças e isso sempre me causou uma dor de cabeça danada. Saul *alegou* não ter tido nenhum problema com isso, mas todo mundo que conheci temia o teste no qual precisávamos retornar no tempo e engatar uma conversa com nosso eu do passado. Fomos avisados de que ficaríamos totalmente inutilizados durante horas mais tarde, e eles estavam certos — uma verdadeira sobrecarga sensorial. Ouvi algumas histórias sensacionalistas sobre os primeiros dias na CHRONOS, quando estavam testando os limites do sistema. Algumas pessoas ficaram um tanto... *desvairadas*, por assim dizer, ao tentar conciliar o equivalente a muitas horas de memórias conflitantes. Uma menina teve de ser internada. Muito desagradável."

Aquilo soou quase tão ruim quanto interromper o contínuo espaço-tempo, sendo assim, descartei todas as possíveis ideias que envolvessem sentar-me para uma longa conversa comigo mesma. Optei por retroceder umas três horas, mais ou menos 11h45, quando Connor entrou na cozinha para preparar um sanduíche. Eu estava tão tensa que levei quase um minuto para visualizar a cozinha e uns trinta segundos ou mais para definir o horário de chegada. Assim que consegui travar o pensamento, segui o conselho de Katherine e pisquei, segurando a imagem da cozinha na mente. Quando abri os olhos de novo, eu já estava na cozinha. Connor estava perto da geladeira, empilhando presunto numa fatia de pão integral. O relógio da cozinha marcava meio-dia e quinze.

"E o que *você* está olhando?", perguntou ele, inspecionando a própria camisa, como se à procura de mostarda ou maionese derramada.

Sorri para ele e depois me concentrei novamente no medalhão, visualizando o ponto estável que eu tinha determinado, perto de uma das janelas da biblioteca. A imagem era nítida o suficiente para me permitir enxergar o reflexo de Katherine no vidro, olhando para o ponto de onde eu tinha acabado de embarcar. Concentrei-me para mentalizar o visor do tempo, que marcava meu horário de partida, mais cinco segundos. Pisquei, como antes, e abri os olhos para flagrar Katherine alguns passos à minha frente, com um sorriso exultante.

"Jamais pensei que veria alguém fazendo isso de novo." Havia lágrimas em seus olhos quando ela me abraçou. "Você sabe, Kate... talvez tenhamos apenas uma oportunidade."

∞

Na manhã seguinte, quando eu estava lendo mais registros do diário de Katherine, percebi que estávamos tomando o rumo errado na tentativa de definir a data do assassinato dela. "Por que simplesmente não assistir aos locais de salto na referida época durante alguns minutos, pouco antes da chegada prevista de Katherine? Começamos com os últimos saltos, e o primeiro no qual ela aparece — esta teria de ser a viagem na qual ela foi assassinada, certo? Porque ela não estaria viva para fazer nenhum salto depois disso."

Connor e Katherine se entreolharam de um jeito divertido. "Agora que temos alguém que é capaz de fazer o maquinário da CHRONOS funcionar, esta é uma excelente ideia", disse Katherine. "Desta vez, éramos *nós* que estávamos pensando muito linearmente, acho."

Katherine não havia incluído o horário de chegada na lista de datas impressas, então Connor retornou aos diários a fim de trazer tal informação, parando de vez em quando para pegar um pretzel na tigela de plástico transparente ao lado de seu teclado. Eu não sabia o que era mais surpreendente — que Connor fosse tão magro, apesar de estar sempre mastigando, ou que o teclado dele continuasse a funcionar apesar da variedade de migalhas amparadas entre as teclas.

Quando ele terminou a lista, dei uma olhada e notei que várias das datas estavam repetidas ou sobrepostas. "Por que as mesmas datas repetidas aqui?"

Katherine deu de ombros. "Havia um monte de coisas acontecendo. Às vezes, uma reunião realizada numa ponta de um recinto entrava em conflito com outra coisa que precisávamos observar — especialmente em saltos nos quais Saul e eu viajávamos em dupla ou onde estávamos coletando informações para outro historiador. Fizemos muito disso em Chicago porque éramos peritos na Exposição Universal e praticamente todo mundo que estudava a história norte-americana — política, literatura, música, ciência, qualquer coisa — tinha alguém ou alguma coisa que queria que a gente observasse. Por exemplo... Você já ouviu falar de Scott Joplin?"

Assenti. "Um pianista, certo? Ragtime?"[1]

"Isso mesmo", disse ela. "Richard — você se lembra, o amigo que trocou de lugar comigo naquele último salto? Bem, ele tinha informações de que Joplin liderava uma banda numa boate de Chicago na mesma época da Exposição Universal, mas não havia detalhes. Ele teria que gastar muito tempo se preparando para uma viagem a 1890, mas era mais simples pedir a mim e a Saul para dar uma olhadinha, fazer uma viagem curta até lá para ouvir Joplin e retornar com uma gravação para Richard analisar. Também coletei alguns dados para um colega que estudava assassinos em série — havia um bastante sórdido à espreita de mulheres jovens durante a Exposição Universal. Também peguei um folheto que anunciava o Colored American Day[2] na feira para alguém que estudava as relações raciais."

Ela fez uma careta. "Essa foi bem interessante — os líderes da Exposição Universal concluíram que seria uma boa ideia distribuir melancias para comemorar a ocasião. Frederick Douglass estava lá

---

1   O ragtime é considerado o primeiro gênero musical autêntico norte-americano. Teve seu pico de popularidade entre 1897 e 1918. [NT]

2   O Dia Americano das Pessoas de Cor (em tradução livre) foi uma resposta ao protesto liderado por Ida B. Wells contra a segregação racial apontada na Exposição Universal de 1893, onde os negros podiam trabalhar, mas não participar do evento, de acordo com o BlackAmericaWeb.com. [NE]

representando o Haiti — ele era cônsul-geral do citado país no momento. Digamos apenas que ele *não* achou graça."

Eu gargalhei. "Imagino que não. Mas não era meio arriscado ter várias versões de si vagando no mesmo lugar?"

"Na verdade, não", explicou ela. "Havia milhares de visitantes todos os dias, então contanto que permanecêssemos longe da área onde os nossos eus do passado estavam trabalhando, de fato não havia muita chance de alguém flagrar os dois juntos. O setor de figurino e maquiagem da CHRONOS também era incrível. Em determinada ocasião eu me vi atravessando a rua, e nem percebi que era eu até estar na metade do quarteirão. E nós geralmente nos mantínhamos muito discretos, observando, mas sem interagir muito — bem, eu me mantinha discreta, de qualquer modo. Saul obviamente começou a pensar de outra forma perto do fim."

O último salto antes de Saul sabotar o sistema foi para Boston, em 1873, quando ele e Katherine haviam brigado. Houve um ou dois outros saltos para Boston, mas a maioria dos vinte e dois saltos anteriores foram todos para Chicago, em diversos pontos durante o ano de 1893.

"A Exposição Universal foi em 1893, certo?" Peguei o diário de bordo de pontos estáveis e comecei a rolar para baixo, começando pelos últimos registros da lista. "Acho que vai ser em uma dessas datas. Afinal de contas, foi o diário de 1890 que foi roubado no metrô."

Comecei com Boston, no entanto, uma vez que tais saltos foram os dois últimos que Saul e Katherine fizeram juntos. Havia dezessete pontos estáveis listados na região de Boston, mas Katherine disse que ela e Saul só usavam aquele que ficava a algumas quadras do mercado Faneuil Hall. A localidade, como muitas outras, era um beco estreito. Visualizei o ponto estável e defini o horário para um minuto antes da chegada de Katherine: 04181873_06:47 — 18 de abril de 1873, às 6h47.

Um rato imenso apareceu em meu campo de visão depois de alguns minutos, o que meio que me assustou, e quase perdi o foco. Alguns segundos depois, no entanto, apareceu um homem — tão próximo que daria para ter contado as tramas no tecido de seu casaco preto. Quando ele se afastou, e seu rosto entrou parcialmente em exibição, ficou óbvio que era Saul Rand — com uma estatura acima da média, cabelo castanho-escuro, pele pálida e a mesma expressão intensa que eu tinha visto nos diários de Katherine. Sua barba era rente, sem bigode, e minha primeira impressão foi que meu avô era uma versão levemente mais baixa, mais bonita, porém não muito agradável de Abraham

Lincoln, embora tal impressão se devesse, pelo menos em parte, à cartola preta em sua cabeça. Katherine não estava com ele.

Saul virou-se abruptamente em minha direção, e respirei fundo quando seus olhos, semicerrados e penetrantes, olharam quase que diretamente nos meus, como se ele soubesse que eu o estava observando. Finalmente expirei quando percebi que ele só estava examinando o beco para certificar-se de que havia chegado sem ser visto.

Tentei o penúltimo salto da lista e me vi num branco total. Ou o salto foi remarcado ou Saul não o fez, porque embora eu tivesse aguardado por alguns minutos, ninguém apareceu, nem mesmo meu bom amigo, o rato.

Como Katherine não tinha aparecido em nenhum dos saltos de Boston, cortei a cidade da lista e foquei em Chicago. Havia quatro pontos estáveis nos limites do parque onde ocorria a Exposição, e aquele utilizado para a maioria dos saltos era chamado de Wooded Island — uma área isolada, com sombras, videiras florais e vegetação exuberante. Dava para ver uma cabana de algum tipo a uns vinte metros de distância, com grandes chifres de animais espalhados do lado de fora e alguns bancos ao longo do caminho. Ninguém apareceu na primeira data que tentei, embora eu tenha visto, em meio à cobertura das folhagens que cercavam meu ponto de observação, algumas pessoas passeando pela calçada sob a luz da manhã.

Na tentativa seguinte, no entanto, acertei em cheio. Depois de mais ou menos quinze segundos de vigilância, minha visão foi subitamente obstruída por duas figuras. Enquanto elas se afastavam do ponto estável, notei que uma delas era Katherine. Imediatamente senti duas fortes emoções conflitantes — alívio por termos encontrado o horário correto e consternação porque logo eu teria de vestir algo parecido com o traje de época enfeitado que ela usava.

O homem alto do salto de 1873 estava ao lado dela. Ele abandonara a barba, substituindo-a por um longo bigode. Ele examinou os arredores rapidamente, do mesmo jeito que tinha feito no salto de Boston, e então segurou o cotovelo de Katherine para ajudá-la a passar na ligeira inclinação até a passarela. Ela levantou a saia de seu vestido cinza. Ele era arrematado com detalhes em roxo-escuro e a roupa era complementada por um pequeno chapéu com uma pena cor de lavanda ridiculamente grande. Quando os dois passaram pela cabana de madeira, um menino de cabelos escuros com seus oito ou nove anos surgiu lá de dentro, vassoura na mão, e começou a varrer as folhas que haviam se acumulado na passarela.

Olhei bruscamente para a esquerda a fim de desligar o display. A mudança visual abrupta de uma manhã de outono no parque para a cena interior da biblioteca, onde Connor estava debruçado sobre um computador e Katherine estava substituindo livros numa prateleira, foi um bocadinho desconcertante.

Peguei a lista e a coloquei na mesa, ao lado de Connor, batendo na data-alvo com a unha. "Achei. Chicago. Um salto de 3 de abril de 2305 para 28 de outubro de 1893. Parece que foi o único salto nessa data."

Connor assentiu no início, depois balançou a cabeça, apontando para um registro perto do topo da lista com um pedaço de um dos pretzels que ele vinha mastigando. "Sim, o único salto especificamente para o dia 28... mas veja, aqui tem uma viagem solo de dois dias, 27 a 29 de outubro, saindo de fevereiro de 2305."

"Ótimo", respondi, revirando os olhos enquanto eu afundava na cadeira perto da escrivaninha de Katherine. "Então vamos ter duas Katherines passeando pela feira para me confundir."

"Não sei do que você está reclamando", disse ele, dando mais uma mordida no pretzel. "Pelo menos *você* vai sair de casa um pouco."

Katherine pegou a lista das mãos de Connor. "Lembro-me daquelas viagens — tinha muita coisa acontecendo. A feira foi agendada para fechar no final de outubro, e ficou terrivelmente lotada de visitantes que tinham procrastinado a ida, mas não queriam perdê-la. Havia uma grande festa prevista para o último dia, com fogos de artifício e discursos, mas o assassinato acabou causando o cancelamento de tudo."

"Assassinato?", perguntei. "Ah, sim — você mencionou algo sobre uma série de homicídios na feira..."

"Não, não. Isso foi diferente. *Um* assassinato, na verdade."

"McKinley?"

Ela balançou a cabeça. "O presidente McKinley foi assassinado na Exposição Universal de Nova York, em 1901. Em 1893 o alvo foi o prefeito de Chicago, Carter Harrison. Um homem muito agradável... ótimo senso de humor. Saul e eu passamos a maior parte do dia com ele no segundo salto, e eu fiquei triste por pensar que ele estaria morto antes de o dia terminar." Ela parou por um instante, aí começou a folhear a pilha de diários sobre a escrivaninha. "Ah, certo. Este é o diário que Kate tinha no metrô. Espere um pouco, vai levar só um segundinho para acessar o arquivo com o backup."

Ela pegou o diário do topo da pilha e abriu, clicando em alguns botões para localizar o que precisava. "Tudo bem, aqui está. O salto de fevereiro foi para ver a reação ao assassinato e os últimos dias da feira — mais pesquisa geral para a CHRONOS do que parte da minha pauta de pesquisa individual. Pesquisa cultural do Meio Oeste, principalmente. Era um belo microcosmo, com trabalhadores do mundo todo se misturando a cidadãos de toda parte dos Estados Unidos que tinham vindo a Chicago em busca de emprego — a Exposição Universal ocorreu em meio a uma grande depressão econômica, sabe."

Ela riu. "Eu estava posando de articulista de uma revista de viagens — traje completo, com uma câmera Kodak enorme e pesada em volta do pescoço. Era chamada de câmera portátil na época, mas eu sempre ficava muito feliz em poder tirá-la ao final do dia. Câmeras eram a última moda, principalmente entre os frequentadores mais jovens — os mais velhos os chamavam de 'Demônios da Kodak', porque eles simplesmente saltavam na sua frente e tiravam fotos sem pedir permissão.

"Foi uma viagem divertida", acrescentou, "mas não muito agitada, pelo que me lembro. Entrevistei várias pessoas no Dahomey Village[2] e coletei algumas informações para um historiador criminal junto a uma garçonete no jardim da cerveja da Alemanha, a qual simplesmente desapareceu depois. Ele achava que ela pode ter sido uma das vítimas do assassino em série, mas jamais encontrei provas, de um modo ou de outro.

"O salto de abril", continuou, clicando na tela de novo, "foi desencadeado por um acontecimento que me chamou a atenção durante uma viagem anterior — o Dia das Cidades Norte-Americanas, quando cerca de cinco mil prefeitos de todo o país visitaram a Exposição. O prefeito Harrison estava programado para aparecer numa delegação de cinquenta prefeitos e seus respectivos cônjuges pela feira, antes de seu grande discurso no congresso de prefeitos naquela tarde. Um dos indivíduos neste seleto grupo foi a primeira prefeita mulher no país, Dora Salter, também líder da UTMC — União de Temperança das Mulheres Cristãs. Lei Seca? Antiálcool?"

---

[2] Dahomey Village, estande representativo das tribos africanas, uma das muitas atrações da Exposição Universal de Chicago. [NT]

Eu tinha uma vaga lembrança do projeto de história de alguém na nona série que relatara Carry Nation[3] atacando um bar com seu machado, então assenti.

"Salter não era mais uma prefeita ativa na época, e desconfio que alguém com um senso de humor duvidoso acrescentou o nome dela à lista de convidados", continuou Katherine. "Carter Harrison era bem conhecido pelo seu estilo galanteador para com as senhoras, mas ele era um bebedor inveterado e definitivamente *não* era a favor da pauta antivício da UTMC. Achei que pudessem haver algumas conversas interessantes entre os dois, então Saul e eu nos misturamos ao grupo, com Saul posando de prefeito de uma cidadezinha no Oregon e eu como sua esposa. Mas foi realmente um desperdício de tempo — Salter acabou se revelando um poço de timidez e os dois sequer conversaram depois que foram apresentados."

"É de se perguntar por que ela concorreu a um cargo público, se era tímida. Especialmente naquela época", acrescentei, "quando a maioria das mulheres nem sequer podia votar."

Katherine assentiu. "As mulheres podiam votar nas eleições locais do estado de Salter — Kansas —, mas na verdade ela não escolheu concorrer ao cargo. Alguns dos homens na cidade acrescentaram seu nome à votação como uma piada, e ficaram muito surpresos ao descobrir que a maioria das mulheres e alguns homens escolheram ela a outro candidato. Devo admirá-la por virar a mesa e de fato assumir o cargo ao ser eleita, mas aparentemente a extensão de seu ativismo pelos direitos das mulheres foi só até aí.

"Foi uma viagem muito decepcionante em geral", disse Katherine. "Embora eu finalmente tivesse conseguido dar um passeio na roda-gigante. A fila estava sempre muito longa quando eu fazia meus saltos solo, e Saul nunca se mostrava disposto a esperar por mim quando íamos juntos — ele morre de medo de altura. Desta vez, estávamos no grupo com o prefeito, no entanto, então fomos transferidos diretamente para a frente da fila. Muita gente resolveu esperar no chão, mas Saul não quis parecer um covarde. Então ele passou o tempo todo enjoado, quase vomitou e praticamente se jogou nos braços do vendedor de amendoim quando descemos", acrescentou, com um sorriso muito satisfeito.

---

[3] Carry Nation (1846-1911), norte-americana, membro radical do movimento de temperança; opôs-se ao álcool antes do advento oficial da Lei Seca. [NT]

∞

Com a data e a localização geral do assassinato de Katherine estabelecidas, mudamos nosso foco ao longo dos dias subsequentes a fim de me preparar — tanto física quanto mentalmente — para comparecer à Exposição. A parte física dos preparativos envolvia metros e metros de seda e renda, e um espartilho que detestei desde o primeiro momento em que ele foi entregue em casa. Katherine ainda tinha suas roupas do salto planejado para 1853, mas estavam desatualizadas em quarenta anos. Elas dificilmente serviriam numa época em que a moda mudava de acordo com os caprichos dos estilistas parisienses, muito embora levasse meses para as novidades de tais mudanças chegarem aos Estados Unidos, do outro lado do oceano.

"Então por que não podemos simplesmente esquecer tudo isso e me deixar ir vestida de atendente de bar?", perguntei. "Ou uma dessas dançarinas egípcias que vi nas fotos? Aquelas roupas pareciam muito confortáveis..."

Katherine fungou com desdém quando sentou em frente ao computador e abriu uma janela do navegador. "Você já leu o suficiente sobre essa era a ponto de compreender suas percepções de classe social, Kate. Você não faz ideia dos lugares onde vai precisar ir ou com quem vai precisar falar. Uma atendente de bar jamais poderia se aproximar do grupo com quem fiquei nesse dia sem chamar atenção desnecessária. Se estiver vestida como uma dama, você poderá se dirigir a qualquer pessoa, independentemente da sua classe social. O traje adequado abre portas..."

Katherine fez uma busca por imagens históricas de vestidos de 1890 e fiquei surpresa ao ver que havia revistas de moda daquela época disponíveis na internet. Uma publicação feminina chamada *The Delineator* ainda incluía dicas sobre como criar os vestidos, acessórios e penteados.

Uma designer de noivas local veio até em casa no dia seguinte para ajudar a criar meu traje. Ela arqueou uma sobrancelha bem cuidada diante da insistência de Katherine para que o vestido fosse reversível, com forro de cor diferente, e com dois bolsos escondidos, um no corpete do vestido e outro nas roupas de baixo.

Aquilo fazia sentido a partir da nossa perspectiva, uma vez que eu poderia precisar ficar mais um dia e não poderia caminhar livremente pela Exposição com a bagagem. Eu também precisava de acesso rápido à chave CHRONOS, e Katherine estava determinada em assegurar que eu tivesse um lugar para esconder um medalhão de reserva e algum dinheiro, só para garantir. No entanto, um vestido reversível com bolsos ocultos — fortemente revestidos para conter a luz do medalhão — fazia pouco sentido para uma festa à fantasia, história que contamos a título de disfarce. Depois de uma breve hesitação, a designer simplesmente assentiu, mostrando que era experiente o suficiente para não questionar os pedidos excêntricos de alguém disposto a pagar seus preços exorbitantes.

Meu papel na coisa toda foi ficar plantada impacientemente enquanto a assistente tomava minhas medidas, e depois tolerar os ajustes repetitivos, as espetadas de alfinetes e as advertências para ficar reta e parar de curvar as costas. O resultado foi um traje que, embora reconhecidamente à altura da moda de 1893, ia ser calorento, pesado e um verdadeiro tormento para usar.

Quando não estávamos envolvidos com as roupas, eu lia e relia os registros do diário de Katherine em busca de datas-alvo, memorizava mapas da Exposição e fazia uma varredura por dezenas de relatos históricos sobre as exposições, em especial a de Chicago da década de 1890. Além do material na biblioteca de Katherine, eu também pegava documentos na internet.

Em duas ocasiões diferentes, Trey alugou documentários sobre a exposição e sobre a Chicago do final dos anos 1800. Vários eram sobre a Exposição em si, e realmente traziam as imagens e histórias que eu vinha lendo há uma eternidade.

Um deles me deu arrepios, no entanto. Foi gravado como um filme de terror, mas na verdade era um documentário sobre Herman Mudgett, o assassino sociopata que Katherine tinha mencionado. Posando como dr. H.H. Holmes, um médico e farmacêutico, Mudgett matou dezenas, talvez até centenas de jovens mulheres durante o tempo em que morou em Chicago. Várias das vítimas eram mulheres com quem ele chegou a se casar ou a quem simplesmente seduziu por causa do dinheiro, mas a maioria delas eram completamente desconhecidas. Ele tinha o esquema perfeito — um prédio de sua propriedade perto da Exposição, o qual foi transformado no World's Fair Hotel, voltado para hóspedes do sexo feminino. Alguns dos quartos foram especificamente equipados para tortura; em outros casos, ele canalizava gás em quartos hermeticamente fechados e desprovidos de janelas através de pequenos orifícios na parede, e ficava observando por um olho mágico enquanto as mulheres asfixiavam. Aí ele jogava seus restos em poços de cal no porão e, em muitos casos, vendia seus esqueletos perfeitamente articulados às escolas de medicina a fim de obter um dinheiro extra.

Nós não chegamos a assistir a esse filme inteiro. Não sou grande fã de filmes de terror, mesmo os que mostram crimes reais, então tirei o DVD quando ficou claro que as três crianças pequenas de quem Mudgett estava cuidando para um sócio também não sobreviveriam. Passamos a hora seguinte assistindo a um documentário muito mais agradável sobre Jane Addams e seus esforços para ajudar os pobres de Chicago. Mas aí eu ainda estava tensa, então nós assistimos mais uma vez ao filme *A Princesa Prometida* para tirar minha cabeça dos assassinatos. E apesar de tudo isso, precisei dormir com a luz do banheiro acesa naquela noite.

A maior parte da história à qual li e assisti era a mesma entre as duas linhas do tempo, com exceção de algumas referências a líderes ciristas que, assim como os líderes de todas as outras grandes religiões, compareceram ao Parlamento Mundial das Religiões da Exposição no final de setembro. E havia algumas outras peculiaridades, como uma foto de um Mark Twain sorridente aderindo ao passeio de balão com várias jovens dançarinas egípcias — embora Twain, de acordo com os livros de história de Katherine da linha do tempo pré-cirista, tivesse caído doente à sua chegada em Chicago e jamais tivesse deixado seu quarto de hotel.

Muito embora eu não fosse apaixonada por história, achei a leitura mais interessante do que eu teria imaginado. Assemelhava-se menos à pesquisa e mais à leitura de um guia turístico numa preparação para as férias vindouras, ainda que aquela não fosse exatamente uma viagem que eu teria escolhido.

Eu também estava trabalhando no aspecto prático das coisas, aperfeiçoando os saltos curtos dentro de casa, com o medalhão. Agora eu conseguia me concentrar num ponto estável e acertar o display em menos de três segundos. Até cheguei a me exibir para Trey algumas vezes, aparecendo no saguão no momento em que ele chegava para lhe dar um beijo breve, e então retornando para a biblioteca.

Também defini um ponto estável extra na sala de estar e confirmei que eu conseguia, conforme Katherine tinha suspeitado, saltar do ponto A ao ponto B e então ao ponto C sem retornar ao ponto A primeiro. As restrições que limitavam os historiadores da CHRONOS a saltos de ida e volta eram uma característica de segurança exigida pela sede, e não algo programado no medalhão. Ao contrário de Saul, de Katherine e dos outros tripulantes originais da CHRONOS, eu era capaz de viajar quando e para onde eu escolhesse, presumindo a existência de um ponto estável nas proximidades. Nós também *desconfiávamos* que eu pudesse viajar de volta a um ponto estável conhecido a partir de um local que não tivesse sido previamente definido como ponto estável, embora Katherine não tivesse se mostrado disposta a me usar como cobaia para testar tal possibilidade. Connor não conseguia pensar em quaisquer razões lógicas que impedissem isso de funcionar, mas Katherine insistia que devíamos considerar este caso como um último recurso, uma espécie de saída de emergência.

O teste seguinte, antes de tentar um salto de longa distância, fosse geográfico ou cronológico, foi um pequeno salto para um ponto estável local. A localidade mais próxima e facilmente acessível no sistema CHRONOS era o Lincoln Memorial — à esquerda da cadeira de Lincoln, fora da área isolada aos visitantes, numa seção um pouco obscurecida pelas sombras. Estava listado como um ponto estável entre 1923 e 2092. Fiquei novamente tentada a perguntar a Katherine exatamente o que acontecia em 2092, mas eu desconfiava que ainda ouviria um "não é da sua conta" como resposta. O memorial era vigiado por funcionários entre oito da manhã e meia-noite — e também era mais propenso a ter visitantes durante tais horários —, sendo assim concluímos que uma chegada à uma da madrugada seria uma aposta segura. Katherine e Connor estavam preocupados que, nesse início do treinamento, eu pudesse chegar lá e depois tivesse dificuldade para travar o local de retorno, de modo que Trey se ofereceu para estar lá para me dar carona para casa, só para garantir.

Minha partida foi agendada para a sexta-feira às 23h. Trey estava na biblioteca quando saí. Ofereci-lhe um sorriso imenso e corajoso, e disse: "À uma da manhã, no Lincoln Memorial. Não me deixe esperando, ok?"

Ele apertou minha mão e respondeu, com um largo sorriso: "Nosso primeiro encontro romântico fora de casa? Estarei lá, não se preocupe."

Katherine comprimiu os lábios firmemente, os olhos ansiosos. "Nada de demorar, Kate. Estou falando sério. Volte direto para cá, ok?"

"Ela vai voltar", disse Trey. "Só estamos brincando. Nada de riscos desnecessários, prometo."

Ela assentiu bruscamente e se voltou para mim. "Você não precisa estar exatamente no mesmo ponto quando estiver saindo de lá, pois a chave tem um alcance razoável, mas fique o mais perto possível."

Soltei a mão de Trey e visualizei o ponto estável. Eu vinha praticando aquela localidade o dia todo, e tinha visto centenas de visitantes subindo os degraus para o memorial, tirando fotos e filmando, mas agora eu tinha um degrau de vantagem, exibindo o display de tempo e travando meu horário de chegada apenas selecionando as opções com o olhar e piscando uma vez. Era quase como um clique de mouse, embora eu me perguntasse o que aconteceria caso caísse um cisco no meu olho bem no meio da seleção. Olhei para o padrão final, respirei fundo e pisquei.

Uma brisa morna da noite me informava que eu tinha chegado antes mesmo de abrir os olhos. Depois de examinar ao redor por um minuto, vi Trey encostado numa das colunas próximas. Ele estava segurando um saco de papel pardo e um refrigerante grande.

Fui até ele, respirando profundamente. "Hum, que delícia... sinto cheiro de anéis de cebola fritos."

"Isso mesmo", respondeu ele. Eu tinha confessado alguns dias antes que eu sentia muita, muita falta dos anéis de cebola do O'Malley's, a lanchonete da vizinhança, onde eu e mamãe costumávamos comer nos fins de semana.

Sorri e fiquei na pontinha dos pés para beijá-lo. "Obrigada. Mas você está me mimando, sabia? E tenho dois minutos — aí preciso voltar. Não que Katherine tivesse como saber", admiti, "mas nós prometemos."

Ele colocou o saco e o refrigerante nos degraus e me puxou para seus braços. "Eu sei, eu sei. Vamos comer depressa, vou fazer você dividir estes anéis de cebola comigo. Eu até trouxe uma bala de menta, então se você conseguir comer sem fazer muita bagunça, para variar..." — Ele riu quando bloqueou meu soquinho com o braço — "...*e* se você evitar respirar na cara deles quando voltar, nosso segredo estará a salvo".

Estava uma noite linda, e o brilho romântico das luzes e do espelho d'água me faziam desejar que pudéssemos fazer coisas corriqueiras como esta o tempo todo. Cada vez mais eu me sentia como alguém sob quarentena.

Trey aparentemente estava no mesmo clima. "Pena que não podemos fazer isso mais vezes. Principalmente no seu aniversário, no próximo fim de semana..."

"Como você sabe que meu aniversário é neste fim de semana?" Eu tinha evitado pensar na data de propósito, sabendo que só ia servir para me fazer pensar nos meus aniversários anteriores, em mamãe, papai e em tudo o mais do qual eu sentia tanta saudade.

Ele me deu um sorriso malicioso. "Tenho meus meios. Acha que Katherine nos daria uma licença temporária para uma saidinha de uma noite?"

Suspirei. "Acho que nós dois sabemos a resposta para isso. Esta provavelmente será nossa única noite fora durante um bom tempo, a menos que você queira vir comigo para a Exposição Universal...?"

"Chicago provavelmente seria legal", disse ele. "Mas no ano de 1893 pode ser um problema."

"Verdade", admiti.

Hesitei por um momento, pegando mais um anel de cebola do pacote. Tinha uma coisa que eu realmente queria saber— e uma pessoa que eu sentia que precisava ver — antes de fazer a viagem a Chicago.

"Talvez você pudesse me levar à igreja, em vez disso?"

"Hein?" Trey gargalhou por um momento e depois parou. "Ah. Charlayne, é?"

Assenti. "Ela não é o único motivo, mas sim, quero vê-la." Eu me virei para ele. "Eu também quero ver o que eles estão tramando, Trey. Os ciristas. Quero dizer, agora, minhas principais motivações para mudar esta linha do tempo são pessoais — ter meus pais de volta e poder sair de casa sem essa porcaria de medalhão. Mas Katherine e Connor parecem achar que os ciristas são..."

"Malvados?", perguntou ele.

"Isso. Acho que esse é o termo certo. Tudo bem, só fui a *um* culto no Templo cirista até hoje, e isso foi antes da última mudança temporal, mas eu simplesmente não enxerguei o lugar assim. E além disso, não posso dizer que sou totalmente a favor da ideia de um futuro onde muitas das decisões mais importantes que você toma na vida são definidas enquanto você ainda é um embrião."

"Eu sei", falou ele. "Entendo por que eles fazem isso, mas isso não deixa muito espaço para a escolha individual, não é?"

"Não, não deixa. Não duvido que os métodos de Saul sejam perversos — tipo, ele claramente matou Katherine para armar tudo isso —, mas o que acontece num panorama mais amplo? Sinto que há muita coisa que não entendo. E se os ciristas são tão podres como Connor e Katherine acreditam que sejam, acho que quero ter uma ideia mais precisa daquilo que estou combatendo."

Trey pensou por um minuto, aí assentiu, dando um apertozinho nos meus ombros. "Quando e onde? Costuma ocorrer algum evento nos templos na maioria dos dias, mas os cultos principais acontecem nas manhãs de domingo, certo?"

"Isso. Dá para você me buscar aqui lá pelas sete, antes de os guardas chegarem? Se eu for pega... escapulindo, vou agir como se estivesse praticando um salto curto. Já faço isso o suficiente para Katherine não desconfiar. E já estive no templo da Sixteenth Street, então estou pelo menos um pouco familiarizada com o layout do lugar."

"Por que você precisa conhecer o layout?", perguntou ele, com um olhar desconfiado.

Dei de ombros. "Bem... *Principalmente*, eu quero ver Charlayne e *provavelmente* vou só fazer algumas perguntas, mas eu poderia precisar... investigar um pouco. Sei lá. Estou improvisando."

Trey franziu a testa de leve e em seguida inclinou a cabeça para mordiscar minha orelha. "É um belo improviso. Vamos apenas ter esperanças de que esse improviso não te meta em encrenca. Aqueles dobermanns parecem famintos."

Dei-lhe uma cotovelada. "Eles não mantêm os cães de guarda à espreita durante os cultos, bobo. Mas se você está preocupado, vamos levar um pouco dos biscoitos de Daphne para suborná-los."

Os anéis de cebola agora tinham sido reduzidos a meras migalhas saborosas no fundo do saco. Dei um beijo de despedida em Trey e coloquei a bala na boca enquanto caminhava de volta para o local perto da cadeira de Lincoln. "Vejo *você* de novo daqui a um segundo", falei, visualizando o ponto estável na biblioteca com o medalhão. "Mas você só vai *me* ver amanhã à noite no jantar, então dirija com cuidado, ok?"

Agora que eu não estava mais tensa, acessei o destino rapidamente, e quando abri os olhos eu estava de volta à biblioteca, onde Trey, Katherine, e Connor estavam me encarando com expressões ligeiramente ansiosas.

"Lincoln mandou lembranças", brinquei, com um sorriso.

Alguns minutos depois, acompanhei Trey até a porta, já que ele ainda precisava atravessar a cidade para o nosso encontro.

"Incrível", disse ele quando lhe dei um beijo de boa-noite e coloquei a última balinha de hortelã em sua boca usando minha língua. "Você tá com gosto de anéis de cebola mentolados. Eu ia te fazer uma surpresa, mas agora não parece mais uma surpresa."

"Foi muito legal da sua parte e *vai* ser uma surpresa. Ou *foi* uma surpresa", consertei. "Pode escolher."

No sábado, Trey saiu por volta das dez horas, um pouco mais cedo do que suas saídas habituais nos fins de semana. Eu queria que ele tivesse uma boa noite de sono, já que ele me buscaria bem cedo na manhã seguinte, no Lincoln Memorial. Tenho um perfil mais corujinha, por isso para mim seria mais fácil "escapulir" quando Katherine e Connor estivessem dormindo, então planejei ir para a cozinha por volta de meia-noite. Teria sido mais seguro fazer o salto do meu quarto, mas eu estava relutante em acrescentar mais um ponto estável à lista. Eu não tinha certeza de como excluí-los e realmente não queria chamar atenção perguntando.

Eu sempre me flagrava esquecendo de que meu armário e minha cômoda não possuíam o mesmo conteúdo que os do meu antigo quarto, por isso só pouco depois que Trey saiu foi que me ocorreu que eu não tinha "roupas de igreja". Selecionei dentre as poucas peças que eu havia encomendado pela internet e escolhi a camisa mais arrumada, uma túnica floral soltinha, além de uma calça jeans preta ajustada. Meus únicos sapatos, além de um par de tênis e um par de chinelos, eram as sapatilhas pretas que eu tinha usado na última ida à escola. Não consegui remover totalmente a marca onde Simon havia pisoteado, no metrô, mas teria que servir.

Passei um pouco de maquiagem e pus brinquinhos de argola dourados, aí prendi as laterais do cabelo com um pregador cor de pêssego combinando com a blusa. A versão de bolso do *Livro de Cyrus* que eu tinha encomendado algumas semanas antes estava na mesa de cabeceira, mesmo lugar onde eu tinha deixado na noite anterior. Aquele era um dos dois documentos principais da fé cirista — o outro, o *Livro da Profecia* no qual Connor tanto queria colocar as mãos, era um documento interno disponível apenas para membros do alto escalão. A Igreja Cirista Internacional era muito protetora dos direitos autorais de seu *Livro da Profecia*, por isso os poucos membros descontentes que vazaram trechos da obra na internet ou em denúncias sobre líderes da seita se viram em meio a processos judiciais onerosos. Em todos os casos, os Templários venceram.

O *Livro de Cyrus*, por outro lado, teria perdido qualquer batalha ligada a direitos autorais, não fosse pelo fato de as fontes bíblicas plagiadas em seu conteúdo já estarem em domínio público. O volume curto era uma mistura de citações da Bíblia, do Alcorão e de outros textos religiosos, com algumas ideias originais acrescentadas aqui e ali. Achei muito mais eficaz do que um comprimido para dormir — cinco minutos de leitura e minhas pálpebras começaram a fechar.

Meti o livrinho no bolso de trás da calça jeans, coloquei a chave CHRONOS dentro da túnica e examinei meu reflexo no espelho. Pelo que eu me lembrava do culto que havia acompanhado com Charlayne, eu jamais seria confundida com um cirista devoto — tendo ou não a tatuagem de lótus —, mas eu estava apresentável o suficiente para me passar como uma convertida em potencial.

No último minuto, virei-me para trás. Eu tinha me acostumado a enxergar o brilho azul do medalhão através do tecido das minhas roupas nas raras ocasiões em que me aventurei para além da zona protegida, mas ocorreu-me que eu poderia encontrar outras pessoas capazes de enxergar a luz da chave uma vez que estivéssemos no templo. Tirei a túnica e comecei a vestir um monte de blusas por cima. As duas primeiras eram finas e eu ainda conseguia ver o brilho muito nitidamente. Peguei uma terceira no cesto de roupas sujas e vesti, e então finalmente arrematei com uma camiseta preta — praticamente todos os itens no meu limitado guarda-roupa. Quando terminei, eu ainda conseguia detectar um brilho azul muito fraco, porém mascarado pela estampa floral da túnica, então concluí que teria de servir.

Escapulir sorrateiramente parecia errado. Eu nunca havia burlado nem o toque de recolher, muito embora quase tenha feito isso uma vez depois de uma festa na casa de um dos primos de Charlayne. Se Katherine ou Connor me vissem descendo, não seria grande coisa — geralmente eu gostava de fazer um lanchinho de madrugada, mas nunca totalmente arrumada e maquiada. Mantive todas as luzes apagadas e ainda estava tensa quando cheguei à cozinha. Minhas mãos tremiam um pouco quando visualizei o Lincoln Memorial, travando o local e definindo o horário para umas sete horas mais tarde.

Trey estava aguardando no mesmo lugar que da última vez. Estava bem bonito, usando camisa azul-escura e calças cinzas.

"O quê, sem anéis de cebola?"

"Planejei coisa melhor", disse ele com um sorriso. "Os cultos só começam a partir das onze, e sei que as habilidades culinárias de Katherine e Connor são... bem, limitadas." Dito daquela forma, era uma gentileza — nas poucas ocasiões em que Trey comera uma refeição completa na casa de Katherine, eu havia cozinhado. "Então... o que a aniversariante diria de um verdadeiro café da manhã caseiro onde ela não teria de cozinhar?"

Fiquei desapontada.

"Ah, Trey... Não acho que devíamos. E se..." Não é que eu achasse que tomar café na casa dele aumentaria minhas chances de ser pega — mas eu estava apavorada diante da ideia de conhecer a família dele, e pelo olhar de Trey, ele sabia exatamente o que eu estava pensando.

"Papai vai te adorar. Não fique tão assustada. É tarde demais para telefonar e cancelar, porque Estella já está cozinhando. E você não vai querer cancelar, de qualquer forma — os *huevos divorciados* dela são *muy deliciosos.*"

"Ovos divorciados?" Meu espanhol não era tão bom quanto o de Trey, mas eu tinha certeza de que ele havia falado isso mesmo.

"Você vai ver", disse ele, rindo.

∞

Estella tinha bem menos de um metro e meio de altura e era bem rotunda, com cachos ruivos vívidos que claramente não eram parte da paleta de cores nativa de sua Guatemala. Ela me avaliou com agilidade quando abriu a porta e, depois de um julgamento aparentemente completo, abriu um sorriso enorme e me puxou para um abraço.

"Lars está no chuveiro — domingo é o único dia no qual ele dorme até mais tarde —, mas ele não vai demorar. Lamento que a mãe de Trey não esteja aqui para acolhê-los, mas vou fazer isso por ela. Quando ela voltar do Peru, vai ficar tão feliz em conhecer a jovem que fez seu bebê sorrir."

O rubor de Trey à declaração combinou com o meu, e Estella riu, levando-nos até a grande cozinha amarela. Fiquei aliviada que o café seria uma ocasião informal na cozinha, e não à mesa de jantar comprida e cerimoniosa que vislumbrei do saguão de entrada. Estella nos colocou para trabalhar arrumando a mesa e cortando frutas enquanto ela se revezava entre a geladeira e o fogão, espantando Dmitri (que claramente estava procurando seu café da manhã) do caminho e me fazendo um fluxo constante de perguntas enquanto trabalhava. Respondi do melhor jeito que pude, juntando pedaços da minha vida antiga (mãe, pai e Briar Hill) e da nova, incluindo Katherine e Connor.

Quando o café da manhã ficou pronto, Estella já tinha conseguido fazer Trey corar mais três vezes. Ouvi histórias sobre seus primeiros passos e um encontro incomum com a fada do dente quando ele tinha seis anos, e Estella tinha acabado de me contar sobre Marisol, a primeira garota por quem ele desenvolvera uma quedinha — "Nem de longe bonita como você, *cariño*" —, quando ela interrompeu a história para cumprimentar o pai de Trey. "Sente-se, *mi hijo*. Vou trazer seu café."

O sr. Coleman era quase tão alto quanto o filho. Ele tinha o cabelo mais escuro, mas ficou imediatamente óbvio de onde Trey tinha herdado o sorriso. Os olhos cinzentos também eram iguais, talvez ligeiramente distorcidos pelos óculos de armação escura do pai, os quais o faziam se assemelhar um pouco a uma versão mais velha de Rivers Cuomo, vocalista da banda Weezer. "Kate!", disse ele, o sorriso se abrindo um pouco mais. "Fico feliz em ver que você é de verdade. Eu estava começando a pensar que Trey tinha inventado uma namorada para evitar que Estella jogasse as meninas da igreja dela em cima dele."

"Ha. Muito engraçado, *mi hijo*." Estella lhe entregou um prato de *huevos divorciados* — dois ovos, um deles coberto com molho verde e outro com molho vermelho. Trey estava certo; eram deliciosos. Na verdade, o café da manhã todo estava tão bom, e Estella foi tão insistente para comermos mais e mais, que fiquei espantada por Trey conseguir morar ali e se manter magro.

Nós quatro ficamos num bate-papo durante alguns minutos enquanto nos concentrávamos na nossa comida, até que o sr. Coleman me surpreendeu com uma pergunta mais direta: "Bem, pelo que entendi vocês vão sair esta manhã para um trabalho investigativo?"

Lancei para Trey um olhar assustado e ele se adiantou para explicar: "Falei para o meu pai que você está preocupada com o súbito interesse de Charlayne pelos ciristas."

A expressão de Estella deixava pouca dúvida sobre sua opinião a respeito daquele assunto. "Você é uma boa amiga por estar preocupada, *cariño*. Esses ciristas não são boa coisa. Sempre falando sobre as riquezas que Deus lhe dará aqui na terra se você for forte — nunca nada sobre como você deve tratar os outros. Fico vendo aquele pregador na TV de manhã — Patrick Conwell —, ele fica o tempo todo pedindo meu dinheiro e diz que vou receber um retorno dez vezes maior. A mesma coisa que falam em Atlantic City. Eu não confio nele. Não confio em nenhum deles."

"Charlayne tem um bom coração", falei, "mas ela pode ser um pouco... influenciável, acho. É por isso que estou preocupada." Eu não tinha conferido os cultos televisionados devido à falta de TV na casa de Katherine, mas tinha visto na internet diversos segmentos de ministros ciristas, incluindo Conwell, o atual templário da congregação da Sixteenth Street. Seu sorriso era bem lustroso, e tudo nele gritava fraude para mim. Quando fui ao culto com Charlayne no início do ano, um homem mais velho ministrou o sermão, então presumi que Conwell fosse seu substituto nesta linha do tempo. O sujeito mais velho não tinha sido particularmente memorável como orador, mas ele não emanava o jeitão de vendedor-de-carros-usados que eu captava em Conwell.

O sr. Coleman serviu-se de um pouco da salada de frutas e sorriu para Estella. "Você sabe que eu concordo com você por razões filosóficas, Estella, mas como seu consultor financeiro, devo dizer que suas chances seriam muito melhores com os ciristas do que com qualquer um dos apostadores em Atlantic City. Tenho vários colegas que são ciristas devotos e digamos apenas que suas carteiras de ações são muito salubres — poderíamos até mesmo dizer *suspeitosamente* salubres. Nunca fui adepto de teorias da conspiração, mas..." Ele balançou a cabeça. "Não é algo que eu discutiria em demasia em público, pois os ciristas possuem conexões políticas importantíssimas, mas fiz uma análise estatística das explorações primárias de ações deles no ano passado. Só por curiosidade. Se estiver interessada, Kate, posso mostrar na próxima vez que você vier aqui."

"Eu gostaria muito, sr. Coleman." Eu tinha certeza de que Katherine e Connor também achariam esse tipo de informação útil, embora eu não soubesse muito bem como conseguiria fazer uma nova visita antes de partir para Chicago.

Trey aparentemente pensou a mesma coisa. "Na verdade, eu mesmo gostaria de ver essa pesquisa, pai."

"Claro. Depois do café eu te mando um e-mail com o que tenho. Mas não mostre para ninguém além de Kate, ok? Eu não estava brincando quando disse que os ciristas têm amigos no alto escalão."

Para o meu constrangimento, Trey tinha vazado a notícia sobre o meu aniversário, e o café da manhã foi arrematado com *buñuelos* — uns bolinhos maravilhosos cobertos de mel. O meu tinha uma única velinha no meio. Quando terminamos, fiquei para ajudar Estella a limpar a mesa, mas ela me enxotou com o mesmo aceno que tinha usado com Dmitri. "Vai, vai. Vocês têm compromisso. Já fui à missa esta manhã e não tenho mais nada para fazer o dia todo."

Olhei para o relógio da cozinha. "Nós provavelmente precisamos sair, Trey, se quisermos encontrar uma vaga no estacionamento. O pai de Charlayne teve de estacionar a seis quadras de distância da última vez."

Trey pareceu um pouco surpreso, mas nos despedimos e nos dirigimos para o carro dele.

O templo ficava a apenas alguns quilômetros de distância da casa de Trey, e quando nos aproximamos, entendi por que Trey não tinha se preocupado com o estacionamento. Agora uma garagem de três andares e vários pequenos edifícios anexos dos ciristas ocupavam duas quadras ao norte, onde antes havia um complexo de apartamentos, algumas lojinhas e dezenas de moradias. O templo em si, que tomava cerca de um quarteirão quando eu o visitara no início da primavera, agora ocupava pelo menos o dobro da área. Os arredores, um pouco detonados na última vez que vi, agora estavam salpicados de bistrôs de luxo, um Starbucks e vários outros *Cafés*.

"Nada disso é novo, não é?" Fiz um gesto em direção à garagem e aos outros edifícios.

Trey balançou a cabeça. "Os restaurantes ali na esquina da colina abrem e fecham de tempos em tempos, mas o restante da região é praticamente o mesmo desde que me lembro. Pensei que você simplesmente quisesse chegar cedo aqui por algum motivo em especial."

Ele entrou na garagem, que ainda estava com menos da metade da ocupação, e fomos em direção ao templo. Estava uma bela manhã, mas havia algo de pesado no ar, que sugeria que seria uma tarde quente e úmida. Várias famílias e casais seguiam por ali, caminhando à nossa frente, todos em direção ao templo. A maioria usava o melhor traje de domingo, e eu olhei para meus jeans um tanto apreensiva.

O templo em si brilhava sob a luz do sol, um gigante de pedra branca e vidro. O edifício principal era muito maior do que eu me lembrava, e dava a impressão de ser maior ainda devido à torre elevada e à sua posição no topo de uma colina. No alto da torre havia um enorme símbolo cirista — semelhante a uma cruz cristã, mas com um laço arredondado em cima e mais largo na parte inferior, como um *ankh* egípcio. Também era arredondado em ambos os lados, de modo que — se visto de costas — a barra horizontal se assemelhava um pouco a um símbolo do infinito. Na frente deste, bem no centro, havia uma flor de lótus ornamentada.

Subimos os degraus para a entrada principal e seguimos várias outras pessoas até um saguão espaçoso, que guardava pouca semelhança com o edifício no qual eu tinha entrado com Charlayne alguns meses atrás. Bem junto à porta fomos recebidos por um segurança, que nos pediu para remover os sapatos e passar por um detector de metais. Eu estava no meio do caminho quando me ocorreu que a máquina poderia detectar o medalhão, mas o guarda entregou a carteira e as chaves para Trey e assentiu para que nos dirigíssemos ao salão principal.

O salão acarpetado do qual eu me lembrava da visita anterior tinha sido substituído por um grande átrio abobadado com piso de pedra polida e uma entrada em arco que conduzia à capela-mor. O sol matinal brilhava sobre uma imensa fonte de mármore branco bem no centro. Ao lado esquerdo do átrio havia uma cafeteria, onde dezenas de pessoas estavam conversando e bebendo café e comendo muffins, e à direita havia uma livraria cirista.

Trey e eu fomos até a entrada da livraria, onde havia muitos livros de bolso de autoajuda de importantes autores ciristas alinhados nas prateleiras, juntamente a uma variedade de cds, dvds, camisetas e suvenires variados. O livro mais recente de Conwell, *A Fé e o Caminho: Cinco Passos Para a Liberdade Financeira*, era destaque no mostruário principal. Seu rosto bronzeado, com seu nariz aquilino, era um contraste bastante gritante com o cabelo grisalho cuidadosamente aparado e os dentes brancos proeminentes. A combinação dava um efeito esquisito, que o fazia parecer tanto mais velho quanto mais jovem do que seus quarenta e sete anos, a idade que eu me lembrava de ter visto em sua biografia na internet.

A capa do CD próximo do mostruário com o livro chamou minha atenção e eu puxei a manga de Trey. "É isso... é isso que estava na camisa dele!", sussurrei.

"Na camisa de quem?", perguntou ele.

"No metrô. Simon — o cara que roubou minha mochila. Estava bem desbotada, mas tenho certeza de que era o logotipo da banda." Peguei o CD e examinei a capa com mais cuidado. No centro havia a imagem de um olho, com o lótus da simbologia cirista sobreposto na pupila. "Não conheço essa banda — Aspire? Você já ouviu falar deles?"

Trey ergueu as sobrancelhas. "Hum, *já*. Quer dizer que você não conhece? O tipo de som que eles tocam não faz meu estilo, mas no ano passado era impossível ligar o rádio sem ouvir uma das músicas deles."

Dei-lhe um sorriso fraco. "Não no *meu* ano passado. Sendo assim, mais um item para nossa lista, acho." A gente estava mantendo um indicador de diferenças da cultura pop nesta nova linha do tempo. O programa de computador de Connor havia rastreado os novos líderes políticos que tinham emergido após a mudança temporal (cerca de uma dúzia) e registrado as mudanças gerais no poder econômico, além de outras coisas que podiam ser quantificadas, mas ele e Katherine não eram lá muito aptos a acompanhar as últimas tendências da música e do entretenimento. Havia pelo menos uns dez filmes de grande sucesso da última década dos quais eu deveria me lembrar, mas que nunca tinha ouvido falar, e um monte de celebridades e escritores novos-para-mim, por acaso todos ciristas. Recapitulando, Trey tinha me apresentado a um punhado de "clássicos" que eu certamente não teria encontrado na bibliografia de nenhum curso sobre a civilização Ocidental antes da última mudança na linha do tempo.

"Acho que a Aspire ganhou um Grammy no ano passado, ou talvez no anterior", acrescentou. "Eu não diria que eles fazem música religiosa, mas também não posso dizer que já escutei as letras deles com atenção."

Um cara mais ou menos da nossa idade se aproximou, vindo de trás do balcão, e perguntou se poderia nos ajudar.

"Não, valeu", disse Trey. "Só estamos dando uma olhadinha antes de o culto começar."

O cara, que usava um crachá com o nome Sean, olhou para o CD na minha mão. "Vocês são fãs?", quis saber. Trey balançou a cabeça, mas eu assenti e ofereci meu melhor sorriso.

"Gostei bastante do álbum novo. Ouvi algumas faixas na internet." Coloquei o CD de volta no mostruário. "Acho que vou comprar este depois do culto."

Sean estendeu a mão e endireitou o CD na prateleira, embora não tivesse parecido torto ao meu ver. "Você foi ao show quando eles estiveram aqui?"

Devo ter parecido confusa, porque ele olhou para minha mão, provavelmente procurando a tatuagem de lótus. "Ah, não", falei. "Não sou membro da igreja... ainda. Só estive aqui uma vez antes, e esta é a primeira vez de Trey."

O sorriso dele se iluminou. "Bem-vinda! Sempre ficamos felizes em receber visitantes." Ele sacou um celular do bolso e apertou um botão, aí o guardou novamente. "Sim, a Aspire esteve aqui há uns três meses. Foi só para membros, caso contrário teria sido um caos. E mesmo assim o auditório lotou; ficou até difícil encontrar um lugar para ficar." Ele estendeu a mão para Trey. "Qual o seu nome mesmo? Eu sou Sean."

Trey apertou a mão de Sean. "Sou Trey, e esta é K..." Ele parou por uma fração de segundo e fingiu pigarrear antes de continuar. "Esta é Kelly."

Fiquei sem saber por que ele usou o próprio nome e optou por me dar um nome falso, mas pelo visto eu ia ser Kelly pelo restante da manhã. "Oi, Sean", cumprimentei. "Foi bom te conhecer. Talvez a gente se veja mais tarde."

Puxei levemente o cotovelo de Trey para incitá-lo a seguir para a capela principal, mas Sean pegou meu outro braço. "Vou indicá-los aos Aspirantes que estão de plantão recebendo os visitantes deste mês. Eles estão chegando. E ficarão felizes em responder a quaisquer perguntas que vocês tiverem e em falar sobre nossas atividades sociais. Vocês têm muita sorte se puderem ficar mais um pouco, porque vai ter um almoço dos Aspirantes no Centro da Juventude logo depois do culto desta manhã."

Suspirei, esperando que meu incômodo não estivesse visível. A última coisa que eu queria era ser guiada por uma delegação de jovens ciristas devotos. Trey e eu nos voltamos para eles assim que se aproximaram e, com um bolo na garganta, me dei conta de que uma das três meninas do grupo era Charlayne.

O cabelo dela estava mais longo, e minha Charlayne teria considerado o conjuntinho de saia branca e a blusa amarela clara um tanto sem graça, mesmo para a igreja, mas definitivamente era ela. Ela estava rindo de alguma coisa com a menina ao seu lado quando eles se aproximaram, e não estava prestando muita atenção, até que seus olhos pousaram em Trey. Ela deu aquela olhada de cima a baixo, ainda que breve, a mesma que eu a vira dar para todos os caras que ela achara bonitos, e então ela olhou para mim, como se avaliando a competição. Sim, essa parte era cem por cento Charlayne.

E aquilo me deu uma ideia. Sussurrei para Trey: "A de suéter amarelo é Charlayne. Faça o meu jogo, ok? Somos *primos*. Vamos ter mais chances de conseguir falar com ela se ela pensar que você está disponível."

"Você está dando uma de cafetina comigo?"

Sufoquei uma risada. "Só por uma horinha ou coisa assim. Conheço Charlayne... em qualquer linha do tempo. Ela acabou de ter dar a olhadinha do cara-super-gato e vai falar com você se você for ao menos um pouco gentil com ela."

Ele não teve tempo de se opor antes de o rebanho de Aspirantes descer até nós. Sean apresentou Trey, que então me apresentou como sua prima, Kelly. A ênfase levemente irritada na palavra *prima* foi perceptível para mim, mas aparentemente não para os outros. O sorriso de Charlayne se iluminou no mesmo instante.

Depois de alguns minutos de conversa fora, fomos levados para a capela principal e acomodados numa das primeiras fileiras. O cômodo circular se assemelhava mais a um auditório do que a uma igreja normal — havia até três setores elevados nos fundos que me faziam lembrar de camarotes de um estádio ou de um grande teatro, exceto pelo fato de que a maioria dos lugares desse tipo não era blindado pelo que eu desconfiava ser vidro à prova de balas. Todos os três setores estavam acesos, e dois deles estavam ocupados, em sua maioria, por homens mais velhos e algumas mulheres usando trajes que pareciam bem caros.

Bem naquele momento, uma porta se abriu no terceiro setor e quatro homens musculosos, que pareciam seguranças, adentraram e inspecionaram o local minuciosamente, conferindo até debaixo das cadeiras. Aparentemente satisfeitos, saíram, e poucos segundos depois Paula Patterson entrou. Ainda era difícil pensar nela como a presidente, em vez de vice-presidente. Ela estava acompanhada do marido, um sujeito um pouco mais velho e mais gorducho, e de seus quatro filhos, que estavam entre a adolescência e os vinte e poucos anos. Sua nora foi a última a entrar, acompanhada por duas crianças pequenas, que não pareciam nada felizes de estarem ali.

Voltei a olhar para a frente para o palco semicircular com uma gigante tela de plasma. Um símbolo imenso dos Ciristas acendeu no centro da tela, cercado por fotos de atividades da missão cirista que iam mudando a cada poucos segundos.

Janelas altas de vitral se alternavam com painéis de pedra branca ao longo das paredes externas. Algumas das janelas mostravam cenas de tradição cristã, semelhantes às que eu tinha visto em outras igrejas — A arca de Noé, Madonna e a Criança, e assim por diante. Buda também estava num dos quadros, mas mais de metade deles claramente eram baseados na história cirista. Vários mostravam um homem alto de cabelo escuro e curto usando um robe branco, e havia representações dele abençoando crianças, curando doentes e distribuindo moedas de ouro para as massas. Levei uns minutos até me dar conta do óbvio: era meu avô em seu disfarce de irmão Cyrus.

Sentei-me à esquerda de Trey. Um dos Aspirantes se sentou do meu outro lado. Ele continuava a tagarelar sobre os méritos do empresário do time de beisebol Baltimore Orioles com outro rapaz dos Aspirantes, o qual estava sentado na fileira em frente e não prestava muita atenção na gente.

Charlayne sentou-se do lado direito de Trey, junto à outra amiga com quem ela estivera conversando e que nos fora apresentada como Eve. A menina estava impecavelmente vestida, e era muito elegante, e eu desconfiava que só a bolsa dela tinha custado mais do que meu guarda-roupa inteiro, mesmo antes da última mudança temporal, a qual me deixou com peças para somente uma semana.

Eu sabia que era mesquinho sentir ciúmes do fato de Charlayne possuir outra melhor amiga nesta linha do tempo, mas isso não mudava o fato de que eu *estava* com ciúmes. Tive poucas amigas próximas na vida e por isso doía um pouco ver que eu tinha sido substituída. Dei uma olhada de soslaio para Eve e fui consolada pela percepção de que o rímel dela estava manchado e de que seu nariz era muito adunco para ser tradicionalmente bonito, embora eu desconfiasse que isso pudesse ser resolvido com uma ida ao cirurgião plástico dali a um ano ou dois.

Trey também estava olhando para as janelas, entre uma resposta e outra às perguntas de Charlayne. Ele me deu uma cotovelada e fez um gesto muito discreto com a cabeça para o painel logo atrás de mim. Uma jovem no meio de um jardim, com os braços levantados e os olhos voltados para cima. Ela usava um vestido branco sem mangas, com cinto, e numa das pontas do cinto havia um grande medalhão de bronze. Cachos escuros e indisciplinados caíam em seus ombros.

As palavras de Katherine — *Você se parece com ela, sabe* — ecoaram na minha cabeça. Ela não estava brincando.

Trey inclinou-se para Charlayne e disse: "Conte-me sobre os vitrais — são tão detalhados. Aquele é Cyrus curando os doentes, mas quem é a mulher ali...", ele apontou para o painel atrás de mim, "...e no painel em frente ao auditório?"

Fiquei um pouco tensa, sem saber se era sábio chamar a atenção para os vitrais, mas eu também queria ouvir a resposta de Charlayne. Eu tinha encontrado apenas uma vaga menção a Prudence em minhas pesquisas na internet.

Charlayne ofereceu seu melhor sorriso a Trey, aquele que eu sabia que ela havia praticado no espelho. "Aquela é a Irmã Prudence", respondeu ela. "Prudence é um oráculo, como Cyrus, mas ela é mais... pessoal. Eu nunca vi o Irmão Cyrus — nenhum de nós o viu pessoalmente, exceto o Irmão Conwell e sua família — então não sei sobre os painéis que o mostram. Mas os painéis de Irmã Prudence são bem fiéis a ela."

"Então o artista baseou o trabalho em fotografias?", perguntou Trey.

"Bem, talvez. Acho que existem apenas algumas fotografias de Cyrus, embora eu não as tenha visto. Mas já vi Prudence aqui no templo — ela ordenou o Irmão Conwell quando ele substituiu a mãe como líder da região, há uns sete ou oito anos. Creio que ela ordena todos os líderes regionais."

"Oh." Trey fez uma pausa. "Eu não sabia que ela ainda era viva. Não é comum se encontrar vitrais de pessoas ainda vivas."

Charlayne parou por um longo momento, como se pensando cuidadosamente em suas próximas palavras. "Não costumamos falar desse assunto fora do templo, mas Prudence e Cyrus estão vivos. Não só aqui..." — ela bateu no peito — "...em nossos corações, como os outros profetas. Eles estão vivos. São eternos."

Ela meneou a cabeça para o vitral atrás de mim. "Aquela imagem ali, por exemplo, foi criada quase uma centena de anos atrás — estas janelas foram preservadas do templo regional anterior, na Virginia. Minha mãe viu a Irmã Prudence quando era criança e disse que ela ainda se parece exatamente como naquela época." Charlayne sorriu para mim. "Você se parece com ela, sabia?"

Ofereci um sorriso nervoso e desejei ter pensado em pegar um par de óculos ou qualquer outra coisa para disfarçar um pouco minha aparência. Claro, eu nunca achei que fosse trombar na minha tia-sósia em um monte de vitrais. Trey mudou de assunto habilmente para alguma outra área da doutrina Cirista, distraindo a atenção de Charlayne. Ao observá-lo, percebi que ele era muito mais talentoso em encenações do que eu, e desejei, não pela primeira vez, que ele pudesse me acompanhar no salto à Exposição Universal.

Peguei o hinário na fileira de bancos em frente e comecei a folhear as páginas. Eu costumava ir à igreja com os pais do meu pai quando os visitávamos no verão. Era uma pequena congregação rural cristã, de nenhuma denominação específica, e eu sempre achava os hinos tradicionais que eles cantavam reconfortantes.

A música de fundo que estava tocando enquanto aguardávamos pelo início do culto cirista era mais moderna, quase estilo new age, mas havia alguns hinos no livro que eram familiares para mim — "Haverá Chuvas de Bênçãos" e "Chego ao Jardim". Alguns eram novidade, e outros ainda eram semelhantes aos hinos mais antigos, mas tinham letras alteradas. "Haverá Muitas Estrelas em Minha Coroa" substituía um antigo hino que eu me lembrava já ter cantado intitulado "Haverá Alguma Estrela em Minha Coroa?" Ao passo que eu não conseguia me lembrar da letra inteira, a letra do hinário cirista — *Você saberá que sou abençoado quando meu palácio for o melhor* — não se enquadrava muito bem no espírito da canção que eu me recordava.

A música incidental parou pouco antes de o Irmão Conwell entrar, a partir da esquerda do palco. Ele usava um terno escuro bem cortado com colarinho branco e uma longa estola clerical sobre os ombros. Era de brocado dourado, com grandes símbolos ciristas brancos em cada ponta. Uma chave CHRONOS pendia de uma fita branca em volta do pescoço dele. Eu deveria ter esperado por isso, mas por alguma razão a visão do medalhão, azul brilhante em contraste ao branco e dourado, me pegou de surpresa.

De soslaio, notei que a amiga de Charlayne estava me observando, e eu esperava que minha expressão não tivesse me entregado quando vi o medalhão. Ela me ofereceu um sorriso breve quando a encarei, aí me virei de volta para o irmão Conwell, tentando manter meu olhar concentrado no rosto dele, e não no disco azul reluzente logo acima de seu abdômen.

"Irmãos e Irmãs, sejam bem-vindos nesta gloriosa manhã de primavera." Ele exibiu seu sorriso radiante a toda a congregação e depois para os outros aos fundos do auditório. "Também gostaríamos de estender nossas boas-vindas especiais para você e sua família, Senhora Presidente. Lamentamos muito sua ausência durante as últimas semanas, mas tenho certeza de que sua viagem ao exterior significou muito para o avanço de nossa grande nação e para O Caminho."

Patterson deu um sorriso e assentiu levemente para a congregação. Então Conwell levantou os braços para indicar que deveríamos ficar de pé para o hino de abertura. As luzes se apagaram e um nicho do palco levantou-se gradualmente para revelar um grande coro e músicos. Os hinos aparentemente eram uma relíquia de épocas anteriores ou então simplesmente tinham sido colocados lá para a leitura casual antes do culto, porque a letra de "A Manhã Irrompeu" começou a rolar na tela de plasma, sobreposta a imagens serenas da natureza.

Duas canções e um instante de meditação silenciosa depois, Conwell deu início ao seu sermão. Ele foi relativamente breve e muito semelhante às mensagens ciristas que eu tinha lido on-line, dando forte ênfase no autoaperfeiçoamento e em pelo menos meia dúzia de referências muito explícitas ao dízimo durante a meia hora seguinte do discurso. Conwell tinha uma aura carismática muito mais aparente em pessoa do que nos fragmentos que eu tinha visto na internet, e eu me flagrei sorrindo para algumas de suas histórias, apesar da minha predisposição a não gostar dele.

A leitura responsiva, no entanto, foi bem assustadora. Eu já tinha lido o Credo Cirista na internet e o mesmo estava impresso na segunda capa do meu exemplar de bolso do *Livro de Cyrus*. Ao passo que parecia um pouco excêntrico, não era muito diferente do material de outras religiões que eu já tinha lido, os quais acreditavam possuir uma comporta em torno da sabedoria divina e um assento reservado na área VIP do Além. Só que havia algum aspecto nessa coisa de ter as palavras entoadas por centenas de pessoas que as tornavam mais... tangíveis, acho.

As luzes foram diminuídas quando o Irmão Conwell foi para um lado do palco, e o fundo iluminou-se para revelar um grupo de pessoas e famílias de várias raças e idades cujos rostos sorriam enquanto exclamavam: "Nós escolhemos O Caminho, por isso somos os Bem-Aventurados" — com tais palavras flutuando na parte inferior da tela. As imagens se transformaram num imenso prato de oferta transbordando moedas de ouro, o qual me pareceu estranhamente semelhante ao pote de ouro de um leprechaun, e aí a legenda foi alterada para "Ofertamos a Cyrus, por isso vamos prosperar".

O mesmo conjunto de rostos, agora um pouco mais sério, declarou: "Nós escolhemos O Caminho para que possamos ser Escolhidos" pouco antes de o vídeo se transformar lentamente num fundo apocalíptico com árvores mortas, enegrecidas e rígidas contra um céu vermelho — e as vozes continuavam: "Como os seres humanos falharam na proteção do planeta, o planeta deve se proteger."

Em seguida voltou a mostrar o grupo de Ciristas, cujas expressões variavam de determinação a raiva. "Nós escolhemos o caminho, por isso somos Defensores. Inimigos d'O Caminho vão enfrentar nossa Ira e o Julgamento". E então a última linha do Credo, "Nós escolhemos O Caminho para que possamos ser Salvos", mostrou o grupo com rostos triunfantes, diante de um jardim verde e exuberante — a terra restaurada, um Jardim do Éden virtual. Trey aparentemente estava inquieto também, porque sua mão buscou a minha num aperto breve antes de as luzes voltarem ao brilho normal.

O culto prosseguiu com anúncios — da reunião executiva trimestral no anexo, logo depois do culto, dois casamentos próximos e uma festa de aposentadoria — enquanto homens jovens em cada extremidade do corredor passavam o pratinho de ofertas. Isso era outra coisa que eu provavelmente deveria ter previsto, mas que não teria feito lá muita diferença, pois meu último tostão tinha desaparecido com a minha mochila no metrô. Dei um sorriso de desculpas para o cara à minha esquerda quando ele me entregou o pratinho, e então o passei para Trey. Ele colocou uma doação bastante generosa bem em cima da pilha de notas, cheques e envelopes, e foi devidamente recompensado pela aprovação radiante de Charlayne e Eve, que já estavam cochichando com ele sobre o encontro de jovens após o culto.

Flertei com a ideia de seguir Conwell, que certamente compareceria à reunião executiva que ele mesmo havia anunciado, mas eu nem mesmo tinha certeza do que estava procurando. Um exemplar do *Livro da Profecia* seria legal, mas com base em tudo que eu tinha lido na internet, os líderes do templo não deixavam seus exemplares largados por aí. Apenas trechos eram distribuídos entre os membros e iniciados; poucos tinham visto o livro de fato.

Eu desconfiava de que haveria algumas dicas financeiras interessantes na reunião executiva, mas nós tínhamos zero chance de entrar naquele pequeno sarau, principalmente se Patterson fosse participar. Pelo visto eu ia ter que me contentar com o que a gente conseguisse arrancar dos Aspirantes.

Trey e eu acompanhamos Charlayne e seus amigos para fora do auditório, com Charlayne praticamente colada em Trey. Dei uma passadinha no banheiro feminino. Eve e uma outra garota dos Aspirantes fizeram o mesmo. Eu não tinha certeza se elas estavam me seguindo ou se realmente precisavam fazer xixi, uma vez que ocuparam as duas primeiras cabines e foram direto ao assunto. Entrei na cabine na extremidade oposta e demorei, na esperança de que elas fossem embora sem mim. Não foram, e Eve estava com um olhar de impaciência quando parei ao lado dela, junto à pia, para lavar as mãos.

Ela virou-se para a outra menina e disse: "Espero que ainda haja uma pizza decente quando a gente chegar lá." Sorri educadamente e acompanhei as duas porta afora e por um longo corredor, até chegar a um local com uma placa grande e alegre desejando boas-vindas ao Centro da Juventude.

O interior parecia uma combinação de quadra de esportes e sala de recreação, com várias salinhas dispostas ao longo das paredes externas, para aulas ou reuniões. Trey estava sentado à uma mesa comprida, tipo aquelas de piquenique, com Charlayne e o restante do grupo que tinha ficado perto da gente durante o sermão, e eu vi que ele não só tinha guardado um lugar pra mim, como também tinha surrupiado pra mim uma fatia de pizza e um refrigerante diet.

Sentei-me no banco. "Obrigada." Eve e minha outra acompanhante de banheiro deram uma fungada alta, quase em uníssono perfeito, e se dirigiram até as caixas de pizza ao final da mesa para ver o que restou.

"Tudo certo por aqui, prima", disse Trey. Ofereci-lhe um olhar sugerindo que ele estava exagerando um pouco, e ele me deu um sorriso breve antes de se voltar para Charlayne. "Então, eu li boa parte do *Livro de Cyrus*, e é bem interessante e tudo o mais, só que eu não acho que dê uma ideia clara do que os ciristas fazem. No que vocês acreditam. Minha mãe diz que vocês não aceitam qualquer um aqui — que nem todo mundo é elegível para ser Escolhido. Isso é verdade?"

Charlayne pareceu um pouco desconfortável. "Bem, sim e não. Qualquer pessoa pode comparecer aos cultos — tipo, você está aqui hoje, certo? E você pode assistir às reuniões dos Aspirantes e se tornar um membro da Igreja. Aí, ao longo do tempo, a gente fica sabendo se você foi Escolhido. Nem todo mundo é Escolhido. Você teria que passar por muitos anos de aulas, e aí iria descobrir se conseguiria abrir a mente para O Caminho. E você teria de se comprometer com nossas regras — elas são muito rigorosas em algumas coisas — e então..." Ela deu de ombros.

"Então todo mundo aqui é Escolhido?", perguntei.

"Ah, não", disse ela. "Ainda somos Aspirantes. Não somos independentes ainda. A maioria de nós ainda está na escola, e mesmo depois... Não tem garantia de que você vá ser Escolhido."

"Mas e o Credo — 'Nós escolhemos O Caminho para que possamos ser Escolhidos' — que vocês repetiram durante o culto?"

"Sim." Ela assentiu, com um sorriso paciente. 'Nós escolhemos o caminho para que *possamos* ser Escolhidos'. 'Nós escolhemos o caminho para que *possamos* ser salvos'. Não temos garantia de que Cyrus vá nos proteger, mas aqueles que escolhem O Caminho *podem* estar entre aqueles que vão encontrar clemência quando chegar O Fim. Aqueles que são Escolhidos *podem* ser salvos. Aqueles que nunca escutam, que ignoram as advertências do *Livro de Cyrus*, não têm nenhuma chance."

Achei uma promessa muito fraca em comparação a outras religiões que estudei, mas assenti e retribuí o sorriso.

Trey deu mais uma dentada na fatia de pizza e então perguntou: "Então como você sabe? Tipo, o que lhe diz que alguém é Escolhido?"

"Varia de pessoa pra pessoa. A maioria é identificada por seus dons — pelo grau em que Deus os abençoou uma vez que começam a seguir O Caminho. É assim que meus pais foram Escolhidos. Os membros do conselho e o irmão Conwell examinaram os livros contábeis deles antes de eles aderirem e compararam os valores algum tempo depois, aí concluíram que Deus lhes favorecera."

Eve, que agora estava sentada em frente a Trey, pegou um pedaço de calabresa em sua pizza e me deu uma olhadinha de lado. "Mas alguns são identificados pelos seus talentos — quem consegue operar milagres, quem é capaz de profetizar. Às vezes eles são escolhidos muito jovens. O Irmão Conwell, por exemplo, foi escolhido quando tinha treze anos. A filha dele era ainda mais jovem quando leu o *Livro da Profecia* pela primeira vez. Eles estavam predestinados a ser Escolhidos, por isso, seus nomes estão escritos no *Livro* em si."

"Ainda estou um pouco confuso. Exatamente *do que* é que Cyrus promete salvar os Escolhidos?", perguntou Trey. "Do inferno?"

O menino de cabelos escuros ao lado de Eve, um dos que estivera discutindo sobre esportes antes do culto, riu. "Ciristas não acreditam em vida após a morte. Suas recompensas estão nesta vida. Cyrus pode salvar o Escolhido do chamado O Fim. O mundo vai acabar, sabe, e muito em breve, com base nas profecias que nos foram dadas. Os Escolhidos vão viver, quando todos os outros morrerão. Eles serão o futuro."

Aquilo me causou um calafrio, e deve ter ficado óbvio na minha expressão, porque Eve lançou um olhar austero e insistente para o garoto. "Sério, Jared. Será que esse tipo de conversa é adequado para a hora do almoço? Com visitantes?" Ela se virou para mim com um sorriso tranquilizador. "Tudo isso seria abordado em aulas de escatologia — os líderes sabem muito mais sobre o chamado O Fim do que *Jared*, acredite."

"A coisa na qual eu gostaria de focar", disse Charlayne para Trey, "é que O Caminho nos dá as ferramentas para uma vida feliz e próspera, aqui e agora. E que, ao contrário da opinião popular, os ciristas *sabem* como se divertir. Estamos planejando uma viagem para o parque Six Flags no próximo fim de semana, caso você esteja interessado."

"É uma boa ideia, Charlayne", disse Eve. "Por que você não dá a Trey as informações sobre a viagem? Pegue o e-mail dele para que possamos entrar em contato. E Kelly, se você vier ao escritório comigo, posso pegar para vocês dois um par de kits de adesão que vão responder a um monte de outras perguntas. Nossa reunião dos Aspirantes precisa começar em poucos minutos e, infelizmente, é apenas para Aspirantes, por isso..."

Charlayne fez um beicinho irritado para Eve. Eu não tinha certeza se ela estava aborrecida porque Trey ia ter de ir embora ou simplesmente porque não gostava de receber ordens, mas ela estendeu a mão e empilhou nossos pratos vazios sem fazer muitos comentários. Trey se juntou a ela, recolhendo as latas de refrigerante para levar para a lixeira, enquanto eu me levantei para acompanhar Eve.

Presumi que ela estava me levando para uma das salinhas ao longo do perímetro da quadra esportiva, mas ela se dirigiu para a saída na ponta mais distante. Voltei a olhar para Trey, um pouco tensa, mas a segui mesmo assim. Viramos à esquerda, para um corredor que parecia ter o comprimento de um campo de futebol, com as paredes de ambos os lados forradas com portas de escritórios e um quadro emoldurado aqui e ali. Dava para ver as portas de vidro duplo que davam para uma rua lateral, ao final, logo abaixo de uma placa de saída iluminada.

Parecia a rua que tínhamos cruzado quando estávamos vindo do estacionamento — e imaginei que Eve poderia estar se dirigindo a um dos prédios menores que eu tinha visto. No entanto, mal tínhamos andado alguns passos pelo corredor quando ela sacou um pequeno cartão de acesso da bolsa e o acenou na frente de um leitor ao lado de uma porta de vidro à direita. A porta zumbiu suavemente e ela a empurrou, levando-me para um segundo corredor, mais mal-iluminado.

"Estamos quase lá", disse ela alegremente. "Normalmente deixamos alguns kits de adesão no Centro da Juventude, mas..." Ela parou de falar quando nos aproximamos da última porta à esquerda, a qual ela abriu novamente com seu cartão de acesso, e então acendeu a luz no teto.

A sala era uma biblioteca luxuosamente mobiliada, com prateleiras ao longo de três paredes. A quarta parede era de vidro, com uma lareira de pedra no centro dos painéis. As poltronas em frente à lareira estavam voltadas para um jardim meticulosamente bem-cuidado, cercado pelas paredes brancas dos edifícios circundantes. Dois dobermanns grandes e musculosos estavam bebericando de uma versão menor da fonte branca que Trey e eu tínhamos visto no átrio do templo.

Eve fechou a porta atrás de nós e encostou na borda da mesa imensa na frente de uma das estantes. Havia outra mesa à minha direita, muito menos ostensiva, e ela apontou para a pequena cadeira de escritório diante do móvel. "Pode sentar-se, Kate. Pode ser que a gente tenha que esperar um pouco."

Demorei um segundo para me dar conta de que ela havia me chamado de Kate, e não de Kelly. "Tenho certeza de que Charlayne vai manter seu *primo* entretido", continuou ela. "A bobalhona ficou tão lisonjeada quando lhe pedi para sentar-se comigo no culto desta manhã. O que não entendo é por que o nome dela ao menos *está* nos seus arquivos. Ela obviamente não se lembra de você."

Respirei fundo enquanto ela tagarelava e comecei a pensar nas minhas opções.

Opção um — tirá-la da jogada enquanto ainda era apenas eu contra ela. Eve era magra e não tinha quase nenhum músculo. Com certeza eu poderia nocauteá-la depressinha, especialmente se a pegasse de surpresa. Ela era uns bons cinco quilos mais leve do que eu, e eu duvidava que ela tivesse treinamento de artes marciais. A desvantagem era que Trey e eu teríamos de fazer uma corrida rápida para a saída, e eu não fazia ideia de quais dos outros Aspirantes ela havia alertado.

Opção dois — sacar o medalhão e esperar que eu conseguisse travar a cozinha de casa. Considerando que Conwell estava passeando com uma chave CHRONOS junto ao peito, eu estava razoavelmente segura de que este era um ponto estável. Esta seria a melhor chance de sair do prédio, mas eu não estava disposta a correr o risco de machucarem Trey.

Opção três — fazer um salto para a cozinha cinco minutos antes me convencer de que esta viagem era uma ideia muito ruim e voltar para a cama. Eu poderia mandar uma mensagem de texto para Trey e cancelar — o pai dele e Estella ficariam decepcionados, mas este era um preço baixo a se pagar caso servisse para mantê-lo em segurança. Mas por mais tentador que isso parecesse, eu não parava de pensar nos avisos de Katherine sobre os efeitos mentais de reconciliar mesmo que míseros minutos de realidades conflitantes. Será que eu daria conta de lidar com cinco horas de lembranças conflitantes? E quanto ao restante das pessoas — será que Trey e todas as outras pessoas que eu tinha encontrado sofreriam o mesmo problema? Eu precisava admitir que não sabia o suficiente a ponto de poder arriscar.

A primeira opção me parecia a melhor, mas eu queria arrancar um pouco de informação de Eve antes de mandar brasa. Eu estava curiosa: quem estávamos esperando e o que foi que entregou minha identidade? O sorriso de satisfação dela enquanto estava sentada ali na mesa sugeria que ela *talvez* fosse burra o suficiente para querer se gabar sobre como tinha sido inteligente para juntar as peças.

Puxei a cadeira de escritório, me virei e montei nela, deslizando ligeiramente até Eve, que ainda estava empoleirada na mesa, apoiando os braços no encosto estofado. Ela torceu o nariz para minha posição de moleque enquanto eu calculava a eficácia da cadeira como arma caso eu me levantasse e desse com a base dura e pesada com força no queixo daquela petulante.

Eu estava prestes a perguntar como ela sabia quem eu era, quando de repente percebi com quem ela se assemelhava. "Então você é a filha do Irmão Conwell? Aquela que foi Escolhida bem jovem?"

A expressão presunçosa desapareceu por um instante, aí voltou. "Poderia ser."

"Claro que é. Você se parece com ele tanto quanto eu me pareço com minha tia Prudence."

"Se você sabia que se parecia com ela, você estava achando mesmo que poderia entrar aqui e que ninguém notaria? Especialmente usando uma chave CHRONOS? A segurança ligou para o escritório assim que você entrou."

Fiquei muito surpresa que ela soubesse sobre a CHRONOS, mas tentei manter a expressão indiferente. "Imaginei que pudesse acontecer." Dei de ombros, esperançosa de que ela fosse ingênua o suficiente para engolir a mentira. "Mas provavelmente é melhor assim. Caso contrário, eu teria perdido muito tempo tentando provar a você quem eu sou. Desta forma, podemos ir direto ao assunto."

Eve levantou as sobrancelhas levemente. "Assunto?"

Fiz que sim com a cabeça. "Aprendi tudo que foi possível com minha avó. Pelo que vejo, ela está travando uma batalha perdida e eu não gosto de ficar do lado perdedor. O que eu ainda não sei é se o seu lado tem algo melhor a oferecer. Quando seu pai vai vir? Na verdade, eu deveria estar conversando diretamente com ele, acho."

"A reunião executiva geralmente dura uma hora ou um pouco mais — e eu espero que termine no horário, já que não gostamos de fazer Irmã Paula perder tempo." A referência à presidente pelo primeiro nome foi tão obviamente feita com a intenção de impressionar, que foi difícil evitar revirar os olhos diante de tanta pretensão.

"Papai ainda não sabe que você está aqui — eu não gosto de incomodá-lo quando ele está se preparando para o culto, e achei que você seria uma agradável surpresa quando ele viesse, depois da reunião. Aquilo ali pode ser tão estressante." Ela se levantou para sentar na mesa grande, aí cruzou as pernas na altura dos tornozelos.

"Mas você não está em posição de negociar com ninguém, não é, Kate? Pelo que ouvi, você não vai nem mesmo existir mais se eu pegar sua chave."

Ofereci meu melhor sorriso perverso. "Gostaria de ver você *tentar*." Aquilo foi só uma mentirinha, já que eu estava começando a gostar da ideia de arrancar aquele sorrisinho de escárnio perpétuo da cara dela. "Mas mesmo que você consiga, e eu não creio que conseguiria, você acredita mesmo que minha tia — ou meu avô — ficariam felizes com a sua decisão? Sendo que vim aqui de bom grado, porque eu quis?"

Aquilo a fez se conter um pouco. "Não sei por que eles se importariam, de um modo ou de outro. Pelo que eu soube, você nunca conheceu nenhum deles."

"É verdade", admiti. "Mas para muitas pessoas, as relações consanguíneas são mais importantes do que os laços de amizade. Você está ciente de que todos os meus quatro avós eram..." Parei. Eu não tinha exatamente certeza do quanto ela sabia sobre a CHRONOS e sobre as origens do Irmão Cyrus, então preferi ser vaga: "...eram da CHRONOS originalmente? Esta chave não está no meu pescoço simplesmente para garantir minha existência. Eu a ativei na primeira vez em que a segurei."

Ela jogou os cabelos loiros por cima do ombro. "Isso não é possível. São necessários meses... anos na maioria dos casos."

Arqueei uma sobrancelha e sustentei o olhar dela enquanto eu enfiava a mão na gola da minha blusa, puxando o medalhão de debaixo das camadas de tecido. "Quantos ciristas têm o sangue tão puro quanto o meu, Eve?"

Uma centelha de dúvida atravessou seu rosto. Ela olhou para a chave CHRONOS com uma expressão que beirava a luxúria, e ocorreu-me que talvez ela raramente fosse autorizada a segurar uma. Katherine havia localizado dez das vinte e quatro que estavam no campo quando a sede foi destruída. Mesmo que os ciristas tivessem encontrado todas as chaves restantes, o que parecia muito improvável, isto deixava apenas catorze delas divididas entre os milhares de templos ciristas. Eu duvidava que houvesse mais de uma em cada região.

"De que cor é para você?"

"Meio rosa", disse ela, me olhando com cautela.

"Sério? Meu pai vê rosa também. Para mim, é azul." Ofereci-lhe um sorrisinho e centralizei o medalhão na minha mão, exibindo o display instantaneamente. Eve respirou fundo quando a placa de controle de navegação apareceu entre nós, e então ela fez menção de vir para cima de mim.

Retirei meu dedo do centro. Quando o painel de controle desapareceu, enfiei o medalhão debaixo da minha blusa de novo, e ela relaxou. Sua reação ao menos respondia a uma pergunta — aparentemente eu *conseguiria* usar a chave CHRONOS neste escritório caso fosse necessário.

"Não se preocupe", falei, rindo. "Não tenho a menor intenção de sair." Dei a ela o que eu esperava ser um sorriso simpático. "Katherine — minha avó —, diz que nunca viu alguém capaz de ativar a chave tão rapidamente quanto eu. Será que fui citada no seu *Livro da Profecia*? De acordo com seus critérios, eu deveria estar entre os predestinados. Ou será que ele ao menos existe? Ouvi boatos..."

"Ele existe", retrucou ela. "Cada Grande Templário possui uma cópia. E você não está nele."

"Tem certeza? Acho difícil acreditar que Cyrus não teria previsto minha chegada, não teria sabido que eu ia querer saber mais." Arredei a cadeira até ela mais um bocadinho e baixei a voz um pouco: "Ou será que eles não permitem que você leia a coisa toda? Ouvi dizer que o Escolhido só pode ler pequenos trechos da profecia — como um papelzinho dentro de um biscoito da sorte."

Ela cerrou a mandíbula. "A maioria dos ciristas só vê o *Livro* no dia em que se junta aos Escolhidos. Eu *moro* aqui, no entanto." Ela olhou para trás ligeiramente, para o lado esquerdo, para as estantes atrás da mesa. "Eu não li tudo — isso levaria séculos —, mas eu certamente *posso* ler o que eu quiser."

Dei-lhe um olhar cético. "Bem, *se* isso é verdade e *se* você sabe onde os Escolhidos estão listados, então por que não verifica enquanto aguardamos? Uma coisa a menos para ser checada quando seu pai chegar. Quero dizer, ou eu estou no *Livro* ou Cyrus cometeu um erro enorme."

"Cyrus não comete erros." Ela contornou a quina da mesa e vasculhou a quarta prateleira, que estava cheia de livros volumosos e ricamente encadernados. No entanto ela pegou um livro muito menor, o qual reconheci imediatamente como um diário da CHRONOS. A única decoração era na capa, onde as palavras *Livro da Profecia* estavam gravadas com letras douradas simples, com um emblema cirista abaixo.

Ela abriu o livro e então, depois de alguns segundos, fechou de novo, exibindo um olhar irritado. "Vamos ter que esperar. Eu não tenho o..." Ela fez uma pausa, buscando a palavra. "Ah, o tal adaptador... Não me lembro como papai o chama."

"Oh", falei. "O disquinho tradutor? Eu tenho um. Aqui..." Levantei-me e coloquei a mão atrás da orelha, na esperança de que ela se aproximasse antes de eu precisar removê-lo de fato. Ela contornou a mesa, mas aí fez uma pausa, esperando.

"Droga!", falei. "Deixei cair de novo. Esses discos horríveis — é como tentar encontrar uma lente de contato..." Inclinei-me para a frente e poucos segundos depois Eve mordeu a isca e se juntou a mim, abaixando-se ligeiramente para examinar o tapete.

Senti uma culpa além da conta, mas me lembrei de que eu não tinha escolha. Ergui a cadeira de escritório e a golpeei com força. Uma das rodas voou e rolou para debaixo da mesa quando a base pneumática da cadeira atingiu solidamente a lateral da cabeça de Eve. A garota caiu para trás e bateu a cabeça na mesa com um baque retumbante antes de desabar no chão.

Esperei um segundo e aí toquei nos cílios dela para ver se ela estava fingindo. Não houve vibração, então ela estava mesmo inconsciente, mas era impossível dizer quanto tempo ficaria daquele jeito. Ou, pensei, olhando ao redor nervosamente, se havia câmeras de segurança escondidas na sala.

Foi aí que os latidos começaram. Virei-me automaticamente para olhar e desejei não tê-lo feito, pois os dois dobermanns estavam me encarando através do vidro, dentes à mostra.

Dei alguns passos em direção à porta e então me lembrei do cartão de acesso. Estava na mesa, ao lado do *Livro da Profecia*. Peguei os dois, enfiei o livro no cós da calça jeans, sob as muitas camadas de tecido, e corri o mais rápido que pude para sair dali.

O corredor ainda estava vazio. Disparei para a porta que dava para a quadra esportiva, esperando que Trey ainda estivesse lá, e não vagando pelo templo com os outros Aspirantes. Acenei o cartão de acesso diante do teclado enquanto eu olhava pela janelinha.

Dava para ver vários integrantes do grupo ainda sentados às mesas, mas Charlayne e Trey não estavam com eles. O quadro de acesso apitou e eu empurrei a porta com força para abri-la, quase atingindo Trey e Charlayne, que estavam prestes a abri-la a partir do lado oposto.

"Ei, cuidado!" gritou Charlayne, saltando para trás. "Viu, ela está bem, exatamente como eu te disse." Ela veio até mim e olhou para o corredor. "Onde está Eve?"

"Não tinha nenhum kit lá", falei. "Ela foi até o escritório principal..." Agarrei o braço de Trey e o puxei para sairmos da quadra.

"Mas como é que ela conseguiria entrar lá?", perguntou Charlayne. "Você está com o cartão de acesso dela."

Olhei para ela por um instante. Não era minha Charlayne, não de verdade, mas eu não gostava da ideia de mentir para ela. "Eve não é sua amiga, Charlayne. Sei que você não vai entender isso, mas ela estava usando você para chegar até mim. Cuide-se, ok?" Então joguei o cartão de acesso o mais longe que consegui. Tal como eu esperava, ela me deu um olhar confuso e então se virou para recuperá-lo.

Bati a porta atrás de nós.

"Fuja", falei, apontando para a saída ao final do corredor e agarrando a mão de Trey. "Temos que sair daqui *agora*."

Estávamos a cerca de um terço do caminho para a saída quando uma porta se abriu atrás de nós. Olhei para trás, esperando ver uma Charlayne furiosa diante da entrada da quadra esportiva. Em vez disso, vi uma Eve *muito* furiosa, com um fio de sangue escorrendo pelo rosto. Ela estava encostada na moldura da porta de vidro, buscando apoio. Dois dobermanns ainda mais furiosos estavam tentando abrir caminho por ela. As pernas de Eve cederam e ela caiu para frente. Um dos cães ganiu quando ela pousou em cima dele, mas isto não dissuadiu nenhum dos dois de partir para cima do alvo: eu.

Ainda estávamos a uns bons cinquenta metros da saída e eu sabia que não íamos conseguir sair antes que eles nos alcançassem. Trey, no entanto, seria bem-sucedido se eu criasse uma distração, principalmente porque as pernas longas dele eram capazes de cobrir uma distância muito maior do que as minhas, tão curtinhas.

Saquei a chave CHRONOS de dentro da blusa, ainda correndo, enquanto Trey me puxava pela outra mão, tentando me fazer acelerar.

"Não vamos conseguir, a menos que a gente se separe, Trey", disse eu. "Vá para o carro. Vou fazer um salto para a casa de Katherine. É a nossa única chance."

"Não!" disse ele, me puxando com mais afinco.

"Trey, por favor! Tenho certeza de que Eve chamou a segurança — *saia* daqui! Eu vou ficar bem." Soltei a mão dele e o empurrei com o máximo de força que consegui em direção à porta, esperando que eu tivesse soado mais confiante do que de fato me sentia.

Então eu me virei para encarar os oitenta quilos, ou mais, de dentes arreganhados.

Os cães ainda estavam correndo em minha direção, mas quando viram o medalhão, desaceleraram e pararam de latir. Pousei minha mão no centro da joia. Um dos cachorros ganiu baixinho, do mesmo jeito que Daphne fazia à porta da biblioteca, e deu uns bons passos para trás. O outro pareceu confuso, mas continuou a caminhar na minha direção, seus dentes imensos arreganhados e parecendo afiados demais para o meu gosto.

"Para trás! Senta!", falei com minha voz mais autoritária, e que naquela hora soou tão autoritária quanto a voz do Mickey Mouse. Os cães não se impressionaram comigo, mas ainda estavam de olho na chave CHRONOS, caminhando para mim com cautela, num ritmo mais lento.

Fiquei tentada a olhar para trás para ver se Trey tinha conseguido sair — eu não ouvi a porta ser aberta, mas os cães estavam dificultando para me permitir ouvir qualquer outra coisa. Não me atrevi a quebrar o contato visual com eles, no entanto. Então fiquei firme onde estava, abri o display e tentei travar meu destino.

"Cachorrinhos bonitinhos" sussurrei. Eles estavam a uns três metros de distância apenas; eu precisava me apressar. "Quietinhos..."

O maior e mais agressivo dos dois animais aparentemente não obedecia ao comando "quieto", porque começou a latir de novo e se lançou para cima de mim. Reagi dando um chute com a perna esquerda bem na barriga dele.

Infelizmente suas mandíbulas encontraram minha coxa ao mesmo tempo que meu pontapé o mandou para longe. Gritei quando os dentes rasgaram meu jeans e deixaram dois sulcos profundos na perna. Minhas mãos tremiam e o visor cintilava na minha frente, mas tratei de acalmar a ambos antes de perder totalmente o ponto estável.

Ouvi Trey chamando meu nome ao longe e passos correndo em minha direção. "Estou bem! Volte, Trey!" O cão alfa estava de pé novamente, as patas traseiras tensas e prontas para saltar. Se eu tentasse bloqueá-lo, sabia que perderia o ponto estável outra vez.

Uma fração de segundo depois, o cão estava no ar, mirando no braço que segurava a chave CHRONOS. Fiz a única coisa que eu poderia fazer — pisquei e esperei pelo melhor desfecho possível.

Não me lembro de ter gritado, mas devo tê-lo feito, uma vez que foi um grito que trouxe Connor à cozinha. Em retrospecto, um grito teria sido uma reação perfeitamente normal para o fato de haver um dobermann malvado de quarenta quilos tão perto que muito brevemente consegui sentir seu hálito quente contra a pele do meu braço. Depois de um instante sem eu ter sentido nenhum dente perfurando minha pele, abri meus olhos timidamente. Olhei ao redor da cozinha escura, em seguida desabei no chão, ofegando e abraçando o próprio peito num esforço para me acalmar.

Connor e Daphne chegaram à porta poucos segundos depois. "O que, em nome de Deus, você fez, Kate?"

Dei um sorriso fraco a Connor quando Daphne se aproximou para me aninhar. "Lembra do livro que você queria da biblioteca?" Saquei o *Livro da Profecia* de debaixo da minha blusa. "Acontece que os ciristas soltam os cachorros em cima de você se você não tiver um cartão da biblioteca."

Dava para notar pelo seu olhar que ele estava muito feliz em ver o livro, mas o sentimento não alcançou o restante do rosto. "Você só pode estar brincando. Por que diabos você se arriscaria para conseguir isto? Você está sangrando por toda a porcaria do piso."

Ele estava certo. Não era um ferimento *grave* — uma vez consegui um corte bem parecido quando estava aprendendo a depilar as pernas com lâmina. No entanto, havia dois sulcos iguais de uns cinco centímetros logo acima do meu joelho. Também havia uma mancha escura que só fazia aumentar na perna da calça jeans, e o sangue estava pingando numa poça no piso de mármore.

"Que bom que Katherine não ouviu você, porque quando os remédios batem ela consegue dormir com qualquer estardalhaço", disse ele, balançando a cabeça. "Vou pegar curativos. Você *fica aí*", acrescentou com veemência, e um tanto desnecessariamente, uma vez que era altamente improvável que eu fosse sair perambulando numa nova aventura com uma perna sangrando.

Fiquei aguardando, meu rosto enterrado na juba de Daphne, até que Connor voltou com um par de tesouras, uma toalha, pomada antisséptica, várias ataduras de gaze e um rolo de esparadrapo. Ele me colocou numa das cadeiras da cozinha, cortou a perna da calça e começou a limpar as feridas.

"Ai", gemi, encolhendo diante do paninho que ele aparentemente havia embebido em álcool.

"Fique quieta. Você tem sorte por não estar pior, Kate."

Estremeci quando minha mente retornou para a imagem do dobermann voando em minha direção. Connor não tinha noção exata do *quanto* eu era sortuda, e eu não achava que seria uma boa ideia lhe fornecer os detalhes sórdidos. Ele não falou mais nada, simplesmente terminou de limpar os cortes, passou pomada e enfaixou.

Quando acabou de limpar o sangue do chão, ele puxou uma cadeira e me encarou por alguns segundos. "Então?"

Dei-lhe um breve resumo das minhas últimas horas. Quando terminei, entreguei o livro a ele. "Eu não fui por causa do livro. Por acaso surgiu a oportunidade de pegá-lo, então aproveitei. Fui ver Charlayne. Sou totalmente a favor da mudança nesta linha do tempo — quero meus pais de volta —, mas quanto ao restante da coisa toda... bem, os ciristas existem desde sempre, de acordo com minhas lembranças. Acho que eu queria conferir se os ciristas eram mesmo tão... sei lá, diabólicos... como você e Katherine parecem pensar."

"E são?"

"Provavelmente." Dei de ombros. "Tá bom, *sim*, eles são. Acho que eles estão planejando algo grandioso — ou melhor, Saul está. Não creio que dê para marcar e classificar quem pensa que isso é tudo predestinado. Você conhece o Credo, certo? 'Nós escolhemos O Caminho, então...'."

Ele assentiu e eu continuei: "Bem, eles levam muito mais a sério e mais literalmente do que eu teria imaginado. "

"Isso não me surpreende", disse ele. "Os poucos ciristas que conheci, mesmo em linhas do tempo anteriores, claramente seguiam os preceitos de um jeito cego."

"Esse cara", falei, "ele era um Aspirante, um dos membros da juventude, e estava falando sobre a salvação dos Escolhidos. Não de punição na vida após a morte, mas de algum tipo de desastre. Ele disse que os Escolhidos viveriam e todos os outros morreriam. Que os Escolhidos representariam o futuro..."

Connor ficou em silêncio por um momento, encarando a capa do livro, e então ele olhou para cima. "Então... você saltou de volta para cá. Onde está Trey?"

"Neste exato minuto, ele está dormindo em casa, com o despertador programado para poder me buscar às sete, no Lincoln Memorial." Respirei fundo. "Mas se você está perguntando sobre esta tarde, *acho* que ele conseguiu sair de lá. Não tenho certeza. Eu disse a ele para correr, que eu ia saltar de volta para cá — não tinha como ele fazer de outro jeito. Mas quando ele me ouviu gritar, quando o cachorro me mordeu, ele estava correndo de volta para mim."

Meu lábio estava tremendo, e então as lágrimas vieram. "Cometi um erro, dos grandes. A gente não devia ter ido. E Connor... eles sabem quem eu sou. Por um lado, sou quase uma xerox de Prudence. Tem fotos dela... nos vitrais coloridos... por todos os lados. E... Acho que eles estão vigiando a casa." Lembrei-me do que o pai de Trey tinha falado sobre os ciristas terem amigos no alto escalão. "Se eles sabem que estamos aqui, que Katherine está me treinando, então não entendo por que simplesmente não invadiram. Os Templários Ciristas claramente fazem o que quer que Saul e Prudence ordenem, e nós somos apenas..."

Ele assentiu. "Eu mesmo me questionei isso. Temos um sistema de segurança, e não é dos mais baratos. Daphne também é muito boa em alertar sobre intrusos, pelo menos no caso das pessoas que vêm e vão da maneira convencional", acrescentou, semicerrando os olhos para mim. "Mas entrar aqui seria brincadeira de criança para alguém determinado e munido de dinheiro e habilidade."

Cruzei os braços sobre a mesa e abaixei minha cabeça por um momento, esmagada pela grandiosidade do que estávamos encarando e do quão pouco sabíamos. E ainda tinha essa sensação corroendo meu estômago, o medo de que Trey pudesse estar em apuros e eu não ter estado — ou melhor, não estaria — lá para ajudá-lo.

"Connor, será que devo retroceder e resolver a situação? Impedir-me de ir à igreja? Dizer a Trey para não me encontrar? Eu sei o que Katherine disse sobre a tentativa de conciliar duas realidades diferentes, mas talvez..."

"Não. Não podemos correr esse risco, Kate. Em primeiro lugar, não seria apenas você lidando com dois conjuntos de lembranças. Seria qualquer um que entrasse em contato com um medalhão nesse período. Katherine ficaria bem, já que ela está dormindo, mas Daphne e eu estamos aqui há, o quê, uns quinze ou vinte minutos? E quanto tempo seria para você — cinco horas? Seis?"

A expressão dele ainda estava séria, mas ele apertou minha mão. "Não. Eu sei que é difícil, mas você vai ter que esperar. Se você falar com ele, alguma coisa poderia ser modificada — principalmente se ele perceber que você está chateada ou machucada. Ele já é crescidinho e você me disse que ele já estava perto da porta — ele vai ficar bem."

Connor se levantou e caminhou até o armário onde Katherine guardava a maioria de seus remédios. Ele fuçou ali dentro durante alguns minutos, abrindo um frasco finalmente. Aí encheu um copo com água da geladeira e então me entregou, juntamente a uma pequena cápsula vermelha. "Tome isto. Vai aliviar a dor na perna e deve ajudar a dormir. E", acrescentou, "não estou inclinado a contar nada a Katherine, a menos que seja necessário... Eu não quero preocupá-la. Então você vai precisar inventar alguma desculpa lógica para este machucado aí."

Eu não estava nem um pouco a fim de contar a Katherine que eu tinha sido estúpida o suficiente para ir valsando diretamente à cova do leão só pra aplacar a minha curiosidade sobre os ciristas, sendo assim, fiquei muito feliz por Connor se mostrar disposto a guardar meu segredo.

"Acho que isso é bem fácil", falei. "Escorreguei no chuveiro e me cortei com a lâmina de depilar. Está tudo enfaixado agora, então ela nem vai saber dizer a diferença. Mas..." Meneei a cabeça para o *Livro da Profecia* "...ela vai ter que ficar sabendo disto aí, não vai?"

"Vou arrancar a capa e guardar junto aos outros diários que recolhemos, depois que eu baixar o conteúdo em nossos computadores."

"Mas ela não vai se perguntar como você conseguiu a informação?", questionei. "Eu sei que já tem um tempinho que você está tentando conseguir este livro..."

"É simplesmente incrível o que você pode encontrar na WikiLeaks", disse ele, com um rosto totalmente impassível. "Não sei por que não me ocorreu olhar lá antes. Ela vai acreditar em mim, Kate — vou dar um jeito de ser convincente. E uma vez que tivermos terminado de analisar todos esses dados", ele sorriu, "a WikiLeaks pode muito bem ser o local onde este livrinho acabou indo parar."

Connor subiu para a biblioteca, presumivelmente para trabalhar no *Livro da Profecia*. Tomei a pílula vermelha que ele me deu e então subi pela outra escadaria, para o meu quarto, carregando o restante das ataduras.

Depois de meia hora, o analgésico começou a anestesiar o latejar na minha perna — na verdade, eu me senti inteirinha anestesiada —, mas ainda levei um tempinho para pegar no sono. Continuei ouvindo a voz de Trey chamando meu nome e enxergando os dentes brancos e afiados voando em minha direção. E a cadeira batendo na cabeça de Eve, em câmera lenta e cores muito vivas. Apesar de sua postura antipática no geral, me senti um pouco culpada pelo golpe e tinha esperanças de que ela estivesse bem.

∞

Acordei pouco antes das dez e tomei um banho quente, relaxando em consideração aos ferimentos na minha perna. A região em torno dos cortes estava começando a ficar azulada devido ao impacto do focinho do cão, e era irritante pensar que o vira-lata provavelmente estava relaxando ao sol neste momento, naquele pequeno jardim, a muitas horas felizes de distância do nosso encontro. Consolei-me com a noção de que ele não estaria mais tão alegrinho ao final da tarde — com certeza o pontapé que lhe dei no peito deixaria um hematoma muito maior do que aquele que ele deixou na minha perna.

Era difícil compreender que nesse exato minuto Trey e eu estávamos conversando com o pai dele e com Estella. Apesar do ronco nesta versão do meu estômago, que já estava há umas dez horas sem comer, a outra versão de mim estava se entupindo com *huevos divorciados*, *tortillas* e *buñuelos*. Tal pensamento me deixou com mais fome ainda, então saí da banheira relutantemente, enfaixei novamente a perna e me vesti para caçar meu café da manhã.

Deixei Daphne entrar do quintal, feliz por ter companhia enquanto comia meus cereais. A julgar pelos pratos na pia e pelo fato de eu ter precisado requentar o café no bule, Katherine e Connor já tinham comido há horas.

Eles provavelmente já estavam debruçados sobre os documentos que Connor milagrosamente havia localizado na internet, e eu não estava nem um pouco ansiosa para me juntar a eles na biblioteca. Minha capacidade de mentir de maneira convincente já estava no seu limite; fingir surpresa com a descoberta de Connor e ao mesmo tempo fingir não estar morrendo de preocupação com Trey me parecia uma tarefa colossal. A alternativa, no entanto — ficar sentada sozinha e pensar em Trey e nesse dia totalmente maluco durante as próximas duas ou três horas — era ainda menos atraente.

Conforme imaginei, ambos estavam mesmo na biblioteca. Quando entrei, Katherine levantou de uma cadeira perto das janelas. Ela estava com um dos diários na mão, e eu desconfiava fortemente que até a noite anterior sua capa dizia *Livro da Profecia*.

"Feliz aniversário, Kate! Connor tem um... ai, meu Deus, Kate! O que houve com sua perna?"

Contei minha historinha e expliquei que não estava tão ruim assim — e para ser sincera, o curativo imenso de fato fazia parecer pior do que realmente estava.

Ela ofereceu um sorriso compassivo. "Tenha mais cuidado, querida. Eu tive sorte — todos os meus pelos inúteis foram eliminados muito antes de eu chegar à sua idade —, mas eu me lembro de Deborah cortando a canela de um jeito bem feio quando ela era um pouco mais jovem do que você.

"De qualquer forma", continuou, levando-me até os computadores, "Connor tem um presente de aniversário maravilhoso para você — bem, é para todos nós, na verdade."

Fingi surpresa quando Connor revelou o *Livro da Profecia*, agora baixado para o disco rígido para facilitar a busca e instalado em dois dos diários CHRONOS, para o caso de a gente querer ler bem acomodados na poltrona. Depois de olhar as primeiras páginas, no entanto, duvidei seriamente que eu fosse recorrer ao livro para preencher minhas necessidades de leitura leve.

O *Livro* era porcamente organizado — meros pedaços esquisitos de "profecia" política e social justapostos com dicas de investimento, aforismos e banalidades. E então, a cada dez páginas mais ou menos, aparecia um belo anúncio mostrando como aqueles que seguiam o Caminho Cirista seriam recompensados além de seus sonhos mais loucos. O *Livro de Cyrus* podia até ser repetitivo e um plágio de todos os textos religiosos por aí, mas pelo menos possuía algum sentido poético e era razoavelmente coerente.

O *Livro da Profecia*, por outro lado, fazia lembrar mais dos infomerciais que passavam na TV às duas da madrugada — quando eles sabem que você está tão surtado que quase tudo vai fazer sentido. Era difícil ver por que Connor tinha pensado que seria importante.

Lê-lo era divertido, no entanto, daquele mesmo jeito que é divertido sair clicando em links internet afora, seguindo uma linha de raciocínio qualquer — aqueles momentos em que você acaba tão longe do seu tópico original que fica difícil lembrar o que você estava procurando quando começou. Ainda assim, eu não parava de olhar para o relógio a cada dez minutos, tentando imaginar onde estaria a outra versão de mim naquele minuto, e o que Trey estava fazendo.

Quando deu meio-dia e quarenta, não consegui aguentar mais. Saí da biblioteca e voltei ao meu quarto. O telefone celular que Connor tinha comprado algumas semanas atrás estava na escrivaninha, ao lado do meu laptop.

Eu sabia que Trey tinha desligado o celular durante o culto — ou talvez só tivesse colocado no modo silencioso? Eu só esperava que ele tivesse se lembrado de ligá-lo de novo depois que fomos para a quadra esportiva com os Aspirantes. Mandei um pequeno texto, que parecia vago o suficiente para não alarmá-lo demais — "Corra quando eu mandar correr. Não olhe para trás. Cheguei em casa bem" — e então enfiei o celular no bolso dos meus shorts.

Mesmo se o que Connor e Katherine tinham dito sobre os problemas causados ao tentar conciliar versões conflitantes da realidade fosse verdade, eu já estava no escritório com Eve ou ao menos já teria seguido para lá. Eu encontraria Trey por só mais alguns minutos antes de fazer o salto, e certamente isso não teria como estragar as coisas tanto assim, não é?

Quando voltei à biblioteca, Katherine tinha ido lá embaixo, provavelmente para almoçar. Sentei-me novamente em minha poltrona perto da janela, mas não consegui continuar a leitura.

"Eu não sabia que as pessoas literalmente mordiam os nozinhos dos dedos", disse Connor. "Achei que fosse só uma figura de linguagem. O livro é mesmo tão cheio de suspense assim?"

Olhei para minhas mãos e vi que ele estava certo. Eu tinha caído num velho hábito meu — os primeiros dois dedos da mão esquerda estavam muito vermelhos.

"Obviamente não", respondi. "Você sabe por que estou tensa."

Ele deu um sorrisinho. "Ele vai conseguir, Kate."

"Também acho que vai... *agora*", falei de maneira desafiadora. "Resolvi fazer um pequeno seguro."

"O que você quer dizer com *seguro*?", perguntou.

"Mandei mensagem no celular. Há uns dois minutos. Mandei ele correr, e avisei que cheguei bem. Não tem como mudar muita coisa, eu mal consigo encontrá-lo nesse meio tempo, mas eu só espero que ele tenha ligado o celular depois do final do culto."

Connor riu baixinho, balançando a cabeça. "Não vai fazer diferença ele ligar o celular ou não."

"Por quê?"

"Mandei uma mensagem para Trey antes de eu ir para a cama, lá pelas quatro da madrugada. Falei com ele para ficar perto da porta da quadra de esportes e para correr quando você mandasse, e prometi a ele que você estava segura aqui, na casa. E falei para ele *não* contar para você que mandei o torpedo, sob nenhuma circunstância."

"Então é por isso que ele foi pra lá, para perto da porta! Fiquei com medo de precisar caçá-lo. Mas você disse que a gente não deveria..."

"Eu disse que *você* não deveria", corrigiu. "Mas quanto mais eu pensava no assunto, via que não era um risco tão grande se eu ligasse para ele."

"E você não podia ao menos ter me contado? Eu estava mordendo os dedos de nervosismo!"

Ele deu de ombros. "O que eu deveria fazer? Te entregar um bilhetinho com o recado? Katherine passou a manhã toda aqui. E por falar nela..."

Quando ele se calou, ouvi os passos de Katherine na escada. Peguei o diário e fingi estar concentrada enquanto Katherine e Connor discutiam sobre o significado de uns trechos da "profecia".

Uns vinte minutos depois, meu celular tocou no bolso, e eu dei um pulo tão forte que minha cópia do livro caiu no chão. Katherine resmungou alguma coisa para que eu tivesse cuidado com os sofisticados equipamentos da CHRONOS, mas eu já havia saído.

Assim que cheguei ao quarto, atendi o telefone. Eu sabia que só podia ser Trey, já que a única alternativa seria uma ligação por engano, mas ainda assim fiquei tremendamente aliviada ao ver o nome dele na tela. E então ocorreu-me que poderia ser Eve ou algum guarda da segurança da Cyrus ligando para dizer que Trey estava de refém, ou que...

"Trey?" Minha voz estava tremendo. "É você? Você está bem? Onde você está?"

Houve uma breve pausa, mas foi ele mesmo quem respondeu. "Sim, estou bem. Estou a algumas quadras da Beltway."

Sentei-me na beira da cama e dei um suspiro demorado. "Fiquei com tanto medo, Trey. Ouvi você correndo na minha direção e fiquei sem saber se você conseguiu dar meia-volta a tempo — ou se Eve tinha chamado a segurança. Você recebeu minha mensagem?"

"Não, mas vi que tinha um recado. Liguei assim que pude. Recebi a mensagem de Connor esta manhã, mas ele disse para não contar a você. Não tenho certeza se eu teria concordado se eu soubesse onde você estava se metendo. Você está bem? Aquele cachorro era enorme, e pelo visto ele estava indo direto pra sua garganta."

"Era bem grande mesmo. Ele só me mordeu uma vez, na perna — nada muito fundo porque dei um chute forte nele. Que bom que você continuou correndo."

Ele deu uma risada irônica. "Acho que não teria feito diferença mesmo se eu tivesse esperado. Ele bateu no chão com muita força e ficou... hum... digamos apenas que eu não acho que qualquer um deles tenha muita experiência em ver sua presa desaparecendo no ar. Eles só recomeçaram a latir quando eu já estava quase na garagem, e eles estavam atrás da porta, então..."

"Tem certeza de que não está sendo seguido ou algo assim?"

Houve uma pausa, e desconfio que ele estivesse verificando os espelhos retrovisores. "Acho que não."

"Bem, só vou desligar depois que você chegar aqui."

Houve um longo silêncio do outro lado da linha e minha mente imediatamente retomou ao pânico. Será que tinha mais alguém no carro com ele? Será que ele ainda estava em perigo?

"Trey? Qual é o problema?"

"Nada", disse ele. "Sério, Kate, eu estou bem. Vou ficar na linha se isso te deixa mais tranquila, mas não diga a Katherine, ok? Prometi fazer uma parada no caminho e pegar seu bolo de aniversário, e acho que ela estava contando que ia ser uma surpresa."

∞

A festa de aniversário foi divertida, apesar do nó que surgia na minha garganta toda vez que eu me lembrava de que este era o único aniversário sem minha mãe ou meu pai. Comemos pizza — não pude dizer a Katherine que Trey e eu tínhamos comido a mesma coisa apenas algumas horas antes — e Katherine abriu uma garrafa de vinho para um brinde. Ela hesitou antes de servir para Trey, embora ele tivesse garantido que sua família tinha uma visão muito europeia do consumo do vinho. Sendo assim, ela deu de ombros. "Considerando que tecnicamente não estou *viva* nesta linha do tempo, duvido que as autoridades fiquem preocupadas com o fato de eu estar corrompendo um menor."

O bolo estava pecaminosamente delicioso, pingando chocolate, exatamente do jeito que um bolo de aniversário deve ser. Trey me deu um monte de camisetas com dizeres engraçados e uma corrente de ouro feita com delicados coraçõezinhos entrelaçados. Katherine e Connor me deram uma pequena câmera de vídeo, a qual utilizamos para filmar o restante da festa, inclusive algumas imagens bobas de Daphne tentando arrancar a coroa de papelão da minha cabeça.

Eu ainda me sentia terrivelmente culpada por ter colocado Trey em perigo. Era difícil afastar a sensação de pânico que senti antes de ele chegar. Acho que ele estava sentindo a mesma coisa — nós dois ficamos buscando pequenos motivos para nos tocar e nos tranquilizarmos de que ambos estávamos mesmo presentes ali.

Assim que acabamos de comer e terminamos a comemoração, Connor mostrou a Trey o *Livro da Profecia*. Pelo menos Trey não teve que fingir surpresa — ele não tinha percebido que eu realmente consegui algo material da nossa aventura.

Depois de alguns minutos, deixamos Katherine e Connor em sua análise e nós dois fomos para o meu quarto. Trey me puxou assim que a porta foi fechada atrás de nós. Depois de um beijo demorado, ele me afastou no comprimento de um braço.

"Você me assustou pra caramba, Kate. O que aconteceu lá? Quer dizer, eu sabia que ia acontecer *alguma coisa*, por causa do recado de Connor, mas..."

"Ela sabia quem eu era. Só conseguimos escapar de lá porque Eve gosta de impressionar o pai dela. Ela queria surpreendê-lo me capturando sozinha."

"O *pai* dela?", perguntou Trey.

"Conwell", esclareci. Ele sentou no sofá e me aconcheguei ao lado dele. "Só me dei conta disso quando estávamos juntas no escritório — os mesmos olhos, o mesmo nariz. Ela disse que a segurança do templo detectou a chave CHRONOS assim que chegamos e então mandou uma mensagem para o escritório de Conwell. Ela estava lá quando o recado chegou. Mas não quis perturbar o pai antes do culto, e os seguranças estavam um pouco ocupados com a reunião dos executivos, então..."

Encaixei as peças do quebra-cabeça que Trey não tinha sacado — minha fuga de Eve, os dobermanns no jardim central. Ele levantou a ponta do curativo na perna e estremeceu um pouco. "Acho que poderia ter sido muito pior", comentou.

"Sim. Tivemos sorte. Só lamento tanto por ter enfiado você nisso", desculpei-me. "Foi estúpido e imprudente e..."

Ele balançou a cabeça. "Sou eu quem deve se desculpar aqui. Você não sabia onde a gente tava se metendo. Eu fui sabendo que existia *algum tipo* de perigo, porque eu ia ter que correr — mas não contestei quando Connor avisou que você estava bem. Eu não sabia que você ia se machucar. Eu devia ter te contado..."

"Você fez a coisa certa, Trey. E talvez vá valer a pena. Talvez haja alguma coisa naquele livro estúpido que vá nos ajudar."

Passamos as horas seguintes falando de outras coisas, ou de nada, apenas felizes por estarmos juntos e em segurança. É claro que nenhum de nós estava especialmente ansioso para dizer boa noite, mas eu sabia que ele tinha uma prova de trigonometria cedinho na manhã seguinte, então o incitei a ir embora, a contragosto, um pouco depois das nove.

Fiquei observando o carro partir, ainda um pouco tensa, e concluí que uma xícara de chá de ervas poderia me ajudar a relaxar para dormir. Katherine já estava na cozinha, e a chaleira estava começando a assobiar.

"Você leu meus pensamentos", comentei, abrindo o armário para pegar xícaras. "Tem água suficiente para dois?"

Ela assentiu e eu escolhi um chá de camomila, acrescentando um bocadinho de mel à minha xícara, juntamente à água quente. Katherine escolheu seu chá noturno de sempre. Eu não sei o que o dela levava, mas cheirava vagamente a salsicha italiana e eu sempre tentava evitar o vapor que subia da xícara dela.

"Já que você está aqui", começou ela enquanto derramava a água sobre seu saquinho de chá, "talvez a gente deva tirar um tempinho para conversar."

"Claro", respondi, sentando-me à mesa. Algo no tom de voz dela me levou a pensar que não ia ser uma conversa agradável. "O que houve?"

"Duas coisas. Primeiro, tenho mais um presente para você." Ela enfiou a mão no bolso e sacou uma pulseira de prata delicada, com um único pingente pendurado. Era uma réplica em miniatura de uma ampulheta, quase tão longa quanto a ponta do meu dedo. Não era uma réplica funcional — os dois bulbos na verdade eram pequenas pérolas e as bordas eram feitas de uma pedra verde e lisa que parecia jade.

"A correntinha é nova", disse ela. "A original arrebentou há muito tempo. O pingente, no entanto, foi dado pela minha mãe quando completei meu treinamento na CHRONOS. Uma amiga dela fez especialmente para mim, e eu nunca vi peça igual. Eu sempre usava quando viajava — um amuleto de boa sorte, acho."

Ela me ajudou a prender a pulseira no pulso. "Acho que é um presente adequado. Não apenas pelo seu aniversário, mas também porque você está muito perto da conclusão do seu treinamento, embora o seu seja uma versão muito resumida, receio."

Sorri para ela. "Obrigada, Katherine. É lindo."

"Eu queria te dar, de qualquer forma", explicou ela, "mas o presente também tem um propósito prático. Se você mostrá-lo pra mim na feira, garanto que vai conseguir minha atenção — principalmente se apontar a borda direita superior, que está lascada, e me lembrar de como isso aconteceu."

Eu não tinha notado a pequena imperfeição — uma lasca sutil na pedra verde que estava suspensa acima das pérolas por uma pequena cobertura de prata. "E como *foi* que aconteceu?"

"Foi num dos meus primeiros saltos — uma viagem sozinha, sem Saul." Ela parou por um instante, bebendo um gole de chá, o qual aparentemente ainda estava quente demais. "Estive em dezenas de saltos ao longo dos dois anos anteriores, e por isso você poderia achar que me acostumei a ver pessoas famosas. Mas quando eu estava saindo de um veículo em Nova York, onde iria participar da sessão noturna da reunião da Associação Americana para os Direitos Igualitários — aquela na qual estavam debatendo se a Décima Quinta emenda deveria incluir as mulheres, sabe?"

Assenti vagamente, recordando-me da discussão na aula de história e, mais recentemente, de um de seus diários de viagem.

"Bem", continuou ela, "Olhei para fora e vi Frederick Douglass discutindo com Susan B. Anthony e Sojourner Truth,[1] todos os três a poucos passos de distância, perto da entrada do prédio. E tal como um turista bobão vendo a Estátua da Liberdade ou o Capitólio pela primeira vez, esqueci o que eu estava fazendo e sabe-se lá como consegui bater a porta do veículo no meu pulso."

"Ai, caramba." Eu ri. "Desculpe... Espero que não tenha machucado."

"Na verdade, não — só um cortezinho por causa do trinco da porta, mas o Sr. Douglass tinha um lenço, o qual ele muito gentilmente doou para a causa. Esta é uma lembrança que eu gostaria de ter guardado na minha bolsa quando fiquei presa em 1969." Ela suspirou. "Mas as principais lesões foram à minha dignidade e a este pequeno pingente de ampulheta. Não acho que eu já tenha contado esta história para alguém, nem mesmo Saul. Fiquei preocupada que qualquer pessoa na CHRONOS fosse rir de mim por dar uma de tiete."

Ela bebericou mais um gole do chá e olhou para mim. "E agora, a outra coisa." Houve uma longa pausa, e então ela continuou. "Eu estou preocupada com você, Kate. Não em relação ao seu trabalho com o medalhão", acrescentou rapidamente. "Você fez um progresso realmente inacreditável. Fiquei quase dois anos no programa antes de conseguir exibir os dados tão rapidamente quanto você. Você tem uma capacidade de concentração maravilhosa."

"Então... O que é?", perguntei.

Mais uma pausa enquanto Katherine misturava seu chá, claramente tentando concluir como se expressar. "É sobre Trey, Kate. Estou preocupada com o fato de vocês terem desenvolvido muita intimidade, e certamente você sabe que essa relação não pode durar, certo?"

Fiquei incomodada, e ainda assim não consegui ignorar o fato de que havia alguma verdade naquelas palavras. Eu mesma tinha me questionado por que Trey se interessaria por mim — ele era bonito, inteligente, divertido... e eu era apenas eu, apenas a *Kate*. "Eu sei",

---

[1] Sojourner Truth (1797-1883), nascida Isabella Baumfree, na condição de escrava, foi uma empregada doméstica e palestrante norte-americana. Foi notória na defesa do abolicionismo e dos direitos das mulheres. [NT]

concordei, olhando para minha xícara de chá. "Ele é realmente ótimo, e tenho certeza de que existem muitas outras garotas que..."

Katherine agarrou a minha mão. "Ah, não, querida. Não, não, não." Lágrimas surgiram nos olhos dela. "Definitivamente não foi isso que eu quis dizer. Existem todos os motivos no mundo para aquele rapazinho se interessar por você. Você é linda, inteligente, espirituosa — por que ele não *ia querer* ficar com você?" Ela balançou a cabeça e sorriu. "É verdade que você pode não ter autoconfiança, mas... Eu me lembro de isso ter sido um problema bastante comum nos meus dezesseis anos — desculpe, *dezessete* anos."

"Então por que você está dizendo...?"

"Eu não acho que você esteja raciocinando direito. Eu concordei em deixar Trey passar mais tempo com você porque você estava certa — você precisava de um amigo. Fiquei tão preocupada com a possibilidade de você entrar em depressão por Deborah e Harry não... estarem na sua vida." Ela fez uma pausa. "Mas se você conseguir consertar esta linha do tempo, seus pais vão estar de volta e vamos retornar à vida como era antes. Trey... bem, ele não vai mais estar em Briar Hill, se nos basearmos no que você disse. Ele ocupou sua vaga na escola, certo? Trey não vai se lembrar de nada disso. Ele não vai se lembrar de *você*, Kate."

Lembrei-me do comentário de Trey na nossa primeira noite na varanda — que bastaria eu atirar uma meia ou um brinco no chão, e ele acreditaria em tudo de novo. Isso poderia ter sido um bom recurso várias semanas atrás, quando a gente tinha passado apenas um dia juntos. Mas agora? Eu ia me lembrar de todo nosso período juntos e Trey não. Mesmo que eu achasse um jeito de reencontrá-lo, não seria a mesma coisa. Essa ideia doía muito mais agora do que no início.

"Por que ele não pode simplesmente estar aqui quando eu fizer o salto?", questionei. "Assim como aconteceu quando fiz o salto de teste? Ele estaria protegido, assim como Connor e você estão, e ele se lembraria, certo?"

"Sim", respondeu Katherine. "Ele se lembraria. Mas não posso permitir isso, Kate, por duas razões. Primeiro, é uma violação das regras da CHRONOS..." Ela ergueu a mão quando comecei a contestar. "Por favor, deixe-me terminar. É uma violação das regras da CHRONOS interromper a linha do tempo desse jeito. Estamos tentando consertar o dano que Saul criou, e eu não posso tolerar uma modificação na linha do tempo simplesmente porque você se permitiu ficar tão apegada a Trey."

Semicerrei os olhos. Katherine fazia soar como se Trey fosse um gato de rua. "Você disse que havia *duas* razões?", perguntei, mantendo o tom de voz.

Katherine assentiu. "Se você realmente se preocupa com este rapaz, então vai entender meu segundo argumento — mesmo que não concorde com o primeiro. Em algum momento, Trey vai ter que sair desta casa, e quando o fizer, ele terá dois conjuntos de lembranças totalmente diferentes para conciliar. Isso já é difícil o bastante para aqueles de nós que temos o gene CHRONOS", explicou, balançando a cabeça lentamente. "Você disse que foi desnorteante quando ele viu o retrato do seu pai desaparecer. Aquilo era uma demonstração das pequenas memórias que não coincidem. Você quer mesmo submetê-lo a algo assim numa escala muito, muito maior? Haveria milhares de pontinhos para se ligar — Connor e eu realmente não sabemos o efeito que isso pode ter sobre o garoto. Haveria riscos de danos mentais permanentes."

Meu coração se apertou no peito. Eu não tinha pensado no possível impacto sobre Trey.

"Eu não estou dizendo que você deve terminar sua amizade com Trey de imediato, Kate. Você ainda tem alguns dias. Apenas aproveite a relação pelo que ela é — pelo que ela precisa ser. Caso contrário, você vai acabar muito mais triste do que o necessário quando tudo terminar. Porque *vai ter que* terminar."

Apesar de todos os meus esforços para imitar o penteado elegante e sofisticado descrito passo a passo na edição de setembro de 1893 da revista feminina *The Delineator*, meu cabelo ainda estava solto. Eu estava acostumada a fazer um coque em nó para ir à escola, mas aparentemente isso era muito simples para as mulheres na década de 1890. O estilo exigia um monte de tranças laterais trespassadas em lacetes complicados de cabelo, tudo isso preso por pentes e Deus-sabe-o-quê-mais para formar uma laçada que desafiava a gravidade. Por fim, desisti, frustrada.

Do pescoço para baixo, no entanto, eu já estava arrumada. Os sapatos que Katherine tinha encomendado de uma loja de fantasias on-line tinham chegado naquela tarde, algumas horas depois de a costureira entregar o vestido e as roupas de baixo. Ajudei Connor e Katherine a enfiar minúsculos receptores de prata no meio do tecido do vestido, nas roupas de baixo e nas botas a fim de garantir que as peças de vestuário não sumissem caso eu as retirasse. Os receptores ampliavam o campo da CHRONOS — uma configuração semelhante à que Connor tinha montado para a casa, mas numa escala muito menor. Isto finalmente resolveu uma questão que vinha me incomodando há semanas. Como impedir um historiador de surrupiar um esboço de Picasso ou de encher a bolsa de ouro para trazer de volta? Não era apenas respeito às regras e regimentos da CHRONOS. Também não daria para vender os itens, porque a pessoa seria pega assim que o objeto roubado deixasse a proteção do medalhão e o novo comprador descobrisse que ele ou ela carregava nada além de uma bolsa vazia.

As botas eram feitas de um couro branco e macio. Katherine disse que eram de pelica, o que, tenho certeza, significa uma cabra bebê, sendo assim tentei não pensar nisso quando as calcei. Serviram direitinho, mas levou uma eternidade para fechar todos os botões, mesmo depois que Connor improvisou uma abotoadeira.

E aí havia os botões nas *costas* do vestido. "Eu poderia salvar todo mundo de uma enorme agonia", falei, "se eu simplesmente enfiasse um pedaço de velcro numa das exposições de invenções." Com base nos livros que eu tinha lido, tudo, desde a lava-louças até o chiclete de frutas, estava sendo exibido aos visitantes da Exposição. "Eu poderia simplesmente entregar um pacote para aquele cara na feira que estava demonstrando o primeiro zíper — tenho certeza de que ele ficaria encantado com o upgrade."

Connor arqueou uma sobrancelha. "Não deixe que Katherine te ouça falando isso. Ela vai ficar convencida de que você é parecida demais com seu avô para ser confiada para uma missão da CHRONOS." Ele contraiu o lábio um pouco, como se reprimisse um sorriso. "A história é sagrada — igual a uma trilha pela natureza. 'Deixe apenas suas pegadas, carregue apenas lembranças'." Era como ouvir um híbrido entre Katherine e um guia turístico de museu.

A campainha e Daphne anunciaram simultaneamente a chegada de Trey, justo quando eu estava começando a fechar os botões do segundo sapato. Quando terminei, saí da biblioteca — um pouco instável devido ao formato incomum dos saltos — e comecei, muito cuidadosamente, a descer a escada. Trey já estava sentado no sofá, lendo para seu trabalho de literatura inglesa.

O rosto dele se iluminou ao me ver. "Bem, boa tarde, srta. Scarlett."

Olhei para o vestido. O tecido era de seda verde, então entendi a comparação. A cor era mais viva e mais próxima de um verde-esmeralda forte, no entanto, do que o vestido que Scarlett tinha criado reciclando umas cortinas no filme *E o Vento Levou*. O corte era mais contido também — e eu estava muito feliz com esse fato, uma vez que significava menos armações grudentas e quentes. O corpete era ajustado, com decote quadrado e mangas bufantes acima do cotovelo e ajustadas braço abaixo, ornadas com renda guipure cor de marfim.

"Você está umas quatro décadas adiantado, sr. Coleman", respondi com meu melhor sotaque sulista, fingindo segurar um leque junto ao rosto. "Mas essa bajulação vai te levar a um monte de lugares."

Ele me encontrou ao pé da escada.

"Sério, Kate, você está linda. O vestido de fato realça a cor dos seus olhos." Ele examinou suas calças cáqui do uniforme da escola. "Estou me sentindo muito malvestido para o baile de formatura."

A formatura. Mais um lembrete do mundo lá fora, onde o fim do ano letivo se aproximava. Trey tinha mencionado as provas finais da escola algumas vezes, mas eu nem tinha me tocado do baile. No passado, eu evitara cuidadosamente todas as festas da escola, mas com Trey poderia não ser tão ruim assim me arrumar toda e dançar sob luzinhas brilhantes e papel crepom. "O baile de formatura de Briar Hill...", comecei.

"Foi no sábado passado", completou Trey.

No sábado passado. O destaque da referida noite foi uma partida de Scrabble com nós dois contra Katherine e Connor.

"Nem ouse ficar desse jeito", disse ele. "Eu não estava pensando em ir antes de te conhecer, e ao passo que confesso que teria sido um prazer ir com você, eu estava muito mais feliz aqui — *com* você —, do que eu teria estado lá, *sem* você."

Sentei-me na beirada do sofá, lembrando-me da conversa mais recente que tive com Katherine. "Estella e seu pai provavelmente me odeiam — você tem passado tanto tempo aqui. E eu fiz você perder o baile de formatura."

"Ao qual eu não iria mesmo, *no fim das contas*. Estella estava começando a *me* odiar por não levar você lá em casa. Ela estava dizendo que tenho vergonha dela — que ela não era legal o suficiente para ser apresentada à minha namorada —, mas tudo está perdoado agora que ela te encheu de comida. E papai só fica dando aquele sorrisinho e balançando a cabeça." Ele riu. "Sabe, tipo: tão-novinho-e-tão-apaixonado..." Ele se calou, aquilo foi meio esquisito para nós dois.

"De qualquer forma", recomeçou ele, "assim que você corrigir o universo — com este seu vestido de Scarlett O'Hara — a gente vai compensar o tempo perdido, ok? Você *sabe* dançar, presumo?"

Dei-lhe uma cotovelada. "*Sim*, eu sei dançar, embora não fosse uma boa tentar dançar usando este vestido. Não foi feito para bailes — é uma roupa para se usar de dia, acredite ou não." Olhei para a saia no comprimento dos tornozelos e para os sapatos absurdos, balançando a cabeça. "Seria muito mais fácil consertar o universo se eu pudesse me vestir como a Mulher Maravilha — ou como a Batgirl."

"Ahhh... Eu adoraria ver *isso*." Trey sorriu. "E definitivamente consigo imaginar você vestida de Batgirl, dando um chute na cabeça do vilão. Mas se usasse a roupa dela em 1893 você seria levada para a cadeia."

"Não se eu ficasse no parque Midway", respondi. "Ia combinar certinho." Passamos a tarde anterior olhando uma variedade de fotografias tiradas na feira, ou, como era chamada oficialmente: a Exposição Universal de 1893. Embora muitos dos estandes fossem antiquados, comportados e educativos, as exposições que geravam a *maior* parte do dinheiro ficavam localizadas numa faixa de mais ou menos um quilômetro e meio junto à feira, a qual era chamada Midway Plaisance, e incluía brinquedos como a roda-gigante que Katherine havia mencionado. Aparentemente havia outras diversões menos familiares — as fotografias incluíam imagens reveladoras de uma dançarina do ventre conhecida como Little Egypt,[1] uma das muitas dançarinas exóticas que haviam se apresentado para casas lotadas todas as noites.

"Verdade. Você ia combinar com o clima do Midway", reconheceu Trey. "E tenho certeza de que seria mais divertido. Mas pelo que você disse, Katherine não passou este dia na feira passeando com as dançarinas do ventre. Então... quando você vai? Você está preocupada, não é?"

Dei de ombros. "Em breve. Meu chapelete ainda não chegou." *Chapelete*. Esta palavra não era nem um pouco parte do meu vocabulário. "Preciso subir e me trocar... Não consigo respirar. Katherine precisa afrouxar este espartilho da próxima vez."

"Espartilho?" Trey achou graça.

"Não ouse", adverti. "Tem mais roupas debaixo deste traje do que eu normalmente usaria em uma semana."

Trey tinha alugado um DVD, um filme recente de Jonah Hill. Troquei de roupa, colocando short jeans e a camiseta "Princesa Autossuficiente" que ele tinha me dado de aniversário — um tanto mais adequado, disse Trey, considerando as circunstâncias — e então fizemos sanduíches de manteiga de amendoim e pipoca para comermos enquanto assistíamos ao filme. Foi legal passar algumas horas no século XXI, depois de dias concentrados nos anos 1890, e eu estava feliz por ter um pretexto para evitar pensar no próximo salto e no que viria

---

[1] Little Egypt foi o nome artístico adotado por três dançarinas de dança do ventre muito populares. Foram tantas imitadoras que o nome acabou por se tornar sinônimo para dançarinas desse estilo. Duas delas estiveram na Exposição em Chicago: Fátima Djamile (falecida em 1921) e Farida Mazar Spyropoulos, (1871-1937). [NT]

depois. Talvez Katherine estivesse certa — eu deveria simplesmente desfrutar do tempo que nos restava. Não havia razão para chatear Trey discutindo o inevitável.

Trey precisava terminar um trabalho sobre Aldous Huxley para a aula de literatura, por isso ele foi embora um pouco mais cedo do que o habitual, pouco antes do anoitecer. "Vou estar on-line mais tarde", avisou ele. "Você disse que leu *Admirável Mundo Novo*, certo?"

Assenti.

"Ótimo — então você pode ler meu trabalho quando eu terminar, pra ver se faz sentido." Ele me deu um olhar preocupado. "Você estava meio calada esta noite, querida. Está cansada?"

"Um pouco", falei, olhando para os meus pés.

"Então talvez seja uma boa a gente se despedir mais cedo hoje." Ele me deu um beijo intenso e demorado quando paramos na varanda, e então fiquei olhando enquanto ele seguia pela calçada, até onde seu carro estava estacionado. "Te vejo amanhã, ok?"

Sorri enquanto Trey ia embora, ainda me deleitando com o ardor do beijo. Quando fechei a porta e virei-me para subir para a biblioteca, no entanto, notei o livro de literatura dele, esquecido na mesa. Peguei, verificando com cuidado se o medalhão estava no meu pescoço, e saí correndo para fora de novo. Trey já estava se afastando com o carro quando passei pelo portão, sacudindo o livro e berrando seu nome. As luzes de freio se acenderam momentaneamente, e por um segundo pensei que ele tivesse conseguido me ver ou me ouvir, mas ele só estava desacelerando para fazer a curva.

Eu tinha acabado de dar meia-volta para entrar e ligar para ele, quando apareceu alguém atrás de mim, literalmente do nada. A pessoa agarrou meu braço esquerdo, puxando-o brusca e dolorosamente de encontro às minhas costas. Meu primeiro impulso foi usar meu treinamento de defesa pessoal e retorcer o braço de encontro ao atacante, chutando-o para desequilibrá-lo e então usar o livro pesado para bater na cabeça dele — mas daí senti sua outra mão se enfiando debaixo da minha blusa. Ele agarrou a chave CHRONOS e eu congelei.

"Largue o livro e chame sua avó." Reconheci a voz imediatamente. Era Simon, meu amigo Atarracado do metrô.

Ou Daphne o farejou — o que era muito provável, já que ele parecia não ter tomado banho desde nosso último encontro — ou então ela o ouviu, porque começou a latir descontroladamente de dentro de casa.

"Eu não estou brincando aqui, Kate. Apenas obedeça."

"Katherine, tenha cuidado!" Comecei, jogando o livro sobre a grama, ao lado da calçada. Minha voz foi pouco mais que um coaxar rouco: "Mais perto... A gente precisa chegar mais perto para ela me ouvir, por causa dos latidos." Eu estava esperançosa de que conseguiria chegar ao pé de bordo que demarcava o limite da zona de proteção, mas Simon deu um tranco ameaçador no medalhão. Estremeci, em parte por medo e em parte por repulsa ao sentir o braço dele na minha pele nua.

Agora Daphne estava arranhando a porta, e uma fração de segundo depois Katherine a abriu. Eu a vi fazer um movimento rápido com a mão que ainda estava lá dentro, apontando para cima duas vezes. Aí ela empurrou Daphne de volta para o corredor e foi até a varanda, fechando a porta atrás de si.

"Quem é você? O que você quer?", perguntou.

"O que você *acha* que eu quero? Traga seu medalhão aqui e deixo Kate ficar com este. É só ela agir como se nada tivesse acontecido e vai ficar bem, contanto que ela nunca se esqueça e não o tire nem para tomar banho." Na última palavra ele esfregou o braço na minha barriga de novo e tive que me esforçar para conter a ânsia de vômito.

Vi quando Katherine removeu a chave CHRONOS do pescoço. A luz azul brilhava entre os dedos dela enquanto agarrava a joia firmemente. Ela ainda estava a uns trinta centímetros de distância da árvore de bordo, ainda atrás da barreira.

"Ela já tirou", falei. "Vamos lá pegá-lo." Tentei incitá-lo em direção a Katherine, mas Simon me puxou de volta.

"Não", disse ele. "Acho que ela pode trazer até aqui. Traga agora, Katherine." Eu não tinha certeza se Simon sabia sobre a zona de proteção ou se simplesmente era teimoso. Eu desconfiava que fosse a segunda opção, dado seu comentário sobre minha segurança continuar garantida contanto que eu tomasse banho com o medalhão. De qualquer forma, ele não se mexeu um centímetro que fosse.

Katherine deu um passo adiante. "E por que eu deveria acreditar que você vai soltá-la?"

Senti Simon dando de ombros atrás de mim. "O Irmão Cyrus apenas me disse para dar um fim em *você*. E Kiernan — bem, ele tem grande interesse nesta aqui." Ele se inclinou e roçou a bochecha no alto da minha cabeça. "Por motivos óbvios". Afastei meu rosto dele o máximo possível, e ele riu. "Eu prefiro não irritar Kiernan, a menos que seja necessário."

Katherine olhou em volta, como se à procura de alguém para nos ajudar. Quando ela não se mexeu, Simon continuou, a voz casual: "Posso tomar a chave dela agora e depois buscar a sua. Vocês não têm escapatória, e nós dois sabemos que posso resolver minhas coisas aqui e então ficar a anos e quilômetros de distância antes mesmo de alguém ouvir seus gritos." Ele apontou para o meu medalhão para mostrar que falava sério, puxando meu braço atrás das costas com a outra mão.

Cerrei os dentes para conter um grito. "Ele está mentindo, Katherine. Ele não vai me largar."

Katherine ficou me encarando por um bom tempo e me deu um sorriso triste. Então veio em nossa direção, estendendo a mão que segurava o medalhão brilhante.

Depois disso, várias coisas aconteceram ao mesmo tempo. Simon tinha que ou afrouxar seu aperto no meu braço, o qual ainda estava preso às minhas costas, ou largar meu medalhão para poder pegar o outro, oferecido por Katherine. Ele cometeu o erro de soltar meu braço, o qual usei rapidamente para prender a outra mão dele junto ao meu peito, impulsionando a perna para trás e inclinando para frente ao mesmo tempo. A ideia era desequilibrá-lo, arremessá-lo e então cair em cima dele, esperançosamente mantendo o contato com o medalhão.

Para minha surpresa, o movimento funcionou de fato — mas foi um tiquinho tarde demais. Exatamente quando me inclinei para frente, puxando o braço de Simon, vi o medalhão deixando a mão de Katherine e caindo na de Simon. De soslaio, enquanto caíamos, vi Katherine desaparecer num piscar de olhos.

"Não!", gritei, e Simon se aproveitou do meu choque, virando-me e apoiando o joelho na minha barriga. Dava para ouvir Daphne atrás da porta — o latido já frenético tinha subido uns três pontos de volume.

"Sinto muito, Katie lindinha." Simon me deu um sorrisinho maldoso enquanto enfiava o medalhão de Katherine no bolso, em seguida levou a mão à minha nuca para desabotoar o meu. "Na verdade, vou precisar desta chave CHRONOS também — e da outra meia dúzia que sua avó tem escondida em algum lugar da casa." Lutei, tentando erguer meu corpo e o dele do chão para poder me arrastar a um ponto próximo o suficiente da árvore de bordo e da zona de proteção. Senti o fecho do medalhão cedendo e mudei de estratégia, agora tentando agarrar o medalhão que Simon usava, mas meus dedos escorregavam no tecido da camisa dele.

Ele forçou mais ainda o peso sobre o joelho, fazendo-me dar uma lufada rápida. "Ou talvez eu simplesmente vá levar você comigo. Cyrus nunca permitiria que um traidor como Kiernan colocasse as mãos em você, não depois da interferência recente dele, mas você e *eu* podemos nos divertir muito..." Ele alisou minha coxa sugestivamente. Sua boca estava a centímetros da minha, seu hálito soprando no meu rosto, e senti o pânico começando a se estabelecer. Minha visão começou a turvar. A luz na varanda, bem na minha frente, começou a apagar e acender lentamente diversas vezes enquanto eu lutava para sugar o mínimo de ar que fosse.

Em seguida houve uma pancada forte. A cabeça de Simon deu um tranco para trás e ele caiu para a esquerda, um filete vermelho de sangue descendo em sua têmpora direita. Vi a luz azul do meu medalhão, ainda na mão de Simon, formando um arco contra o céu crepuscular enquanto ele caía, e Trey de pé atrás dele com uma chave de roda em riste. Preparei-me para cair em meio ao nada, pensando apenas em como era bom que fosse o rosto de Trey, e não a cara feia de Simon, a última coisa que eu veria antes de desaparecer, tal como tinha ocorrido com Katherine.

Mas nada aconteceu. Trey se abaixou e arrancou meu medalhão da mão de Simon. "Você está bem?", perguntou. Ele encravou a chave de roda sob seu pé e se inclinou para colocar o medalhão de volta no meu pescoço. "Kate?"

Assenti apenas, ainda incapaz de respirar direito, muito menos de falar. Simon gemeu quando Trey me tomou nos braços e me levou para a varanda. Ele estava de queixo cerrado quando se virou para Simon e, pela sua expressão, tenho certeza de que seu plano de ação era pegar a chave de roda e acabar com a raça daquele babaca. Se essa era a intenção de Trey, no entanto, ele jamais tivera uma chance. Simon ainda estava deitado no gramado, mas estendeu a mão para seu medalhão e — antes que Trey pudesse dar mais do que alguns passos — desapareceu.

Trey olhou por vários segundos para o local onde Simon estivera e, em seguida, virou-se para mim. Parecia atordoado. "Ele te machucou?"

Fiz que não com a cabeça, meus olhos ardendo por causa das lágrimas. Trey sentou ao meu lado, me puxando para perto. Aspirei seu cheiro enquanto tentava lutar para não chorar. "Katherine..."

"Eu sei. Lembrei que meu livro de literatura ficou na mesinha de centro — eu estava saindo do carro quando ela..." Ele fez uma pausa, balançando a cabeça em descrença. "Foi quando voltei para pegar a chave de roda."

Olhei para o meio-fio. O para-choque do carro de Trey era visível além da beirada. "Eu nem sequer ouvi você chegar."

Trey deu de ombros. "Os latidos de Daphne foram uma boa cobertura. Felizmente *ele* também não me ouviu." Ele deu um beijo no meu cabelo e ficamos sentados por um tempinho, tentando processar os últimos minutos. "Eu só não entendo por que Katherine não esperou — eu sei que ela me viu chegando."

A luz da varanda esmaeceu novamente, então se iluminou por um segundo pouco antes de a lâmpada estourar, fazendo com que nós dois ficássemos de pé num pulo. "Lembre-me de perguntar a Connor onde ele guarda as lâmpadas", falei baixinho.

Trey assentiu. "Sim. E agora que você mencionou, onde exatamente Connor *está*?"

"Não sei. Eu vi Katherine fazendo sinal para ele quando ela estava chegando. Talvez a gente devesse ver como ele está?"

Abri a porta e imediatamente vi Daphne e Connor sentados no topo das escadas. Ele estava com a cabeça nas mãos e Daphne estava com o focinho entre as patas — um quadro perfeito do desânimo. Ambos olharam para cima ao ouvir a porta, Connor assumindo uma expressão confusa. "Kate? Eu pensei que... oh, graças a Deus! Pensei que vocês duas — quero dizer, eu vi Katherine... sumindo... e quando eu olhei pela janela da biblioteca você tinha sumido também."

"Se você viu Kate tentando lutar contra aquele sujeito, por que não tentou ajudá-la?", questionou Trey. Connor tinha começado a descer as escadas, mas pausou diante da raiva na voz de Trey. "Ou Katherine? Onde diabos você *estava*?"

Pus a mão no braço de Trey, balançando a cabeça suavemente. "Está tudo bem, Trey. Katherine disse a ele para ir até a biblioteca. Certo, Connor?"

Connor assentiu, continuando a descer as escadas com Daphne ao seu lado. "Vimos pelo olho mágico que você estava fora do perímetro. Ela achava que a tentativa de expandir a zona de segurança usando o terceiro medalhão melhoraria nossas chances. Mas não funcionou. Eu ainda não descobri como evitar que aquela porcaria sobrecarregue o sistema."

Lembrei-me da luz da varanda esmorecendo e reacendendo enquanto eu lutava contra Simon, e então do estouro da lâmpada alguns minutos depois. Ofereci um sorriso triste a Connor. "Funcionou brevemente. Caso contrário, eu não estaria aqui. Só que não deu tempo suficiente a Katherine..."

Sentamo-nos na sala de estar. Aconcheguei-me junto a Trey no sofá. De repente eu estava morrendo de frio e imaginei que provavelmente fosse de choque. Todos nós, mesmo Daphne, parecíamos atordoados, e o cômodo ficou silencioso durante vários minutos.

Finalmente, quebrei o silêncio. "Tenho como resolver isso? Tipo, se eu conseguir impedir que ela seja assassinada na feira, Katherine vai estar aqui quando eu voltar?"

Connor me deu um olhar incerto, mas fez que sim com a cabeça. "Acho que sim. Quer dizer, se ela chegar a 1969, a Nova York, daí tudo a partir desse ponto vai se desenrolar tal como antes. Ela ainda existiria nesta linha do tempo, por isso não faria diferença se ela estivesse agarrada à chave CHRONOS."

"Então é isso que a gente vai fazer. O quanto antes. Só tem mais algumas outras coisas que precisamos descobrir — e não deve demorar mais do que algumas horas."

Para minha surpresa, Connor concordou. "Provavelmente você está certa. Acho que a parte mais complicada para você vai ser conseguir a atenção de Katherine sem dar nenhuma dica sobre Saul."

"Mas por que Kate não deveria contar a ela sobre Saul?", interrompeu Trey. "Não é ele quem está tentando matá-la?"

"Não diretamente", disse Connor. "Outra pessoa vai fazer o trabalho sujo para ele. Saul não consegue usar o medalhão mais do que Katherine conseguiria. A versão de Saul que está lá com ela em 1893... é podre por dentro, tenho certeza, mas ele não decidiu matá-la ainda. E o quão inclinada você acha que Katherine vai ficar a continuar um relacionamento com ele caso descubra sua verdadeira natureza?"

"Isso também me incomoda", falei. "Muito embora eu não possa falar nada, parte de mim quer avisá-la para fugir, depressa — vi o que Saul fez no rosto dela naquela noite." Connor olhou para cima, com surpresa e raiva nos olhos, e percebi que Katherine talvez não tivesse revelado a ele exatamente o quanto Saul era capaz de ser abusivo. "Mas se eu fizer isso", continuei, "as chances de tudo mudar aumentam. Nada de mamãe — pelo menos não aquela nascida em 1970 —, nenhuma eu. E um monte de outras diferenças na linha do tempo também. Então não posso revelar totalmente a verdade — só o suficiente para impedir que ela seja assassinada."

"E depois?", disse Trey. "Você não acha que ele vai tentar de novo... em alguma outra viagem, em algum outro dia?"

"Um passo de cada vez", adverti. "Precisamos trazer Katherine de volta. Em algum momento, vamos ter que encontrar um jeito de deter

Saul — para evitar a criação da Igreja Cirista Internacional — e nessa viagem vou procurar qualquer pista possível sobre como fazê-lo. Mas se eu pensar muito nisso, nunca vou conseguir me concentrar no que está bem na minha frente neste minuto."

"Então mesmo quando tudo acabar, você ainda vai estar em perigo. Como é que eu vou conviver com isso?"

Estava bem claro que nossa conversa estava tomando um rumo mais pessoal, então peguei a mão de Trey e segui para a escada. Os olhos de Connor também estavam vermelhos e lacrimejantes, e ele estava acariciando os pelos de Daphne distraidamente. Eu desconfiava que ele estivesse precisando de espaço para lidar com as próprias emoções. Ele era mais íntimo de Katherine do que eu, e estava ainda mais solitário agora. Meu coração se compadeceu e apertei seu ombro quando passamos por ele. "Descanse um pouco, ok, Connor? Vamos levantar cedo amanhã e começar de cabeça fresca."

Trey e eu subimos para o meu quarto e sentamos no sofá perto da janela. A lua, quase cheia, só era visível em meio às folhas. Coloquei minhas pernas no colo de Trey, apoiando os pés descalços no sofá, de modo que eu pudesse olhar para ele, e trilhei um dedo por sua mandíbula contraída. Então me aproximei mais e lhe dei um beijo no pescoço, desenhando um pequeno círculo com a língua, algo que — eu sabia devido a uma experiência recente — era capaz de enlouquecê-lo um bocadinho. Ele me abraçou.

"Não tenho escolha aqui, Trey", falei baixinho. "Você sabe disso, certo? Vou ser o mais cuidadosa possível, eu prometo."

Ele ficou em silêncio por um instante. "Eu me sinto... de mãos atadas, Kate. Não por você, não, é toda essa merda de situação. Você está fazendo uma coisa incrivelmente perigosa e eu não tenho como te ajudar."

Dei um suspiro ligeiramente exasperado. "Trey, você acabou de rachar o crânio de Simon com uma chave de roda." Olhei para minha camiseta de Princesa Autossuficiente. "Eu não exatamente fiz jus ao título dessa vez, não é? Se você não estivesse lá, ou eu estaria morta, ou pior, ele ainda estaria com aquelas mãos fedidas em cima de mim." Pensar naquele braço nojento de Simon na minha pele nua me fez estremecer, e senti o corpo de Trey enrijecer também.

Ergui-me para ele e o beijei de novo, um beijo lento e demorado para fazer desaparecer aquela lembrança. "Obrigada."

Trey relaxou um pouco, aí balançou a cabeça. A mão direita dele estava apoiada nos meus pés, e seu polegar desenhava um padrão tenso nas minhas unhas, que estavam pintadas de vermelho-escuro. "A única coisa que está realmente me matando, Kate, é que eu não vou *saber* se você falhou ou teve sucesso na missão. Amanhã, quando você fizer o salto, isto... nós... vamos terminar, certo?" Ele deu uma risada amarga. "Se você salvar Katherine ou ambas forem mortas no processo, eu vou retornar para alguma versão anterior da minha vida. Em Briar Hill ou algum outro lugar, mas de um jeito ou de outro, não vou lembrar de *você* — não vou lembrar que te amo."

Nenhum de nós tinha dito isso antes, e meu coração disparou — apesar de tudo, foi maravilhoso ouvir aquilo, abertamente, verbalizado. "Eu também te amo, Trey." Ele abriu um sorriso enorme e então a tristeza tomou seu rosto novamente.

"Quando você descobriu isso?", perguntei. "Quero dizer, não que você... me ama, mas..."

Ele deu de ombros. "Algo na expressão de Katherine na outra noite, na sua festa de aniversário, ficou me corroendo. Então hoje, quando eu estava indo embora, dirigindo, as coisas meio que se encaixaram. Virei o carro antes mesmo de lembrar da porcaria do livro."

"Eu não fui tão esperta", falei. "Katherine teve que soletrar em letras garrafais. E eu ainda tentei discutir com ela — por que você não poderia estar aqui? Por que a gente não poderia deixar você se lembrar?"

"E por que eu não posso?", quis saber ele, um fio de esperança em sua voz. "Eu posso ajudar Connor — vocês têm uma pessoa a menos agora."

Balancei a cabeça. "Regras da CHRONOS, para começo de conversa. Nós estamos tentando consertar esta linha do tempo e aí seria mais uma alteração."

"Sim, bem, que se fodam as regras da CHRONOS."

"Foi isso que eu disse", continuei, plenamente consciente da inversão de papéis. Cá estava eu repetindo as argumentações de Katherine com a cara e a voz de Trey refletindo as mesmas emoções que eu senti — raiva, negação, rebeldia.

"Mas o maior problema é que poderia... fazer mal a você, Trey." Fiquei olhando para a mão dele, dedos entrelaçados aos meus. "Você se lembra de quando viu as fotos desaparecendo, certo? Aquilo era seu cérebro tentando conciliar duas pequenas versões conflitantes da realidade. Multiplique isto por milhares de vezes caso você permanecesse aqui amanhã. Você teria que abandonar a barreira protetora em algum momento, e Katherine não sabe o que isso poderia causar a você — mentalmente, emocionalmente."

"Não ligo", disse ele.

"Talvez não. Mas *eu* ligo."

Olhamos um para o outro por um instante, testando qual careta de teimosia ia resistir por mais tempo. A minha desabou primeiro, e comecei a chorar. "Não vou conseguir me concentrar no que preciso fazer, Trey, se eu estiver preocupada com algum mal que possa acontecer a você."

"E agora você sabe como *eu* me sinto. Mas que merda, Kate..." Agora ele estava chorando, e me abraçou por um tempão antes de voltar a falar: "Você pode me responder uma coisa?"

Fiz que sim com a cabeça.

"Quem é Kiernan?" Corei, e não respondi. "Tipo, sei que ele é bisavô de Connor ou coisa assim — o cara que ele me mostrou nas duas fotografias. Mas Simon estava falando uma coisa para Katherine quando apareci, e então de novo, quando ele estava... em cima de você. Exatamente quem é Kiernan para *você*, Kate?"

"Ele é ninguém para mim, Trey." Uma vozinha dentro de mim me chamava de mentirosa, mas prossegui. Eu estava determinada a dizer ao Trey o máximo da verdade que eu pudesse — o máximo dela que eu conseguisse compreender, de qualquer modo. "Kiernan me disse para correr aquele dia no metrô. Ele quase certamente salvou minha vida quando disse aquilo. E eu tenho... visto a imagem dele no medalhão. Ele diz que a gente se conhecia, em alguma outra linha do tempo."

Ah, e ele me beijou, pensei, mas não complementei a frase, uma vez que tal fato provavelmente deixaria Trey pior, em vez de consolá-lo. E eu não tinha pedido a Kiernan para me beijar. Gostei muito? Sim. Pedi? Não.

"Ele te conhecia bem o suficiente para tomar posse, pelo jeito como foi dito." A voz de Trey estava amarga e ferida. "Simon disse que Saul nunca deixaria Kiernan colocar as mãos em você *agora*..."

Puxei o rosto dele para o meu e encarei seus olhos fixamente. "Quem quer que Kiernan conhecesse nessa versão da linha do tempo, Trey, não era eu. Nem Saul Rand nem Simon vão decidir quem *coloca as mãos em mim. Eu* faço essa escolha. *Eu* escolho quem amo, a pessoa que eu desejo. Ninguém mais."

Aproximei o corpo do dele e enfiei os dedos sob sua blusa, deslizando a mão no peito dele. "E eu amo *você*, Trey. Eu quero *você*." Hesitei, buscando as palavras certas. "Eu nunca... com ninguém... mas eu quero *você*..."

Logo a boca dele estava colada na minha, intensa e ávida. As mãos dele foram subindo pelo meu corpo e eu arqueei reflexivamente para ele. Durante vários minutos, não houve mais nada no mundo, só nós dois, meu corpo contra o dele — e então ele se afastou e sentou-se, encarando o tapete.

"O que foi?" Tentei puxá-lo de volta, mas ele fez que não com a cabeça.

Dei-lhe um sorriso fraco. "Daphne não está aqui. Nada de damas de companhia, viu?"

Ele não respondeu. Agora eu estava completamente constrangida e me censurando por não o ter deixado dar o primeiro passo tão importante. Mordendo o lábio para impedi-lo de tremer, afastei-me até a ponta do sofá e abracei meus joelhos, olhando fixamente para um ponto diferente no tapete.

Depois de um instante, senti a mão de Trey correndo suavemente pela minha perna. Não olhei para cima.

"Kate. Kate? Olha para mim. Por favor." Tinha uma lágrima escorrendo pela minha bochecha, o lado que ele não conseguia ver. Fechei os olhos com força, esperando que meu outro olho não me traísse também. Trey se levantou do sofá e se ajoelhou no chão, bem na minha frente, limpando a lágrima com a ponta do polegar. "Dá pra olhar para mim, *por favor*?"

Olhei para cima e ele continuou: "Você *precisa* saber, para além de qualquer dúvida, o quanto eu desejo você." Ele riu baixinho. "Tipo, sério Kate, tem como ser mais óbvio?"

Não respondi, embora eu soubesse que ele estava certo.

"Neste exato momento", disse ele, encarando meus olhos, "não tem nada nesse mundo que eu deseje mais do que você. Mas nós dois sabemos que amanhã ou depois de amanhã, minha lembrança desta noite terá desaparecido. Você poderá até se lembrar, mas eu não. E quando fizermos amor, pela primeira vez, Kate, esta é uma lembrança que vou querer guardar."

∞

Trey só foi embora perto da meia-noite. Eu nem sei se ele conseguiu redigir o trabalho sobre Huxley. Provavelmente não. Ele matou a maioria das aulas no dia seguinte, aparecendo à porta pouco depois do meio-dia com o almoço trazido do O'Malley's — um monte de anéis de cebola e três sanduíches obscenamente grandes. Ele não tinha feito a barba e não parecia ter dormido mais do que eu.

"Matando aula de novo, sr. Coleman?", perguntei com um sorriso suave.

"Minha namorada está prestes a modificar esta linha do tempo inteira. Não consigo imaginar qualquer cenário no qual realmente *importe* o fato de eu ter ido embora depois da primeira aula."

Ele tinha razão.

"E seus pais? Estella?"

"Eu disse a eles que sua avó ficou numa situação delicada ontem e que por isso eu precisava ficar com você. E isso não é mentira", acrescentou. "Espero que as flores que meu pai me pediu para encomendar cheguem aqui em breve."

Nós nos sentamos para comer com Connor, que apesar de seu grande amor por carne enlatada no pão de centeio não parecia estar com muito apetite. Nós três revisamos o plano enquanto terminávamos de almoçar. "Faça o possível para segui-la", disse Connor, "mas você também precisa de um plano B para o caso de Katherine desaparecer na multidão. Porque isso provavelmente vai acontecer."

Connor estava certo. A feira atraíra uma média de cento e vinte mil visitantes por dia desde sua abertura, em maio, até seu encerramento, no final de outubro. Isso dá cerca de três vezes mais visitantes do que a Disney World recebe por dia, e a Exposição era realizada num terreno muito menor. As chances de eu conseguir ficar de olho nela o tempo todo eram bastante reduzidas.

"Vou tentar acompanhá-la", falei. "Se eu não conseguir, ela vai estar com o grupo do prefeito na roda-gigante às dez e quinze, e depois do almoço ela vai estar na parte central, onde foram realizadas todas as grandes convenções do evento — é o ponto onde fica o Instituto de Arte hoje."

"Certo", disse Connor. "Era chamado de edifício auxiliar. Mas isso vai significar usar o transporte público de Chicago. Eu sei que você já leu as anotações da CHRONOS da época, mas eu ia me sentir muito melhor se você ficasse perto de um ponto estável. Se o pior acontecer, você pode voltar para cá e depois fazer uma nova tentativa."

Ele estava certo — a gente podia rolar os dados mais de uma vez. Se eu perdesse Katherine de vista e simplesmente não conseguisse encontrá-la, eu sempre podia retornar ao ponto estável e tentar de novo.

Um segundo salto, no entanto, significaria que haveria múltiplas versões de mim mesma passeando pela feira, o que complicaria as coisas. Eu tinha um mau pressentimento de que levaria muito tempo para completar a missão, de qualquer forma, e tanto Connor quanto Trey sentiam a mesma coisa. A casa de Katherine era relativamente bem protegida por uma empresa de alarmes, mas estávamos totalmente desarmados. Por mais que eu odeie armas, não era muito reconfortante saber que Simon e quaisquer outros asseclas de Saul possuíam armas e a gente não. E tal como o pai de Trey já havia observado, os ciristas agora tinham amigos no alto escalão.

Connor e eu tínhamos passado a maior parte da manhã revisando as anotações do diário de Katherine do salto de 28 de outubro, reunindo todos os detalhes possíveis sobre seu hotel e seu itinerário nessa viagem. Quando Trey chegou, tivemos que admitir a derrota num ponto — Katherine se esquecera de mencionar especificamente o nome do hotel, dissera apenas que ficava perto da feira. Ela havia se hospedado no Palmer House no primeiro salto naquela época, mas essa informação não era de grande ajuda, uma vez que a versão de Katherine visada pelos assassinos era um pouco mais tardia. Havia várias outras lacunas e teria sido muito útil preenche-las, e eu me censurei mentalmente por não ter feito aquelas perguntas tão óbvias quando Katherine estava presente para responder.

Quando peguei meu pastrami, ocorreu-me que eu poderia fazer um salto para o dia anterior e perguntar a Katherine, mas Connor rejeitou a ideia rapidamente. "Você pode me dizer honestamente que não vai avisá-la?", perguntou. "Que não vai fazer nada para garantir que ela não saia por aquela porta quando Simon aparecer?"

Cogitei mentir, mas finalmente soltei a verdade: "Não, Connor — mas e daí? Por que eu não deveria avisá-la? Ou avisar a mim mesma para não ir lá fora? Não é como se fosse uma versão maravilhosa da linha do tempo que não pudesse sofrer um pouco de alteração, e estou disposta a correr o risco de dessincronizar algumas lembranças."

Connor balançou a cabeça, irritado. "Por que diabos você acha que ela me mandou para o andar de cima, Kate? Nossa prioridade é proteger você. Independentemente de qualquer coisa. Por mais que eu tenha ficado arrasado por ver Katherine desaparecer, pelo menos eu sabia que era reversível — bem, eu sabia que era reversível uma vez que *você* entrasse pela porta, de qualquer forma", continuou ele, a voz abrandando. "É isso que quero provar. Digamos que a gente consiga impedir o que aconteceu ontem — eles quase certamente vão atacar a casa naquele momento. Se mudarmos alguma coisa e Katherine sobreviver, mas você não — bem, não temos mais *mulligans*[1] sem você, Kate. E então Katherine morre, Rand vence, e nós apenas sentamos e vemos o que ele faz com o mundo."

Eu não sabia exatamente o que era um *mulligan*, mas Trey estava concordando com a cabeça. "Certo — isso explica por que ela deu o medalhão a Simon, muito embora ela tivesse percebido que eu estava chegando. Ainda havia o risco de ele arrancar a sua chave CHRONOS antes de eu me aproximar. Ela estava dando mais tempo a Connor para ampliar a barreira."

"E dando a você mais tempo para pegar uma arma, embora não dê para saber se ela percebeu isso", acrescentou Connor. "Eu só espero que aquele desgraçado nojento esteja morrendo de dor hoje."

∞

O arranjo de flores do pai de Trey chegou à tarde. Era lindo — lírios, rosas cor de lavanda e astromélias roxas arrematados por vários ramos de florezinhas brancas. Eu esperava que Katherine fosse vê-lo em algum momento, e estava feliz que fosse haver, pelo menos dentro desta casa, alguma lembrança do meu relacionamento com Trey. Mesmo que cada pequeno lembrete doesse pra diabo, ainda parecia melhor do que o que ele viria a encarar — nenhum tipo de lembrança.

Logo depois das flores, recebemos a entrega de uma imensa caixa de chapéu. Continha um chapelete verde bastante elaborado, e muito me apetecia a ideia de viajar sem ele. Assim, com a última peça do meu traje em mãos, definimos um horário de partida, às seis da tarde, e demos início aos preparativos finais para o meu salto.

Havia uma sombrinha verde-esmeralda em cima da cama, ao lado da bolsa preta que Katherine tinha levado em sua última viagem pela CHRONOS. A bolsa estava uns quarenta anos defasada na moda para uma viagem a 1893, mas teria que servir, uma vez que continha vários bolsos ocultos que viriam a calhar. Eu não podia levar bagagem, já que

---

[1] No golfe, é a chance de dar uma nova tacada — sem sofrer qualquer penalidade —depois de uma tacada ruim. [NT]

iria surgir no meio da feira, e não havia hotéis no local. Sendo assim, a bolsa foi recheada com dinheiro (tudo pré-1893, o sonho de um colecionador de moedas), um dos diários, um mapa vintage da Exposição, uma escova de cabelo, uma escova de dentes e creme dental, um pequeno kit de primeiros socorros, um cantil com água e quatro barrinhas de proteína.

A Katherine interior de Connor vetara vários itens da bolsa, observando corretamente que eles não eram historicamente adequados, mas esta não era uma missão de pesquisa típica e eu poderia não ser capaz de passar horas numa fila para comprar comida ou bebida. Cortei em retângulos vários sacos de papel do supermercado, de modo que eu pudesse enrolar as barrinhas em papel pardo comum — provavelmente elas iam ficar duras, mas pelo menos eu não ia morrer de fome. E eu não estava viajando sem uma escova de dentes caso precisasse passar a noite, mesmo que a escova fosse feita de *plástico* rosa brilhante.

Pouco depois das cinco, fui para o banheiro para trocar as roupas íntimas. Trey ficou aguardando do lado de fora para que ele pudesse me ajudar a amarrar o espartilho. Eu me sentia esquisita quando voltei para o quarto, embora meu corpo ficasse muito mais exposto quando eu usava meus shorts e camisetas de sempre do que os metros e metros de renda e seda branca nos quais eu estava enrolada agora.

Ele arqueou uma sobrancelha em aprovação e sorriu quando me segurou pelos ombros, então me virou para começar a puxar os cordões. Ele não os apertou tão firmemente como Katherine tinha feito, mas considerei apertados o suficiente para fazer o vestido servir. Quando terminou, Trey levantou meu cabelo e o pousou sobre um ombro, dando um beijo na minha nuca e acrescentando vários beijos mais suaves ao longo das costas até chegar à barra de renda da bata. Seu hálito era quente contra minha pele, e eu travei meus joelhos para não derreter numa poça pegajosa no chão.

"Prometa-me", disse Trey, muito baixinho, quando me virou de frente para ele, "que um dia, eu terei o prazer de *des*amarrar esta geringonça. Dá pra entender que você não está muito feliz com ele, mas dizem por aí que é muito prazeroso abrir um presente muito devagarzinho."

Sorri para ele com um olhar esperançoso. "Você poderia simplesmente desamarrar agora?"

"Não dá, gata", disse ele, balançando a cabeça. Aí sentou-se na beira da cama e me puxou para o seu colo. "Você tem um trabalho para concluir. Em primeiro lugar, fique longe de desconhecidos morenos e altos na feira, principalmente aqueles que viajam no tempo." Corei um pouco diante da referência velada a Kiernan, mas assenti mesmo assim. "Eu também prefiro que você fique longe do sujeito que administrava o tal World's Fair Hotel."

"Não se preocupe quanto a isso", falei. "Já vou ter trabalho suficiente para impedir um assassinato sem encarar um serial killer. Se eu *tiver* que passar a noite lá, vou seguir o exemplo de Katherine e pegar um táxi para o Palmer House."

"Beleza — próxima coisa, você vai salvar Katherine e voltar direto para cá. E, finalmente, você vai *me procurar*. Isso não deve ser muito difícil, mesmo que eu não esteja em Briar Hill. "

Segurei as lágrimas que estavam fazendo meus olhos arderem. "Não vai fazer diferença, Trey. Você não vai me reconhecer."

"Correto", disse ele, e depois ofereceu um sorriso enorme.

"Então por que você está sorrindo?"

"Porque eu sei de uma coisa que você não sabe."

"O quê?" Retorci os lábios, tanto por causa da referência ao filme *A Princesa Prometida* quanto ao fato de eu ter caído direto na piada. "Eu já *sei* que você não é canhota."

"É o seguinte", continuou ele, o sorriso desaparecendo, mas jamais abandonando seus olhos. "Andei pensando muito nas semanas desde que nos conhecemos e tenho quase certeza de que me apaixonei por você assim que você abriu os olhos, ali mesmo no chão durante a aula de trigonometria. Então isso realmente importa? Faça o que tiver que fazer em 1893 — não vou nem pensar na possibilidade de você falhar, porque você não vai falhar — e então você vai me *encontrar*."

"E exatamente o que eu tenho que te dizer quando te encontrar, Trey Coleman?"

Ele riu. "Não diga nada. Ou diga: 'turma errada', do mesmo jeito que você fez da primeira vez. Suas palavras não farão diferença nenhuma. Sorria para mim, me derrube com um dos seus movimentos ninja sagazes e depois me dê um beijo — mesmo que eu me esqueça de todas as coisas a seu respeito, eu sou homem, Kate. Acredite, eu não vou te mandar embora."

"Talvez não... mas vai achar que sou maluca."

Ele deu de ombros e beijou meu nariz. "Eu já te achei maluca naquele primeiro dia, mas ainda estou aqui, certo?"

Bem, eu não tinha como contestar aquilo, e mesmo que eu tivesse uma argumentação viável, não consegui tolerar a ideia de arrancar aquele pequeno vislumbre de esperança dos olhos dele.

O medalhão reserva da CHRONOS estava brilhando, intenso e azul, na mesa de cabeceira. Enfiei-o no bolso forrado escondido na anágua da minha saia, e depois Trey me ajudou a entrar no vestido verde-escuro e a calçar as botas irritantes. Ainda conseguimos prender meu cabelo num coque arrumado, mas não enfeitado, e depois coloquei o chapelete.

Para mim, parecia meio ridículo.

Trey, é claro, falou que eu estava perfeita — muito embora algo em seus olhos me dissesse que ele ainda estava me imaginando usando o espartilho branco e as anáguas que ele sabia estarem debaixo de tudo aquilo. Ele me ajudou a abotoar a pulseira que Katherine tinha me dado. O pingente combinava perfeitamente com o vestido — a renda cor de marfim e a seda verde ecoando os tons das pérolas e do jade que formavam a ampulheta.

Connor estava sentado na cozinha quando chegamos lá embaixo. Conforme o dia passava, ele ia demonstrando cada vez mais desconforto com a coisa toda do salto em si. A julgar pela sua expressão quando entramos, desconfiei que ele tivesse uma lista completa de preocupações de última hora para verificar. Ele olhou para a roupa e assentiu uma vez, no entanto, aparentemente indicando que eu tinha passado na inspeção, e então voltou-se para Trey.

"Você se importa se Kate e eu conversarmos... em particular? Só um minutinho? Eu odeio pedir isso, mas..."

Trey balançou a cabeça, embora parecesse um pouco preocupado. "Não tem problema, Connor. Daphne está no pátio. Vamos brincar de jogar frisbee um pouquinho." Ele se inclinou e me deu um beijo breve na bochecha, aí saiu pela porta dos fundos.

Connor ficou observando enquanto ele saía. "Ele parece mais animado do que na noite passada."

"Acho que sim. O que foi?" Connor levou um tempo para responder. Não sei se ele esperava alguma confissão particular que explicasse por que o humor de Trey havia melhorado, mas eu apenas arqueei uma sobrancelha e esperei até ele finalmente falar.

"Você não precisa fazer isso, Kate. Vamos achar outro jeito. Você está assumindo um risco terrível e simplesmente não parece... certo, deixar você ir."

Sorri para ele e fui até a cafeteira. Ainda estava quente, então servi o restinho numa caneca. "Se você ia ficar todo protetor comigo, Connor, será que não dava pra ter feito isso antes de a gente abotoar estes sapatos horríveis? E o cabelo? E..."

"Estou falando sério, Kate."

Sentei-me ao lado dele e apertei sua mão. "Eu sei que está, Connor. Mas que escolha temos, sério? Não estou disposta a abrir mão da minha família inteira."

Ele meneou a cabeça em direção ao quintal. "E Trey? O que você sente por ele é bem óbvio, Kate — e ele tem estado nas nuvens desde o primeiro dia em que você o trouxe até aqui. Você está disposta a abrir mão dele?"

Depois de ter passado metade do dia chorando ou lutando contra as lágrimas, não fiquei nem um pouco surpresa quando elas retornaram à superfície. "Mais uma vez, eu lá tenho escolha, Connor? E talvez Trey esteja certo. Ele está convencido de que isso não faz diferença — de que eu vou encontrá-lo e de que ficaremos juntos. Vou apenas ter algumas lembranças que ele não vai ter."

"Não estou tentando dificultar as coisas ainda mais para você, Kate, é só que..." Ele parou e olhou para a mesa, a unha do polegar traçando um sulco na madeira ao longo da borda. "Katherine te contou sobre meus filhos?"

Assenti.

"Eu sempre desejei prever o que estava por vir — mesmo que eu não pudesse impedir, eu poderia ter me preparado, me despedido, sabe?" Ele me deu um sorriso triste. "Mas eu não tive essa opção."

Ele suspirou e sacou um envelope do bolso. "Não fique com raiva de Trey — tudo que ele fez foi fornecer o endereço —, ele nem mesmo sabe que isto chegou. Foi decisão de Katherine não mostrar a você — ela disse que não via sentido em te chatear. E provavelmente ela estava certa, mas... talvez você devesse saber..." Ele empurrou a carta para mim.

Era impressa, mas reconheci a assinatura na hora.

Kate,
Eu me lembrei do nome Briar Hill no cartão de identificação que você me mostrou. Eu não me lembrava do sobrenome do seu amigo, mas felizmente havia apenas um Trey, e um dos professores de matemática da Briar Hill o localizou para mim. Trey me deu seu endereço, mas deixou bem claro que era bom eu não te magoar de novo.
Eu nunca quis te magoar, Kate. Espero que você compreenda minha reação. Muito do que você me disse parece incrível demais para se acreditar, mas estou convencido de que você é minha filha ou, pelo menos, a filha que eu teria, se um dia eu conhecesse sua mãe.
Se você concluir que pertence a esta linha do tempo, por favor me ligue. Você precisa de ajuda? Precisa de dinheiro, de um lugar para ficar? Quero conhecer você — no mínimo, talvez nós dois possamos ser amigos?
Por favor ligue. Ou escreva. Não sei como vou explicar isso a Emily ou aos meninos, mas vamos encontrar um jeito de fazer funcionar.

Quando cheguei ao fim, as lágrimas escorriam pelo meu rosto num fluxo constante. No pé da página, notei que ele tinha começado a assinar Harry, mas riscou por cima. Em vez disso, acrescentou a mesma assinatura que eu vira em todos os cartões de aniversário, cartões-postais e bilhetes que ele já havia me dado — *Papai*.

Connor estava desconfortável. "Sinto muito, Kate. Talvez não tenha sido uma boa ideia te mostrar isto... Eu só..."

Dava pra ouvir Trey rindo no quintal, dizendo a Daphne que ela havia pegado o frisbee direitinho. Parte de mim queria enxergar a carta como um presságio, um sinal de que eu deveria repensar tudo. Mas balancei a cabeça.

"Não, Connor, você tinha razão em me mostrar isto. Obrigada. É bom ter certeza de que meu pai é uma pessoa de bem em qualquer linha do tempo. Eu meio que sabia disso — dava pra ver que ele não estava tentando me magoar —, mas é bom ver que ele quer... estar presente para mim, pelo menos até onde ele pode estar."

Recostei na cadeira e balancei a cabeça. "Mas esta carta não muda nada, Connor — nós dois sabemos disso. Mesmo que Saul fosse recuar e não estivesse tentando efetivamente me matar, eu teria que usar um medalhão toda vez que saísse por aquela porta. E você também. Minha mãe ainda não existiria, nem Katherine... seus filhos também. E Harry ainda não seria o *meu* pai. Meu pai biológico, sim, mas não o meu *pai*. Vou ter todas as minhas lembranças, mas ele..."

Connor olhou para a porta, e então olhou para baixo rapidamente. Ele não disse nada, mas consegui acompanhar sua linha de raciocínio — o mesmo valeria para meu relacionamento com Trey.

"Eu sei, Connor — mas passei um mês com Trey e quase dezessete anos com meu pai. E Trey parece convencido de que tudo que preciso fazer é beijá-lo e assim nós vamos magicamente voltar a ser... *nós dois* outra vez."

"Princesa Encantada, presumo?" Ele me deu um sorriso relutante. "O único problema é que você parece menos convencida disso do que Trey."

"Sim, mas deixá-lo ciente disso não vai tornar as coisas mais fáceis pra nenhum de nós, não é?" Olhei para o relógio: 17h48. O horário de partida determinado, 18h, obviamente era fluido — eu chegaria em Chicago de manhã cedo no dia 28 de outubro de 1893, independentemente do horário em que eu saísse da biblioteca. Mas cada minuto de espera aumentava as chances de eu perder a coragem.

"Te encontro na biblioteca em dez minutos, ok?" Dei-lhe um sorriso trêmulo e caminhei até a porta dos fundos, enfiando a carta no bolso.

Trey estava sentado na mureta baixa de pedra que cercava o quintal, de costas para mim. Daphne estava a seus pés, feliz, mastigando a borda de seu frisbee verde néon. O sol de fim de tarde estava baixo no céu e, combinado às poucas lágrimas remanescentes nos meus olhos, ganhava uma aura dourada e delicada ao redor. Fiquei parada ali por um minuto, só olhando para ele, querendo consolidar aquela imagem na memória. Ele se virou para mim e sorriu, e eu tive que lutar contra uma nova onda de lágrimas.

Abaixei-me e chamei Daphne, atrasando o momento em que eu precisaria olhar para Trey. "Cuide de Connor por um momentinho, ok, garotona? Estou indo buscar Katherine." O adeus era mais por mim do que por Daphne, já que da perspectiva dela, se tudo funcionasse conforme planejado, eu só ficaria ausente por uma questão de minutos. Ela levantou a cabeça e farejou minhas bochechas, onde as lágrimas tinham passado, me dando uma lambida delicada antes de voltar para mastigar seu brinquedo.

"O que rolou lá?", quis saber Trey, meneando a cabeça em direção à cozinha.

Sentei-me ao lado dele e saquei a carta do bolso. Ele começou a falar quando terminou de ler, mas sorri gentilmente e balancei a cabeça. "Está tudo bem, Trey. Estou feliz por ter lido isso, embora eu ainda esteja chateada por ter atrapalhado a vida dele. Ele parecia tão feliz lá — mas você sabe, ele é feliz com Sara, também. E comigo."

Peguei sua mão e entrelacei os dedos aos dele. "E nós não sabemos como isso funciona; Katherine disse que mesmo na época dela havia todo um debate para concluir se modificar alguma coisa apenas geraria uma nova linha do tempo... se poderia haver um número infinito de linhas do tempo diferentes coexistindo em planos separados. Ela disse que talvez esta linha do tempo também continue, de alguma forma, e que alguma versão do meu pai ainda vá estar..."

"Não", interrompeu Trey, a voz resoluta. "Não. Eu não acredito nisso. Esta linha do tempo *termina*." Percebi com uma pontada que ao passo que a teoria sobre os planos-de-existência-infinitos soava satisfatória para mim, já que esta versão do meu pai e de meus dois meios-irmãos poderiam continuar a existir em algum sentido cósmico, a coisa toda tinha um significado muito diferente para Trey.

Ele balançou a cabeça, apertando minha mão com força. "Eu não quero um número infinito de vidas em planos diferentes se ao menos uma delas significar que não estou com você. Você vai voltar para consertar *esta* realidade, para torná-la correta outra vez, para que possamos ficar juntos. E *vai* ficar tudo bem. Estella sempre diz que é preciso ter fé para levar a vida — e eu não tenho certeza se possuo o tipo de fé ao qual ela se refere, mas eu tenho fé em você. Em nós."

Ele me incitou a ficar de pé e me segurou a alguns centímetros de distância, um brilho malicioso no olhar. "O que foi que Westley disse à princesa Buttercup? 'Isso é amor verdadeiro — você acha que isso acontece todos os dias?'"

"Só queria que você estivesse entrando comigo neste Pântano de Fogo."

"Eu também", admitiu. "Mas você consegue. Eu sei que consegue."

Seu otimismo vacilou um pouco quando começamos a fazer a despedida derradeira diante da porta da frente. Havia lágrimas em seus olhos quando ele me beijou. "Eu te amo, Kate. Basta me procurar, está bem?" E então ele se foi. Apoiei minha testa na porta, meio que esperando que Trey fosse abri-la de novo e me oferecer algum pretexto para me convencer a mudar de ideia.

Depois de um instante, ouvi seu carro começando e se afastar. Connor apareceu atrás de mim e apertou meus ombros. "Vamos lá, garota. Se vamos fazer a coisa toda, é bom acabarmos logo com isso."

Dei-lhe um sorriso vacilante. "Para você é fácil falar. Dois minutos depois de eu sair, você vai saber se consegui. Sou eu quem vai ter que perseguir Katherine por Chicago durante todo o dia."

"Você sabe que eu trocaria de lugar...", começou ele.

"Eu sei, Connor", falei. "Só estou implicando. Estou mais preparada do que nunca..."

Então, exatamente às 17h58, eu estava na biblioteca, a sombrinha e a bolsa numa das mãos e a chave CHRONOS na outra. Daphne estava latindo lá embaixo na cozinha, provavelmente para o seu nêmesis, o esquilo, e Trey estava em seu carro, voltando para casa. Connor estava na minha frente, e parecia prestes a mudar de ideia e me dizer que acharia outro jeito de resolvermos aquilo. Inclinei-me e lhe dei um beijo na bochecha, e então, sem parar pra pensar nem mais um segundo, defini meu destino e fechei os olhos.

Quando abri os olhos de novo, eu estava encarando um céu matinal claro e azulado e podia sentir o leve frescor de uma brisa de outubro no rosto. Eu tinha me acostumado à visão da folhagem verde luxuriante no ponto estável quando fazia as visualizações do destino no diário de bordo, mas era um pouco surpreendente ter meus outros sentidos captando tudo também. A ilha em si era tranquila, exceto pelo chilrear dos pássaros e insetos; dava para detectar o zumbido surdo de uma multidão à distância. Captei o aroma fraco de amendoim torrado e, muito mais perto, o cheiro inconfundível de lama.

O horário local era 8h03, um minuto após a chegada de Katherine e Saul. Os portões da Exposição abriam às oito, por isso ainda era muito cedo para passear por Wooded Island, perto do centro da feira. Olhei ao redor rapidamente. Um garoto de cabelos escuros de talvez sete ou oito anos estava varrendo energicamente a calçada diante de uma cabana rústica, e um pouco mais longe, à direita, dava pra ver as figuras de Saul e Katherine se afastando.

Toda vez que eu tinha visualizado aquela chegada através do medalhão, eu via Saul agarrando o cotovelo de Katherine a fim de ajudá-la a passar pela pequena colina que dava cobertura à súbita aparição deles na ilha. O gesto me parecera um galanteio desnecessário, mas agora eu percebia que o terreno estava encharcado, e combinado a um vestuário decididamente incômodo, tornava o acesso à calçada muito mais difícil do que eu tinha imaginado.

Suspirando, enfiei a chave CHRONOS no bolso escondido no corpete do meu vestido. Caminhei com a saia longa embolada numa das mãos e usei minha sombrinha fechada como bengala para me impulsionar pela inclinação. O piso não era tão compactado quanto parecia, e a ponta da sombrinha afundava uns bons quinze centímetros no solo úmido e flácido, prejudicando meu equilíbrio. Enrijeci e consegui — mal e porcamente — não cair de cara no chão, mas fiz barulho suficiente para atrair a atenção do garoto que varria na frente da cabana.

Agora minha sombrinha estava manchada de lama escura e minhas luvas estavam estragadas — tanto esforço para manter uma aparência elegante. Tirei as luvas e as escondi na bolsa, limpando a terra e os pedaços de folha presos na sombrinha da melhor maneira possível antes de abri-la, minhas mãos tremendo muito.

As mãos trêmulas me fizeram lembrar da minha primeira e única vez no palco, durante uma peça na quinta série. Fiquei desesperadamente apavorada com as subidas das cortinas, com dezenas de olhos me observando, e acabei por esquecer as minhas duas únicas falas curtíssimas. Muito embora os únicos olhos em mim agora fossem os do garoto na frente da cabana, a sensação era a mesma. Respirei fundo algumas vezes para me acalmar, e então ofereci ao garoto um olhar arrogante que eu esperava que estivesse sugerindo a ele que cuidasse da própria vida. Virei-me para seguir Saul e Katherine, que agora estavam na ponte que cruzava a lagoa, ligando Wooded Island à Exposição principal.

Ainda dava para vê-los claramente quando me aproximei da ponte sobre a lagoa. Saul se assomava sobre a figura pequenina de Katherine, em seu vestido cinza e chapéu roxo ornado com plumas cor de lavanda — exatamente como eu me lembrava, das muitas vezes em que eu os vira através do medalhão.

Acelerei o ritmo, ainda na esperança de seguir o plano A e manter os dois à vista. Não era, estritamente falando, uma necessidade. Eles iriam acabar na roda-gigante lá pelas dez e quinze e — se isso falhasse por algum motivo — eu sempre podia segui-los até o centro, quando Katherine passaria boa parte da tarde sozinha. Mas mesmo que a versão à minha frente fosse meio século mais jovem do que a avó que eu conhecia, e mesmo que ela não tivesse ideia de quem eu era, eu sabia que ficaria muito mais confortável se aquela porcaria de pluma lavanda permanecesse à vista.

O plano A, no entanto, estava em risco desde o início. Minha subida deselegante para a calçada tinha me atrasado mais do que eu havia planejado. Eu precisaria de apenas alguns minutos para recuperar o atraso caso eu caminhasse depressa, mas havia problemas no horizonte, literalmente. Embora eles fossem as duas únicas pessoas se *afastando* da ilha, a mais ou menos uns cinquenta metros à frente deles havia as milhares de pessoas que tinham chegado por uma via muito mais convencional — a entrada da Sixty-Seventh Street. Multidões se reuniam em torno dos vários prédios adiante, e a menos que Katherine e Saul virassem para a direita ou para a esquerda e caminhassem ao longo da lagoa que cercava Wooded Island, eles seriam engolidos pela multidão antes de eu conseguir diminuir a distância entre nós.

E aí, para piorar as coisas, ouvi alguém correndo atrás de mim na ponte. Olhei pra trás e vi que era o garoto da cabana.

"'Cê deixou cair isso na ilha, senhorita!", disse ele um pouco sem fôlego. Ele tinha um envelope dobrado numa mão suja e um pano úmido na outra. "E a moça vai querer u'a ajuda com a sombrinha — se 'ocê deixar suja de lama, o tecido vai se estragar tudim."

Reconheci o envelope de imediato, e meu coração subiu para a garganta. Era a carta do meu pai, que eu tinha enfiado no bolso sem pensar depois que Trey terminara de lê-la. Deve ter caído durante minha subida aos tropeços pela colina.

A carta tinha sido enfiada de maneira meio descuidada no envelope, e eu desconfiava que os olhinhos curiosos na minha frente tinham dado pelo menos uma espiadinha; embora ele dificilmente houvesse tido a chance de lê-la com cuidado durante sua corrida pela ponte — e isso presumindo-se que um garoto de sua idade ao menos soubesse ler nesta época. O carimbo estava bem nítido no envelope, mas certamente ele acharia que era um erro caso tivesse notado a data, certo?

O menino levantou a mão que segurava a carta para pegar minha sombrinha e limpar a mancha escura no topo. Deixei que ele a pegasse e recuperei a carta, colocando-a rapidamente na bolsa.

"Obrigada. Eu não ia gostar de perder isto..." Cacei meu porta-níqueis na bolsa, tentando concluir qual seria a gorjeta adequada.

"Que interessante o selo", disse ele. "Deve ter vindo de uma lonjura pra custar quarenta e quatro centavos só pra mandar u'a carta. E eu nunca vi um selo com um tigre nele assim. Parece aqueles tigres que ficam no Midway e a pintura é toda brilhosa e colorida. 'Cê podia me dar pr'eu botar na minha coleção."

Balancei a cabeça, olhando para trás, além da ponte. Katherine estava quase sumindo de vista. "Sinto *muitíssimo*, mas minha irmã também coleciona selos, e este é do nosso pai, por isso já prometi que..."

Ele terminou de limpar a sombrinha — não dava para dizer que houve melhora notável, considerando que a sujeira tinha sido espalhada — e então a devolveu, dando de ombros. "'Tá bom, senhorita. É que é bem diferente, então achei que..."

"Aqui", interrompi, oferecendo meu melhor sorriso. "Pegue isto... uma recompensa pela devolução da carta e um pouco pelo incômodo." Entreguei-lhe uma moeda de cinquenta centavos, com a esperança de tirar a fixação dele pelo selo. "Eu realmente preciso ir, no entanto — estou muito atrasada. Obrigada mais uma vez."

Seus olhos escuros se arregalaram e ocorreu-me que talvez eu tivesse sido um pouco generosa *demais*. Cinco ou dez centavos claramente teriam sido mais apropriados. Fazendo um cálculo mental, percebi que eu tinha dado a ele o equivalente moderno a uma gorjeta de uns doze dólares.

"Não, moça. *Eu* que agradeço", disse ele, guardando a moeda e começando a caminhar ao meu lado. "O que 'cê 'tá planejando ver primeiro? 'Ocê tem um mapa? Se não..." Ele fuçou seu bolso e sacou um mapa da Exposição, muito sujo e marcado de dobras, claramente esperançoso de extorquir mais uma ou duas pratas da garota rica antes que esta lhe escapasse.

"Não, obrigada, eu tenho um mapa aqui", falei, acelerando um pouco. Peguei na bolsa a réplica de aspecto oficial de um mapa da Exposição, retirada do site Rand McNally, e estiquei o pescoço para ver se a pluma de Katherine ainda estava à vista. Estava, a poucos metros no meio da multidão.

O garoto continuava a me acompanhar, passo a passo. "Você não precisa voltar para o seu trabalho?", perguntei, embora me sentisse um pouco estranha dizendo isso a um garoto que deveria estar cursando a terceira série do ensino fundamental.

"Nem... Já acabei pro dia de hoje. Só preciso ir pro meu outro emprego mais tarde." Ele caminhou alguns passos adiante e então virou-se para olhar para mim, andando de costas. "Esses mapas num são bons, sabe. Metade deles foi tudo feito antes de terminarem de montar a feira, assim eles iam poder imprimir a tempo, só que um monte de coisa mudou de lugar. 'Ocê precisa é de um *guia*. U'a moça respeitável que nem 'ocê num devia ficar passeando aí pela feira sem u'a escolta, de qualquer forma."

Arqueei uma sobrancelha para ele. "Eu já vi muitas mulheres passeando pela feira sem um acompanhante masculino."

"Ah, juntas, sim", admitiu. "Mas não passeando por aí tudo sozinha, num é? Eu posso ser seu guia — já fiz isso nove vezes, u'a vez pr'um grupo de senhoras que tinha vindo láááá de Londres. Eu sei tudim sobre a feira, por causa que meu pai trabalhou aqui o tempo todo quando tavam construindo."

Ele fez uma pausa e respirou fundo. "Por dois dólares eu posso te mostrar tudim que vale ver aqui e ensinar os jeitos de evitar o povaréu e..." Ele corou um pouco "...mostrar onde fica a casinha das senhoras, e esse tipo de coisa..."

Eu estava prestes a perguntar o que era uma casinha, mas daí analisei seu rubor e juntei as peças.

"Então, o que 'cê me diz, moça?", continuou ele, rapidamente. "'Cê num vai querer ficar passeando por aí sozinha. Tem uns pontos que num são seguros pr'uma dama — tem uns sujeitos maus aí que podem querer tirar vantagem de u'a moça sozinha, 'cê sabe."

Tínhamos chegado ao meio da avenida entre o Prédio da Mineração e o Prédio da Eletricidade. A cúpula dourada do Prédio Administrativo estava logo adiante, mas a pluma lavanda de Katherine não estava mais visível.

Suspirando, olhei em volta e notei que o garoto estava certo — havia muitas mulheres em grupos ou mesmo em pares, mas não vi sequer uma mulher desacompanhada. Eu tinha de admitir que provavelmente eu chamaria menos atenção se não estivesse sozinha.

Havia também o fato de ele ter visto a carta. Eu ainda não tinha certeza do quanto ele tinha lido, por isso concluí que poderia fazer sentido manter a criança sob meu controle, pelo menos até eu poder cair fora dali. E estava bem óbvio que a promessa de dinheiro extra o manteria por perto.

Ele sabia que eu estava ponderando, por isso ficou em silêncio, as mãos atrás das costas — um pequeno soldado sujinho à espera da inspeção. Mas aparentemente era difícil para ele manter-se perfeitamente imóvel e ereto, especialmente com uma transação tão grandiosa em vista, e o excesso de energia o fazia subir e descer na ponta dos pés, como se estivesse num pula-pula portátil.

"Pensei que você tivesse outro emprego."

"Só *beeem* mais tarde", disse ele, balançando a cabeça. "E é só ajudar minha mãe no turno da noite na barraca, e ela ia preferir muito mais se eu trabalhasse n'outro lugar se desse pr'eu trazer um trocado extra.

A coisa complicou desde que meu pai..." Morreu? Foi embora? Ele não concluiu a frase e fechou a cara enquanto pensava no assunto, por isso resolvi não pressioná-lo.

Ele era magricela e suas roupas estavam bem gastas, e eu desconfiava que sua avaliação de que a mãe ficaria feliz por ter alguns dólares a mais para a semana fosse um tanto precisa. Ele também parecia bastante sagaz — o que era ambíguo, uma vez que ele sabia mais do que eu gostaria que soubesse sobre minha chegada. Os olhos escuros eram um pouco travessos, mas seu rosto parecia honesto e aberto.

"Qual é o seu nome?", perguntei.

"Bom, eles chamam meu pai de Mick e me chamam de Pequeno Mickey, por causa que a gente é irlandês e tal. Só que agora ele num 'tá mais aqui e eu num sou tão pequeno mais, então só me chamam de Mick."

"Certo, Mick — quantos anos você tem?"

"Doze anos, moça", respondeu ele sem hesitar.

Levantei uma sobrancelha muito cética.

"Quantos anos você tem *de verdade*? Não vou me recusar a contratar você por causa da sua idade, eu só quero saber."

"Quase nove", disse ele.

"Tente de novo."

"Não, verdade — vou fazer nove em agosto", disse.

Considerando que estávamos em outubro, ele parecia estar esticando o "quase nove" até o limite máximo aceitável, mas pelo menos essa idade parecia plausível. Tentei pensar numa história para convencer uma criança de oito anos que fosse capaz de mantê-la por perto e calada até eu estar pronta para fazer o salto de volta para casa. Minha mente voltou a um livro que li no ensino médio sobre Nellie Bly, a famosa jornalista investigativa dos anos 1880 que tinha dado a volta ao mundo sozinha em setenta e dois dias. Eu tinha certeza de que ela era da mesma idade que eu quando começou a fazer suas reportagens.

"Tudo bem", falei, inclinando-me para encará-lo nos olhos. "Eis aqui o que eu posso oferecer, Mick, e *não* há espaço para negociação. Sou Kate — uma jornalista, escritora... de um jornal na costa leste. Costumo trabalhar com um parceiro, meu fotógrafo, mas ele está atrasado. Eu poderia precisar de um assistente, mas você vai ter que fazer exatamente o que eu disser — sem perguntas, sem falar com ninguém sobre isso, porque estou trabalhando numa exclusiva, certo?"

Ele franziu a testa um pouco quando falei a última parte. Eu desconfiava que ele não soubesse muito bem o que era uma exclusiva, mas não quis admitir isso. "Uma jornalista? Seguindo aqueles dois, né? O homem e a mulher que passaram antes d'ocê? O que é que ele é, um bandido ou coisa assim? Ele *parecia* suspeito, ele..."

Lancei-lhe um olhar mordaz e interrompi: "Sem perguntas, lembra-se? Cinco dólares para me acompanhar durante minha estada aqui", continuei. "Pode ser que eu vá embora hoje, mas pode ser que eu esteja aqui amanhã, dependendo de quanto tempo vou conseguir para levantar minha história. Vou pagar suas despesas também — refeições e afins. E a primeira parada que vamos fazer vai ser na casinha dos *homens* — para você lavar esta cara —, pois eu quero um assistente limpo e apresentável. E aí você vai me ajudar a chegar ao parque Midway antes das dez."

Ele assentiu outra vez e agarrou meu cotovelo, puxando-me para a esquerda, em direção a um grupo de fontes brancas imensas. "Sendo assim, moça..."

"É Kate", repeti.

"Sendo assim, dona Kate. Eu conheço o melhor atalho."

∞

Enquanto caminhávamos, Mick assumiu o modo guia turístico e logo ficou óbvio que ele não estivera enfeitando suas credenciais. Ele realmente conhecia bastante sobre a Exposição e tinha decorado detalhes sobre os vários prédios e estandes.

"Isso aí", disse quando nos aproximamos de um canal, um lado ornado por fontes brancas enormes, "é o que eles chamam de Grande Bacia." Mick apontou para a peça central das fontes pelas quais passamos, uma grande escultura clássica de um navio. "Aquela ali é a Fonte Colombiana — MacMonnies, o sujeito que criou ela, me falou que é pra ser um símbolo pro país e pra mostrar o quanto a gente progrediu desde que Colombo apareceu aqui. Esse povo remando é pra representar a arte — sabe, como fazem na música, na pintura e tal? Aquele moço grandão ali é pra ser o Senhor do Tempo, guiando o barco pro futuro com seu grande..." Ele parou por um momento, pensando. "Minha mãe sempre chamava de cortadeira — como é que 'cês chamam aquela coisa que usam pra cortar feno?"

"Foice?", perguntei.

"Isso, isso aí", disse ele, me puxando um pouco para o lado para desviar de um grupinho de mulheres de meia-idade que, como eu, estavam admirando a estátua e não estavam prestando muita atenção para onde estavam indo. "Uma foice. Num lembro o que a mulher na frente era pra ser. Ou esses cupidos aí. Talvez só enfeite mesmo."

"Agora, aquele prédio bem ali", disse ele, "é o maior prédio do mundo — o Prédio das Fábricas. E aquele outro ali por onde a gente passou? O Prédio da 'Letricidade? Tem coisa lá dentro que 'cê nem ia acreditar que viu. Tem um amigo meu que trabalha varrendo lá e ele diz que tem uma máquina chamada de telautógrafo onde alguém manda um desenho, digamos, lá do Leste e a máquina desenha igualzinho pr'ocê do lado de cá, como se 'tivesse recebendo um telégrafo. Ele também diz que eles têm essa coisa nova que o sr. Edison inventou, que faz as imagens se mexerem, então parece que 'cê 'tá vendo um homem espirrar, só que 'cê 'tá olhando pruma caixinha. E espera só até 'cê ver de noite, o lugar fica todo iluminado — 'cê nunca viu nada tão bonito. É como se fosse um milhão de lampiões, mas eu olhei pra eles de dia e acontece que não são nadinha, só umas bolinhas de vidro com um fiozinho dentro."

Era estranho pensar que quase todas as estruturas magníficas que Mick estava apontando eram prédios temporários, feitos de um material ligeiramente mais resistente do que papel machê. As exposições seriam removidas e os prédios seriam demolidos ou queimados em questão de meses. Apenas alguns edifícios permaneceriam, assim como os jardins — que eram surpreendentes por si só, uma vez que a região era apenas um pântano menos de um ano atrás.

Contornamos a lagoa, onde várias gôndolas coloridas estavam atracadas, embarcando seus primeiros passageiros do dia. Do outro lado da água, dava para ver a casa de chá japonesa em meio às árvores de Wooded Island.

Durante boa parte do trajeto nos mantivemos nas calçadas, passando pelo Prédio do Governo Norte-Americano e pelo Prédio da Pesca, onde Mick ficou satisfeito em oferecer uma descrição completa e imaginativa do tubarão imenso que estava exposto. Ele então cortou caminho pela área gramada na frente das exposições nacionais da Guatemala e do Equador, e tive que andar na ponta dos pés para evitar que os saltos das botas afundassem na relva úmida.

Meu sapato direito já estava começando a causar uma bolha no calcanhar e eu estava cada vez mais desconfiada de que o "melhor atalho" de Mick não fosse o caminho mais direto para o Midway. Dava pra ver a roda-gigante ao longe, e ele parecia estar passando direto do ponto onde deveríamos ter virado.

"Sim, dona", disse ele quando apontei para a roda enorme no horizonte. "Mas 'cê num vai querer usar as casinhas de lá. Num são boas pr'uma dama. As senhoras de Londres ficaram muito impressionadas com as casinhas no Palácio de Belas-Artes. É pra cá, no próximo prédio. Falaram que foram as mais bonitas que elas já viram."

"Mas a... 'casinha'... era para *você* se lavar. Eu não preciso ir agora." Eu estava temendo a ideia de tentar usar um banheiro com meu vestido atual, e concluí que poderia ser uma boa ideia simplesmente limitar minha ingestão de líquidos pelo restante do dia.

"Oh... desculpa", disse ele. "Posso usar os de Midway, onde num precisa pagar, mas... Achei que a moça precisasse... Algumas damas não falam quando precisam, sabe. Uma das senhoras de Londres num quis dizer que tava com vontade e ela quase..."

"Jornalistas mulheres não são recatadas", falei, dando-lhe um sorrisinho. "Nós dizemos o que pensamos. Então, se eu precisar ir, vou te dizer sem rodeios." Olhei para os degraus que levavam até o pórtico ornamentado do edifício. "Já estamos aqui, então podemos muito bem entrar. Vou esperar por você no saguão."

Tivemos um breve desentendimento com o atendente do lavatório dos cavalheiros. Ele deu um olhar arrogante para o traje de Mick e sugeriu que ele procurasse outro toalete. Mick discutiu com ele por um momento, e então eu resolvi o litígio entregando vinte e cinco centavos ao sujeito — muito mais do que os cinco centavos cobrados para utilizar as instalações. Sua postura mudou, mas ele ainda acompanhou o garoto até lá dentro, como se preocupado que Mick pudesse fugir com as toalhas.

Sentei-me num banco preto estofado e fiquei admirando a grande variedade de estátuas em mármore, gesso e bronze. De acordo com o relógio dentro da rotunda, eram pouco mais de nove horas. Nós ainda tínhamos muito tempo, mas eu estava tensa demais para ficar parada, então fiquei passeando por ali a fim de examinar algumas das obras em exposição. Uma das estátuas colossais mostrava um homem prestes a lancear uma águia que o estava atacando. Ali perto, uma obra menor em bronze com um título francês mostrava uma criança sentada à margem de um rio. Era muito bem detalhada, e fiquei surpresa ao ver que o artista era uma adolescente de Boston, Theodora Alice Ruggles.

Mick saiu do banheiro alguns minutos depois, e de fato conseguiu remover a maior parte da sujeira do rosto e dos braços. Seus punhos estavam um pouco úmidos devido aos seus esforços para limpar-se, mas certamente tinham melhorado muito. Aparentemente ele tinha feito bom uso dos produtos de higiene pessoal de cortesia — seu cabelo agora estava cuidadosamente partido ao meio. Também estava bem penteado com algo que cheirava ao óleo de bergamota que usam nos chás Earl Grey, e isso me fez recordar da minha infância, quando eu sentava meio sonolenta no colo do meu pai nos fins de semana enquanto ele lia o jornal e bebericava sua caneca matinal de chá.

O garoto entrou no modo de inspeção outra vez, então assenti brevemente. "Muito respeitável, rapazinho. Acho que você vai se passar muito bem como assistente de jornalista."

Ele abriu um sorriso largo, e assim deixamos o Palácio das Artes. Aparentemente esta não era uma área na qual Mick tinha muita experiência, já que ele não disse muita coisa sobre as muitas estátuas e quadros pelos quais passamos até chegar à saída, mas ele se animou novamente quando viramos à esquerda depois de chegar na calçada.

"O parque Midway num fica muito longe, dona Kate. Então como é que 'cê sabe que eles vão estar lá às dez? O que eles tavam fazendo no Acampamento dos Caçadores, de qualquer forma? Eu já vi aquele homem ali, algumas vezes. Ele sempre saía daqueles arbustos... Eu quase chamei os policiais, porque algumas moças andaram sumindo do mapa, mas aí eu percebi que ele 'tá sempre com a mesma mulher. E ela 'tá sempre aqui na Exposição. Eles esconderam alguma coisa naquela área ali?"

Ele olhou para cima quando não respondi. "Ah, certo. 'Cê disse pra não fazer perguntas. Minha mãe sempre diz que vou muito mais longe na vida se eu aprender a ficar de boca fechada."

"Minha mãe me diz a mesma coisa". Ri. "Eu não costumo dar ouvidos a ela também. Mas provavelmente é um bom conselho, sabe."

Ele deu de ombros. "Sim, mas meu *pai* disse que o único jeito de aprender é fazendo perguntas. E num dá pra fazer isso de boca fechada. Enfim, dá pra ver que o sujeito que 'cê 'tá seguindo é mal-encarado. Ele tem aquele olhar esquisito. Ele sempre me olha feio quando sobe aquela colina, meio igual 'ocê fez hoje de manhã, mas deu pra ver que 'cê só tava com medo. Não é malvada."

"Eu *não* estava com medo", contestei.

"Claro que tava", respondeu ele casualmente. "'Ocê é nova aqui e tava seguindo um sujeito mau. Mas agora 'cê tem um guia bom, então vai poder escrever sua matéria e aí vai deixar seu patrão feliz, certo?"

Parecia inútil discutir com um garoto de oito anos, principalmente quando ele estava certo, então simplesmente calei a boca e prossegui.

∞

O parque Midway Plaisance já estava barulhento, empoeirado e lotado às nove e meia. Os edifícios ali não eram tão imensos quanto aqueles na Exposição principal, mas o que lhes faltava em tamanho era compensado na cor e design. No espaço de alguns quarteirões da cidade, passamos por réplicas de uma antiga cabana americana de madeira, de um castelo irlandês, de um monte de bangalôs de aspecto asiático e de uma versão menor de uma mesquita turca.

Paramos em um pequeno estande, logo depois da Vila Alemã, onde comprei duas limonadas. Depois de alguns minutos, encontramos um local num dos bancos em frente aos prédios.

Ao contrário do restante da feira, onde os visitantes eram em sua maioria brancos, a Midway mais parecia uma cidade moderna, com uma enorme variedade de raças e nacionalidades. Olhei um pouco mais além na rua e vi um homem com trajes árabes puxando um camelo em nossa direção, ao longo da rua principal. Uma mulher de meia-idade estava sentada na corcova do camelo, posicionada de lado, agarrando-se firmemente às bordas e parecendo totalmente ávida pelo fim do passeio.

Mick acompanhou meu olhar. "Aquela ali é a Cairo Street, lá embaixo. 'Cê devia voltar aqui quando forem fazer o casamento árabe à tarde. É mesmo muito..."

"Infelizmente, não acho que eu vá ter muitas oportunidades para passear, Mick", falei. "Estou aqui numa missão e não tenho muito tempo."

Fiquei um pouco surpresa ao perceber que eu *estava* genuinamente pesarosa por precisar me apressar, pois havia muita coisa que eu teria adorado ver caso esta fosse uma viagem a lazer. Senti uma onda de inveja pelo emprego de Katherine, que era simplesmente aprender o máximo possível.

"Que pena", falou ele. "Dá pra passar uma semana aqui e num dar conta de ver tudo. Não que a gente possa passar uma semana agora, porque tá acabando e tal. Vai ser legal passear por aqui de novo quando todo mundo tiver ido embora — igual quando estavam construindo. Eu num gosto muito de ficar no meio do povaréu. E aí todo mundo vai ter que começar a desmontar as coisas, acho, e aí vão pra casa."

"Onde fica o lar da sua família, Mick? Quer dizer, antes de você vir para os Estados Unidos?"

"County Clare — fica na Irlanda", disse ele. "Uma cidadezinha chamada Doolin. Um lugar bonito, minha mãe diz, mas o único emprego lá é pescaria. Estamos aqui desde que eu tinha uns três ou quatro anos. Eu meio que me lembro de ter vindo num barco, mas num lembro da Irlanda."

"Então para onde vocês vão?", perguntei. "Quero dizer, em breve não vai ter muito trabalho aqui para você e sua mãe, certo?"

Ele assentiu, retorcendo a boca de um jeito meio triste. "A moça na igreja 'tá tentando convencer minha mãe a voltar pra fazenda que a gente trabalhou quando chegou nos Estados Unidos, e ela 'tá pensando no assunto. Sei que 'tá."

"Mas você não quer ir?"

Ele fez que não com a cabeça. "Era limpa e a gente tinha mais espaço e tudo o mais, e era bom trabalhar ao ar livre, mas num quero voltar. Meu pai num queria ficar lá naquela fazenda — ele num confiava naquele pessoal, e eu também não. Prefiro ficar na cidade pra trabalhar nas fábricas, mesmo que eu precise ficar enfiado num prédio o dia todo."

"E a escola?", perguntei, bebericando a limonada, gelada e azedinha na medida, através de um canudo alto de papel.

"Parei", disse Mick, desenhando uma linha na terra com o sapato. "Fui pra escola por uns dois anos na fazenda, antes de montarem a feira, e meu pai morrer. Mas eu sei ler e escrever direitinho. E sei fazer contas. Se eu precisar saber mais coisas, posso aprender sozinho. Já tenho idade pra ajudar em casa."

Ele empinou o queixo enquanto falava, e fiquei impressionada com seu esforço para bancar o adulto. "Quando foi que seu pai..." comecei, hesitante.

"Em julho", respondeu. "Depois que a feira começou e o trabalho de construção acabou, ele conseguiu um emprego pra apagar incêndios. Tem um monte de pequenos incêndios nos restaurantes e nos prédios de eletricidade. Aí teve um incêndio grande no prédio do frigorífico — esquisito ver um prédio com tanto gelo dentro pegar fogo. Num sei o que causou, mas as chamas eram grandonas. Todos os bombeiros trabalhando pra Exposição morreram e um grupo de pessoas que veio da cidade também morreu. Demorou um tempão, mas eles controlaram, então nenhum dos outros prédios pegou fogo."

"Lamento muito pelo seu pai, Mick."

"É, eu também. Sinto saudade dele." Ele ficou em silêncio por um instante e então terminou de beber a limonada, seu canudinho fazendo muito barulho enquanto ele sugava ao redor do gelo, a fim de capturar as últimas gotas.

"Na verdade, não estou com tanta sede assim", falei. Eu não estava sendo totalmente sincera — o ar estava empoeirado e eu teria bebido alegremente a metade restante no copo se não fosse o espectro ameaçador de precisar usar um banheiro vestindo uma saia espalhafatosa na altura dos tornozelos. "Você pode terminar a minha, se quiser."

Isso me rendeu mais um sorriso. "'Cê é mais boazinha do que minha outra patroa. Ela só me dava uma balinha de hortelã por vez, e isso porque ela dizia que meu hálito cheirava a cebola. E acho que era verdade." Ele bebeu rapidamente os últimos goles no meu copo e levou os dois frascos vazios de volta à banquinha.

Fomos descendo em direção à roda-gigante, que parecia ainda mais imensa à medida que nos aproximávamos. Era facilmente cinco vezes maior do que aquela na qual eu tinha andado na feira da minha cidade no ano anterior, e formava uma sombra comprida no Midway. Afundei, grata, num banco vago depois de virar a esquina do prédio seguinte, o que nos proporcionou uma visão nítida da doca onde era feito o embarque do passeio. A bolha no meu calcanhar estava começando a me irritar e eu não queria ficar de pé à toa enquanto aguardávamos o grupo de Katherine chegar.

"Então a gente vai só ficar aqui e esperar até eles chegarem? Posso ajudar a ficar de olho... A gente vai seguir eles quando eles saírem e ver pra onde vão, ou o quê?"

Mick parecia cada vez mais impaciente com a regra de não fazer perguntas, e concluí que não faria mal esquematizar o plano básico. "Bem, na verdade preciso me aproximar da mulher — aquela que está com ele...? Eles vão estar num grupo grande, de umas cem pessoas, com o prefeito, por isso não deve ser difícil identificá-los."

"Ah", disse ele, assentindo sabiamente. "Então 'cê 'tá escrevendo uma reportagem de política. O sujeito malvado 'tá tentando subornar o prefeito, num é?"

"Não, não." Balancei a cabeça. "Não estou escrevendo sobre o prefeito. Eu só preciso falar com a mulher por alguns minutinhos, sem o 'sujeito', como você costuma chamá-lo, ouvindo a gente."

"'Tá bom, acho que é fácil", falou ele. "Vou pedir pra Paulie botar a gente na cabine deles."

"Botar... *onde*?", perguntei. "E quem é Paulie?"

"Na cabine na roda grande", disse Mick, apontando para os carrinhos onde as pessoas estavam entrando agora. "'Cê disse que tinha umas cem pessoas no grupo? Umas vinte vão ser muito covardes pra andar, 'cê vai ver, e cada cabine cabe sessenta pessoas. Então é só a gente ficar na cabine certa."

Olhei para cima, para o topo da roda, e pensei que ele provavelmente estivesse certo sobre as pessoas que se acovardavam. Senti um aperto na boca do estômago com a ideia de subir tão alto num equipamento construído na década de 1890, muito antes de haver as plaquinhas reconfortantes mostrando que o brinquedo do parque havia passado na inspeção.

"Então o Paulie", continuou Mick, "ele me conhece... pode enfiar a gente junto com eles. As mulheres podem ir separadas pros homens poderem fumar, mas se todo mundo for junto, então vou distrair o sujeito e 'cê vai poder bater um papo com a senhora."

"Mas não creio que vá haver alguma criança neste grupo", lembrei. "É um monte de prefeitos e suas esposas..."

Ele deu de ombros. "Num faz diferença", disse ele em tom conspiratório. "Eu me enfio um monte de vezes sem pagar. Muitas crianças fazem isso — só que eu preciso achar as mulheres usando saias bem grandes pr'eu poder me enfiar no meio delas. Paulie nem liga, contanto que ninguém me veja. Na maioria das vezes as senhoras guardam segredo quando percebem, é só agir como se eu nunca tivesse andado antes. E se elas reclamarem, Paulie vai só gritar comigo quando a gente sair e me chamar de um monte de nomes feios, talvez até jogar alguma coisa em mim, assim ele não se mete em encrencas por minha causa."

Eu ri. "Bem, pelo menos você não vai ter que se esgueirar sem pagar desta vez". Entreguei-lhe um dólar e vinte e cinco centavos. "Compre-nos dois ingressos e deixe os vinte e cinco centavos para Paulie como uma gorjeta por sua ajuda."

"'Tá bom." Ele saltou do banco. "'Cê fica aqui, porque seu pé 'tá doendo e tal, e eu já volto."

Tive que lhe dar o crédito por ser tão observador. Eu não tinha mencionado nada sobre a bolha, e se estava mesmo mancando, eu jamais teria achado que era num nível suficiente para alguém notar, já que eu estava praticamente coberta da cabeça aos pés.

Mick correu até a cabine e aguardou na fila curta para comprar os ingressos, em seguida parou por um minuto para falar com Paulie, um garoto da minha idade. Ambos olharam em minha direção, e Paulie deu um leve aceno, aí Mick voltou para o banco.

"Tudo pronto", disse ele com um sorriso. "Se 'ocê tem certeza que eles vão chegar às dez e quinze, a gente não tem mais do que dois minutos, talvez uns cinco. Quando 'cê notar o prefeito vindo pra cá, a gente vai pra lá e 'ocê meio que se mistura no fim da fila. Se não tiver outras crianças, vou ficar fora do caminho até 'ocê começar a entrar e aí eu me espremo do seu lado."

Era um plano tão bom quanto qualquer outro que eu poderia ter bolado. "Mesmo se eles notarem que a gente não faz parte do grupo do prefeito", complementei, "dificilmente eles poderiam nos expulsar uma vez que a roda começasse a girar, certo?"

"Acho que o prefeito num ia se incomodar muito, não", disse Mick. "Ele gosta de crianças. Tentou fazer os chefões da feira deixarem as crianças pobres de Chicago entrarem na Exposição de graça, mas eles disseram que não.

"Já o Buffalo Bill", acrescentou, meneando a cabeça em direção ao final do Midway, "foi diferente. 'Tá vendo aquelas tendas ali? Aquele é o Show do Oeste Selvagem. Ele disse pro prefeito que ia aceitar — e fez um dia pras crianças abandonadas, e todas as crianças da cidade puderam ver o show de graça, ganharam doces, sorvete. Foi um dia *muuuito* bom. Claro", observou ele com um olhar sério, "eles ganham um bom dinheiro ali — aposto que os chefões da feira ficaram querendo depois que o show do Bill fosse parte do Midway. Falaram que ele era 'ralé' demais. Mas eles também têm shows com índios na Exposição — e nenhum tão bom quanto o do Buffalo Bill."

Ele parou de falar, aí ficou alternando entre sentar no banco e caminhar até a ponta do prédio a cada trinta segundos para espiar pela esquina.

Depois da terceira ou quarta viagem à esquina, ele sentou-se outra vez e deslizou um pouco mais perto. "Tem um grupo grande passando agora pela banca de limonada. É eles. Num tem como confundir o prefeito; ele é um grandão e usa esse chapéu... bem, 'cê vai ver."

E eu vi mesmo, cerca de dois minutos depois, quando um homem alto e um tanto corpulento usando um chapéu preto de aparência desleixada dobrou a esquina e se aproximou da cabine de ingressos. Mick estava certo — ele usava um terno formal, completo, com o colete típico e relógio de bolso, mas Carter Henry Harrison definitivamente tinha estilo próprio. Todos os homens usavam chapéu — uma grande variedade de chapéus-coco, chapéus de palha e algumas cartolas —, mas o chapéu estilo caubói de Harrison tinha uma qualidade levemente duvidosa. Fez-me lembrar um pouco do fedora usado por Indiana Jones.

O prefeito acenou em direção à volumosa delegação atrás dele e fez uma pausa para ouvir algo que uma das mulheres estava lhe falando. O cabelo dela era castanho-claro, com alguns fios grisalhos, e ela usava um vestido azul-marinho com um corpete de renda branca. Era uma mulher atraente, com óculos de armação fina, e tinha mais ou menos a mesma constituição e altura que eu. O prefeito riu cordialmente do que quer que ela havia lhe cochichado e lhe deu um tapinha no braço antes de se voltar para a multidão.

"Se algum de vocês estiver preocupado, como a sra. Salter aqui, deixem-me assegurar-lhes de que a roda é perfeitamente segura. O primeiro passageiro foi a própria esposa do inventor, e não, o sr. Ferris não estava tentando se livrar de sua bela senhora."

Houve uma risada educada do grupo, e então Harrison continuou: "Eu só vou precisar de um instante para conversar com este pessoal gentil aqui para providenciar nossos ingressos, e depois...", ele gesticulou dramaticamente em direção ao topo da roda, "...o céu é o nosso único limite."

Várias das mulheres acompanharam o movimento do braço dele com o olhar, e uma delas, uma gorducha de meia-idade usando um chapelete rosa-claro, arfou audivelmente. Não sei se ela não tinha olhado de fato para a roda até então ou se a realidade acabara de atingi-la, mas ela recolheu o braço que estava enganchado ao da amiga ao seu lado. "Sinto muito, Harriet. Eu sei que eu disse que iria com você, mas de jeito nenhum que vou colocar os pés dentro daquele monstro de aço." Ela estremeceu visivelmente e balançou a cabeça. "Não. Vou aguardar por você aqui." Ela se afastou para se juntar a uma dezena de mulheres, e alguns homens, que se reuniram do outro lado da rua para assistir à valentia de seus compatriotas de lá. Depois de alguns segundos, sua amiga olhou para a roda e, com uma expressão um tanto sofrida, concluiu que ela também permaneceria no chão.

Pesquisando pela multidão, achei Saul primeiro, de pé junto a um grupo extenso de homens. Alguns segundos depois, vi a pluma de Katherine, diretamente atrás da mulher de vestido branco e azul-marinho que tinha acabado de falar com o prefeito. Eles estavam perto do centro da comitiva, que, com exceção daquelas duas mulheres, parecia ter se dividido por gênero, com as mulheres se reunindo de um lado da plataforma e os homens do outro. Vários membros do grupo de mulheres estavam de olho nas duas traidoras, com lábios contraídos que tornavam sua reprovação bastante clara.

Acotovelei Mick. "É ela. Não sei bem quem é a outra mulher com quem ela está conversando. Pode ser a prefeita que eles convidaram..." Parecia o mais provável, embora eu não teria descrito a mulher vivaz como um "poço de timidez", tal como Katherine dissera.

"Uma mulher na prefeitura. Isso é incrível." Mick semicerrou os olhos para tentar enxergar com mais afinco, mas ambas as mulheres estavam parcialmente bloqueadas da vista por vários dos homens parados entre nós. "Vou ficar perto de Paulie, então 'cê pode se enfiar na cabine que ela escolher e depois eu vou atrás."

Segui em direção à linha que demarcava os dois grupos e fingi estar procurando algo na minha bolsa enquanto o grupo de homens dava um passo para o lado e permitia galantemente que as mulheres embarcassem primeiro. Dava para distinguir a voz mais aguda de Katherine em meio ao burburinho mais grave da conversa masculina. Ela estava papeando com a outra mulher, mas eu não conseguia entender o que estavam dizendo, e como elas não fizeram esforço algum para se juntar ao grupo de mulheres, fui ficando para trás também.

A porta da primeira cabine foi fechada, e várias mulheres riam e acenavam seus dedos enluvados para os homens da delegação. Desloquei-me para o exterior da plataforma, junto ao final da fila. Alguns dos homens lançaram olhares de reprovação para Katherine e sua amiga, e um deles deu uma fungada arrogante em minha direção quando nos aproximamos da cabine dos "homens" e começamos a embarcar. Aparentemente Mick estava certo. Eles estavam ansiosos para fumar um pouquinho e não ficaram muito felizes porque agora teriam de pedir permissão das mulheres a bordo.

Olhei ao redor da plataforma, procurando Mick, esperando que ele pudesse se esgueirar junto às minhas saias, mas logo ficou claro que ele já tinha embarcado. Assim que entrei na cabine, ele soltou um grito alto de dor e a mulher de vestido azul-marinho irrompeu dos fundos da cabine, arrastando-o pela orelha. Pela expressão de Mick, ela estava torcendo com força enquanto abria caminho entre os homens que ainda estavam enfileirados para entrar no vagão. "Temos um pequeno clandestino", disse ela com firmeza, puxando a orelha dele a ponto de Mick ficar na ponta dos pés. "Se os senhores puderem dar um passinho para o lado, vou botá-lo para fora."

Respirei fundo, esperançosa de que não estaria cometendo um erro colossal. "Ele não é um clandestino, senhora. Estou com o ingresso dele aqui."

Ergui os dois canhotos de ingressos e todo mundo se virou para olhar para mim, incluindo Katherine. Seus olhos se fixaram no meu pulso levantado, especificamente no pingente de ampulheta que ela havia me dado no meu aniversário. Eu a encarei por um breve momento e, em seguida, voltei-me para a mulher que estava massacrando a orelha de Mick.

Esta foi minha primeira oportunidade de observá-la com mais atenção, e logo tive um lampejo súbito de reconhecimento. A semelhança ainda era bastante forte, embora não tão impressionante em relação às imagens nos vitrais, porque ela havia alterado a cor de seus cabelos. E, de perto, era mais fácil dizer que os olhos, agora escondidos atrás de óculos de aro de metal, eram de um tom cinza-azulado em vez de verdes. Olhei para baixo para procurar o símbolo cirista, mas suas mãos estavam enluvadas, assim como as minhas antes de eu cobrir minhas luvas de lama na subida da colina em Wooded Island.

Não era assim que eu esperava encontrar minha tia há muito desaparecida. Eu sempre a imaginei da mesma idade que minha mãe, por isso era estranho encarar esta versão mais jovem. As mechas grisalhas a faziam parecer um pouco mais velha para o observador comum, mas agora, avaliando melhor, eu duvidava que ela tivesse muito mais do que seus vinte e cinco anos. Sua expressão deixava claro que ela também sabia exatamente quem eu era. Seus olhos brilharam brevemente, e então ela retornou à sua personagem, um sorrisinho desagradável tomando o rosto.

O prefeito Harrison avançou. "Obrigado, sra. Salter, mas como o garoto tem um ingresso, talvez simplesmente devêssemos..."

Prudence soltou Mick e o empurrou para mim. "Que engraçado", disse ela, semicerrando os olhos enquanto continuava a me encarar. "Eu não me lembro de você como membro deste grupo."

"E não sou mesmo", respondi. "Comprei os ingressos nesta manhã e nós não percebemos que este carrinho estava reservado com exclusividade." Meneei a cabeça para Mick. "Ele é meu assistente... Estou escrevendo uma reportagem, para o meu... meu jornal."

Ela fungou e arqueou uma sobrancelha. "Ele é seu *assistente*, tudo bem, mas você não vai escrever nada para jornal nenhum. Prefeito Harrison, talvez o senhor queira chamar a segurança e solicitar que expulsem estes dois do recinto. Eles tentaram roubar um cavalheiro nesta manhã quando eu estava entrando pelos portões. A jovem estava distraindo o cavalheiro para que este pequeno vagabundo pudesse fazer seu trabalho. Se eu não tivesse batido nele com minha sombrinha, os dois teriam levado a carteira do ancião."

"Isso é *mentira*", contestei com veemência. "Isso nunca aconteceu, e você sabe disso."

Foi, no entanto, um artifício corriqueiro o suficiente para soar verídico à maioria dos presentes, e eu senti a mudança na atmosfera. Uns poucos pareceram compadecidos um momento antes, mas agora até mesmo o prefeito Harrison estava olhando para mim com uma pitada de desconfiança.

"Por que você não chamou a segurança, então?", perguntei. "Se achava que estávamos fazendo algo ilegal..."

Uma voz suave, atrás de mim, me interrompeu. "Para qual jornal você escreve, senhorita?"

Virei-me para Katherine com uma expressão de pânico, e gaguejei a primeira coisa que me veio à cabeça: "Para o... a *Gazeta do Trabalhador* de Rochester. É um pequeno semanário. Escrevemos principalmente sobre questões trabalhistas."

"Ah, eu *conheço* esse jornal", disse ela, dando um passo à frente para ficar ao meu lado. "Há um tempo seu editor escreveu um artigo excelente sobre as complexidades de se lidar com o trabalho infantil. Havia um resumo no *Caderno Feminino* na edição do mês passado. Você está aqui para entrevistar alguns dos jovens trabalhadores da Exposição?"

"Sim", falei, dando-lhe um sorriso agradecido. Sua capacidade de pegar o minúsculo fio que eu tinha soltado e tecer uma história plausível era impressionante. "Mick conhece um monte de jovens trabalhadores aqui, e ele está me ajudando. Supus que levá-lo na roda-gigante seria um agradecimento adicional pelo auxílio."

"Sempre sonhei em andar nessa roda grandona", acrescentou Mick, olhando para seus sapatos com uma expressão melancólica. "Mas minha mãe precisa de todo o dinheiro que ganho." Ele olhou em volta, para os outros, daí de volta para mim. Aqueles olhos castanhos imensos — com longos cílios negros que iam transformá-lo num verdadeiro destruidor de corações dali a alguns anos — ficaram ainda mais eficazes, porque ainda estavam cheios de lágrimas devido à torção na orelha. "Mas 'tá tudo bem, srta. Kate. Num quero trazer nenhum problema pr'ocê."

Mick era um atorzinho bem convincente, e dava para sentir o clima na cabine mudando outra vez enquanto boa parte das pessoas ao redor relaxava. Alguns dos homens estavam olhando feio para Prudence, embora eu tivesse notado que eles, em geral, eram do mesmo bando que tinha ficado olhando com descontentamento para ela e para Katherine quando entramos.

"Dora", disse Katherine, inclinando-se para frente, "não acha possível que talvez você tenha se enganado esta manhã? Que talvez tenha julgado mal a situação — é *tão* difícil dizer o que está acontecendo quando um lugar está tão cheio de gente. Não creio que esta jovem senhorita pareça ou soe como uma batedora de carteiras..."

O prefeito Harrison entrou em cena naquele ponto. "Talvez pudéssemos simplesmente pedir que você e seu... jovem assistente... tomem outra cabine? Acho que tivemos um engano inocente aqui, sra. Salter — e eles possuem ingressos, conforme você pode ver."

Prudence sabia que tinha perdido a votação e disparou um olhar irritado em direção a Katherine enquanto bufava lá nos fundos da cabine. Fiz uma pausa fingindo a intenção de enfiar os ingressos na bolsa e sussurrei discretamente para Katherine: "Preciso falar com você a sós. Hoje. E aquela *não* é Dora Salter."

Ela ergueu as sobrancelhas da forma mais discreta e ofereceu um leve aceno de cabeça quando me virei para a porta do compartimento, puxando Mick comigo. Vários sorrisos de desculpas depois, estávamos fora, e o restante dos homens no grupo do prefeito, incluindo Saul, embarcou na cabine que tínhamos acabado de desocupar. Pela expressão de Saul, Katherine não exagerara ao descrever o enjoo dele — ele já estava pálido e não parava de encarar o aglomerado de vivalmas mais contidas do outro lado da rua, como se fosse fugir a qualquer momento. Paulie fechou a porta e acionou a alavanca para movimentar as cabines na posição para o embarque.

"Obrigado de qualquer forma, Paulie", disse Mick quando entramos na cabine seguinte, juntamente a uma multidão de outros passageiros. Fomos para os fundos do carro e Mick se apoiou na lateral do compartimento, a carinha triste.

"Está tudo bem, Mick", consolei-o. "Só consegui me dirigir a ela por um segundo, mas agora ela já sabe que preciso lhe falar mais tarde."

Ele não disse nada e eu me abaixei um pouco para fitá-lo nos olhos. "Você fez um bom trabalho. Um trabalho *muito* bom. Não sei se eles teriam acreditado na gente se você não tivesse entrado na conversa..."

Mick balançou a cabeça. "Num é isso, moça. Tô com problemas agora." Ele fechou os olhos por um segundo, esfregando as têmporas com os dedos numa espécie de movimento circular. Era um gestual muito adulto, e de alguma forma muito familiar, embora eu não soubesse distinguir exatamente de onde.

Aguardei por um momento para ver se ele ia falar mais alguma coisa, mas quando ele abriu os olhos, simplesmente começou a admirar a vista da janela, as engrenagens da roda-gigante. Alguns segundos depois, nossa cabine subiu mais um bocado, depois que mais um grupo de passageiros embarcou.

Partia-me o coração ver um garoto tão jovem parecendo carregar o peso do universo. "Então me conte a respeito. Talvez eu possa ajudar."

Ele pareceu ainda mais triste, aí deu de ombros. "Minha mãe vai ficar furiosa e 'ocê vai me odiar, e acho que devia odiar mesmo. Mas eu *gosto* d'ocê e num gosto *dela* mais."

"Da sua mãe?", perguntei.

"Não", esclareceu ele, nitidamente chocado com aquela ideia. "Não. Eu *amo* minha mãe. É aquela bruxa que me puxou a orelha. Eu num reconheci ela no começo por causa que ela tingiu o cabelo pra parecer mais velha e tudo o mais, mas é ela. Ela é minha *outra* patroa."

Fiquei de queixo caído. "Sua chefe? Quer dizer, a mulher da cabine? Em Wooded Island?"

"Isso", disse ele, seus olhos escuros suplicantes. "Desculpa, dona Kate. Eu devia ter falado, mas tenho ordens de num contar pra ninguém, nunquinha. Até meu pai concordou com essa parte. E eu tava fazendo o mesmo que 'ocê, vigiando quando aqueles dois aparecessem, então achei que não ia ter problema, sabe, pra unir forças."

"E exatamente *por quê* você estava esperando por eles, Mick?", perguntei. "O que você deveria fazer?"

"Eu..." Ele balançou a cabeça e deixou escapar um longo suspiro. "'Cê num vai acreditar em mim, dona Kate. Sabe um tal livro? Era do meu pai. O livro manda recados pra ela. Meu vô deu pra ele, antes de morrer, junto com um negócio redondo que brilha. Ele acende tudo ao redor com palavras e tal quando 'ocê bota a mão nele. Aquilo ali faz todas as invenções da Exposição parecerem um monte de brinquedo barato."

Aparentemente Saul tinha descoberto um jeito de usar os diários que Connor e Katherine haviam perdido. O menino olhou para mim, mas mantive meu rosto impassível, assentindo para que ele prosseguisse.

"Bem, eu tinha acabado de fazer isso — mandar o recado pra ela —, quando olhei em volta e 'ocê tava subindo a colina. E aí eu vi a carta que 'cê deixou cair, e..." Ele calou-se, e as engrenagens rugiram alto quando a roda, com seus últimos passageiros a bordo, começou a girar, erguendo-nos acima do parque Midway.

"Sua chefe é a senhora da igreja que você mencionou?", perguntei. "Aquela que quer que sua mãe volte para a fazenda da igreja?"

Ele assentiu, mas não disse nada, então pressionei um pouco mais: "Por que você não confia nela, Mick?"

"Porque meu pai num confiava", disse ele ferozmente. "É por isso que a gente foi embora. A igreja trouxe a gente pra cá — pagaram nossa viagem no barco da Irlanda pra cá — então acho que eles esperavam que a gente trabalhasse mais tempo e que eu continuasse a fazer as aulas ciristas, só que meu pai disse que a gente ia achar outro jeito de pagar pra eles. Teve um monte de bate-boca quando a gente foi embora, e meu pai disse que a gente tava acabando por ali. Ele conseguiu um emprego na construção, e minha mãe encontrou emprego e arrumou uns bicos pra mim. Tudo tava indo bem de novo, assim que fomos embora.

"Então quando a feira tava toda pronta, o dinheiro ficou bem apertado." Ele olhou para mim de soslaio e continuou numa voz tão baixa que precisei me inclinar para ouvi-lo acima da conversa animada da multidão conforme íamos chegando mais alto. "Irmã Pru, ela achou a gente aqui e disse que perdoava meu pai por a gente ter ido embora da fazenda e por todas as coisas ruins que ele disse dos ciristas. Ela mexeu uns pauzinhos pra botar meu pai nos bombeiros — e já te contei como as coisas acabaram."

Ele retorceu a boca com amargura. "Minha mãe diz que a Irmã Pru não tinha como saber que meu pai ia morrer e eu sei *aqui*", disse ele, apontando para a própria cabeça "que minha mãe 'tá certa. Mas aqui", acrescentou, apontando para o peito, "me diz que ela sabia, *sim*, e que ela achou um jeito de calar a boca do meu pai."

Seu lábio inferior tremeu, e cerrei os dentes de raiva. Eu não tinha certeza se Prudence *sabia* que o frigorífico ia pegar fogo e que o pai de Mick seria morto, mas ela certamente tivera a oportunidade de saber.

"Eu sei que é bobeira, mas é assim que me sinto, e eu queria num ter que trabalhar pra ela. Se bem que", disse ele com uma risada fraca, "acho que talvez agora eu *num* precise trabalhar pra ela. Mas, ai, minha mãe vai ficar brava pra diabo."

Então minha ficha caiu, quando ele disse as duas últimas palavras, e percebi porque senti aquele toque de déjà vu mais cedo, quando Mick esfregou as têmporas. Eu provavelmente teria reconhecido aqueles olhos, mas quando eu os vira antes — tanto através do medalhão quanto no metrô — eles queimavam com um tipo de paixão que o garotinho na minha frente ainda levaria muitos anos para compreender.

Ele confundiu minha expressão atordoada com reprovação. "Desculpa, dona Kate. Eu nem podia contar isso. Mais uma coisa que ia deixar minha mãe louca, é se ela soubesse que tô xingando, ainda mais na frente de uma dama."

Sorri para ele. "Não, está tudo bem, mesmo. Eu te disse, eu não sou recatada." Ele não pareceu convencido, então me inclinei e sussurrei: "Que diabo. Que diabo. Que *porcaria* de diabo."

Ele contorceu a boca e então finalmente me fitou nos olhos, e um sorriso se libertou.

Respirei fundo e tentei resolver o que fazer. Meu estômago deu uma guinada quando olhei para baixo, para os prédios agora minúsculos abaixo de nós, mas nem foi muito perceptível, já que minhas entranhas estavam contraídas num nó apertado. O quanto eu deveria revelar a ele? O quanto eu *poderia* revelar a ele sem causar ainda mais turbulência na linha do tempo? E se algo que eu fizesse agora fosse a chave para ele estar lá e me alertar no metrô? Ou se algo que eu fizesse agora o impedisse de estar lá no metrô? Mas que diabo mesmo.

Depois de um momento, eu me ajoelhei ao nível dos olhos dele e soltei a bolsa do meu corpete, deslizando a chave CHRONOS para fora um pouco. Ele arregalou os olhos e várias emoções conflitantes cruzaram seu rosto — provavelmente alívio, porque acreditei nele, mas misturado a um toque do que parecia ser medo. Percebi que ele associou o medalhão aos ciristas.

"Eu não sou cirista", esclareci rapidamente, segurando sua mãozinha. "Eu também não gosto deles. E acho que você tem razão em não confiar em sua outra chefe."

"Qual é seu nome de verdade?", perguntei, mesmo sabendo sem nenhuma dúvida qual seria a resposta.

"Kiernan", disse ele. "Kiernan Dunne, igual meu pai."

"Kiernan", repeti. "É um nome bonito. Ou você prefere que eu te chame de Mick?"

"Não", disse ele. "Eu nem gosto muito dele mesmo, mas num são muitas pessoas que se dão ao trabalho de aprender a pronunciar meu nome de verdade. Mick é mais fácil pra elas, então eu nem discuto. 'Ocê chama Kate mesmo?", quis saber ele, retorcendo a boca com ceticismo.

Assenti, concluindo que, dada sua visão de minha tia Prudence, ele provavelmente não ia querer saber que Kate na verdade era uma redução do meu *nome do meio*.

"De que cor é a luz do medalhão para você, Kiernan? Para mim, é azul — um azul muito intenso, mais brilhante do que qualquer céu que você já viu."

"Pra mim é verde, dona Kate. Um verde bem forte e bonito igual..." Um rubor invadiu o rosto dele, aí ele me olhou. "Igual seus olhos."

"Isso é muito gentil, Kiernan", falei, apertando a mão dele antes de soltá-la para enfiar o medalhão de volta no bolso escondido. "Então me diga, você sabe o que este medalhão faz?"

"Ele faz 'ocê desaparecer, pelo menos tinha umas pessoas na fazenda que faziam isso. É um objeto sagrado pros ciristas. Eles falaram que a gente era especial, eu e meu pai, porque a gente conseguia ver a luz e fazer os livros mandarem mensagens. Irmã Pru queria que eu trabalhasse nisso todo dia, só que me dá uma dor de cabeça horrível. Minha mãe nunca conseguiu ver a luz e tinha um monte de outras pessoas que também não conseguiam. Só algumas pessoas na fazenda trouxeram um desses aí — que eles chamam de chaves — quando chegaram na fazenda. Além do meu pai, entregaram essas tais chaves pra Irmã Pru e os outros líderes."

"É por isso que Irmã Pru e seu pai brigaram?", perguntei. "Porque seu pai não quis abrir mão da chave dele?"

Ele balançou a cabeça. "Acho que não. Ela nunca tentou tirar de mim. Me mandou guardar depois que papai morreu."

A roda-gigante deu um tranco quando começou sua segunda volta, e ouvi os gritos daqueles que estavam mais no alto, onde o movimento deve ter soado muito mais assustador. Olhei para Kiernan por um longo momento e tentei reconstruir tudo o que ele tinha me contado dentro de um contexto geral. Eu não conseguia enxergar nenhum padrão óbvio, no entanto, e por fim concluí que teria de confiar em meus instintos e dar-lhe apenas um esboço básico.

"Você não precisa sentir-se mal por não ter sido totalmente sincero comigo antes", falei. "Eu também não fui cem por cento sincera com você. Eu me chamo Kate mesmo, e eu estou *mesmo* seguindo as mesmas duas pessoas que você. O homem de fato é um sujeito mau — tudo isso é verdade —, mas eu não sou repórter de jornal. Eu acho que você poderia dizer que eu sou um mensageiro meio diferente. E você tinha razão por achar que a mulher com ele está em perigo. É por isso que estou aqui, para dizer a ela. Mas eu tenho que fazê-lo com muito cuidado."

Ele concordou e em seguida inclinou a cabeça para um lado. "Então a senhora de chapéu roxo... por que ela deu cobertura pra gente se 'ocê num é repórter de verdade? Ou o jornal existe mesmo, a tal *Gazeta* que 'cê falou?"

"Não", respondi. "Eu inventei tudo. Ela só..." Puxei a correntinha da pulseira e exibi o pequeno pingente de ampulheta. "Acho que ela reconheceu isto aqui. Ela conhece a pessoa que deu para mim."

"Ah, então é tipo um sinal de que ela devia confiar em você?"

"Exatamente", confirmei, aprumando a postura com cuidado, pois a roda-gigante atingiu o ponto mais alto e depois parou, balançando levemente. Estremeci um pouco quando recuperei o equilíbrio — a bolha no meu pé estava claramente piorando e o fato de não haver lugar para sentar não ajudava em nada. "Prefiro não tentar falar com ela de novo agora, considerando que sua chefe — Prudence — ainda está lá. Mas a boa notícia é que eu sei onde a outra senhora vai estar esta tarde. Posso contar com você para me ajudar a chegar lá?"

Ele sorriu, nitidamente aliviado por saber que não tinha perdido seus dois empregos num golpe só. "Sim, dona Kate. Eu ficaria bem feliz em ajudar."

Dei um leve aperto no ombro dele. "Por que a gente não aproveita o restante do passeio, então?", sugeri. "Depois podemos encontrar um lugar tranquilo para sentar e planejar o passo seguinte. Será que a gente consegue descobrir um local onde eu possa tirar essa porcaria de sapato?"

∞

O ponto que Kiernan encontrou era bem isolado — um pedaço de grama logo abaixo de uma das pontes que levavam a Wooded Island, onde consegui não só tirar os sapatos, mas também colocar os pés de molho. A água parecia limpa o suficiente e senti um frescor maravilhoso atrás do calcanhar, que ostentava, conforme eu já desconfiava, uma bolha das grandes. A única coisa que me impediu de atirar os sapatos estúpidos na lagoa foi o fato de não haver nenhuma loja nas proximidades onde eu pudesse encontrar calçados funcionais para substituí-los.

Encostei-me no aterro para relaxar, feliz que o vestido era verde, assim eu não precisaria me estressar com manchas de grama. Kiernan se ofereceu para buscar o almoço, e fiquei feliz com a oferta. Ainda não era exatamente meio-dia, mas eu tinha me esquecido de jantar na minha própria linha do tempo, pois tinha ficado estufada com aqueles sanduíches enormes do O'Malley's no almoço, então agora eu estava morrendo de fome.

Kiernan voltou cerca de dez minutos depois com cachorros-quentes, frutas frescas e mais limonada. Tendo lido *O Livro da Selva*, de Upton Sinclair na aula de história, eu não estava muito interessada nos cachorros-quentes da Chicago dos anos 1890, mas dei algumas mordidas, principalmente no pão, assim Kiernan não me acharia muito cheia de frescuras. Ele pareceu bem feliz ao trocar o resto do meu cachorro-quente por sua maçã. Quando terminamos, saquei uma das barrinhas proteicas do pacote marrom onde eu as havia embrulhado e lhe ofereci um pedaço.

"Nada mau", disse ele. "Doce e borrachuda também. Eles vendem isto em Nova York?"

Assenti, empurrando o alimento pro meu estômago com a limonada. Não foi onde Connor tinha comprado as barrinhas, mas eu tinha certeza de eram vendidas em Nova York e praticamente em qualquer outro lugar do país, embora definitivamente não em 1893. Fiquei imaginando o quanto Kiernan sabia sobre a chave CHRONOS desta época na fazenda Cirista, e qual seria sua reação se eu lhe dissesse que ele estava comendo algo comprado por seu bisneto.

Quando terminei de comer, tirei os pés da água a contragosto e os apoiei numa pedra imensa para deixar que secassem ao sol.

"Dona Kate!", exclamou Kiernan, apontando. "O que aconteceu com os dedos dos seus pés?"

"O quê?" Olhei para baixo, meio que esperando ver uma sanguessuga ou um corte ou algum outro trauma, mas não havia nada de estranho. "Do que você está falando?"

"Suas unhas. Estão todas *vermelhas* — parece sangue!"

"Ah", eu ri. "Isso é só esmalte de unhas. E descasca em alguns lugares."

"Parece pintura." Kiernan fungou em reprovação.

Suspirei. Este era um dos anacronismos que Katherine provavelmente teria flagrado enquanto eu me preparava para sair. Será que as mulheres jovens pintavam as unhas na década de 1890? Será que o esmalte de unha já havia sido inventado? Eu não fazia ideia.

"Bem, meio que é uma pintura mesmo", expliquei.

"Minha mãe diz..." Ele balançou a cabeça e ficou em silêncio.

"O que a sua mãe diz, Kiernan?" Ele não respondeu. "Sério, não vou ficar com raiva. O que ela diz?"

"Ela diz que só prostitutas usam pintura", disse ele, olhando para a grama. "Só que elas costumam usar no rosto. Eu nunca sequer ouvir falar de dedos dos pés pintados."

"Bem", respondi, "o que sua mãe diz pode ser verdade na Irlanda e talvez até mesmo em Chicago. Não sei, já que é a minha primeira vez aqui. Mas em Nova York, todas as damas mais refinadas pintam suas unhas — das mãos e dos pés. Algumas até mesmo colam pedrinhas brilhantes no meio das unhas."

"Sério?", perguntou, deslizando um pouco no banco para olhar meus dedos mais de perto.

"Parece que a tinta ainda tá molhada. Posso botar a mão?"

"Claro", respondi, dando uma risada e estendendo um pé em direção a ele. "O esmalte está completamente seco — está seco há vários dias."

Ele estendeu a mão com um dedo hesitante, tocando a unha do dedão, e de repente tive uma lembrança vívida de Trey trilhando pelos contornos dos meus dedos quando estávamos no sofá do meu quarto, logo depois que Katherine desapareceu. Senti-me um pouco culpada — prometi a Trey que eu ficaria longe de desconhecidos morenos e altos na feira. Kiernan certamente não se encaixava na parte alta da descrição, não ainda, e não havia nada nem remotamente romântico em seu interesse em minhas unhas, mas eu tinha certeza de que Trey sentiria ciúme caso soubesse. Sendo assim, depois de um instante, recolhi meu pé recatadamente de volta para debaixo da saia.

Eu não tinha relógio, mas como Kiernan já sabia sobre a chave CHRONOS de qualquer forma, olhei em volta para me certificar de que ninguém estava olhando e, em seguida, pressionei o centro para exibir o visor. Era pouco mais de meio-dia. O grupo do prefeito estaria deixando a Exposição em torno de 12h45 para pegar o trem rumo à cidade, onde ficava o imenso Prédio Auxiliar. Tirei o mapa da Exposição da bolsa e virei-o de ponta cabeça, abrindo-o diante de mim na grama.

"'Cê num vai precisar de mapa", disse Kiernan. "Consigo achar qualquer um dos estandes..."

"E a cidade de Chicago em si?", perguntei, e ele reagiu com um sorriso torto.

"Acho que sim. Estive lá três vezes — até o centro principal. Nosso quarto é mais perto daqui da feira, mas fui com meu pai quando ele tava caçando emprego na primavera."

"Você sabe como encontrar o Prédio Auxiliar?"

"Facinho", disse ele. "Estive lá uma vez já. As senhoras de Londres 'tavam aqui pro Congresso Mundial de Mulheres ou coisa assim, e não iam lá pra ouvir as palestras. É bem isso que fazem lá — as pessoas ficam em pé falando e depois falam mais ainda. A moça do chapéu roxo vai 'tá lá, certo?"

"Adivinhou", confirmei. "Espero que a gente consiga evitar a ida à cidade, se possível. O plano é tentar pegá-la aqui antes que ela chegue no trem, mas se eu não conseguir um instantezinho para conversar com ela a sós, vamos precisar segui-los."

"Tem um monte de estações diferentes por aqui…"

"Eles vão estar na estação da Sixtieth Street — aquela mais próxima de onde eles estão almoçando."

Ele parecia prestes a perguntar como eu sabia disso, então tentei redirecionar: "Você consegue encontrar uma lata de lixo?", perguntei, entregando-lhe as embalagens, cascas de banana e outros restos do nosso almoço. "Vou ver se consigo espremer meus pezinhos nestes sa-pa-tos po-dres hor-ro-ro-sos", acrescentei, estapeando as botas a cada sílaba. "Tem certeza de que você não gostaria de trocar comigo? O seu pode ser muito pequeno, mas aposto que *ainda assim* seria mais confortável."

Ele riu e balançou a cabeça. "Não, dona Kate. Acho que nem minha mãe trocaria — estas botas são bonitas quando dá pra ficar sentada, mas nem um pouco práticas pra trabalhar, andar e coisas assim."

"Amém, garoto".

"Então por que foi que você comprou elas?", quis saber ele.

Senti uma leve pontada quando me lembrei de ter feito a mesma pergunta à minha mãe naquela noite em que jantamos com Katherine. Parecia que tinha se passado uma eternidade em vez de apenas pouco mais de um mês.

"Elas foram presente. Prefiro meus tênis Skechers", respondi, erguendo minha mão quando ele começou a fazer a pergunta inevitável: "E sim, eles são mais uma coisa que vendem em Nova York."

Esperei até que ele saísse de vista para pegar um tubinho de creme antisséptico e um esparadrapo na minha bolsa — ambos certamente não disponíveis para venda em 1893, mesmo em Nova York. Depois de cuidar dos meus pés, calcei minhas meias e os sapatos. Levou uma eternidade para abotoar tudo sem a ajuda de Connor, e eles ainda eram desconfortáveis. A imersão demorada na lagoa pareceu reduzir um pouco o inchaço, no entanto, e um teste rápido provou que eu conseguia andar sem muita dor.

O aterro onde almoçamos ficava ao lado da lagoa mais próxima do Midway, a poucos minutos a pé da estação da Sixtieth Street. Chegamos um pouco antes da tão esperada partida das 12h45 a fim de, mais uma vez, encontrar um lugar para nos sentarmos relativamente despercebidos antes de o grupo de Katherine aparecer. Mandei Kiernan comprar um par de bilhetes de metrô, para o caso de precisarmos embarcar, e depois encontrar um lugar para nos acomodarmos.

Enquanto isso, eu retornava um quarteirão para visitar a "casinha" que eu tinha visto durante nossa caminhada. O "Banheiro Público da Estação" era muito maior e mais moderno do que temi que pudesse ser, embora as várias camadas de roupa ainda fossem um tremendo incômodo.

Eu estava ajeitando meu chapéu diante do pequeno espelho acima da pia quando senti um leve toque no meu cotovelo. Era Katherine. Ela agarrou meu braço e me puxou para virarmos a esquina.

"Imaginei ter visto você vindo para cá", disse ela num sussurro. "A *srta. Salter* — ou quem quer que ela seja — me seguiu até aqui. Ela está lá dentro." Ela fez sinal com a cabeça para uma das cabines. "Se você quiser conversar, precisamos sair agora, temos apenas alguns minutos. Parece que não consigo afastar aquela mulher."

Atravessamos a rua em direção aos prédios que os diversos estados tinham patrocinado para desfilar suas realizações pessoais, história, agricultura e indústria. O Prédio da Califórnia ficava em frente aos banheiros. Segui Katherine pela porta até uma torre gigantesca feita totalmente de laranjas, a qual, eu tinha de admitir, era muito mais impressionante ao vivo e em cores do que nas fotos em preto e branco que eu tinha visto. No entanto, aparentemente o mostruário estava começando a ficar passado, pois o cheiro cítrico mofado inconfundível começou a nos cercar.

Uma vez que estávamos fora do campo de visão da entrada, Katherine levantou meu pulso para comparar minha pulseira à dela. As correntinhas eram diferentes, mas os pingentes eram idênticos — a ampulheta de jade e pérola com um lascado exatamente no mesmo lugar.

"Diga-me quem é você e onde você conseguiu este pingente, e por que você está aqui", disse ela.

"Eu não posso responder à primeira pergunta", expliquei. "Mas a resposta à segunda pergunta é que você o deu para mim. E estou aqui para lhe dizer que você precisa voltar para a sede CHRONOS imediatamente. Vá direto ao ponto estável perto da cabana. Vou pedir a um mensageiro para entrar em contato com Saul..."

"Mas por quê? Este não é o protocolo padrão!", contestou ela. "Vou voltar no mesmo horário, quer a gente termine nosso trabalho aqui ou não. A CHRONOS não interrompe o salto nem em caso de emergências com familiares."

"Como fica o protocolo padrão se os historiadores estiverem em perigo?", questionei. "Você *está* em perigo, mesmo que a sede não saiba disso."

Ela não respondeu, então continuei a fitá-la diretamente nos olhos.

"Ouça com atenção. Vou revelar o máximo que eu puder. Eu não posso te contar tudo sem... bem, você entende, certo?"

"Você não quer estragar o restante da linha do tempo, se puder evitar isso."

"Exato. Diga à sede que você está doente e cancele seu próximo salto." Ela começou a interromper de novo, mas levantei a mão. "Você é criativa — vai pensar em alguma coisa. Um mal estomacal pode ser convincente dados os últimos acontecimentos. Ah, e mantenha aquela consulta com seu ginecologista, ok?"

Ela arregalou os olhos e continuei: "Suas desconfianças sobre Saul estão corretas", falei, e então parei, tentando concluir o quanto eu poderia revelar sem alterar suas atitudes. "Ele está trazendo medicamentos de outras épocas para esta. Mas você *não pode* confrontá-lo sobre isso até ele voltar do próximo salto para Boston — aquele ao qual você não vai."

"Por que eu preciso ignorar esse salto?", quis saber ela.

"Porque eu não quero ter de viajar de volta, localizar você e arrancar você outra vez *daquele* local", falei, um pouco exasperada. "Você precisa ficar na sua própria linha do tempo durante os próximos dias."

Obriguei-me a respirar fundo para me acalmar, e continuei: "Quando Saul voltar, tente convencê-lo a falar com Angelo, mas espere para contar-lhe sobre o bebê, ok? Você tem uma viagem solo planejada para a próxima semana, certo?"

Ela assentiu. "Para Boston, 1853."

"Você precisa fazer *esta* viagem. Essa sim é..." Hesitei. "...é segura." Eu não tinha soado muito convincente, nem mesmo para mim. A imagem do rosto de Katherine depois de sua briga com Saul pairava na minha frente, e eu não conseguia evitar, senão lembrar-me da descrição das mortes de Angelo e Shaila, porém continuei. "E essa viagem vai ser *importante*."

"Isso é tudo?", perguntou ela.

"Tente evitar a srta. Salter, certo?"

"Que na verdade não é a srta. Salter, de acordo com você. Uma mulher, devo acrescentar, que se *parece* bastante com você, sob as diferenças superficiais da cor do cabelo e dos óculos. Quem é ela? Ela é a razão pela qual estou em perigo?"

Balancei a cabeça. "Vou ter que seguir o exemplo da minha mentora e dizer-lhe apenas o que é estritamente necessário saber e..."

"E eu não preciso saber mais. Engraçado. Essa é a mesma linha que o *meu* mentor segue."

"Bem..." Dei de ombros. "Não é exatamente um estilo de se pensar original. Basta dizer que, se você puder evitá-la no caminho de volta ao ponto estável, provavelmente vai ser melhor."

"Isso pode ser mais fácil falar do que fazer." Ela semicerrou os olhos levemente, e deu pra ver que ainda estava tentando concluir se deveria confiar em mim. "Então me diga, como é que o pingente lascou? A pequena ampulheta?"

"Num choque entre a porta de um veículo e uma jovem agente da CHRONOS, pelo que entendi. Falando nisso, o sr. Douglass já terminou na exposição do Haiti, então pode ser que você queira evitá-lo também — só para o caso de ele se lembrar do incidente e pedir seu lencinho de volta."

Katherine me deu um olhar frio, medido. "Eu sou a única que conhece essa história, então você deve tê-la ouvido de mim... Mas é bem difícil acreditar que eu teria mandado você aqui para interferir assim. É totalmente contra..."

"Sim", concordei, com um sorriso tenso. "Eu sei. Contra os regulamentos da CHRONOS."

Houve mais um olhar demorado e, em seguida, ela suspirou profundamente. "Tudo bem", cedeu. "Vou dizer a Saul que estou indo embora. Vou inventar algum pretexto. Ele pode querer voltar comigo, mas eu não ficaria surpresa se ele não o fizesse, dado seu comportamento recente."

"Apenas certifique-se de que ele não saiba o motivo..."

"Pode deixar", disse Katherine. "Vou seguir suas instruções ao pé da letra. Não comparecer ao próximo salto, manter a consulta com o ginecologista e evitar discutir minhas suspeitas sobre as atitudes de Saul — e é só isso mesmo que elas são, gostaria de lembrá-la, *suspeitas* — até o dia 26. Vou fazer o salto no dia 27. Só espero que você — ou talvez eu devesse dizer, a gente — esteja fazendo a coisa certa aqui."

Lembrei-me dos comentários de Connor algumas semanas antes. "Eu também. Mas tal como disse um bom amigo meu — nosso, na verdade —, tenho certeza de que o que estamos fazendo é *certo*. Às vezes, certo e correto não são a mesma coisa."

Ela não pareceu totalmente convencida, mas assentiu mesmo assim e deu alguns passos em direção à saída antes de se virar de volta. "Apenas no caso de nos depararmos com aquele arremedo da sra. Salter, talvez devêssemos sair daqui separadamente. Ela parece ter tomado uma antipatia bastante intensa por você e seu jovem amigo."

Concordei, e Katherine se dirigiu para a porta. Não sei se foi uma premonição ou se eu simplesmente estava tensa, mas só lhe dei uma vantagem de uns vinte segundos e aí me dirigi para a mesma saída que ela havia tomado. Por obra do acaso, um grande grupo irrompeu pela porta e fui caminhando no contrafluxo da multidão, que era quase inteiramente formada por sexagenários. Murmurei desculpas e fiquei na ponta dos pés para observar Katherine acima dos ombros das pessoas enquanto eu avançava em meio aos últimos transeuntes e começava a descer os degraus diante do prédio. Uma velhota atingiu minha perna com sua bengala. Mas eu nem poderia culpá-la, já que quase a derrubei.

"Desculpe, senhora, eu não...", comecei, e aí parei quando alguém empurrou a mulher diretamente em cima de mim. Tropecei no primeiro degrau e consegui segurá-la porcamente quando ela caiu. Eu estava ocupada tentando ajudá-la a ficar sobre os pés agora muito trêmulos quando seu atacante pousou a mão no meu peito e empurrou com força.

Desabei pelos dois últimos degraus e caí de bunda no chão, muito desajeitadamente. O terno do homem me confundiu por um instante, já que eu só o havia visto usando camiseta e jeans surrado. A cicatriz irregular perto de sua têmpora direita era recente, e se assemelhava um pouco a algo que se ganharia depois de ser golpeado com muita força com uma chave de roda. Ele tinha acrescentado um bigodinho verdadeiramente patético ao visual, mas o rosto era inconfundível. Eu o havia visto muito recentemente e de perto demais para o meu gosto.

"Oi, Katie", disse ele com um brilho nos olhos. "Imagine só, encontrar você aqui. Te vejo mais tarde, ok?"

E com isso, ele começou a caminhar num ritmo veloz em direção à estação da Sixtieth Street. Vários membros da multidão pela qual eu havia acabado de passar vieram me ajudar a levantar, e um cavalheiro um tanto valente, que devia ter no mínimo uns oitenta anos, cambaleou alguns passos atrás de Simon, gritando e agitando o punho.

Quando eu já estava de pé, Simon estava a meio caminho para a estação. Um pouco mais adiante, vi Katherine, que não conseguira se livrar de Prudence. As duas estavam se aproximando da plataforma onde o grupo do prefeito tinha se reunido para aguardar pelo trem, que vinha ruidosamente em direção à parada. Ergui minha saia e consegui uma imitação fraca de corrida, mas estava óbvio que eu não iria alcançá-los antes de Simon.

A única coisa que eu poderia esperar era que minha voz fosse mais eficiente do que eu. Respirei fundo e berrei, apontando diretamente para Simon: "Ele tem uma arma! Parem aquele homem — ele tem uma arma!"

Não tenho a certeza se o grupo na estação *me* ouviu, ou se simplesmente ouviu um dos muitos frequentadores da feira berrando "uma arma" repetidamente em meio ao caos dos segundos subsequentes. Mas todo o grupo do prefeito olhou em nossa direção. Simon olhou para trás uma vez, aí voltou-se para a plataforma, a mão ainda no bolso, quando Prudence, com uma manobra digna de um atacante de futebol americano, derrubou Katherine.

Ambas caíram para frente, a manga de Katherine prendendo no corrimão de madeira, rasgando o pano do ombro ao cotovelo, pouco antes de sua cabeça bater na borda da plataforma. Os gritos da multidão agora misturavam-se ao barulho do trem, que parou de súbito. Saul se ajoelhou ao lado de Katherine, e Prudence se levantou, examinando os rostos na estação.

Saí correndo em meio à massa de pessoas, tentando me aproximar de Simon, mas não consegui mais encontrá-lo no meio da multidão. Não creio que ele teria sido descarado o suficiente para fazer um salto temporal em plena luz do dia com centenas de pessoas ao redor, mas daí ele se mostrara perfeitamente disposto a fazer um salto numa estação de metrô lotada depois de roubar meu diário, então quem poderia contestar?

Dois homens usando ternos combinando estavam andando propositadamente em direção ao prefeito. Um crachá de segurança da Exposição era visível num dos ombros deles.

"Alarme falso, pessoal — a jovem se enganou. Temos tudo sob controle."

O prefeito Harrison se aproximou para falar com os homens, apertando suas mãos e lhes dando tapinhas nos ombros enquanto falava. Não consegui evitar de me perguntar como tal incidente iria afetá-lo, a poucas horas do momento em que um assassino iria aparecer à sua porta, pedindo uma palavrinha. Será que ele ficaria menos inclinado a permitir a presença de um estranho em sua casa, sem que alguém ao menos fizesse uma verificação rápida em busca de armas? Ou esse tipo de susto era uma ocorrência bastante rotineira numa Chicago ligeiramente mais domesticada do que o Oeste Selvagem?

Virei-me de novo, ainda em busca de Simon, mas não havia sinal dele. Saul estava segurando um lenço junto à lateral da cabeça de Katherine. Dava pra ver um pouco de sangue no tecido branco, mas ela não parecia gravemente ferida.

Kiernan agora tinha me encontrado e vinha correndo em direção à plataforma. Levantei a mão e fiz sinal para que ele aguardasse no banco — a última coisa que eu queria era que ele se metesse nisso tudo. Ele assentiu, mas ficou olhando além das minhas costas, com preocupação.

Quando me virei de volta para a plataforma, fiquei cara a cara com o motivo da preocupação de Kiernan. Prudence estava bem na minha frente, os olhos intensos o suficiente para queimar um buraco nas lentes de seus óculos de armação de metal. "Eu tinha tudo *sob controle*, Kate", disse ela num sussurro, agarrando meu braço e apertando com força. "Katherine teria ficado perfeitamente bem e teríamos evitado um espetáculo. Você está se intrometendo em coisas que não entende."

Contive a vontade de rir — ela soava como o vilão de um episódio do *Scooby-Doo*. "Como assim você tinha tudo sob controle?", perguntei. "É de você e do seu capanga cirista que eu estou tentando protegê-la. Eu preciso encontrá-lo..."

"Não se dê ao trabalho, sua vaquinha idiota", disse ela. "Simon se foi." Ela meneou a cabeça para os dois grandalhões da segurança que haviam falado com o prefeito. "Eu tinha homens no local para pegar o idiota. Ele nunca teria se aproximado dela. E se eu tivesse conseguido dois minutos a sós com Katherine, ela já estaria de volta à sua época agora, sem a ciência de Saul, e eu poderia ter tido uma chance de atrair Simon para o meu lado."

Eu estava completamente confusa. "Você está tentando *salvar* Katherine? Mas o seu grupo é o..."

"Você acha que isso é por causa *dela*?", perguntou Prudence com uma risada dura. "Ah não. Isso é pessoal. Será que Saul achava mesmo que eu iria lhe dar tanto poder? Para cima de *mim*? Tudo que ele precisa fazer é arrancar essa porcaria de medalhão, e assim eu desapareceria do mesmo jeito que ela."

"Então você vai nos ajudar a combatê-los?", eu quis saber. Ter Prudence do nosso lado seria uma vantagem incrível, e eu só conseguia imaginar a alegria no rosto de Katherine e da minha mãe se...

Ela deu um sorriso de escárnio, dando um fim abrupto à minha fantasia. "Eu não estou *lutando* contra os ciristas", disse ela. "Eu *sou* os ciristas. Sem mim, não existiria a Igreja Internacional Cirista. Eu estava disposta a partilhar o poder com meu pai, mas se ele acha que pode me afastar sem maiores consequências, ele está redondamente enganado. Isso termina aqui.

"E você precisa ouvir direitinho, minha sobrinha", disse ela, os olhos mais uma vez perfurando os meus. "Só vou deixar você ir embora por um único motivo — sua mãe. Deborah não teve nada a ver com nada disso, e é possível que ela valorize sua vida mais do que a minha mãe valorizou a minha, então..."

"Isso não é verdade, Prudence. Katherine tentou encontrar você, mas ela consegue usar o medalhão com as mesmas limitações que Saul."

A expressão de Prudence deixou claro que ela não estava acreditando, mesmo antes de falar: "Pode parar com esse fingimento, Kate. Eu sei do acordo que ela fez com Saul. O curioso é que fui eu quem mais lucrei com o negócio. Pobre Deborah, teve que ficar com *ela*."

Prudence olhou para trás. O trem estava se afastando da plataforma e vários dos passageiros estavam esticando o pescoço para olhar pelas janelas, para o caso de o burburinho não ter terminado ainda. Katherine tinha se levantado e Saul estava afastando-a da plataforma, de volta à parte principal da feira. A gente não teria planejando algo tão bom nem se tivesse tentado, uma vez que a pequena lesão deu a Katherine uma desculpa plausível para finalizar o salto mais cedo.

Prudence soltou meu braço. "Droga", disse. "Tenho que ir. Não tive a oportunidade de falar com ela."

"Espere", chamei, correndo alguns passos atrás dela. "Não se preocupe. Ela sabe — ela vai voltar para a sede."

Prudence voltou-se para mim quando continuei: "Katherine não vai fazer o próximo salto", expliquei. "Ela sabe o que precisa fazer — e não fazer — nas próximas semanas para manter a linha do tempo intacta."

Ela ergueu as sobrancelhas. "Bem, talvez você não seja *totalmente* inútil", disse. "Eu só espero que você não tenha estragado tudo — caso contrário vai ser muito difícil voltar para cá para consertar as coisas, devido à bagunça que você fez. Eu estava tentando executar um golpe com precisão cirúrgica e então você apareceu feito um tanque... Não tem nem como dizer quantas perturbações isso vai criar na linha do tempo."

Era além de hipócrita para Prudence, que estava trabalhando por uma revisão radical na história, ficar dando sermão sobre a sacralidade da linha do tempo, mas eu desconfiava que este ponto em especial lhe escapava. Em vez de ficar e discutir, dei meia-volta e me dirigi para Kiernan, que ainda estava nos observando das vias secundárias.

Prudence agarrou meu braço outra vez, me puxando de volta para encará-la. Senti um desejo intenso de virá-la sobre meu ombro e ver o quão insistente ela seria quando estivesse nocauteada, de costas no chão, no entanto apenas cerrei os dentes e devolvi o olhar.

"Nós não terminamos aqui", disse ela. "Vou evitar que Simon e qualquer outra pessoa ameace Katherine durante os saltos. Sua existência, a de Deborah e a minha estarão garantidas. *Mas*. Não cruze meu caminho de novo, Kate. Você não quer acabar do lado errado da história. Você pode ter uma vidinha boa e confortável se for esperta. Os ciristas são o futuro e, considerando seus dons óbvios com o equipamento..."

"Não." Fiz menção de falar mais, mas não havia nada mais a acrescentar. Então só repeti, balançando a cabeça. "Não."

"Como quiser", retrucou ela, dando de ombros com desdém. "Você não pode lutar contra os ciristas sozinha, Kate. Você pode ser um dos Escolhidos ou pode se juntar ao rebanho e ser tosquiada e abatida."

Desconfio fortemente que ela estava certa em relação ao primeiro argumento, mas a maneira casual como ela se referiu à destruição dos que não fossem "Escolhidos" revirou meu estômago. E também fortaleceu minha determinação. Nenhum poder deveria estar nas mãos de uma pessoa capaz de dizer algo assim com tanta convicção.

No entanto, discutir com ela não trazia ganho algum. "Já terminou?", perguntei, contraindo a mandíbula.

"Só mais uma coisinha", falou ela, estreitando os olhos. "Fique longe de Kiernan. Ele *será* um dos Escolhidos — e vai ser *meu*."

Olhei para o garoto que estava nos observando nervosamente do banco. "Ele tem oito anos de idade, pelo amor de Deus!"

"Agora, sim. Mas ele definitivamente não tinha oito anos quando o conheci. E nem quando você o conheceu", disse ela com um sorrisinho de satisfação. "Mas acho que você *perdeu* aquele pouco de memória durante a mudança na linha do tempo, não é? Você não é a Kate por quem ele se... *apaixonou*. E pretendo assegurar que permaneça assim."

O fato de Prudence conseguir se lembrar de uma versão de mim que nunca conheci me incomodava muito mais do que eu gostaria. Katherine tinha dito que eu não era a mesma Kate que ela teria conhecido caso tivéssemos conseguido iniciar meu treinamento seis meses antes, e ao passo que eu entendia isso num aspecto, era uma inconsistência que ficava pinicando o fundinho do meu cérebro. Se entendi bem a explicação de Connor sobre as mudanças na linha do tempo, aquela outra Kate não deveria existir. O câncer de Katherine teria sido uma constante em todas as versões da linha do tempo. E se assim fosse, eu sempre teria iniciado o treinamento quando o fiz e agora não estaria ouvindo histórias sobre essa Kate marota, que estava se aventurando por locais que eu não conseguia lembrar.

Mas eu *tinha* visto a vida dessa outra Kate brevemente no medalhão. E Kiernan — a versão muito adulta de Kiernan no metrô — estava nitidamente pensando naquela outra Kate quando puxou a faixa do meu cabelo e a colocou no próprio pulso.

Ao lembrar-me de sua expressão quando ele olhou para mim, senti uma súbita onda de empatia. Como seria a sensação de olhar nos olhos de alguém que você amou, alguém que tinha amado você, e não encontrar identificação, não haver amor nenhum em troca? Eu ia saber logo, logo, em primeira mão, presumindo que voltaria para minha própria época e encontraria Trey.

Olhei para trás, para Kiernan. Os trens passavam a cada meia hora, e a multidão ao redor da plataforma já tinha sumido por completo, exceto por um zelador negro mais velho que estava usando uma grande vassoura para juntar os detritos numa pilha atrás da cabine de bilhetes. Kiernan ainda estava à espera, o rosto tenso e as mãos apertando as ripas da bancada. Ele já tinha passado por tanta coisa numa idade tão tenra.

Apesar de minha decisão de não contestar Prudence, tinha uma questão que eu não podia ignorar. "E o pai dele?", soltei. "Kiernan disse que você foi responsável."

"Kiernan é um garotinho com muita imaginação", retrucou ela, me cortando. "Ele não acredita *de fato* que teve meu dedinho na morte do pai dele. A mãe dele certamente não acredita. E quando Kiernan crescer e desenvolver...", ela fez uma pausa, dando-me um sorriso sugestivo, "...inclinações mais adultas, ele vai ficar bastante ansioso para me acompanhar de volta ao rebanho cirista. Ou a qualquer outro lugar que eu queira que ele vá."

Prudence enfiou a mão no corpete de seu vestido e puxou uma corrente de ouro grossa com uma chave CHRONOS na ponta. Esquadrinhou rapidamente a região ao redor, e então a ativou. "Fique longe de Kiernan e fique fora do meu caminho. Se você conseguir se lembrar destas duas coisinhas, vai ficar bem.

"Ah, e seja boazinha para sua mãe", acrescentou. Ela encarou a chave CHRONOS com olhos semicerrados e então desapareceu.

O banco de madeira estava vazio. Kiernan estivera nos observando atentamente, e na mesma hora eu me virei para ver como ele reagiria ao desaparecimento de Prudence. Mas ele não estava lá. Era esquisito ele ter esperado durante tanto tempo e depois simplesmente fugido sem dizer nada.

A única pessoa que estivera lá o tempo todo fora o zelador, que estava colocando a vassoura de volta numa pequena alcova ao lado da cabine.

"Com licença", falei. "Havia um menino aguardando por mim aqui no banco. Você por acaso viu para onde ele foi?"

"Sim, senhorita", disse ele, olhando para cima brevemente, e depois de volta para o chão. "Você se refere ao Pequeno Mick, certo?"

Assenti, perguntando-me exatamente quantas pessoas o garoto conhecia na Exposição.

"Ele foi praquele lado ali um minuto atrás, senhorita", disse o velho, inclinando a cabeça para o Midway Plaisance. "Ele parecia estar seguindo um cavalheiro que veio correndo de lá do outro lado — de onde ficam os prédios."

O ar ficou preso na minha garganta. "Você se lembra de como era a aparência do cavalheiro? É importante."

"Bem, eu não olhei *direito*, senhorita — eu estava varrendo", disse ele, a testa vincando enquanto tentava se lembrar. "Mas ele me parecia jovem, mais ou menos da sua idade. Num parecia ser do tipo que trabalha ao ar livre, era meio pálido. E também num parecia do tipo que salta as refeições, se é que 'ôce me entende", acrescentou com uma risada baixa. "Mick vai conseguir acompanhar o passo dele, sem dúvida. Ele é um menino danado."

"Obrigada", falei, olhando para trás e dando-lhe um sorriso vacilante enquanto eu corria em direção à entrada do Midway.

A descrição era muito parecida com Simon para ser mera coincidência. Será que Kiernan estava trabalhando para ele? Seu eu mais velho e Simon estavam juntos no metrô. E eles aparentemente foram amigos ou pelo menos parceiros em algum momento, com base no que Simon tinha falado ao me atacar no jardim de Katherine.

Era difícil acreditar que Kiernan estava nessa, no entanto. Parecia mais provável que o menino tivesse percebido que Simon era o sujeito para quem eu tinha apontado ao gritar "Ele tem uma arma!" Talvez ele ainda estivesse atuando como meu assistente, e tentando manter o controle sobre Simon para mim.

De qualquer forma, sua ausência me preocupava. Mas o que realmente me confundia era por que Simon estaria indo para o parque Midway. Se ele ia voltar a atentar contra a vida de Katherine, único motivo plausível para ele estar retornando, por que estava indo na direção oposta ao ponto estável de Wooded Island?

E então me lembrei — havia *duas* Katherine passeando pela Exposição hoje. Essa primeira viagem também estava no diário que Simon pegou quando roubou minha mochila. Depois de ter sido frustrado em sua tentativa de matar Katherine na estação, ele simplesmente se voltara para o alvo lógico *seguinte*.

A voz de Connor na minha cabeça estava me dizendo para retornar ao ponto estável, seguir para casa e fazer uma nova tentativa de salto depois que a gente tirasse um tempinho para planejar tudo. Mas a ideia de tentar seguir Simon e, ao mesmo tempo evitar esbarrar em mim ou em qualquer um que eu tivesse visto naquele dia parecia ainda mais problemática do que tentar encontrá-lo aqui e agora, no Midway. E ele não poderia estar *muito* longe — eu estava a apenas um minuto ou algo assim atrás dele.

Eu só rezava para que Kiernan não estivesse com ele. Eu não achava mesmo que o garoto estaria ajudando Simon — parecia muito descabido —, mas eu tinha de admitir que eu não conhecia Kiernan por tempo suficiente para ter certeza. E se ele estivesse simplesmente seguindo Simon, só me restava ter esperanças de que ele tivesse cuidado, porque eu tinha certeza de que Simon não hesitaria em machucá-lo. Ou usá-lo como isca.

∞

O Midway estava muito mais apinhado e barulhento do que estivera no início do dia. Tive que desviar da calçada para a rua principal a fim de evitar um grande grupo fazendo fila para entrar na exibição à uma da tarde, a qual apresentaria os Animais Treinados de Hagenbeck. Cartazes coloridos acima da entrada exibiam uma porção de elefantes, leões e tigres pacientemente de pé numa pirâmide de plataformas, vigiados por um domador estalando o chicote. A temperatura tinha aumentado desde de manhã e o ar ao redor do prédio agora carregava o mesmo odor fétido e envelhecido de um pequeno circo triste ao qual eu tinha ido quando criança. Isso não parecia afetar a empolgação das pessoas na fila, mas nessa época, eu imaginava que a maioria delas só tinha visto esses animais exóticos em pinturas e em fotografias em preto e branco.

Meus olhos examinaram ambos os lados da rua larga em busca de qualquer sinal de Simon ou de Kiernan enquanto eu tentava recordar tudo o que Katherine tinha relatado ou que eu tinha lido sobre o salto anterior. Tínhamos concentrado a maior parte da nossa pesquisa na segunda viagem. Eu só li sobre a primeira por alto, peneirando-a para obter informações básicas sobre a feira em si. Katherine dissera que o salto não estivera relacionado à pesquisa dela — ela estivera lá para recolher impressões gerais sobre os últimos dias da feira, sobre a reação do povo ao assassinato do prefeito Harrison, junto a um pouco do contexto para outros agentes da CHRONOS.

Eu me lembrava vagamente de ela ter dito alguma coisa sobre uma câmera, uma exposição africana e um jardim da cerveja. Por exposição africana ela provavelmente se referira a Dahomey Village, na outra ponta do Midway. O jardim da cerveja estava logo à frente da Vila Alemã, mas eu não fazia ideia de em qual dia ela havia ido em cada um.

Em vez de perder tempo tentando pescar os pedaços da memória, parei à sombra de um dos viadutos que cortavam o Midway e peguei a cópia do diário de 1893 na minha bolsa. Depois de alguns minutos de busca, encontrei os registros de 28 de outubro e examinei rapidamente. Katherine havia passado a maior parte da manhã conversando com jovens mulheres na Casa Internacional da Beleza, uma espécie de desfile de moda global muito popular — em ambas as vezes em que passei em frente havia uma longa fila, curiosamente com quase tantos homens quanto mulheres, embora eu desconfiasse que a maioria dos caras estivesse ali para ver as belas mulheres do mundo inteiro em vez de conferir as últimas tendências da moda global. Ao meio-dia, Katherine tinha voltado para a Exposição principal, onde conversara com alguns dos muitos trabalhadores que estariam à procura de novos postos de trabalho dentro de alguns dias, quando a feira fecharia suas portas em definitivo.

O registro seguinte do diário era o que eu estava procurando. Katherine fora à Vila Alemã por volta das três da tarde. Ela não ficou muito tempo, no entanto, já que estivera lá especificamente para conversar com a amiga de uma garçonete que havia desaparecido algumas semanas antes. A garota só estaria de plantão a partir das seis, então Katherine resolveu retornar à noite.

Debrucei-me contra a parede de tijolos do viaduto e analisei minhas opções. Simon também estava trabalhando apenas com as informações do diário, então ele não tinha muito mais pistas do que eu sobre o local onde Katherine estaria entre meio-dia e três da tarde. Sua melhor chance de encontrá-la, assim como a minha, seria delimitando as diversas entradas para a Vila Alemã.

De onde eu estava, dava para ver uma das entradas, mas eu não tinha certeza se levava para o jardim da cerveja. Enfiando o diário de volta na bolsa, decidi ir até a Vila Alemã para fazer um pouco de reconhecimento.

Três meninas em trajes típicos estavam atravessando a rua para se dirigir à exposição javanesa, de mãos dadas enquanto cruzavam o Midway. Eu tinha acabado de passar por elas, pensando em perguntar se haviam visto o "Pequeno Mick" — ele parecia conhecer todo mundo na Exposição —, quando notei suas expressões se transformando ao mesmo tempo. Uma pequenina mão morena se agitou repentinamente, como se sua dona estivesse tentando me alertar de alguma coisa.

Percebi com um choque de surpresa que não eram meninas de fato, mas três mulheres mais velhas muito baixinhas. O olhar assustado delas foi a última coisa da qual consegui me lembrar nitidamente antes de sentir a picada de uma agulha no meu braço. O Midway começou a derreter num caleidoscópio de rostos e partes de corpos aleatórios. Captei um breve vislumbre de um homem de bigode e de um chapéu-coco preto, dos tecidos de brocado colorido, dos trajes javaneses e de um pequeno sapato surrado, quando meus joelhos se dobraram sob meu peso. Daí, apenas formas e cores. E finalmente tudo ficou escuro como breu.

∞

Durante uns bons segundos depois que acordei, pensei estar no quartinho aconchegante onde eu sempre dormia quando visitava meus avós paternos, em Delaware. Havia um leve cheiro de mofo no ar, e quando recuperei o foco comecei a perceber o padrão intrincado de uma toalhinha de crochê na mesa de cabeceira ao lado da cama. Estendi a mão para sentir o abajur, mas em vez disso esbarrei num castiçal, derrubando o toco de cera no chão. Ele rolou alguns metros e depois parou, bloqueado por — eu tinha quase certeza — um penico.

Este não era o quarto de hóspedes da vovó Keller.

Afastei o cobertor fino que alguém tinha dobrado cuidadosamente ao redor do meu corpo. Eu estava sem meu vestido verde. Estava usando apenas a camisola branca de seda e as saias que Trey tanto havia admirado antes. Meu braço direito estava estranhamente rígido e havia um vergão de uns quinze centímetros abaixo do meu ombro, onde a agulha tinha furado a pele. Um arranhão vermelho marcava a parte interna do meu pulso, e a pulseira com a qual Katherine havia me presenteado desaparecera.

Tudo era estranho sob a luz fraca, e desconfio que eu ainda estava sentindo os efeitos de qualquer que fosse a droga que tinham me dado. Só um tiquinho de nada de sol se infiltrava pela janela nebulosa e coberta de sujeira, mais ou menos do tamanho do meu pé, perto do alto da parede. A janela maior, com as cortinas fechadas, ficava a vários metros abaixo da outra, à direita. Deslizei para o outro lado da cama estreita e estendi a mão para abrir as cortinas, esperançosa para inserir um pouco mais de luz sobre minha situação atual.

Mas não havia nenhuma janela atrás das cortinas. Os tijolos pintados seguiam numa fileira ininterrupta até a parede oposta, cuja junção formava um ângulo estranho. Não havia quadros, nem decorações de qualquer tipo, tirando as cortinas totalmente desnecessárias e a toalhinha de crochê na mesa de cabeceira. Três orifícios tinham sido perfurados na parede acima da porta, os dois primeiros com pouco mais de dois centímetros de diâmetro, e o terceiro, o orifício central, com mais ou menos o dobro desse tamanho.

Sentei-me na cama e botei os joelhos junto ao peito. O movimento desencadeou a lembrança de ter sentado na mesma posição no meu quarto, na casa de Katherine, assistindo a DVDs com Trey. Voltei a olhar para aquilo que não era uma janela e então para os furinhos acima da porta, e meu coração começou a latejar. Tentei me dizer que eu estava saltando para conclusões baseadas em provas incompletas, mas eu *sabia*.

Eu estava no World's Fair Hotel, o que significava que agora eu tinha quebrado duas promessas feitas a Trey — embora esta fosse claramente a menor das minhas preocupações.

Quantas mulheres Holmes havia assassinado neste quarto? Quantas morreram nesta mesma cama enquanto ele as observava pelo olho mágico?

Minha pele se arrepiou diante da ideia, e me levantei rapidamente. Eu estava cogitando tentar abrir a porta quando ela começou a... bem, *deslizar* em direção ao chão. Contive um grito e depois uma risada nervosa quando percebi que a porta ainda estava em suas dobradiças. O deslizar na verdade era do meu vestido, que tinha escorregado de um gancho de casacos.

Avancei cautelosamente e o peguei, quase tropeçando nos sapatos que estavam debaixo dele. Fiquei muito contente de ver o vestido, mas meus sentimentos pela bota eram ambíguos.

Captei um movimento de soslaio, e por um segundo pensei ter visto um lampejo de luz no canto oposto. Eu tinha a sensação fugaz de estar sendo observada, mas quando me virei ainda estava escuro e não havia ninguém lá. Eu só conseguia distinguir a forma embaçada de uma cadeira.

Voltando a sentar-me na beira da cama, esfreguei os olhos, esperando que os efeitos da droga se dissipassem em breve. Espalhei o vestido ao meu lado, tateando para achar o bolso escondido no corpete. Eu realmente não esperava que a chave CHRONOS estivesse lá, e não estava mesmo. Isso confirmou minha suspeita de que não fora uma decisão aleatória de Holmes agarrar uma menina que parecia estar viajando sozinha. Este não era o seu modus operandi, e ele estava tendo muita sorte atraindo jovens mulheres para cá sem precisar recorrer ao sequestro em plena luz do dia.

Alguém tinha convencido Holmes a se arriscar um pouco mais, e eu tinha certeza de que este alguém era Simon. Por que se preocupar em se livrar de mim quando havia um serial killer local que ficaria mais do que feliz, provavelmente por uma taxa ridiculamente pequena, em me tirar do caminho?

Quando tal pensamento animador passou pela minha cabeça, a porta se abriu de repente. A luz amarela suave jorrou no quarto, vindo das lamparinas a gás que ladeavam o corredor. Retesei o corpo e estava preparada para lutar, mas a figura à porta não era Holmes. A jovem era alta, com cabelos louros ondulados. Seu rosto bonito, em formato de coração, encheu-se de rugas de preocupação quando me viu.

"Ai, não!", disse ela, colocando a bandeja na mesa de cabeceira rapidamente. "Você não deveria ter acordado ainda. Você ainda está muito fraca. Aqui, deixe-me ajudá-la a voltar para a cama..."

"Não", falei. "Onde estão minhas coisas? Que horas são? Eu preciso ir..."

"Você não vai a lugar nenhum. Meu nome é Minnie. Está na hora do jantar, e eu trouxe um caldo bem gostoso."

Minnie me agarrou pelos ombros e me levou de volta para a cama de um jeito bem sem sentido. Ela devia ser uma das esposas ou amantes que Holmes conseguira encantar, diretamente até o momento de suas mortes.

"Você desmaiou no Midway", disse ela, ajeitando os travesseiros de plumas e me incitando a deitar-me neles. "Que sorte a sua que meu marido estava lá quando você desmaiou. Ele carregou você para cá.

"Ele é *médico*", acrescentou ela, uma nota de orgulho na voz. "E ele disse que você precisa descansar.

"Quanto a suas coisas", continuou ela, meneando a cabeça para o canto, "o chapéu está na cadeira. Era a única coisa que você tinha quando meu marido a trouxe. Espero que nada tenha sido roubado na feira — a criminalidade anda terrível nos dias de hoje."

Eu não podia mesmo contestar isso, embora eu duvidasse que ela percebesse o quanto da onda recente de crimes era diretamente atribuída ao seu marido.

Meu primeiro impulso foi dizer a Minnie para cair fora de Chicago antes que ela fosse parar no porão com as outras. No entanto, era improvável que isso aumentasse minhas chances de escapar. O quarto ainda estava na penumbra, mas havia luz suficiente para eu ver sua expressão enquanto ela falava sobre seu marido, o médico. Era bastante óbvio que estava atraída por ele, e eu tinha certeza de que ia correr direto para Holmes, em vez de verificar as evidências primeiro, caso eu começasse a falar sobre poços de cal, alçapões e esqueletos.

"Onde está o dr. Holmes?", perguntei enquanto ela pegava meu vestido na cama e voltava a pendurá-lo no gancho frágil na porta.

As costas dela enrijeceram. "Meu *marido* está lá embaixo conversando com um de seus parceiros comerciais, então resolvi subir e ver como você estava. Eu não tinha ciência de que você o conhecia." Houve uma mudança notável em seu tom de voz, e ela me olhou de cima a baixo antes de se virar para sair. Seus olhos já não estavam tão amigáveis como antes.

"Eu não o conheço", expliquei.

"Então como é que você sabe o nome dele?", quis saber ela.

"Eu não sei", respondi. "Você disse que o dr. Holmes me trouxe do parque Midway, então presumi..."

"Sério?", questionou ela, semicerrando os olhos. "Tenho certeza de que jamais me referi a ele pelo nome. Fique quietinha aí na cama e termine seu caldo. Nós *dois* vamos subir para verificar você em breve."

Hum... Talvez ela não confiasse totalmente em Holmes afinal. Ela parecia, no mínimo, estar ciente de que seu marido era de olhar para outras mulheres, e não gostou nem um pouco disso.

A porta foi fechada com firmeza, e ouvi o barulho de um trinco se encaixando no lugar. Não consegui evitar de me perguntar por que alguém se hospedaria num hotel onde a tranca ficava do lado de fora da porta, mas a julgar pelos três buraquinhos ali em cima, este era um dos "quartos especiais" onde Holmes asfixiava suas vítimas. Provavelmente não uma parte típica da hospedagem.

Mais uma vez eu estava praticamente na escuridão. Como é que a mulher esperava que eu tomasse o caldo sem uma lâmpada ou vela? Mas isso realmente não fazia diferença, já que eu não tinha a mínima intenção de tocar nele.

Quando os passos de Minnie desapareceram pelo corredor, afastei as cobertas e corri meus dedos pelo interior da minha saia. Houve um momento breve e assustador em que não senti nada — e aí meus dedos roçaram no metal fino dentro do bolso oculto.

A chave CHRONOS reserva estava lá, numa corrente fina de prata, junto com o bocadinho extra de dinheiro que escondi. Minnie estava correta ao dizer que eu havia tido sorte. Não tanto por Holmes estar no Midway — eu tinha certeza de que a sorte não tinha nada a ver com isso —, mas sim por ela estar aqui como acompanhante. Ter uma esposa ciumenta em seu pé certamente deixava até um pervertido total como Holmes menos propenso a fazer uma verificação completa nas roupas de baixo de uma garota inconsciente.

Pegando meu vestido no gancho, joguei-o na dobra do braço e, depois de uma breve hesitação, recolhi os sapatos também. Eu não ia me dar ao trabalho de vestir tudo — Connor tinha me visto usando menos peças —, mas eu precisaria do traje quando voltasse para consertar essa bagunça. Agora, no entanto, eu iria para casa. Teria sido legal chegar a um ponto estável, mas dada a forma como Simon e Prudence apareciam e desapareciam como vaga-lumes, ficou bastante claro que as preocupações de Katherine eram injustificadas. E de qualquer forma, estar em cativeiro num quarto de hotel com dezenas de corpos no porão tinha de se qualificar como um bom motivo para evocar a regra da saída de emergência.

Segurando a chave CHRONOS numa das mãos, pressionei meus dedos no centro. Eu tinha exibido a interface e focado no ponto estável na biblioteca, e estava prestes a fazer o salto quando o som de passos acelerados no corredor quebrou minha concentração. O display vacilou e então desapareceu.

Os passos pararam e ouvi o trinco sendo aberto. Não houve tempo suficiente para expor o display de novo, então larguei o vestido na cama, enfiei o medalhão dentro da minha camisola e me coloquei em posição defensiva atrás da porta. Pelas fotografias que eu tinha visto, Holmes não era um homem particularmente grande, e eu tinha certeza de que conseguiria dominá-lo se ele não estivesse armado. E mesmo que estivesse, eu planejava lutar.

Fiquei a um centímetro de chutar minha avó no estômago. Contive o chute no último segundo, quando a saia me deu uma pista de que não era Holmes. Ela girou o braço para repelir meu pé com sua bolsa — a mesma bolsa que eu estivera carregando mais cedo.

Ainda precisei de alguns segundos, no entanto, para perceber que era Katherine mesmo. Ela não estivera brincando quando dissera que o departamento de figurinos da CHRONOS fazia um trabalho incrível. Se ela tivesse passado por mim no Midway, não creio que eu a teria reconhecido. Ela havia envelhecido uns vinte e cinco anos, e meu primeiro pensamento foi que era minha mãe — o que era estranho, porque eu nunca tinha notado a semelhança entre elas até então.

Nós duas começamos a falar ao mesmo tempo, e parei para deixá-la se manifestar primeiro: "Quem é você?", perguntou ela em voz baixa. Seus olhos focaram no meu peito, onde a luz do medalhão estava brilhando fracamente através do tecido. "A sede mandou você?"

Concluí que a verdade provavelmente era a alternativa mais rápida. "Não exatamente", respondi. "Sou Kate — sua neta. Precisamos sair daqui. Mas como você me encontrou? Como conseguiu passar por Holmes?"

Seus olhos examinaram meu rosto, confusos. Eu não sei o que ela viu, mas algo ali a convenceu de que eu poderia estar dizendo a verdade. "Já estive aqui duas vezes para fazer pesquisas. Existem apenas dois quartos onde Holmes poderia trancafiar alguém", disse ela. "Providenciei um pouco de distração — subornei um de seus muitos credores para saber o nome alternativo que ele estava usando atualmente — e então entrei sorrateiramente durante o caos." Ela virou-se para lançar um olhar nervoso para trás, em seguida estendeu a mão direita. "Como você conseguiu *isto*?", quis saber.

Em sua palma aberta estava a pulseira. A correntinha estava arrebentada, mas o pingente era igualzinho ao que pendia de seu pulso esquerdo. "Você me deu", esclareci. "No meu aniversário. E sim, eu sei como ele foi lascado. Frederick Douglass, Susan B. Anthony, Sojourner Truth. Você estava observando-os em vez de prestar atenção na porta do veículo. Em 1860-e-alguma-coisa."

Houve uma pausa e então Katherine ofereceu um sorrisinho aflito. "Ok, acredito em você. Eu nunca contei isto, nem mesmo para Saul." Ela me avaliou com atenção novamente. Desconfio que quisesse saber se eu era neta de *Saul* também, mas não perguntou.

"Quando vi aquela mulher saindo... é Minnie ou Georgiana? Minnie, eu acho. Ele troca de companheiras muito rapidamente", disse ela. "De qualquer forma, presumi que fosse *eu* trancafiada aqui, que tinha havido algum acidente num salto futuro ou que Holmes tinha ficado sabendo que andei fazendo perguntas sobre algumas das mulheres que ele matou."

"Mas como você sabia que Holmes tinha...", comecei.

"Um garoto me encontrou no Midway e disse que uma mulher usando esta pulseira tinha sido levada para o World's Fair Hotel. Ele disse que te seguiu até aqui e que eu precisava ajudar."

Kiernan. Tive uma lembrança súbita do pequeno sapato desgastado que eu tinha visto pouco antes de desmaiar. Ele deve ter pegado a pulseira quando a multidão se reuniu ao meu redor. Se eu conseguisse sair, iria dar a ele até meu último centavo e cobrir seu rostinho de beijos.

"Eu poderia ter voltado para a sede, obtido ajuda, e retornado pelo caminho mais fácil", disse ela. "Tem um ponto estável no terceiro andar. Mas eu não conseguia afastar aquele *garoto*. Eu temia precisar amarrá-lo, nocauteá-lo ou algo assim, e então me lembrei da disputa financeira entre Mudgett — Holmes —, e um dos cavalheiros da Câmara Administrativa da Exposição."

Ela retorceu a boca. "Era tudo que eu poderia fazer para convencer o garoto a me deixar providenciar a distração, e depois perdi uns bons cinco minutos tentando convencê-lo a voltar para casa. Ele finalmente concordou em aguardar no beco. Ele queria atacar diretamente e ver se você estava bem, e eu não podia revelar a ele por que isso seria perigoso.

"Ele me entregou isto", disse ela, segurando a bolsa, "e uma sombrinha bastante suja, que eu deixei pra lá. Esta bolsa é minha, mas com exceção da chave e do diário aqui dentro, o restante dos pertences não está exatamente relacionado à CHRONOS, não é? Uma escova de dentes de plástico rosa?"

"Não, não tem nada a ver com a CHRONOS." Suspirei. "Eu estava com pressa, Katherine."

"Por quê? Se você não é da CHRONOS, como sabe usar esta chave? E por que você tem duas chaves? Ninguém recebe duas chaves."

"É meio complicado", respondi.

Isso era verdade desde o princípio, mas agora era ainda mais complicado saber o quanto eu deveria revelar a ela. Eu não tinha como saber se o retorno de Simon para matá-la significava que Prudence tinha falhado em sua promessa de cessar os ataques. Ele poderia simplesmente ter aparecido de novo antes que ela tivesse tempo para resolver a questão. As coisas teriam sido muito mais simples se eu cresse que Prudence iria (ou até mesmo *poderia*) manter sua palavra, mas eu não acreditava nisso — simplesmente existiam variáveis demais.

Dado que seu salto tinha se originado a partir da sede da CHRONOS, Katherine não podia sair de qualquer lugar senão do ponto estável pelo qual chegara, e eu não podia ir embora até ter certeza de que ela estaria retornando para sua época. Isso significava que minha saída seminua, rápida e em segurança estava fora de questão. Resignada, deixei o vestido cair no piso e entrei no meio dele, puxando-o por sobre os ombros, aí virei-me de costas para Katherine. "Pode me ajudar?", perguntei, apontando para os cordões do espartilho.

Ela puxou os cordões enquanto eu prendia a respiração. "Temos que tirar você daqui", falei. "Holmes não está atrás de você, mas outra pessoa está — alguém com uma chave CHRONOS. Você precisa ir direto para a sede. Mas... não pode contar a eles a meu respeito, Katherine. Acredite. Nada é mais importante do que isso. Não registre isso em seu diário e não discuta com ninguém, nem mesmo Saul. Convença Angelo a cancelar seus saltos durante alguns meses. Tire férias, ou um período sabático... o que seja."

"Eu não tenho certeza se isso é possível", disse Katherine quando começou a abotoar o vestido. "Eu não administro a CHRONOS — nem mesmo Angelo administra a CHRONOS. E eu não posso controlar as atitudes de outras pessoas, só as minhas. Acredite. Já tentei isso algumas vezes."

Ela estava claramente pensando em Saul. Vasculhei minha memória, tentando desenterrar as datas. Quando ela havia começado a desconfiar de Saul?

"Eu sei disso, Katherine, mas também sei que você é uma mulher muito engenhosa. Você vai pensar em alguma coisa." Ela terminou o último botão e me virei para encará-la.

"E... as preocupações que você tinha? De que talvez Saul não esteja seguindo o protocolo tanto quanto deveria? Com seus amigos no Clube Objetivista? Verifique sua bolsa quando ele retornar de Boston. Mas... você não pode confrontá-lo sobre nada disso, não até 26 de abril. Vai haver uma discussão. Você precisa deixar um recado para que Angelo e Richard fiquem cientes de suas preocupações a esse respeito. E você *deve* programar um salto para o dia seguinte — dia 27."

Sua expressão foi ficando cada vez mais cética conforme eu acrescentava um novo obstáculo ao plano. Katherine era uma atriz habilidosa — tinha que ser em seu nicho de trabalho —, mas será que ela daria conta de tudo isso? E se não desse, e se ela nunca fizesse o salto para 1969? O que eu iria encontrar quando voltasse? Ou será que eu iria ao menos *conseguir* voltar para minha época?

"Ah, e hum... você está grávida", acrescentei com um sorriso de desculpas quando me sentei na cama e comecei a espremer meus pés dentro das botas. "Você provavelmente não sabe disso ainda, porque aconteceu depois da festa de Ano-Novo."

Katherine pareceu um pouco desconfortável com a menção daquela noite, e me concentrei nos sapatos novamente, como um pretexto para desviar o olhar.

"Você não pode contar a Saul sobre a gravidez", reiterei. "Não até você saber como ele vai reagir à sua descoberta... ao que você vai encontrar na bagagem dele."

Meus dedos escorregaram nas fivelas do sapato e xinguei baixinho.

"Mas *você* já sabe como ele vai reagir", disse ela, tirando um grampo da parte de trás do cabelo. Ela dobrou o grampo em dois lugares com uma torção rápida e me entregou — uma abotoadeira improvisada. "Sou inteligente o suficiente para ligar os pontos. Ele não vai reagir de forma racional. Mas você espera que eu volte, sabendo de tudo isso, e aja como se tudo estivesse bem, durante o quê, quase dois meses? E que eu dê prosseguimento a uma gravidez não planejada que eu poderia facilmente interromper agora?"

"Desculpe", falei, abaixando-me para terminar de fechar os sapatos. "Eu sei que é pedir muito. Mas se você não consegue achar um jeito de fazer acontecer exatamente como eu disse, tenho certeza de que a história vai ser reescrita em grande escala. E, sem entregar demais, você não vai aprovar a reescrita."

"Eu não aprovo *nenhuma* alteração na linha do tempo", disse ela, apertando os lábios firmemente quando pegou meu chapelete da cadeira ao lado da janela falsa. "E é isso que dificulta acreditar no que você está dizendo."

"Bem, você abriu uma exceção desta vez. Pelo menos, a Katherine que *eu* conheço abriu uma exceção", comecei, sustentando o olhar dela com firmeza. "Na verdade, ela passou a maior parte dos últimos vinte anos tentando orquestrar esta exceção — mesmo indo tão longe, como quando apresentou meus pais um ao outro para criar uma chance de *me* colocarem no mundo. E a menos que você siga as ordens dela, milhões — não, vamos ser honestos, provavelmente bilhões — de pessoas vão morrer bem antes do tempo."

Um longo olhar depois, ela deixou escapar um suspiro. "Bem, se esse for o caso, *minha neta*, acho melhor sairmos daqui."

Acho que a gente teria conseguido sair do hotel sem alarde se Kiernan tivesse simplesmente ficado quietinho na calçada tal como Katherine lhe instruíra. Ou se não tivéssemos tomado um rumo errado no segundo corredor, que acabou por se revelar um dos corredores sem saída que Holmes tinha construído no andar com o intuito de rir da cara de suas vítimas. Se qualquer uma dessas coisas não tivesse acontecido, Holmes ainda estaria no escritório, do lado oposto da saída.

Mas as duas coisas *aconteceram*. O credor que Katherine tinha atraído para distrair Holmes estava lá embaixo, discutindo alto com Minnie, que estava exigindo que ele aguardasse por Holmes na sala. Holmes estava no patamar entre o primeiro andar e o segundo, segurando uma arma numa das mãos e as costas da camisa de Kiernan na outra.

"Boa noite, senhoras." A julgar pelo sorriso agradável e pelo brilho bem-humorado em seus olhos azuis, Holmes poderia simplesmente estar planejando nos envolver numa conversa informal sobre o clima. "Será que este jovem pertence a alguma de vocês?", perguntou.

Katherine respondeu "Não" no momento exato em que respondi "Sim".

"Ele é meu assistente", esclareci, dando a Katherine um olhar zangado. "Sou jornalista e estou cobrindo a feira para a *Gazeta do Trabalhador*, de Rochester. Sua esposa me disse que o senhor foi muito gentil em me trazer para cá depois que desmaiei no Midway. Obrigada."

"Ótimo", disse Holmes. "Foi exatamente isso que *ele* me disse."

Mesmo que eu não fosse grande fã de bigodes fartos, dava para ver por que Holmes não tinha dificuldade para atrair as mulheres. Seus olhos eram quase hipnóticos, e havia ruguinhas amigáveis — linhas de expressão, segundo meu pai — ao redor deles.

Desviei meu olhar de Holmes para fitar Kiernan. Seu rosto estava pálido e seus olhos escuros estavam arregalados e ansiosos. Ele articulou um "Desculpe" silencioso, e eu tentei mostrar, também sem palavras, que estava tudo bem. Não era culpa dele.

Holmes ainda estava sorrindo quando olhei para cima. Ele apontou para Katherine. "E quem seria esta boa senhora?"

"Minha mãe", apressei-me. "Ela está viajando comigo."

Katherine pegou a deixa e avançou um pouquinho, aparentemente concluindo, tal como eu tinha feito, que nossa melhor chance era agir como se o sujeito outrora agradável no patamar não estivesse segurando uma pistola. "Sim, senhor", disse ela. "O senhor tem nossa mais profunda gratidão. Eu não sei o que poderia ter acontecido à minha filha se o senhor não tivesse..."

"Sem problemas, minha senhora. Na verdade, o prazer foi todo meu. Agora, será que você e sua 'filha' poderiam dar alguns passos para trás?" Ele fez um gesto com a arma e recuamos silenciosamente. Aí então se abaixou e ergueu Kiernan por debaixo do braço, incitando-o a subir as escadas até o segundo andar, onde nos encontrávamos.

"Seria maravilhoso permanecer aqui e conversar com vocês, senhoras encantadoras", disse Holmes quando chegou ao degrau mais alto, "mas tive que deixar minha... esposa cuidando de um sócio um tanto perturbado, e ela não é muito boa com esse tipo de situação. Então vou pedir que retornem ao quarto, e nós vamos continuar esta discussão em nosso tempo livre, mais tarde esta noite."

Ele acenou com a arma outra vez, e Katherine e eu começamos a recuar em direção ao corredor.

"Acho que vamos avançar muito mais rapidamente se vocês derem meia-volta", disse ele.

Hesitamos por um momento, aí mudamos de direção, refazendo nossos passos pelo corredor. Algumas voltas mais tarde, nos vimos novamente diante da porta com o trinco externo.

Holmes atirou Kiernan aos meus pés como se fosse um saco de batatas, aí segurou a porta aberta enquanto éramos jogadas lá dentro.

"Por favor, fiquem à vontade. Prometo retornar o mais rápido possível." Ainda sorrindo, ele fechou a porta e travou o trinco.

O pouquinho de luz do dia que tinha se infiltrado pela janelinha mais cedo agora não existia mais. Dava pra sentir o corpinho de Kiernan tremendo ao meu lado, mas eu não sabia se ele estava chorando, afinal estava escuro. Ajoelhei-me no chão e o puxei para mim, tanto para meu consolo quanto para o dele.

"Desculpe, dona Kate", pediu ele. "Eu devia ter ficado no beco."

Katherine teve um pequeno acesso de raiva quando se sentou na cama, deixando claro que ele não ganharia seu perdão nesse aspecto.

"Não, Kiernan", falei com firmeza, dando a Katherine um olhar feio, embora eu soubesse que ela não conseguiria ver. "Você foi incrível, nem consigo acreditar que você conseguiu pegar minhas coisas bem debaixo do nariz de Holmes e trazer ajuda. Mas como você encontrou Katherine? Acho que nem eu a teria reconhecido."

Ele deu de ombros. "É só um disfarce. 'Cê vai se acostumando com eles com o tempo. Ela anda igual e fala igual. E eu já vi essa dona por aí um monte de vezes esse ano. Ela sempre usa uma pulseira igualzinha à sua. Aquela que 'cê disse que era seu sinal especial."

"Você é incrivelmente observador para um menino de oito anos de idade", elogiei. "Tem certeza de que não é um adulto disfarçado?"

Foi uma tentativa idiota de fazer humor, mas ele me deleitou com uma risadinha. Dei-lhe um abraço apertado e um beijo na testa. "Você salvou minha vida, sabe."

"Eu não seria tão precipitada em saltar para essa conclusão", criticou Katherine, "considerando nossa situação atual."

Então ela tirou alguma coisa do bolso da saia. A interface brilhante de um diário da CHRONOS apareceu alguns segundos depois que ela o abriu.

"O que você está fazendo?", perguntei.

"Estou entrando em contato com a sede para um resgate de emergência. Eles podem vir pelo ponto estável no terceiro andar e..."

"Não", falei, pegando o diário.

"Você tem alguma ideia melhor?", retrucou ela, tentando pegar o diário de volta. "Holmes vai voltar em algum momento, e eu não acho que ele esteja planejando dar uma festinha para relaxarmos esta noite."

"Eu te disse que ninguém na CHRONOS pode saber disso, Katherine. Você já pensou no que acontece comigo se você aparecer na sede? Ou a Kiernan? Você acha que a CHRONOS vai liberar vocês sem perguntas, levando em conta o que ele viu e ouviu?"

"Ele só me *viu* abrir um diário, Kate, e *ouviu* uma conversa que não é capaz de compreender nem um pouco. E se você ficar quietinha e me devolver o diário, podemos dar fim a essa conversa, assim ele..."

"Num é a primeira vez que eu vejo uma dessas coisas, dona Kate", interrompeu Kiernan. "É igualzinho ao do meu pai, a coisa que eu usei pra mandar um recado pra..."

Dei um leve tranco no braço do menino e ele entendeu a dica, mas já era tarde demais. Katherine enfiou a mão na bolsa e sacou a chave CHRONOS que eu vinha usando antes. O brilho da chave iluminou o quarto de azul-claro, e eu me censurei mentalmente por não ter tido a ideia de utilizá-la como lanterna.

"De que cor é este?", perguntou Katherine, segurando o medalhão perto do rosto de Kiernan.

"Num consigo ver isso no escuro, senhora", respondeu ele, olhando nervosamente para mim.

Katherine arqueou a sobrancelha. "Você mente direitinho, garoto, mas não está me enganando." Ela agarrou a mão livre dele e a colocou no centro do medalhão. O visor não estava nítido — de fato estava pouco mais do que estático, com uma palavra ou botão visíveis aqui e ali, mas deu a ela a resposta de que precisava.

"Como?", perguntou-me Katherine. "Como ele consegue fazer isso? Eles nem sequer começam a treinar crianças tão jovens assim."

"Não posso exatamente confirmar isso", falei. "É parte do que estamos tentando consertar."

Aquela foi uma mentira deslavada e eu esperava que minha cara de paisagem fosse melhor do que a de Kiernan, ao menos sob a luz fraca. Uma resposta sincera teria sido que eu estava pedindo a ela para voltar e começar a própria cadeia de eventos que me levariam a Kiernan, e sabe-se lá quantas outras coisas capazes de ativar aquele equipamento. Mas essa cadeia de eventos era a única que eu conhecia e a única que parecia prometer alguma esperança, ainda que pequena, de deter os ciristas.

"Então o que você sugere, Kate?", perguntou ela, colocando o medalhão de volta dentro do vestido. "Não creio que tenha um jeito de sair deste quarto, e nossa única opção é sentar aqui e esperar que Holmes retorne. Seria três contra um, mas um de nós é muito pequeno, e acho que a arma coloca as chances ligeiramente em favor dele."

"*Tem* um jeito de *um* de nós sair daqui", falei. "E é necessário apenas uma pessoa para abrir o trinco do lado de fora e nos tirar daqui. Sua viagem de retorno pode estar restrita ao ponto estável em Wooded

Island, mas a minha não é. Posso ir para qualquer ponto estável a partir daqui. Você não disse que existe um no terceiro andar?"

"Sim, mas como você pode..."

"Não posso explicar mais do que isso, Katherine." Confesso, era meio estimulante ser a pessoa a restringir as informações *dela* ao estritamente necessário, mas nós realmente não tínhamos tempo para uma discussão detalhada sobre o assunto. E cada bocado de informação que eu dava era mais uma corda que ela ficaria tentada a puxar, desvendando potencialmente os acontecimentos que precisavam se suceder ao longo dos próximos meses.

"Eu só me familiarizei com os pontos estáveis dentro da feira e perto das entradas", falei, tirando minha chave CHRONOS do bolso interno e entregando a ela. "Eu sabia que havia outros, mas — bem, eu não tinha muito tempo para me preparar. Se você conseguir travar a localização na chave para que eu possa vê-la e bloqueá-la, acho que consigo fazer o salto e voltar aqui em poucos minutos. Só não sei direito como vamos sair pela porta da frente com Holmes e Minnie à espreita ao pé das escadas."

"Dona Kate?", disse Kiernan, puxando meu braço. "Acho que a gente num precisa tomar as escadas. E se a gente descer pela escada de incêndio?"

"Que escada de incêndio? Tem uma escada de incêndio aqui?" Eu ainda não tinha cogitado tal possibilidade — tipo, sério, que tipo de maníaco homicida incluiria escadas de incêndio no projeto de seu castelo de tortura?

"Num sei se dá pra chamar de escada de incêndio, mas tem uma escada de uma janela no andar de cima, que dá no telhado do prédio ao lado. Eu vi quando fiquei esperando um tempão lá no beco. *Em vez* de ir pra casa."

Não consegui evitar sorrir diante do tom de sarcasmo em sua voz na última frase. Se Katherine notou, no entanto, não deixou transparecer. Ela apenas se aproximou e pegou minha mão, colocando o medalhão ativado na minha palma.

"O garoto e eu vamos colocar nossas cabeças para pensar enquanto você estiver fora", disse ela, "e tentar ver se conseguimos descobrir qual janela é mais provável de levar à escada."

Posicionando-se de modo que pudéssemos ver a interface com clareza, ela vasculhou visualmente através das várias categorias e depois parou quando um espaço escuro veio à tona.

"Tem certeza de que é isso?", perguntei. "Está totalmente preto."

"Sim", respondeu ela um pouco irritada. "É um depósito de roupas de cama. E é de noite. O que você queria?"

"Só não tenho certeza de como você sabe que é esta despensa dentre vários outros depósitos escuros pelos quais você passou. Eu poderia acabar em Des Moines, lá no estado de Iowa."

"Eu nunca *estive* em Des Moines. No entanto, estive aqui. Você vira a primeira à esquerda e depois a segunda à esquerda para chegar à escada. E a partir daí, você só precisa refazer nossos passos até este quarto."

Assenti e posicionei os dedos sobre os controles, substituindo os dela. O display piscou por um momento e depois granulou.

Katherine bufou, aborrecida, e puxou a informação outra vez. "Desta vez concentre-se, ok?"

"Está bem", respondi. "Eu gosto mais de você como uma velha senhora. Você precisa de tempo para amadurecer." Era verdade, mas daí lembrei-me de que também tinha sido um dia bem estressante para ela. Katherine havia acabado de ficar sabendo que estava grávida e que o pai provavelmente não era o que estava fingindo ser, e ela era esperta o suficiente para perceber que seu mundo estava prestes a mudar intensamente. Isso era muito para se digerir, mesmo sem as ameaças de um serial killer.

O display oscilou brevemente de novo quando Katherine movimentou os dedos para abrir caminho para os meus, mas consegui puxar a imagem de volta.

"OK. Consegui. Obrigada, Katherine."

"Kiernan", falei, mantendo meus olhos fixos na tela. "Eu já volto. São só uns minutinhos. Katherine não é tão chata quanto parece."

"Vou ficar bem", disse ele. "Toma cuidado, dona Kate."

"E, Katherine", acrescentei em voz mais baixa. "Se algo acontecer, confio que você vai *tirá-lo* daqui. Eu sei que ele não vai encontrar seu fim neste hotel. Você vai dizer à CHRONOS que ele não viu nada e não sabe de nada."

"Meu Deus, Kate. O que você pensa que eu sou?" Ela sibilou. "O garoto tem sido um problemão hoje, mas eu não iria *deixá-lo* com aquele monstro."

"Então eu tenho sua palavra? Você vai fazer todo o possível para deixá-lo em segurança caso eu não consiga voltar?"

"É *melhor* você voltar, já que você parece tão convencida de que o destino do mundo depende disso. Mas, sim... você tem minha palavra. Dá para simplesmente *ir*?"

Eu me concentrei bem no meio do retângulo preto que Katherine alegava ser o depósito de roupas de cama do terceiro andar e pisquei.

∞

Não sou fã de espaços confinados e escuros, então fiquei aliviada quando o arco de luz azul do medalhão iluminou boa parte da despensa. Mas aparentemente a CHRONOS contratava apenas historiadores muito magros, porque o ponto estável era apertado até mesmo para minha figura esbelta. Meu ombro colidiu contra uma prateleira quando me virei, derrubando uma grande pilha de roupas de cama no chão. O cheiro de produtos químicos e algo mais terroso e pungente atacou meu nariz.

Por força do hábito, abaixei-me e comecei a recolher os lençóis que eu tinha derrubado, mas o cheiro era mais forte perto do chão. Lutando contra uma onda de náusea, concluí que eu não queria saber o que estava sob o montinho de roupas de cama e empurrei a porta à minha direita. Ela não se mexeu, e não havia maçaneta por dentro.

Recuei dois passos para verificar se havia espaço suficiente para chutá-la. Foi quando então eu senti algo redondo e duro cutucando minha espinha.

Contive um grito. Então, quando nada aconteceu, olhei para trás e vi que meu atacante era a maçaneta de outra porta, maior. Aliviada, abri e fugi para o corredor. Eu não tinha ideia de para onde aquela primeira porta dava, e considerando que o cheiro era mais forte naquela direção, eu estava muito feliz por não precisar descobrir.

A luz do medalhão foi muito útil de novo, uma vez que as lamparinas a gás nos corredores do terceiro andar estavam apagadas. Os corredores já eram confusos o suficiente sem eu precisar tatear ao longo das paredes, no escuro. O andar inteiro parecia deserto, mas eu não conseguia afastar da memória as coisas que tinham acontecido por trás de algumas daquelas portas.

Claro, as instruções de Katherine estavam *equivocadas*. A primeira curva à esquerda me levava a um corredor principal, mas a segunda era um dos pequenos becos sem saída zombeteiros de Holmes.

Retornando para o corredor principal, passei por uma porta que, tal como o quarto no segundo andar onde Katherine e Kiernan aguardavam por mim, tinha um trinco do lado de fora.

Eu sabia que Katherine iria piar que eu estava violando a linha do tempo — e ela estava irremediavelmente certa de que alguém ali dentro provavelmente não deveria conseguir fugir —, mas eu realmente não dava grande importância às diretrizes éticas da CHRONOS nesse aspecto. Puxei o trinco e abri a porta.

Ouvi um som de arranhões lá dentro, mas poderia muito bem ser um rato, e eu não tinha tempo para parar e investigar. "Se tem alguém aí dentro, a porta está aberta", sussurrei. "Só que Holmes tem uma arma, por isso tome cuidado."

Eu não esperei por uma resposta, simplesmente virei à direita, no corredor principal, e depois tentei virar a próxima à esquerda. Felizmente o caminho me levou às escadas.

Fiz uma pausa no topo da escadaria para ouvir o ambiente. O barulho abafado de uma discussão fluía até em cima, mas não soava como o sujeito do banco.

"...não vou deixar você aqui com..." Aquela voz era nitidamente de Minnie. Não deu para entender a resposta inteira, mas a outra voz era baixa e calma, e eu tinha certeza de que era de Holmes. Captei as palavras "lá no apartamento" e "negócios" enquanto eu descia as escadas lentamente, mas isso foi tudo que ouvi.

Quando cheguei ao segundo andar, disparei pelo corredor. Sem curvas erradas desta vez, e era muito mais fácil me movimentar sob as luzes das lamparinas do que com luz fraca da chave CHRONOS. Aquela área ainda era um labirinto confuso de voltas e reviravoltas, mas cheguei ao quarto poucos minutos depois. Destranquei a porta, e uma Katherine e um Kiernan muito aliviados saíram rapidamente.

À medida que corríamos de volta para a escada, eu tirava todo o dinheiro que conseguia encontrar do fundo da bolsa e ia enfiando na frente da camisa de Kiernan. Era pelo menos dez vezes o salário que tínhamos combinado, e ele começou a protestar.

"Você mereceu, garoto. E", falei suavemente, "se nos separarmos, pode ser que você ainda tenha um trabalho a fazer. Levar Katherine de volta a Wooded Island — o local perto da cabana."

"Sei como voltar para a Exposição, Kate", interveio Katherine. "Passei muito tempo aqui."

"Sim, mas aposto que você não conhece os caminhos de volta tão bem quanto ele. E com base no que eu vi, ele é amigo de metade das pessoas que trabalham na Exposição. Estou disposta a apostar que todos ajudariam — sem fazer perguntas."

"Kiernan", acrescentei, "tome cada beco secreto que você conhecer e fique de olho por causa do sujeito que você estava seguindo mais cedo. Aquele Atarracado. Ele ainda está à procura de Katherine, provavelmente no parque Midway."

"E você?", quis saber ele.

"Eu vou ficar bem — posso saltar diretamente para casa a partir daqui —, mas não vou ver nenhum de vocês de novo durante um bom tempo."

Katherine tinha acabado de virar uma esquina. Segurei o braço de Kiernan para desacelerá-lo, para que ela não pudesse ouvir a frase seguinte.

"Se você sair, não volte, ok? Eu vou ficar bem." Dei uma batidinha no medalhão pendurado no meu pescoço e falei rapidamente. "O seu está na cabana?"

Ele assentiu, e depois de um instante de hesitação, pendurei o medalhão ao redor do pescoço dele e o enfiei por dentro da camisa. "Não tire nunca, ok? Nunca. Prudence vai exigir a chave do seu pai em algum momento, e acho que há uma boa chance de você não se lembrar de nada disso se ela o fizer. Pode ser que você deixe de se lembrar até do porquê não confia nela, e eu realmente não acho que isso seja justo, não é?"

Seus olhos estavam solenes. "Não, dona Kate. Num acho nem um pouco justo." A correntinha era muito longa para ele, ficava bem abaixo de sua cintura, e ele a ajeitou quando viramos a esquina, encaixando o medalhão no cós da calça.

Mais uma vez tive a estranha sensação de que eu estava sendo vigiada e me virei para olhar para trás, para o corredor que tínhamos acabado de deixar. Mas não havia ninguém ali — apenas as sombras vacilantes das lamparinas a gás.

Katherine, que agora estava se aproximando da escadaria, olhou para trás, impaciente. Voltei-me para Kiernan, levando meu dedo aos lábios e voltando o olhar para Katherine, esperando que ele entendesse não só que precisava ficar quieto, mas também que ela não precisava saber da nossa pequena transação. Ele assentiu e me ofereceu um sorrisinho.

Não havia vozes na escada. Algumas luzes ainda estavam queimando na botica, mas o escritório de Holmes estava escuro. Cruzei os dedos, torcendo para ele ter saído para ajudar sua esposa a encontrar um táxi para levá-la para casa, mas eu tinha um mau pressentimento.

Guiei Kiernan em direção à borda interna das escadas e nos espreitamos para o terceiro andar escuro do hotel. Quando chegamos ao patamar, apertei levemente o ombro de Kiernan e nos posicionei diante de Katherine.

"O que você está fazendo?", perguntou ela num murmúrio quase imperceptível. "Eu sou a única que conhece o caminho."

"Você tem treinamento em artes marciais?", retruquei. "Se não, teremos mais chance se eu for primeiro. Só para garantir. Você fica na retaguarda, e Kiernan no meio. Se ficarmos pertinho uns dos outros, você pode me cutucar quando precisarmos virar."

Ela fez uma careta sutil, mas fez que sim com a cabeça e se recostou na parede para que eu pudesse passar na frente dela. "Deve ser a segunda à esquerda."

Depois da minha última experiência com a instrução dela para virar a segunda à esquerda, fiquei tentada a perguntar se havia certeza de que não era a terceira entrada ou algo assim, mas concluí que era melhor manter ao mínimo a tagarelice.

Atravessamos para o outro lado do corredor e estávamos prestes a fazer a curva quando dois tiros soaram atrás de nós. Todos os três nos sobressaltamos e nos abaixamos enquanto corríamos, virando a esquina, mas os tiros claramente tinham sido num andar inferior. A boa notícia? Holmes estava longe da nossa posição atual. A má notícia? Ele definitivamente ainda estava no prédio. E pelo modo como as coisas soavam, aquela má notícia provavelmente fora muito pior para alguém no primeiro ou no segundo andar.

"Vamos", chamei. "Pelo menos agora sabemos que ele está no prédio, mas não por perto. Nós só precisamos encontrar a tal janela."

"Mas ele não atirou em ninguém nesta noite", disse Katherine.

"Você tem certeza?", perguntei, minha voz tensa. "Ele matou um monte de gente aqui."

"Eu só espero que ele não tenha matado ninguém por nossa causa", disse ela. "Alguém que não deveria morrer."

"Eu também", concordei. "Mas não há muito que possamos fazer agora, não é? Precisamos continuar fugindo."

Houve um som de pancadas atrás de mim e direcionei a chave CHRONOS pelo ambiente para verificar o corredor, trombando em Kiernan quando girei. Por uma fração de segundo, vi uma sombra alta bem no meio do corredor, a qual logo depois desapareceu.

"Você viu aquilo?", perguntei a Katherine.

"Não", respondeu ela. "Do que você está falando?"

"Achei que..." Balancei a cabeça. Era evidente que não tinha sido Holmes, e eu tinha dormido muito pouco nas últimas quarenta e oito horas. "Nada. Só estou assustada, acho."

Passamos por mais dois corredores, incluindo aquele onde eu tinha parado antes para destrancar uma das portas. A porta estava bem mais aberta agora do que quando saí, e me perguntei se o ocupante tinha saído de uma situação ruim para uma ainda pior.

E foi aí que senti o cheiro de fumaça.

Não sei quanto tempo passamos naqueles corredores. Provavelmente foi menos de dez minutos, mas foram facilmente os dez minutos mais longos da minha vida. O local era, para todos os efeitos, um labirinto, projetado para desorientar qualquer um azarado o suficiente para se perder ali no meio.

Tínhamos acabado de passar pela porta que eu havia destrancado mais cedo e pelo ponto estável no depósito de roupas de cama pela segunda vez. Toda vez que éramos forçados a recuar depois de encontrar um beco sem saída, eu temia que ficássemos cara a cara com Holmes. Para piorar as coisas, a fumaça estava ficando mais espessa.

"Sei que tinha uma janela, dona Kate. Era aqui desse lado do prédio." Era a segunda vez que a gente refazia o caminho todo até o final do corredor, e agora Kiernan chorava.

"Bem, não há nenhuma janela no final do saguão e não há quartos deste lado do corredor", disse Katherine.

Parei por um instante. "A menos que... haja uma porta escondida? Ele usava alçapões, não era? Lembro-me de alguma coisa sobre o isolamento de um carregamento de mobiliário — construindo o cômodo ao redor —, assim ele alegava que os móveis nunca tinham sido entregues e evitava o pagamento. Talvez..."

"O que devemos fazer então?", perguntou Katherine. "Começar a chutar as paredes aleatoriamente?"

Não respondi, simplesmente disparei pelo corredor, de volta à despensa onde guardavam os lençóis. Ignorando o fato de que alguma coisa ali fedia horrivelmente, dei um chute forte na porta dentro do armário com a lateral do pé. Ela abriu-se quase uns três centímetros e tive que colocar meu braço sobre a boca e o nariz para conter o vômito.

Chutei de novo, tentando não pensar no que eu estava desalojando dali. Com o terceiro pontapé, houve um baque suave e a pequena porta se abriu para dentro.

Abaixei-me para olhar lá dentro e mal consegui enxergar a janela ao final de um quarto longo e estreito que se estendia por todo o comprimento do corredor. Se havia uma lua lá fora, estava atrás de uma nuvem, porque havia só uma leve sugestão de luz entrando através da vidraça. Não dava para ver nenhuma escada de incêndio, mas Kiernan tinha mencionado que talvez não fosse possível enxergá-la estando dentro do hotel, uma vez que os degraus começavam logo abaixo do parapeito da janela.

Virei-me para Katherine e Kiernan, parados à entrada do depósito de roupas de cama. "Você estava certo, Kiernan. Tem que ser aqui."

"O que é esse cheiro horrível?", perguntou Katherine.

"Acho que nós duas fazemos uma boa ideia do que seja", respondi. "Creio que Holmes não conseguiu colocar todas as vítimas no poço no porão. Apenas prenda a respiração, tanto quanto possível — e cuidado ao se abaixar quando entrar. A porta é muito baixa."

Expus a chave CHRONOS no cômodo, esperançosa de que a luz fosse ser suficiente para oferecer um caminho relativamente claro e livre de cadáveres até a janela. Quando comecei a me afastar da porta, minha saia roçou em alguma coisa sólida. Eu realmente não queria saber o que era, então simplesmente continuei avançando.

"Você está bem, Kiernan?", perguntei, tentando segurar a mão dele de novo.

"Tô bem, dona Kate", respondeu ele enfiando a mãozinha na minha. "A gente precisa se apressar. Quer dizer, se foi ele que botou fogo em tudo, então essa aqui deve ser a rota de fuga dele também..."

Avancei o mais depressa possível com apenas a luz da chave CHRONOS me guiando. O cômodo estava quase vazio, com exceção de alguns móveis aqui e ali, mas tinha pouco mais de um metro de largura a mais do que o armário de vassouras.

Passamos por várias sombras que pareciam camas estreitas, ao longo da parede do lado esquerdo, e eu tinha certeza de que o objeto fino e longo pendurado na ponta da segunda delas outrora tinha sido o braço de alguém. Ouvi Katherine respirando fundo alguns segundos depois, e quando encarei o rosto de Kiernan, seus olhos estavam bem fechados — ele simplesmente apertava minha mão com força e seguia cegamente minha direção.

Nós tínhamos coberto mais uns cinco metros ou coisa assim quando ouvimos um barulho de algo se arrastando atrás de nós. Uma breve olhadela para trás não revelou nada. Falei para mim mesma que provavelmente era só o corpo que eu tinha afastado da porta terminando de cair no chão. Ou um rato. Normalmente qualquer uma dessas ideias teria me feito surtar, mas agora elas eram uma grande fonte de conforto.

Mas aí ouvimos o barulho de novo. E de novo. Ou o corpo estava nos seguindo ou era um rato muito *grande*. Ou mais provavelmente, era Holmes.

Ele obviamente sabia que estávamos aqui. Se eu conseguia ouvir uma pessoa se arrastando sorrateiramente atrás de mim, ele definitivamente seria capaz de ouvir nós três. Holmes deve ter sabido que estávamos aqui antes mesmo de entrar no cômodo — caso contrário, por que não havia nenhuma lamparina? Tínhamos uma ligeira vantagem, já que ele não conseguia enxergar a luz das chaves CHRONOS que estávamos utilizando para encontrar o caminho. Porém, ele tinha uma ideia muito melhor do território, já que tinha projetado esse pesadelo.

"Vão", sussurrei, ainda avançando. "Fiquem abaixados e se mantenham junto à lateral para que suas silhuetas não apareçam na janela. Se ela não abrir, quebrem. Não parem por nada. Vocês saberão o que fazer assim que saírem. Encontro vocês dois depois — em algum momento."

Kiernan se inclinou para mim por um segundo e apertou minha mão. Eu estava com medo de que ele fosse discutir, mas ele não o fez. "Tchau, dona Kate. Toma cuidado."

Dei-lhe um beijo rápido no alto da cabeça quando ambos passaram por mim. Colando o máximo possível à parede, prestei atenção nos ruídos do ambiente, tentando distinguir os sons de Katherine e Kiernan à minha direita dos movimentos menos óbvios à minha esquerda.

Avançando mais alguns metros, posicionei-me diante das duas camas que eu tinha visto anteriormente. O quarto tinha, no máximo, uns dois metros de uma ponta a outra, e com o obstáculo das camas do outro lado, Holmes teria de passar diretamente na minha frente para poder chegar à janela. Lutei contra a tentação de enfiar o medalhão no bolso. Não havia como ele enxergar a luz, mas eu ainda me sentia exposta — um farol azul brilhante apontando minha localização.

Respirei profunda e lentamente algumas vezes para tentar equilibrar minha pulsação, aí dei uma olhadinha para Katherine e Kiernan. Não dava para vê-los claramente, só o brilho da chave de Katherine a uns dez, talvez quinze metros da janela. *Por favor, meu Deus, que esta seja a janela com a escada de incêndio*, pensei.

Holmes ainda estava avançando pela esquerda, mas era muito difícil medir a distância exata. Sua respiração estava irregular — como se tivesse corrido recentemente ou inalado muita fumaça.

Mais uma olhadinha para a janela. Não dava para sequer ver o brilho azul; Katherine provavelmente tinha enfiado a chave de volta dentro do vestido.

Eu estava prestes a me virar quando o leve contorno da janela se mexeu ligeiramente. Houve um rangido alto quando a moldura resistiu, mas os tiros foram ainda mais altos.

Holmes atirou duas vezes em rápida sucessão. Não sei o quê o primeiro tiro atingiu, mas o segundo quebrou um pedaço da janela. Fui para cima dele exatamente quando o terceiro tiro saiu e mostrou sua localização — ele estava quase em cima de mim. Na verdade, se ele não estivesse olhando para a janela quando disparou, certamente teria captado um vislumbre de mim sob a breve luz do estouro da pólvora.

Levantei-me, minhas costas pressionadas contra a parede. A luz azul criava um brilho sobrenatural no rosto de Holmes, o qual já teria sido sinistro o suficiente sem o revólver de cano longo que ele estava segurando. Ele tinha feito uma parada a fim de mirar com mais cuidado quando dei um chute para o alto. O objetivo era atingir seus braços, que estavam segurando o revólver na altura do peito, mas o aperto do cômodo limitou meu movimento, e o golpe acertou apenas abaixo da cintura de seu sobretudo.

Holmes se encolheu de dor, seu dedo apertando o gatilho da arma ao mesmo tempo. O tiro saiu louco; a vibração em meus pés sugeria que a bala se alojara no chão. Recuperando o equilíbrio, dei uma joelhada brusca no meio da cara dele. Ouvi algo se quebrando, mas não foi o suficiente para detê-lo; ele esticou a mão e agarrou meu pé, puxando-o e, assim, tirando meu equilíbrio.

Quando caí, eu vi a figura de Kiernan na janela, do peito para cima. Eu não via Katherine; ou ela estava longe da claridade da janela para evitar se tornar alvo ou já estava na escada.

Bati a cabeça no chão. Me sentei o mais rápido que pude, as costas contra a parede, mas eu estava desorientada. Havia dezenas de luzinhas azuis quando abri meus olhos e me lembro de ter pensado que aquilo devia ser o que eles chamavam de "ver estrelas".

Houve um ruído à minha esquerda, então impulsionei as pernas e chutei outra vez. Um pé o acertou, no joelho, acho, mas foi mais de raspão do que um golpe direto.

"Você tem um chute impressionante para uma dama", disse ele. "Mas não é páreo para uma arma." Ele estava apontando a arma lentamente de um lado a outro com uma das mãos enquanto a outra fuçava o bolso do casaco.

Meu coração latejava nos ouvidos quando a arma passava pelo ponto onde eu estava encolhida. *Ele não consegue ver você, Kate, ele não consegue ver você*, lembrei-me. E ele já tinha disparado seis tiros — dois no andar de baixo e quatro aqui em cima. Eu não entendia muito de armas, mas tinha visto alguns filmes de faroeste, e aquela na mão dele era uma de "seis tiros". Isso significava que a arma devia estar vazia. A menos, claro, que ele tivesse parado para recarregar antes de entrar no depósito de roupas de cama.

Ele não tinha recarregado, mas isso não fazia diferença. Sua mão emergiu do bolso segurando uma única bala.

Quando Holmes acessou o tambor, virei-me para o lado e centralizei o medalhão na palma da mão, firmando o braço na parede para mantê-lo estável, assim eu poderia visualizar a cozinha na casa de Katherine.

Ele deu alguns passos para trás, provavelmente para ganhar uma visão mais ampla para capturar qualquer movimento, a mão esquerda esticada para trás para poder tatear. Suas pernas fraquejaram quando ele esbarrou numa das camas. Houve um tilintar de vidro contra vidro, Holmes xingou baixinho, e então parou para rir.

Eu não sei que espécie de instinto fez eu me afastar daquela risada. Isso significava quebrar o contato visual com o medalhão, e eu já tinha travado a cozinha como destino — eu estava apenas acertando a data e só precisava de mais um segundo, dois no máximo. Se eu não tivesse me virado, no entanto, o líquido teria me acertado bem no meio da cara.

O ácido foi puro ardor, queimando meu pescoço e couro cabeludo. Gritei — não tive como evitar, mesmo sabendo que aquilo delataria minha localização. Prendi a respiração, à espera do tiro, mas ouvi um barulho diferente em vez disso. Aparentemente Holmes tinha tropeçado na cama, mas logo ele estava de pé outra vez, vindo na minha direção.

Ele estava sendo precavido, pensei — com apenas uma bala, ele queria ter certeza de que acertaria seu alvo. Rastejei pelo chão o mais rápido que pude, para longe dele, de volta para o depósito de roupas de cama, tentando evitar choramingar quando cada pequeno movimento piorava a queimação na lateral da minha cabeça.

O cheiro de fumaça estava ficando mais forte, digladiando-se com o mau cheiro do corpo decomposto logo à frente. Holmes tinha apenas uma rota de fuga do fogo — a janela. Com sorte, ele poderia pensar que era minha única saída também, e talvez, apenas talvez, me largar para definhar no meu destino presumido, o prédio em chamas. Se eu conseguisse continuar me movimentando e escapasse de entrar em choque, no entanto, eu só precisaria sair deste quarto e encontrar um lugar onde eu pudesse me concentrar e usar a chave CHRONOS.

A porta devia estar perto. Esforcei-me para ficar de pé, para poder fugir mais depressa. Eu ainda estava vendo as estrelinhas azuis, então me apoiei na parede para me firmar antes de dar um passo. Eu não conseguia ver Holmes, mas ouvi o movimento atrás de mim.

Minha mão finalmente encontrou a abertura na parede, e abaixei a cabeça para passar e entrar na pequena despensa de roupas de cama. Abri a porta para o corredor e tomei fôlego para pegar ar — um ar bem esfumaçado, mas pelo menos sem o fedor subjacente de carne em decomposição. Correndo o mais depressa que consegui em direção à escada, eu virei a esquina com um pouco de velocidade demais, e o calcanhar da porcaria da minha bota agarrou na barra da saia. Um barulho de tecido rasgando-se ecoou pelo corredor — o equivalente auditivo a ter uma seta vermelha imensa apontando Holmes bem para minha direção.

Enfiei-me no terceiro corredor à direita e então o cruzei, tomando a esquerda na interseção seguinte. Com um pouco de sorte, o médico poderia presumir que eu tinha tomado o caminho mais rápido, mais fácil, que era virar para a direita. Ele tinha parado para acender uma lamparina — dava para ver sua sombra contra as paredes enquanto ele corria.

Quando cheguei ao terceiro cômodo, sacudi a maçaneta na esperança de que tivesse sido deixada destrancada. Sem sorte. Os passos ficaram mais altos e colei à porta o máximo possível. Respirando fundo, pressionei o centro do medalhão com os dedos.

Creio que não haveria tempo para exibir a localização e definir a data — eu ia simplesmente escolher um local e piscar. Lembrei-me do alerta de Connor em relação a surgir no meio de uma rodovia, mas se a outra opção era um serial killer armado com ácido e um revólver, uma possível colisão contra um caminhão soava como uma bela barganha. Tentei acalmar minhas mãos para poder focar e exibir o display, mas era difícil me concentrar. O visor vacilou e depois desapareceu.

Enquanto eu me preparava para tentar de novo, vi de soslaio uma luz fraca. O médico virou rapidamente no corredor — aí a lamparina oscilou e ele veio direto até mim.

E então a porta atrás de mim se abriu e caí para trás, dentro do quarto. A mão grande de alguém cobriu minha boca, contendo meu grito antes que este pudesse escapar dos meus lábios. Outra mão, segurando um pano branco dobrado, veio ao meu encontro.

O homem me puxou para a direita da porta. O pano branco estava encharcado, e ele o apertou contra a lateral do meu rosto, seus braços me segurando com força de encontro ao corpo dele.

"Kate!" Foi necessário um instante para a voz familiar, suave, porém urgente ao meu ouvido, acabar com meu pânico. Olhei para o rosto dele. Parecia desconhecido sob a luz azulada de nossos medalhões, mas os olhos escuros e preocupados eram os mesmos que eu tinha visto apenas alguns minutos antes.

"Kiernan? Mas como..."

"Kate, por favor. Você precisa se concentrar. Consegui puxar um ponto estável, meu amor." O display mostrava uma salinha mal iluminada com cobertores no canto. "Apenas deslize os dedos em cima da imagem e vá. Estarei bem atrás de você. Prometo."

Eu não sei se era a voz dele mesmo ou só a noção de que eu não estava sozinha, mas surpreendentemente, minhas mãos se firmaram quando peguei a chave CHRONOS. Ela cintilou minimamente, e logo ficou tudo claro. Pisquei e suguei uma enorme lufada de ar fresco, livre de fumaça, antes de desabar no chão de terra.

Fiquei oscilando num estado de consciência e inconsciência por um tempo. A voz de Kiernan me puxando para a superfície por alguns momentos antes de eu apagar de novo. A lembrança mais nítida que tenho foi de sentir um líquido sendo derramado num fluxo constante no meu pescoço. Doía, mas a dor era muito pior quando o líquido parava. Em determinado momento ele me obrigou a sentar, as mãos delicadas, e me fez engolir alguns comprimidos. Fechei os olhos de novo e escorreguei de volta para o nevoeiro.

Já era dia quando acordei por completo. O rosto adormecido de Kiernan foi a primeira coisa que vi, com o cabelo escuro longo e úmido grudado em sua pele. Ele estava sentado com as costas apoiadas no canto da cabana. Eu estava embrulhada em cobertores, minha cabeça descansando em sua coxa, seus dedos entrelaçados aos meus. O cheiro de fumaça em sua roupa era forte e pungente. Levei minha mão livre ao lado direito do meu pescoço e senti uma grande faixa de gaze, presa com esparadrapo. Havia vários frascos e tubos de pomada espalhados ao redor, e os restos de uma fogueira ardiam na lareira. Meu vestido verde estava de lado, num montinho amarrotado, com o chão de terra úmida aparecendo nos inúmeros buracos que o ácido tinha dissolvido.

Meu corpo estava rígido e eu precisava ajeitar minha posição. Remexi-me lentamente, relutante em acordar Kiernan, mas seus olhos abriram de súbito. "Kate? Você está bem?"

Tentei assentir, mas não era bem uma opção isenta de dor, então parei e ofereci um sorriso fraco. "Sim. Dói, mas estou bem. Esta é a cabana... em Wooded Island, certo? Mas *quando* nós estamos?"

"São umas cinco da madrugada, acho — estamos no dia seguinte", respondeu ele. "Não tem ninguém aqui — não vai ter muitas pessoas por aqui hoje. As cerimônias de encerramento foram canceladas por causa do assassinato do prefeito. E para mim foi mais fácil montar tudo aqui. Estou... é muito extenuante para mim saltar longas distâncias. Saltos pequenos são mais fáceis, mas andei fazendo montes dos grandes ultimamente... Eu não queria que você ficasse muito longe, no caso de eu precisar vir aqui te procurar."

" E Holmes? E Katherine, ela...?"

"Holmes escapou, tal como era esperado. Ele provavelmente está no trem a caminho do Colorado hoje. O incêndio só ocorreria daqui a algumas semanas, mas eu não acho que isso vá modificar sua captura e julgamento futuros. E sim, Katherine e eu conseguimos chegar ao ponto estável. Consegui levá-la de volta e não tivemos maiores problemas."

Suspirei, aliviada por saber que pelo menos essa parte do plano tinha dado certo. "Diga-me como você sabia, Kiernan. Por que você voltou? Como você sabia que eu estava naquele quarto?"

Ele encarou meus olhos por alguns instantes antes de falar. "Levei muito tempo para juntar as peças, Kate. Você estava sempre lá, no fundinho da minha mente, ano após ano, mas eu nunca sabia ao certo se você tinha conseguido sair do hotel. Voltei naquela noite, depois de levar Katherine para Wooded Island, e o lugar estava em chamas — os bombeiros disseram que não tinha como haver ninguém vivo lá dentro. Não havia nada que eu pudesse fazer, apenas ir para casa.

"Fiz conforme você me disse. Nunca tirei o medalhão. Eu o segurava até mesmo durante o banho. Voltamos à fazenda cirista... não tivemos muitas opções depois que minha mãe ficou doente. Deixei que me ensinassem a usar a chave CHRONOS. Eu não sou tão bom com ela como muitos outros, mas isso nunca fez muita diferença para Prudence", acrescentou ele com um riso amargo, "e ela geralmente determinava quem receberia regalias, digamos assim."

"Ela não..." Parei, hesitante em dizer o que eu estava pensando. "Você era tão jovem."

"Ah não. Nada desse tipo. Ela não era muito mais velha do que eu na maioria das vezes em que veio para a fazenda. Era da sua idade, talvez, na primeira vez em que a enxerguei como uma jovem mulher. Eu tinha apenas dezesseis anos — é muito difícil dizer não a uma garota disposta quando se tem dezesseis anos, Kate."

"Você não sabia que ela era... bem, que você a havia conhecido quando ela era mais velha? E quando você era mais jovem..." Balancei a cabeça, aí fiz uma careta quando os curativos se deslocaram em cima da queimadura. "Quero dizer, você parecia convencido de que ela tinha algo a ver com seu pai."

"Sim... mas isso foi quando Pru era mais velha, sabe? Eu não sei o que ela fez depois — eu ainda não tenho nenhuma prova, de uma forma ou outra, mas nada disso tinha acontecido quando *ela* estava com dezoito anos."

"Jesus Cristo, essa confusão dá dor de cabeça", queixei-me. "Isso não te deixa louco? Pensar numa Prudence mais velha te conhecendo quando você era mais jovem, e depois pensar em vocês dois, juntos quando adolescentes?"

"Eu sempre esqueço que você é... como é que dizem mesmo? — uma *novata*?", disse Kiernan com um sorriso provocador. "Você vai se acostumar às voltas e mais voltas em breve. Aos dezoito anos, Pru era só uma garota confusa, que não sabia direito o que Saul desejava que ela fizesse ou ciente de sua função nessa coisa toda. Ela não era uma pessoa má naquela época, até onde eu sei. Depois de um tempo, concluí que não era justo julgá-la com base em algo que ela não era — ou pelo menos *ainda* não era. Isso faz sentido?"

"Não", respondi. "Tipo, eu entendo, mas não posso dizer que faz sentido. Nada disso faz."

"Eu não me orgulho desse relacionamento", falou ele. "Não tenho certeza se eu gostaria de dizer que *usei* Pru, pelo menos não mais do que ela me usou, mas meus sentimentos foram complicados pelo meu passado. Quer dizer, se eu nunca olhasse para os olhos dela quando a gente... bem, ela me fazia lembrar de você. Eu era só uma criança quando estivemos juntos aqui, mas eu nunca me esqueci de você, Kate." Ele parou por um momento, contornando meu lábio inferior sempre tão suavemente com o dedo, e um arrepio percorreu meu corpo inteirinho. *Não, Kate, pensei, não, não, não. Você está exausta, grata e... sim, droga, incrivelmente atraída por ele. Mas não.*

"Então, um ano mais tarde, quando eu tinha dezessete anos, você *estava* lá, Kate — não você, não esta versão de você, mas a Kate diferente. A minha Kate. Um pouco mais velha do que você está agora — tão linda, tão empenhada em me convencer a lutar contra os ciristas. Éramos tão apaixonados, Kate, mas você não tinha a lembrança de um menino de oito anos de idade, nenhuma lembrança da Exposição. Eu nunca consegui entender isso.

"E agora, muito embora eu entenda o porquê, é difícil imaginar uma Kate que não se lembra daquele ano que passamos juntos. Acho que você passou mais tempo na Boston de 1905 do que passou na própria época e localidade. É um milagre você não ter entrado em colapso de tanta exaustão — você dizia a Katherine que estava indo descer para tomar um café e aí saltava de volta para passar o dia todo comigo, marcando o salto de volta para dez segundos depois de ter saído. Eles sempre eram tão mais fáceis para você, os saltos. Eles... me extenuavam, e tínhamos de ter cuidado para esconder as coisas de Prudence."

"Você ainda estava... com Prudence?", perguntei, estremecendo um pouco quando me obriguei a sentar. Tentei manter o tom totalmente irracional de ciúmes longe da voz, mas o sorrisinho satisfeito no rosto de Kiernan me informava que eu tinha falhado.

"Não, Katie. Nunca mais, não *desse* jeito. Não depois que te encontrei." Ele sentou na minha frente e tomou minhas mãos nas suas.

"Pru ficou louca pra diabo quando descobriu, e foi aí que ela roubou a chave do meu pai. Bem, não ela diretamente; foram necessários três de seus capangas ciristas para tomá-la de mim, mas eles não faziam ideia de que você tinha me dado uma chave reserva. Pru me devolveu a chave alguns meses depois de eles terem feito as alterações, e eu fiz o jogo dela — ela jamais percebeu que eu sabia de toda a verdade.

"Mas aí... você parou de vir", disse ele. "E eu finalmente percebi que onde quer que você estivesse, não estava protegida por uma chave. Alguma coisa tinha mudado. Toda a resistência que estávamos tentando montar nunca se iniciara. Eu só, bem... meio que entrei em compasso de espera. Eles me colocaram junto com Simon para vigiar você — foi ideia de Pru, para fazer uma brincadeirinha, creio, colocar-me tão próximo de você, já que ela pensava que eu não tinha qualquer lembrança de você e que você não me conheceria de jeito nenhum."

Estremeci, apertando mais o cobertor junto ao corpo, e tentando entender tudo que tinha acontecido. "Não tenho tanta certeza se tudo isso foi ideia dela, Kiernan. Ou se ela já estava nisso desde o início, mas em algum ponto mudou de ideia." Dei-lhe um breve resumo da minha conversa com Prudence e sobre sua crença de que matar Katherine era um jogo de poder projetado para tirá-la do caminho.

Kiernan riu. "Ela finalmente somou dois mais dois, acho. Não sei se ele estava planejando isso, especificamente — mas Saul não é propenso a achar que as regras normais de moralidade devem aplicar-se a ele. E ela tem pressionado para fazer as coisas à sua maneira já há algum tempo. Ele pode muito bem ter concluído que ela representa mais problemas do que soluções."

"Você o encontrou?"

"Ah com certeza. Várias vezes." Kiernan me ajudou a virar para apoiar as costas na parede da cabana, aí derramou um pouco de água de um grande jarro num copo. Ele pegou dois comprimidos de aparência muito moderna e me entregou.

"Pru sempre foi muito reservada sobre nosso destino — ela registrava as coordenadas na minha chave sem me dar nenhuma ideia de onde ou quando —, mas Saul muitas vezes convocava as pessoas que ele e Pru consideravam parte do 'círculo íntimo' para se encontrar com ele. Duvido que eu vá ser convidado de novo, no entanto. Ele não sabe sobre isso — que eu te ajudei a escapar de Holmes —, mas ele sabe que te alertei naquele dia no metrô."

Lembrei-me do comentário de Simon sobre a interferência de Kiernan. "Eles estão furiosos, não estão? Eles vão procurar por você."

Ele deu de ombros. "Provavelmente. Mas sou bom em me misturar ao ambiente. Eles vão fazer ideia de *quando* estou, mas não onde."

"Sinto muito, Kiernan. Você só se meteu nisso tudo porque escolheu me ajudar."

Ele ficou em silêncio por um momento e respirou fundo antes de olhar para mim. "Não foi uma escolha, Kate. Nunca foi uma escolha. Quando eu te vi no trem naquele primeiro dia, o dia em que você estava tentando destruir o diário?"

"Eu não estava tentando destruí-lo", expliquei. "Eu só estava testando para ver o que era."

Ele sorriu, mas seus olhos estavam tão tristes quanto aquele dia no metrô. "Eu soube, antes de chegarmos naquele vagão", disse ele, uma pequena pausa em sua voz, "que você estava diferente. Eu sabia tudo sobre a minha Kate. Que diabos, eu conhecia a sua alma. Ela conhecia a minha. Sem segredos. E quando você olhou para mim e não havia nada em seus olhos... você não me conhecia. Aquela vida jamais acontecera e você não era a *minha* Kate —, mas você ainda era a Kate. Eu ainda... amava você. Eu tinha que encontrar um jeito de proteger você. Entende?"

"Sim", retruquei, pensando em Trey mais uma vez. Quando eu voltasse a encontrá-lo, ele ainda seria Trey, mas não seria o *meu* Trey. Independentemente do que acontecesse entre nós no futuro, eu nunca mais iria ver aquele Trey de novo. "Eu entendo. Sinto muito, Kiernan."

Ele suspirou e mudou de posição para sentar-se ao meu lado, encostado na parede, colocando seu braço em volta de mim com muito cuidado para evitar me machucar. "Mas eis a verdadeira reviravolta", disse ele. "Eu só captei a ironia toda da coisa quando tomei conhecimento da trama contra Katherine. Você *também* é a minha Kate, minha *primeira* Kate — a garota com unhas dos pés pintadas que me deu o medalhão, que estava disposta a arriscar sua vida para assegurar que um menino de oito anos de idade saísse daquele hotel. E percebi então que eu realmente não soube o que tinha acontecido naquela noite — e isso eu precisava descobrir."

"Então é por isso que você estava lá hoje à noite? Observando?"

Kiernan cerrou a mandíbula. Ele parecia exausto — tinha olheiras e estava nitidamente sem fazer a barba há alguns dias. Aquele visual desleixado caía incrivelmente bem nele, e lutei contra o impulso de passar os dedos em seu rosto.

"Estive naquele hotel dezenas de vezes, Kate. Passei todos os minutos possíveis naquele inferno no mês passado. Fiquei observando tudo de todas as posições, de todos os ângulos, de todos os pontos de vista." Ele apertou o abraço ao meu redor. "Cheguei perto o bastante para matar Holmes, simplesmente estrangulá-lo ali, no escuro, e atirá-lo direto no poço de cal do porão, assim como ele tinha feito com tantas mulheres. Mas você — a outra versão de você — foi inflexível ao insistir que só poderíamos modificar os pedaços da história que Saul e os Ciristas tinham perturbado. O julgamento de Holmes... foi em nível mundial. Que tipo de perturbações na linha do tempo eu teria causado caso o tivesse matado?

"E eu só teria alguns segundos para agir", continuou ele. "Se eu fizesse algum movimento errado, não teria como recuar, então só me restou observar. Tipo, se eu tropeçasse nele naquele primeiro segundo e a arma disparasse e acertasse você, eu não poderia desfazer isso, apenas fazer um salto para retornar um pouco antes e evitar que eu tropeçasse nele. Eu também não podia arriscar interferir até Katherine estar completamente do lado de fora."

Ele deixou escapar um suspiro demorado e lento, aí fechou os olhos. "Eu vi você morrer várias vezes, Kate. Eu o vi atirar em você à queima-roupa catorze vezes antes de eu achar um jeito de mudar isso."

"As luzes!", falei, sentando-me completamente. "Ai, meu Deus — era você? Achei que... minha cabeça — bati com muita força quando caí. Pensei que era por isso que eu estava vendo aquelas luzinhas azuis. Mas era você!"

Ele assentiu. "Eu finalmente consegui fazê-lo tropeçar, para desacelerá-lo, mas ele tinha o ácido — no início achei que ele estava pegando o ácido nos frascos perto das camas encostadas na parede. Eu estava muito perto de uma daquelas camas e creio que ele tinha usado o ácido na mulher que havia morrido ali. Mas a garrafa estava no bolso do casaco. Acho que ele se lembrou do frasco de ácido quando bateu o pé numas garrafas no chão — eu até mesmo cheguei a remover as garrafas uma vez, para ver —, mas acho que foi simplesmente o fato de ele estar lá, onde tinha usado o ácido uma vez, que desencadeou a lembrança. Eu só precisava cronometrar o tempo direito. Nas quatro primeiras vezes que tropecei nele você ainda estava virada para frente. O ácido te acertou em cheio no rosto; em duas das vezes seus olhos estavam abertos."

Estremeci, lembrando-me da dor escaldante quando o ácido atingiu meu pescoço, e percebi como poderia ter sido muito pior.

"Sinto muito", disse ele. "Parte de mim dizia para continuar tentando até eu acertar completamente e você conseguir sair dali sem ferimentos, mas... Eu não tinha como continuar. Tenho certeza de que você vai ficar com uma cicatriz no pescoço, mas não acho que vá ser tão ruim assim. Coloquei um hidrogel avançado na queimadura. E tem mais três tubos na sua bolsa."

"Minha bolsa!", falei, olhando ao redor. "Eu não..."

"Não", disse ele, estendendo a mão para a direita. "Mas eu trouxe. Você deixou cair quando tropeçou. O hidrogel que está aí dentro é de 2038, sendo assim você não vai conseguir nada tão eficaz na sua época. Eu só queria que seu cabelo estivesse solto — isso teria te protegido um pouco mais."

Sorri levemente, pensando no jeito como ele tirou a faixa do meu cabelo no metrô. "Você sempre gostou do meu cabelo solto, se bem me lembro."

"Culpado", disse ele. "Me lembro do dia em que a gente estava no..."

Ele calou-se, então fechou os olhos, balançando a cabeça lentamente. Depois de um instante os abriu de novo e ofereceu o que ele claramente esperava ser um sorriso alegre. "Então... quem é esse tal de Trey?"

"Trey?" Olhei para baixo, incapaz de encontrar o olhar dele. "Ele é um amigo — ou *era* um amigo antes..."

"Kate." A voz de Kiernan era suave e tão cheia de compreensão que as lágrimas tomaram meus olhos. "Você chamou o nome dele enquanto dormia, amor. Ele é mais do que um amigo, acho."

Era *tão* injusto eu me sentir como se estivesse traindo Kiernan. Mas aconteceu.

Ele inclinou meu queixo para cima muito sutilmente e fitei seus olhos, tão úmidos de lágrimas quanto os meus. "Você não pode se esconder do seu coração, Kate. Ele sempre te encontra. E, infelizmente, eu não posso me esconder do meu."

Ele me puxou para seus braços e me beijou — suavemente no começo e depois com uma paixão que me fez tremer nas bases. Fui levada de volta para o campo de trigo tão nitidamente quanto na primeira vez em que olhei para o medalhão. Havia pelo menos dois cobertores entre nós, isso sem mencionar a roupa, mas a lembrança do beijo anterior foi tão forte que eu quase consegui sentir sua pele nua contra a minha. Um calor lento e delicioso subiu dentro de mim quando retribuí o beijo, enredando minhas mãos em seus longos cabelos negros.

Não sei dizer muito bem quem interrompeu o beijo, mas não creio que tenha sido eu. Virei-me e permaneci sentada ali por alguns minutos, de olhos fechados, o rosto corado. Eu estava atordoada, confusa, com raiva de mim mesma, com raiva de Trey, com raiva de Kiernan, e de tudo que estava competindo com a tentação muito intensa de tomar a boca de Kiernan na minha e ignorar todo o restante, mesmo que apenas por pouco tempo.

Dava para sentir o olhar dele em cima de mim, mas eu não conseguia me obrigar a olhar para ele. Finalmente, ele deu um beijo no topo da minha cabeça e manteve os lábios pousados ali. "Ah, Katie", sussurrou, seu hálito quente contra minha pele no ar fresco da manhã. "Eu estou sendo egoísta. Você precisa voltar — você precisa descansar. Eu fiquei com tanto medo de você entrar em choque na noite passada. Mantive o fogo tão alto na lareira que é um milagre eu não ter incendiado a cabana. Eu também não posso passar mais tempo aqui — já estou no meu limite. Mesmo estes pequenos saltos exigem muito esforço da minha parte."

Eu sabia que ele estava certo. Metade da minha mente estava gritando que eu precisava voltar, para ver o que tinha acontecido, para descobrir se Katherine estava lá, para encontrar meus pais, para encontrar Trey. A outra metade estava completamente apavorada com a perspectiva, pois havia tantos jeitos de tudo ter dado totalmente errado. Aqui e agora eu estava a salvo; a bonança depois da tempestade. Lá e depois simplesmente era o desconhecido.

"Tem certeza de que você consegue voltar?", perguntei. "Você estava preocupado em fazer mais um salto..."

"Eu vou ficar bem, amor", respondeu. "Se eu não conseguir saltar imediatamente, vou descansar um pouco. Voltar para casa nunca é tão difícil quanto tentar ir embora. Eu sinto que há uma... âncora física, eu acho, me arrastando para lá."

"Então é melhor eu ir." Encontrei os olhos dele pela primeira vez desde que nos beijamos e tentei dar um sorriso. "Mas... você falou sobre uma resistência. Você ainda está nisso? Quer dizer, mesmo que Prudence consiga convencer Saul a recuar e eles parem de perseguir Katherine, isso não acabou. Eu não sei exatamente o que eles estão planejando..."

"Já eu faço uma boa ideia do plano", disse Kiernan, recostando-se para apoiar os ombros contra a madeira nua da parede da cabana.

"Eles se referem ao ato como O Abate, necessário para salvar a humanidade e o planeta. Vai ser feito como se fosse um acidente ambiental de algum tipo. Eles cogitam a ideia de que seja feito via aérea, fluvial e marítima, então não tenho certeza.

"Não tem nenhuma data específica, até onde eu sei — o plano geral é esperar até que eles tenham mais ou menos um quarto da população sob seu controle, e aí eles vão fazer quaisquer ajustes na linha do tempo que considerarem necessários, com o intuito de fazer acontecer. Os membros da Igreja Cirista — ou pelo menos boa parte deles — vão receber o antídoto, juntamente a algumas poucas pessoas de fora. Pessoas cujas habilidades os especialistas têm apontado como vitais para a reconstrução."

"Então... é como o Credo que eles entoavam no templo", falei. "'Como os seres humanos falharam ao proteger o Planeta, o Planeta deve se proteger'. Só que os ciristas vão assumir o papel de 'Planeta' e matar aqueles que consideram indignos, certo?"

"Sim", disse ele. "Mas não julgue o apelo da mensagem deles tão rapidamente. Eles constroem uma argumentação convincente quando você está no rebanho, sabe. Houve uma época em que o que Saul dizia fazia sentido para mim. Pegue alguém da minha era, um garotinho que acabou de aprender a usar a chave CHRONOS, e mostre a ele cenas selecionadas do ano de, digamos, 2150. Faça um salto até lá e mostre-lhe em primeira mão um desastre nuclear ou dois. Conte a ele sobre uma sociedade onde seu futuro é planejado antes mesmo de você nascer — escrito em seu próprio DNA. Dê-lhe alguns vislumbres da guerra moderna e da falta de humanidade do homem com sua própria espécie, e a solução cirista passa a não soar tão maligna assim."

"Então você acha que eles têm razão?", perguntei.

"Você não acha?"

Não respondi por um momento. "Sim... Ok", admiti finalmente. "Faz sentido em algum lugar sob tantas camadas de insanidade. Mas a maioria das coisas que você descreveu são... males graduais, se é que isso faz sentido. Os erros de uma geração construídos sobre os erros da seguinte, e aí se consegue uma sociedade que ninguém queria de fato. Mas Saul está falando de um mal imenso, *planejado*, e presumindo que, como resultado, você consegue uma sociedade melhor. Desconsiderando a parte moral da coisa toda, qual é a lógica disso? Parece-me que eles estão captando as pessoas mais gananciosas e sedentas de poder, e eu não acho que eles vão se comportar todos juntos, bonitinhos, quando a fumaça se dissipar. Prudence está entre aqueles que estão concebendo este admirável mundo novo e ela de fato me disse que eu poderia me juntar a eles ou me enfileirar junto às outras ovelhas a serem tosquiadas e abatidas."

Kiernan bufou. "Ela poderia pelo menos tentar ser original. Esta frase foi roubada diretamente do pai dela. Mas sim, foi precisamente esse tipo de desprezo com aqueles que *não* escolhiam seguir O Caminho Cirista que fez meu pai ir embora." Por um momento ele soou como seu antigo eu de oito anos de idade — *meu pai* soou quase como *papai*, e a mesma raiva fervilhava sob sua voz.

"Então você me pergunta se estou dentro?", disse ele. "*Claro* que estou. Farei o possível para derrubá-los. Mas, Kate, eu estava falando sério quando disse que minhas habilidades são limitadas agora. Estão muito mais fracas do que em relação há alguns anos, principalmente depois de usar a chave tão regularmente. Duvido que eu vá ser capaz de fazer muito mais do que um salto curto para fora da minha linha do tempo no mês que vem. Talvez mais."

"Mas você possui o conhecimento que nos falta, Kiernan. Você pode nos dar as informações de que precisamos para começar. Diga-me como entrar em contato com você", falei, apertando a mão dele.

"Você não precisa ir a lugar nenhum. Eu irei até você."

Senti que ele enrijeceu um pouco. Não sei bem o que foi que eu falei, mas eu apostava alto que eu havia despertado o fantasma da Kate do passado.

"Estou dentro", repetiu ele depois de uma longa pausa. "Quando você precisar me procurar, tem um ponto estável em Boston. É uma esquina atrás de uma loja de tabaco perto de Faneuil Square. É estável entre 1901 e 1910, mas vou voltar para 17 de julho de 1905. Em qualquer época depois disso, Jess vai saber onde estou. Ele é um amigo. Ele é o único que fica sempre atrás do balcão, e ele não vai ficar surpreso se você aparecer na despensa dele — você já fez isso muitas vezes no passado. Você pode deixar um recado e eu vou deixar a minha localização com ele também, uma vez que eu tiver me acomodado num local novo."

"Então... A gente tinha um plano de ação? Antes, quero dizer."

"Sim", confirmou ele. "E a gente de fato fez algum progresso antes de você... desaparecer. É conceitualmente bem simples. Nós só precisamos voltar e convencer os historiadores da CHRONOS a evitar Saul e Prudence, e fazer com que abram mão de suas chaves."

"E se eles não aceitarem?"

"A gente os obriga a isso, de qualquer maneira", disse ele com um sorriso torto. "Até agora, você convenceu duas vezes e roubou duas vezes."

Dei-lhe um sorriso fraco. "Então tenho que bancar o cobrador. Que ótimo."

"Uma vez você disse que ia mandar fazer uma blusa com os dizeres 'Cobrador Oficial da CHRONOS'."

"Pobre Kiernan. Ficar me ouvindo deve ser como ficar ao lado do tio do meu pai — ele nunca se lembra de que já contou a mesma piada uma dúzia de vezes."

"Eu não me importo", falou ele. "É interessante ver você de um outro... ângulo, acho. E muito do que estávamos fazendo era muito mais trabalho de detetive do que de reintegração de posses. Os primeiros foram fáceis — Katherine já sabia exatamente quando e onde os historiadores tinham pousado."

"Por que você se lembra de tudo isso, e Katherine não?", perguntei.

"Você teria que perguntar a ela", disse Kiernan. "Mas acho que a única resposta lógica é que aconteceu alguma coisa quando ela não estava sob a proteção de um medalhão."

"Ela ainda estava viva na minha outra linha do tempo? Quando eu tinha dezoito anos?"

"Sim", respondeu ele. "E tirando um bocadinho de artrite durante o inverno, ela estava muito saudável."

"Isso é ...", comecei.

"Confuso", terminou Kiernan. "Eu sei. O câncer de Katherine não é determinado pela linha do tempo, muito embora você ache que deveria ser. Outra coisa a se decifrar depois que nós dois tivermos um descanso."

Assenti e comecei a me levantar, mas Kiernan me puxou de volta. "Provavelmente não é uma boa ideia, amor. Vou pegar suas coisas. Aquele remédio que te dei é muito forte e duvido que você tenha comido bem."

Ele estava certo. Mesmo o breve movimento me deixou um pouco tonta, então me recostei na parede da cabana. Kiernan foi até a pilha de tecido que outrora tinha sido meu vestido e o levantou para minha inspeção. Torci o nariz. Claramente uma causa perdida. "Preciso pegar as pequenas baterias de reforço que Connor colocou nos bolsos e na barra do vestido — pode ser que ele consiga reutilizá-las, creio eu."

Kiernan tirou vários retângulos de prata pequeninos do pano e os enfiou na minha bolsa.

"Mais alguma coisa?", perguntou.

Balancei a cabeça. "Se o vestido não desaparecer quando eu for embora, jogue-o na lareira."

As botas, infelizmente, pareciam ter sobrevivido sem um arranhão. Ele as colocou junto com a bolsa no meu colo e depois se ajoelhou na minha frente. "Sinto muito... eu sei que você tinha um chapelete, mas não consegui encontrá-lo."

"Não estou preocupada com um chapéu estúpido", falei rindo. "Você estava tentando me tirar inteira daquele hotel infernal. Acho que nunca te agradeci por isso."

Ele me ofereceu um sorriso sem graça e apertou minha mão. "Na verdade, amor, creio que você me agradeceu com muito afinco há alguns minutos. Mas eu não recusaria uma segunda rodada."

Um rubor subiu pelo meu rosto, e encarei a bolsa no meu colo, tentando evitar o olhar dele. Cacei a chave CHRONOS e tinha acabado de abrir o display quando Kiernan tocou meu pulso, quebrando minha concentração.

"Esse tal Trey", disse Kiernan, a voz rouca. "Ele te trata bem? Ele te ama?"

"Sim... ou pelo menos era assim antes", emendei, retorcendo a boca num meio sorriso irônico. "Ele parece convencido de que vai voltar a me amar. Que tudo que eu preciso fazer é sorrir para ele ou algo assim, e que desse jeito tudo vai ser como antes."

"Mas você não está convencida disso?", quis saber ele.

Balancei a cabeça e o encarei bem nos olhos. "Será que dá pra recriar a mesma magia na segunda vez? Não sei."

Kiernan olhou para mim por um longo momento e depois inclinou-se, beijando-me suavemente no cantinho da boca. "Mas você tem que tentar, certo? *Slán go fóill, a stór mo chrói.*"

Eu não fazia a mínima ideia do que aquelas palavras significavam, mas claramente era uma despedida. Ele apertou minha mão uma última vez, e então olhei para a chave e fechei os olhos.

Captei um vislumbre de mim mesma no reflexo de um monitor de computador um segundo antes de Connor sequer perceber que eu havia chegado, então entendi completamente seu olhar de choque. A lateral direita do meu pescoço estava enfaixada, todinha. Havia duas manchas vermelhas logo acima da linha do couro cabeludo. E havia várias outras marcas vermelhas espalhadas pelos meus ombros, e até mesmo alguns buracos na saia.

Connor olhou para mim por um instante e então seu lábio inferior começou a tremer. Eu não sabia se ele estava prestes a rir ou chorar, e não creio que ele mesmo conseguisse dizer qual dos dois seria.

"Nós simplesmente não podemos mandar você brincar usando roupas bonitas, não é, Kate?", disse ele finalmente. "O que diabos aconteceu com você? Você está..."

O que quer que ele fosse dizer, foi abafado por um monte de latidos enlouquecidos vindos do andar de baixo, seguidos pelo som da campainha.

"Você", disse ele, apontando. "Não saia daí."

Eu sabia que era Katherine antes mesmo de Connor chegar à porta. Aqueles não eram os latidos que Daphne dava para desconhecidos. Eram seus latidos de boas-vindas, aqueles com os ganidos que diziam "Senti saudade".

A voz de Katherine ecoou escadaria acima. "Como é que acabei no quintal sem uma chave CHRONOS, Connor? Ou uma chave da casa, ao menos?"

Deitei-me no chão e fechei os olhos.

Minha lembrança seguinte foi de acordar na minha cama. O arranjo de flores que Trey tinha mandado para Katherine estava na minha cômoda. Parecia uma eternidade atrás, e ainda assim as flores estavam tão frescas quanto no dia em que chegaram. Daphne estava enroscada no tapete ao lado da minha cama e Katherine estava sentada no sofá perto da janela, lendo o que parecia ser um romance histórico — o tipo ao qual minha mãe às vezes se referia como livrecos água-com-açúcar-cheios-de-sacanagem. Foi a primeira vez que vi Katherine lendo alguma coisa que não estava na tela do computador ou num diário da CHRONOS.

Ela olhou para cima depois de alguns minutos. "Ah, Kate. Que bom que está acordada, querida. Eu estava começando a ficar preocupada."

"Aqueles comprimidinhos azuis", falei, minha cabeça ainda bastante difusa. "Na minha bolsa. Eles são... bons."

"Estou vendo", respondeu Katherine, uma sugestão de sorriso nos cantos da boca enquanto ela sentava-se na beira da minha cama. "E onde você *pegou* os bons comprimidinhos azuis? Connor me deixou a par no dia anterior ao seu salto. Eu contei a ele as coisas da nossa aventura na Exposição das quais me lembro *agora*. Mas nenhum de nós sabe o que aconteceu com você depois que eu saí por aquela janela."

Meus lábios estavam muito secos e pedi um copo d'água antes de qualquer coisa. Depois de alguns goles, botei o copo de volta na mesa de cabeceira. "Kiernan", falei. "Ele me deu o remédio. Ele me tirou do hotel."

"Mas como?", disse ela. "Ele era um garotinho notável, mas aquele hotel não tinha como estar de pé quando ele voltou. Todos os relatos históricos que li..."

"Ele *era* um garotinho notável", interrompi. "E ele é um jovem notável."

Dei-lhe uma breve sinopse para encaixar as peças que faltavam, tendo que parar várias vezes para manter meu cérebro no rumo certo. Parecia que eu estava caminhando no meio da neblina para encontrar frases para encadear, e elas nunca saíam totalmente como eu tinha planejado. Devo ter cochilado por alguns minutos em algum momento, porque, quando abri meus olhos, Katherine havia retornado para o sofá e estava lendo seu livro novamente.

"Onde eu estava?", perguntei.

"Você estava explicando o plano de Kiernan — ou era o seu plano? — de recobrar as chaves CHRONOS, quando cochilou entre as palavras", explicou ela, colocando o livro de lado no sofá. "Depois do que você passou nos últimos dias, fiquei com um pouco de receio de que você pudesse concluir que estava cansada da gente. Você recuperou boa parte da sua vida, e Prudence parece ter lhe dado pelo menos um grau limitado de... imunidade, acho. Você poderia ir embora, sabe."

Tal ideia realmente não tinha me ocorrido, mas agora que Katherine estava pronunciando as palavras em voz alta, fiquei surpresa por eu não ter pensado nisso. Eu poderia voltar para minha vida antes de Katherine aparecer com o medalhão. Mamãe estava de volta, meu pai era meu pai novamente...

"Charlayne?", perguntei.

Katherine pareceu confusa por um momento e aí balançou a cabeça. "Não verifiquei, mas tenho certeza de que nada mudou para ela."

Pedi-lhe para me trazer o computador, e depois de uma breve pesquisa encontrei a mesma foto do casamento, o emblema cirista nítido e distinto na pele morena de Charlayne. O salvamento de Katherine tinha consertado minha vida, mas o que tinha acontecido à família de Charlayne era um evento totalmente distinto.

Empurrei o computador para o lado e olhei para Katherine. "Os filhos de Connor? Eles ainda estão desaparecidos, certo?"

Ela assentiu. "Então você está errada — eu realmente *não* tenho escolha." A verdade era que, mesmo que ninguém com quem eu me importasse fosse pessoalmente afetado nesta linha do tempo, eu sabia que nunca conseguiria simplesmente sentar e assistir enquanto os ciristas atraíam mais convertidos e se aproximavam de uma espécie de genocídio em massa. Ir embora não era uma opção.

"Então... E você?", perguntei, me remexendo um pouco na cama. O efeito da medicação estava acabando — o que era bom e ruim —, as palavras estavam menos fugidias, mas a dor também estava voltando. "Você se lembra de alguma coisa do dia depois da mudança... depois de Simon?"

"Lembro-me de entregar o medalhão para aquele cretino nojento. E de Trey..." Ela parou, dando-me um sorriso triste antes de continuar. "O carro de Trey tinha acabado de encostar. Não vi opção, senão manter a fé. Fé que levaria Trey a mover quaisquer montanhas só para te salvar de Simon. Fé que levaria Connor a fazer mágica até o limite. Fé de que você seria capaz de consertar esta linha do tempo. Eu nunca fui boa nisso — abrir mão do controle para terceiros —, mas parece ter funcionado desta vez."

"Mas você se lembra de ter estado no hotel e de fugir de Holmes... e de tudo que aconteceu naquela noite. Isso não é... desconcertante? Tipo, você tem dois conjuntos de lembranças."

"De fato é um sentimento bem esquisito", concordou ela. "Mas tudo isso aconteceu há muito tempo. Lembro-me de ficar perguntando de quem você seria filha — de Prudence ou de Deborah — quando as duas eram pequenas. Minha aposta era Prudence, dada a semelhança entre vocês, até que ela desapareceu."

Katherine ficou em silêncio por um momento e então perguntou: "Prudence não estava nisso, então? Ela estava tentando me salvar?"

Cogitei mentir para proteger seus sentimentos, mas eu sabia que não serviria de muita coisa. "Ela estava te protegendo para se proteger, Katherine. E talvez para proteger minha mãe. Mas definitivamente não tinha a ver com nenhum vínculo sentimental por você, ou por mim, diga-se de passagem. Tenho a sensação de que ela acha que você a trocou em algum tipo de batalha de custódia. Mas acho que ela vai impedir que eles voltem a te perseguir — pelo menos até ela descobrir que ainda estou tentando deter os ciristas."

Katherine mordeu o lábio, mas assentiu. "O que significa que vamos ter de agir com mais cautela desta vez."

"Sim", concordei.

Fiquei calada por um instante, sem saber como abordar o assunto que estava espetando o fundinho da minha mente, mas finalmente decidi enfrentá-lo: "Você lidou bem com isso, não é? Essa coisa de ter dois conjuntos de lembranças? Então como você pode ter tanta certeza de que Trey não teria dado conta?" Notei o tom petulante na minha voz e não gostei muito disso, mas era difícil não me sentir um pouco enganada.

"Não dá para ter *certeza* de nada", admitiu ela. "Mas Trey não tem o gene CHRONOS. E quanto a mim, não estamos falando de lembranças recentes. Mesmo algo tão vívido como ficar preso num hotel em chamas com um serial killer em seu encalço desaparece depois de um tempo, por isso não é exatamente o mesmo que dois conjuntos conflitantes de memórias. É mais parecido com a leitura de um velho diário e com a recordação de coisas que você tinha esquecido que sabia. Ou de se lembrar da verdade sobre um acontecimento e de uma mentira que você contou tantas vezes a tantas pessoas que ambas as versões parecem igualmente verdadeiras. Isso faz sentido para você?"

"Não", confessei. "Na verdade, não. Mas meio que me acostumei às coisas não fazerem sentido. Concluí que o único jeito de manter a sanidade é simplesmente ir administrando os acontecimentos."

"Receio que conciliar o último mês vai ser mais difícil do que conciliar o passado distante. Connor e eu temos conversado sobre o melhor jeito de adaptar nossos pedacinhos na linha do tempo. A única coisa racional é fazer você voltar para o dia da mudança temporal — caso contrário, sua mãe e pai vão ficar muito preocupados."

Mamãe. Papai. Era incrivelmente bom ouvir tais palavras e ser lembrada de que eu estava de volta a um mundo onde eu possuía pais novamente.

"Você desapareceu há mais de um mês nesta linha do tempo, pelo menos a partir da perspectiva deles, e desta forma, podemos lhes poupar de tal agonia." Katherine passou os dedos no meu curativo. "Dei uma olhada enquanto você dormia e apliquei mais um pouco do hidrogel nos dois pontos em seu couro cabeludo. A queimadura em seu pescoço é bem profunda, mas não acho que a cicatriz vá ficar grande depois de algumas semanas. Teria sido muito diferente se Kiernan não estivesse preparado. Então... Alguma ideia para inventar uma história na qual seus pais acreditem?"

Pensei no assunto por um momento. "Talvez a gente possa dizer que um idiota derrubou café quente em mim no metrô? Eu poderia dizer a mamãe que um táxi me trouxe para cá, em vez de tentar encontrar papai no campus. E você me levou para o pronto-socorro...?"

"Se a gente esperar mais um dia ou dois para curar, acho que poderia ser plausível", disse ela. "E então, uma vez que você tiver se resolvido com eles, acho que seria melhor se Connor e eu nos ausentássemos durante algumas semanas — seriam menos aspectos da história para cobrir, para você e para nós. Vamos dizer a Harry e a Deborah que houve uma vaga de última hora para testar um medicamento experimental na Europa."

"Vou contar tudo ao meu pai, Katherine. Tipo, ele vai estar morando aqui, então a gente ia estar mentindo para ele constantemente. Não sou boa nisso, então a gente pode contar a história falsa para a mamãe, mas..."

Parei de repente. Seu comentário sobre a droga experimental finalmente chegou ao meu cérebro, e isso me fez lembrar da minha conversa com Kiernan.

"Você está livre do câncer na outra linha do tempo, Katherine. Kiernan tinha certeza disso. Sabe dizer por qual razão você estaria doente numa linha do tempo, mas não na outra? Eu sei que o câncer pode ter algumas causas ambientais, mas não é algo que se desenvolva de repente, não é? Achei que algo assim levaria anos para se desenvolver."

"E deveria", concordou, parecendo um pouco atordoada. "A única vez que saí sem a proteção de um medalhão depois do desaparecimento de Prudence foi durante uma internação hospitalar, quando eles estavam fazendo uma biópsia. Eu estava convencida de que eu precisava usá-lo em todos os momentos — eu disse a eles que era um amuleto religioso. Mas quando acordei, o medalhão tinha sido colocado no saco plástico junto a meus outros pertences."

Ela ficou em silêncio por um momento e depois balançou a cabeça, como se para desanuviá-la. "É só mais uma coisa na qual se pensar quando eu e Connor sairmos para nossa viagenzinha de férias, creio eu. Você acha que pode ficar de olho em Daphne para nós?"

Daphne sacudiu a cauda uma vez ao som de seu nome e aí voltou para seu cochilo. Eu ri. "Sei lá, Katherine. Ela é bem agitada. *Claro*, vamos cuidar dela. Papai não vai se importar de ficar aqui nas noites em que eu estiver com mamãe. A cozinha pode ter alguma utilidade, para variar."

Só a menção de comida fez meu estômago começar a roncar. "Por falar em comida... Estou morrendo de fome. Tem alguma coisa para comer?"

"Vi que tem metade de um sanduíche da delicatessen, tudo bem?"

"Sim", respondi, imaginando que Connor já devia ter invadido a geladeira pelo menos uma vez se tudo que havia sobrado do O'Malley's era *metade* de um sanduíche. "Parece bom. E batatas fritas. E uma banana ou qualquer coisa que você conseguir encontrar. Estou há pelo menos vinte e quatro horas sem comer."

Katherine se dirigiu para a porta e então deu meia-volta, indo até o sofá. Ela abriu a capa do livro que estava lendo e tirou dali um disco de computador. Estava selado num envelope branco, com o meu nome em letras garrafais na borda.

"Achei isto na varanda, ao lado da porta. Imagino que seja de Trey." Ela caminhou de volta para mim e colocou o disco em cima do computador. "Eu lamento *muito* sobre Trey, Kate. Mas ainda acho que foi melhor assim."

Fechei os olhos até ouvir a porta se fechar atrás dela, e então peguei o disco. Eu tinha certeza de que ali estavam apenas as informações financeiras dos ciristas que o pai de Trey havia prometido dar a ele, mas o segurei de encontro aos lábios por um momento antes de abri-lo. Minhas mãos não estavam muito firmes enquanto eu abria o envelope e colocava o disco no leitor. Eu esperava ver um diretório de arquivos, mas depois de alguns segundos o rosto de Trey apareceu, e minha respiração ficou presa na minha garganta. Ele estava vestindo a mesma camisa que usava naquela última noite. Seus olhos cinzentos estavam um pouco vermelhos, e ele parecia morto de cansaço, mas sorria para a webcam mesmo assim.

"Ei, gata. Se você está vendo isto, é porque salvou o mundo, assim como eu sabia que faria. E se você está vendo isto, provavelmente estou a apenas alguns quilômetros de distância, mas totalmente alheio ao fato de que fiz este vídeo e que a menina mais linda do mundo o está assistindo. Mas sinto saudade de você, Kate. Mesmo que eu não te conheça, sinto saudade."

Ele respirou fundo, trêmulo, e depois continuou, olhando para o teclado e digitando um pouco. "Bem... O que vem a seguir é uma breve compilação dos maiores sucessos de Kate e Trey. Sabe todas aquelas noites, quando eu chegava em casa e aí a gente ficava papeando durante meia hora ou mais? Bem, eu salvei todas as conversas, exceto a primeira de todas, porque eu ainda não tinha o software. Eu não sei bem por quê salvei tudo. Não é como se eu já tivesse tido a oportunidade de assistir a essas conversas, já que eu estava sempre com você. Mas está tudo aqui, no meu disco rígido. E eu vou gravar tudo num CD, juntamente a alguns vídeos que pesquei no meu celular e aqueles da sua festa de aniversário. Tudo que eu conseguir encontrar. Ah, e se você verificar o diretório de arquivos, o material que papai prometeu também está lá.

"O DVD foi ideia de Connor, por isso, se ajudar, a gente tem uma dívida com ele. Nem sequer me ocorreu isso, mas ele me disse que qualquer coisa que eu deixasse aí com você estaria protegida, assim como os livros estão. Você precisa fazer uma cópia assim que voltar, para o presente. Ou passado, sei lá. Pergunte a Connor. Ele pode explicar melhor do que eu. Acho que isso poderia funcionar, Kate — isso seria muito difícil de falsificar. Tipo... Eu teria que ser incrivelmente estúpido para não reconhecer um recado gravado por mim mesmo, certo?

"Aqui vai então — Lawrence Alma Coleman III, também conhecido como Trey. Se você tiver qualquer dúvida de que este é você falando no computador, eu sei o que você fez naquele sábado à tarde, quando tinha treze anos, e mamãe, papai e Estella tinham saído para a galeria de arte na R Street. Você nunca contou isso para ninguém, não é?"

Eu sorri e fiz uma nota mental para perguntar a ele, um dia, exatamente o que ele havia feito naquele sábado.

"A menina que te deu este disco é Prudence Katherine Pierce-Keller, mais conhecida como Kate, a Ninja Viajante do Tempo. Ela possui algumas lembranças que você não tem. Talvez estes vídeos ajudem a preencher essa lacuna. Mas, sério, você só precisa saber do seguinte: ela tem os olhos verdes mais bonitos do universo e os pés muito suscetíveis a cócegas. Ela morre de amores pelas falas do filme *A Princesa Prometida*, pelos anéis de cebola do O'Malley's, por café — menos aquele preparado pelo Connor — e você está tão apaixonado que não consegue imaginar a vida sem ela.

"Agora, de volta para você, Kate", disse Trey. "Encontre-me, beije-me e assegure que eu vá receber esta mensagem. Nessa ordem. E depressa, está bem? Eu te amo — e já estou com saudade."

Ele ainda estava encarando a câmera quando o vídeo mudou, mostrando uma das cenas da webcam, com a minha cara grande na tela e a de Trey numa janelinha no canto superior direito. Não estávamos falando sobre nada, na verdade — era só um pretexto para ficar juntos por mais alguns minutos antes de dormir. Dei uma verificada rápida no material, sabendo que eu ia voltar mais tarde e assistir a cada minutinho. Estava tudo lá, em ordem cronológica, da melhor forma possível. Todas as conversas, todas as piadas bobas, eu pintando as unhas dos pés enquanto conversávamos, Trey me oferecendo um pouco de sorvete e pingando calda de chocolate na câmera.

Eu estava gargalhando e chorando ao mesmo tempo quando ouvi uma leve batida à porta.

Connor entrou, carregando uma bandeja enorme. "Devo voltar depois?", perguntou.

"Não. Você trouxe comida", falei. "Não se atreva a ir embora." Coloquei o computador do outro lado da cama e arredei para abrir espaço para ele. "Daqui a um minuto vou começar a enfiar isto na boca o mais rápido possível, e não seria educado falar de boca cheia, então deixe-me agradecer primeiro. Por tudo, mas principalmente por dar aquela ideia ao Trey. Foi por isso que ele foi embora na boa, não é? Foi por isso que ele parou de brigar para que eu ficasse quando fiz o salto."

"Desconfio que de outro modo eu teria de expulsá-lo corporalmente, e ele provavelmente ainda estaria acampado na varanda." Connor sorriu, balançando a cabeça. "Pensei que ele mesmo fosse falar com você, mas talvez ele não quisesse trazer mau agouro. Você vai precisar fazer uma cópia deste disco — uma vez que você voltar para o período anterior à última mudança temporal. Faça aqui, na casa, e acho que vai dar certo assim. Vai ser um vídeo desta época, mas o disco — este será da mesma linha do tempo de Trey, sendo assim... você deve conseguir entregar a ele."

Desembrulhei o sanduíche e já estava comendo. "Não vai desaparecer? Ou ficar em branco?", perguntei, com a boca meio cheia.

"Não, contanto que você faça uma cópia", disse ele. "Não tenho certeza, mas não vejo por que não funcionaria. Os diários continuam funcionando, certo?"

Olhei para o sanduíche na minha mão. "É bom você ficar contente, porque estou feliz demais para ficar brava com você", falei entre mordidas. "Este é o sanduíche de rosbife de Trey. Você comeu o meu de pastrami?"

"Eu não sabia se você ia voltar", disse ele. "Seria uma pena desperdiçar um sanduíche tão bom."

∞

Passei os dias subsequentes dormindo, comendo e gravando todas as coisas do mês anterior das quais eu conseguia me lembrar. Aí salvei os arquivos num diário CHRONOS para entregar a Katherine e a Connor, e fiz backup de tudo num DVD para dar ao meu pai e, em algum momento, eu tinha esperanças, a mamãe também.

No terceiro dia, a queimadura no meu pescoço havia desaparecido até o ponto em que era plausível dizer que eu tinha tomado um banho de café escaldante. Peguei meu uniforme da Briar Hill no fundo do armário e prendi meu cabelo para trás com muito cuidado, tendo a cautela de esconder as poucas falhas perto da minha nuca.

Peguei meu porta-identidade — agora com duas fotografias a menos — na gaveta da cômoda. Em algum momento eu colocaria novas fotos de mamãe e papai, mas por ora pus ali apenas uma fotografia que Connor tinha tirado de mim e de Trey no quintal com Daphne, e minha foto com Charlayne, abraçadas, sorrindo de orelha a orelha com nossas novas faixas do caratê — a minha marrom e a dela azul — amarradas nos quimonos brancos.

Ambas as fotos desapareceriam caso eu as tirasse do alcance do campo da CHRONOS. Se a teoria de Connor estivesse certa, eu sempre poderia fazer cópias depois — e uma foto que desaparecia poderia vir a calhar. De qualquer forma, a chave CHRONOS ia ser um acessório permanente a partir de agora. Isso era meio irritante, uma vez que uma das razões pelas quais eu tinha concordado com essa loucura toda era porque eu não queria a preocupação constante em relação ao que poderia acontecer caso algo me separasse do medalhão. Mas dado tudo o que eu tinha passado nas últimas semanas, ficar presa a uma joia esquisita parecia um preço pequeno a se pagar para assegurar minha existência e ter uma opção de saída de emergência.

Havia alguns outros itens que eu não poderia deixar para trás — como o colar e as camisetas que Trey tinha me dado, muito embora eu soubesse que jamais poderia tirá-los da casa de Katherine caso não os estivesse usando. Enfiei os itens na bolsa de Katherine, junto ao *Livro da Profecia* e ao DVD que Trey tinha feito.

Parecia meio bobo ficar triste por ter que me despedir de Katherine e de Connor sendo que eu iria vê-los em apenas alguns minutos, mas eu estava chateada. Eles não seriam a Katherine e o Connor de sempre. Nosso relacionamento teria que ser reconstruído, e dava para notar que eles estavam pensando a mesma coisa. Dei um beijo nos dois e fiz um afago na cabeça de Daphne. Pelo menos com ela eu tinha certeza de que seria tudo igualzinho caso eu jogasse uns petiscos e lhe fizesse um carinho na barriga.

Então expus o ponto estável para o saguão de Katherine, configurando para às nove horas de 7 de abril, e então voltei para minha vida.

∞

Connor ficou surpreso, para dizer o mínimo, quando apareci no corredor sem qualquer aviso. Ele estava saindo da cozinha, usando o mesmo jeans e camisa xadrez que vestia quando saiu correndo para pagar o motorista de táxi depois que minha mochila foi roubada. Ele berrou por Katherine, e ela veio correndo escadaria abaixo em seu roupão vermelho. E então todos nós nos sentamos no sofá, e Connor preparou seu café horroroso. Mas em vez de Katherine me contar sua história, eu lhes contei a minha — ou pelo menos detalhes específicos o suficiente para que eles pudessem encenar seus papéis durante alguns dias. E Connor me deu toda a caixa de biscoitos, em vez de três míseras unidades.

Peguei o telefone de Katherine emprestado para ligar para mamãe e contar a ela sobre o acidente — nada grave, falei, só uma escaldadura leve. Mas eu tinha perdido minha mochila na confusão. Claro, comecei a chorar no momento em que ouvi a voz do outro lado da linha, mas ela tomou as lágrimas como preocupação por causa da mochila.

"Kate, querida, tudo bem. Vou cancelar o cartão de crédito; vamos comprar um celular e um iPod novos para você. Vamos pagar pelos livros. Não estou zangada com isso, então não precisa ficar chateada."

"Eu sei, mãe. Eu te amo."

"Precisa que eu te leve para o campus, Kate? Você parece muito abalada."

"Não, não. Tudo bem, mãe. Vejo você amanhã."

Aí liguei para a secretaria da Briar Hill e perguntei se eles poderiam dar um recado para o meu pai — eu tinha sofrido um pequeno acidente e não iria para a aula de trigonometria, mas eu o encontraria mais tarde, no chalé dele.

Connor me levou para o chalé alguns minutos depois. Minhas mãos tremiam quando enfiei a chave na fechadura, do mesmo jeito que tinha feito quando Trey estava esperando nos degraus. Não tinha nenhuma caneca com os dizeres *Vovó Nº 1*. A frigideira *wok* de papai estava no lugar de sempre, em cima dos armários. Corri para a geladeira e vi o jambalaia na segunda prateleira.

Haveria tempo de sobra para contar tudo a papai quando ele voltasse da aula. Por enquanto, eu simplesmente afundaria no sofá de olhos fechados. Meu lar.

∞

Contar tudo a papai era um processo de múltiplos estágios, e o fato de eu ter irrompido em lágrimas assim que o vi não ajudou a acelerar a coisa toda. Pelo menos meu pai compreendeu o que estava acontecendo depois de uma longa conversa com Katherine e Connor, e mais algumas demonstrações com a chave CHRONOS. Ambos concordamos que provavelmente era melhor, ao menos por enquanto, manter a história só entre nós. Sendo assim mamãe não fez a menor ideia de por que abri um chororô e lhe dei um abraço pra lá de demorado quando ela entrou pela porta depois das aulas de quarta-feira à noite. Aquele não era nosso estilo típico de interação, e acho que ela chegou a cogitar seriamente marcar mais uma sessão com o terapeuta. Em vez disso, eu a convenci de jantarmos no O'Malley's. Pedi uma porção extra de anéis de cebola.

A maioria das peças da minha vidinha normal foi se encaixando no lugar ao longo dos dias subsequentes. Voltei para minha rotina típica na casa de mamãe, de papai e na escola. As únicas alterações importantes foram embalar algumas das minhas coisas para a mudança futura para a casa de Katherine e ter que me lembrar que não existia Charlayne para mim nesta linha do tempo.

E continuei adiando aquela coisa que eu tinha prometido fazer primeiro. O DVD recém-impresso estava na minha mochila nova. Eu tinha escaneado a foto de nós dois para garantir, e tinha certeza de que o original que eu tinha escondido no porta-identidade iria desaparecer assim que o entregasse a ele. Eu assisti ao DVD pelo menos uma dúzia de vezes e ainda restava uma cópia no balcão da cozinha do meu pai quando fui para a aula na sexta-feira, só para provar para mim mesma que a mídia não desapareceria, e que o conteúdo permaneceria o mesmo. Ele ainda estava lá quando retornei, e ainda era o rosto de Trey que me saudava ao inserir o disco no computador. Não havia nenhuma razão lógica para adiar isso, mas a noção de que Trey iria olhar para mim e ver uma total desconhecida me apavorava.

Finalmente, no domingo à tarde, quando estávamos lavando os pratos depois de comer uma lasanha de espinafre maravilhosa, papai sugeriu um sorvete italiano para a sobremesa. Dali do Ricci's, perto do Dupont Circle, apenas alguns quarteirões da Kalorama Heights. A uma caminhada curta da casa de Trey. Senti um aperto no estômago.

Meu pai me observou por um instante e aí balançou a cabeça. "Você não pode adiar isso para sempre, Kate. Você disse que fez uma promessa ao garoto. Mesmo que isso não seja exatamente o relacionamento do qual você se lembra, não é justo para Trey ou mesmo para você não se darem uma chance. E", disse ele, com um sorriso, "estou ficando cansado de ver você assistindo esse DVD. Vocês dois nunca falam *nada* remotamente substantivo?"

Estalei o pano de prato de maneira ameaçadora para ele, mas não discuti. Ele estava certo. Eu sentia saudade de Trey. E a chance de tê-lo de volta seria zero se eu não reunisse coragem suficiente para dar o primeiro passo.

∞

Sentei-me nos degraus da frente, encarando o gramado bem arrematado que contornava a passarela entre a casa e a calçada. Percebi que estava mordendo o nozinho do meu dedo quando ouvi a porta ser aberta atrás de mim, e então enfiei a mão debaixo da minha calça para esconder a marca da mordida. A brisa de início da noite trouxe o cheiro fraco, familiar, do xampu dele, então eu soube que era Trey antes mesmo de sequer olhar para cima para encontrar aqueles belos olhos cinzentos com seus salpicos de azul. O sorriso era tão aberto e amigável quanto o do primeiro dia, quando ele me seguiu por todo o campo de futebol. E de repente eu não estava mais tensa. Este era Trey, meu Trey. Só que ele ainda não sabia.

"É Kate, certo?", perguntou ele, sentando-se ao meu lado no degrau da frente. "Estella disse que você está no comitê de recepção da Briar Hill? Sou Trey, mas acho que você já sabe disso."

"Oi, Trey", cumprimentei-o.

E então mantive minha promessa. Eu me inclinei para frente e o beijei, longa e demoradamente. No início ele ficou surpreso, mas não se afastou, e definitivamente retribuiu. Foi totalmente diferente do nosso primeiro beijo, que tinha sido tímido e hesitante de ambas as partes. Desta vez, eu sabia do que ele gostava e dei tudo de mim naquele beijo.

"Uau... o que foi isso?", perguntou ele quando finalmente recuei.

"Só estou cumprindo uma promessa", respondi.

"Ok." Ele parecia um pouco atordoado, mas sorriu de novo. "Acho que gostei do conceito de boas-vindas da Briar Hill."

"Bem, eu *estou* em Briar Hill, mas este é mais um desejo de boas-vindas não oficial", expliquei, estendendo a foto e colocando-a na mão dele. Era bem óbvio que ali na imagem estava o Trey, abraçado a uma menina que, estava bem óbvio, era eu. Mantive meus dedos na fotografia por tempo suficiente para ele conseguir olhar direito, por tempo suficiente para incitar a pergunta inevitável em seus olhos, e então afastei meus dedos e vi a imagem desaparecer.

Agarrei a mão dele e coloquei sobre a chave CHRONOS, segurando-a entre as minhas mãos. Seu rosto agora tinha a mesma aparência pálida, aflita de antes. "Desculpe", pedi. "Sei que é desconfortável no começo, mas..." Aí o beijei de novo, um beijo suave no cantinho da boca.

"Quem é você?", quis saber ele.

"Eu sou Kate. E eu te amo, Lawrence Alma Coleman III. Eu não sou uma stalker maluca. Tem um DVD neste envelope, com vídeos, feitos por *você*, que vão explicar tudo. A foto que desapareceu, o motivo pelo qual estou segurando sua mão contra esta joia esquisita — você está legal agora?"

Ele assentiu, mas não falou nada. Encarei seus olhos por um longo momento. Vi confusão, dúvida e todas as outras coisas que eu esperava ver, mas por trás de tudo aquilo havia uma luz que eu já conhecia. Não era reconhecimento, não era amor, mas também não era o olhar vazio de um estranho. Havia uma conexão entre nós e senti uma onda de esperança de que Trey tinha razão ao ter fé, tinha razão ao acreditar que poderíamos reconstruir o *nós*.

"Os vídeos vão explicar tudo." Coloquei o envelope no colo dele e lhe dei mais um beijo. "Tchau, Trey."

Eu estava a meio caminho na calçada quando ele me chamou. "Kate! Não vá. Como faço para entrar em contato com você?"

Olhando para trás, sorri de volta para ele. "Basta abrir o envelope."

AGRADECIMENTOS

Todo historiador que conheço já imaginou como é ter uma máquina do tempo. Não para *mudar* a história, mas só para ver como os eventos de fato se desenrolaram, sem o verniz ou as ideias preconcebidas que normalmente são acrescidas aos relatos históricos. Mas será que a gente conseguiria resistir a ajeitar as coisas só um pouquinho para criar um mundo melhor? Não tenho tanta certeza assim.

Foi essa minha ideia que originou o livro CHRONOS: *Viajantes do Tempo*; e aqui, no fim, eu gostaria de tirar um momento para agradecer a algumas das pessoas que me ajudaram ao longo do caminho. Com a exceção de algumas liberdades que tomei em relação a datas e acontecimentos, a descrição da Exposição é amplamente baseada na história real. Passei muitas horas fuçando no Internet Archive [archive.org], um vasto tesouro de fotografias, gravações e relatos em primeira mão da Exposição. A Equipe de Simulação Urbana da Universidade da Califórnia criou uma simulação on-line verdadeiramente incrível da Exposição Universal de 1893, que fez eu me sentir como se tivesse passeado mesmo pelas calçadas de Wooded Island, visitado o Palácio de Belas-Artes e explorado o parque Midway Plaisance. Finalmente, um imenso conjunto de obras sobre o serial killer H.H. Holmes, também conhecido como Herman Mudgett, incluindo o maravilhoso livro *O Demônio na Cidade Branca* (Intrínseca, 2016), de Erik Larson, e diversos documentários detalhados forneceram informações de fundo que colocaram os horrores do World's Fair Hotel sob um foco macabro.

Agradeço às minhas irmãs por me ouvirem quando eu precisava desabafar, e aos meus pais e irmão, assim como a muitos outros amigos e familiares que me ajudaram a conseguir os votos quando CHRONOS: *Viajantes do Tempo* chegou às finais do prêmio Amazon Breakthrough Novel Award. Eu também gostaria de agradecer aos meus sobrinhos por me dar vislumbres das vidas e atualizações de Facebook dos jovens leitores. (Amanda, você tem idade suficiente para ler isto agora.) As conversas com Gareth e Ariana ajudaram a dar forma aos ciristas, e Mary me lembrou muitas vezes daquela pedreira ilusória de cada escritor, a "suspensão da descrença".

Também estou em dívida com os muitos amigos, colegas e alunos que (com vários níveis de boa vontade) me acompanharam ao longo deste projeto. Abraços de urso gigantescos para meus leitores-beta: Ryan, Donna, Pete, Ian, Teri, Joy Joo, Savannah e Mary Frances — e um imenso abraço extra para aqueles que tiveram a paciência de comentar nos muitos rascunhos. Meus dois grupos de leitores favoritos — YA *Heroines* e *Time Travel* — deram um apoio moral muito necessário e fizeram comentários perspicazes no primeiro rascunho, e o mesmo foi feito por uma grande variedade de blogueiros de livros e colegas escritores.

Agradeço também à Skyscape e à Amazon Publishing, especialmente Courtney Miller, Terry Goodman e Tim Ditlow. Tem sido uma viagem maluca, e vocês todos foram muito pacientes com esta autora novata. E um agradecimento extra caprichado para minha editora de desenvolvimento, Marianna Baer, por sua visão e comentários. A todos vocês: se eu não incorporei algumas das suas sugestões, por favor, lembrem-se de que sou teimosa, e vocês provavelmente estavam certos. Seus conselhos e feedback foram inestimáveis e eu lhes devo muitão.

E muito embora eu já tenha mencionado alguns de vocês, guardei por último o grupo a quem nunca vou conseguir agradecer o suficiente — minha maravilhosa família. Vocês são demais.

Rysa Walker cresceu em uma fazenda de gado no Sul dos Estados Unidos. Suas opções de entretenimento eram conversar com as vacas e ler. Nas raras ocasiões em que conseguia o domínio do controle remoto da televisão, ela assistia a *Star Trek* e se imaginava vivendo no futuro, em planetas distantes, ou pelo menos numa cidade grande o suficiente para ter um semáforo. Atualmente, quando não está escrevendo, ela dá aulas de história e política na Carolina do Norte, onde divide um escritório com o marido e uma cachorrinha golden retriever chamada Lucy. Ela gosta de ioga, chocolate superamargo, e de jogar *Galaga* e *Scrabble*. Mas ela ainda não consegue o domínio do controle remoto da TV com muita frequência, graças aos seus filhos obcecados por esportes. CHRONOS: *Viajantes do Tempo* é seu romance de estreia. Saiba mais em **rysa.com**.

"Só existem dois dias no ano que nada pode ser feito.
Um se chama ontem e o outro se chama amanhã,
portanto hoje é o dia certo para amar, acreditar, fazer
e principalmente viver." Dalai Lama

DARKSIDEBOOKS.COM